2018年中国中篇小说排行榜

王干　主编

百花洲文艺出版社
BAIHUAZHOU LITERATURE AND ART PRESS

图书在版编目（CIP）数据

2018年中国中篇小说排行榜 / 王干主编. -- 南昌：
百花洲文艺出版社, 2019.1
ISBN 978-7-5500-3109-8

Ⅰ. ①2… Ⅱ. ①王… Ⅲ. ①中篇小说 - 小说集 - 中国 - 当代
Ⅳ. ①I247.5

中国版本图书馆CIP数据核字（2018）第253530号

2018年中国中篇小说排行榜
王干　主编

出 版 人　姚雪雪
责任编辑　胡青松
书籍设计　方　方
制　　作　何　丹
出版发行　百花洲文艺出版社
社　　址　南昌市红谷滩新区世贸路898号博能中心20楼
邮　　编　330038
经　　销　全国新华书店
印　　刷　天津旭丰源印刷有限公司
开　　本　850mm × 1168mm　1/16　　印张　22
版　　次　2019年1月第1版第1次印刷
　　　　　2021年9月第1版第3次印刷
字　　数　300千字
书　　号　ISBN 978-7-5500-3109-8
定　　价　43.50元

赣版权登字 05-2018-484

邮购联系　0791-86895108
网　址　http://www.bhzwy.com

目　录

反季生长

陈　仓

1

在经历两个十八年之后，陈沅那段富有优越感的婚姻终究还是离掉了。

离婚不久，陈沅抱着静一静的心态，也抱着多年的内疚和负罪感，在中秋节那天，去乘坐那趟长途大巴。那趟从上海唯一直达老家的班车，他第一次乘坐，之前暗暗地查过几次地图，对那条线路早就了然于胸了，上海、苏州、合肥、六安、叶集、潢川、信阳、南阳、镇平、西峡，然后进入陕西省商洛市境内，在抵达老家丹凤县之前，要穿过最后一个县城，它叫商南县，在县城西边几公里的地方有一个叫试马的小镇，小镇再往西十几公里就是“关门不锁寒溪水，一夜潺湲送客愁”的武关镇了。陈沅惦记着的，不是武关镇，而是试马镇，镇上有座石拱桥，离石拱桥不远，有一棵樱桃树……唉，它像一盏微弱的不规则的小灯，悬挂在他内心的深处，无论他过得洋洋得意还是黯然神伤，那盏小灯都会闪烁不定地照射一下他，也可以说是刺激一下他，让他就有了穿过商南县城去试马镇看看那棵樱桃树、远远地问候一声那棵樱桃树的冲动。

十八年一别，那棵樱桃树还好吗？那些樱桃花还在开吗？那股从下边刮起来的有些寒意的风熄灭了吗？

这趟班车并没有停在正规的汽车站，而是停在南郊的一个大杂院里。院子四周布满了拆除到一半的民宅，外边少有人迹，里边长满了蒿草，深的地方有半人之高。中午十二点略过，陈沅寻至这个院子外边的时候，十分巧合地遇到了两只白色的兔子，其中一只趴在另一只身上，随着几声吱吱的尖叫，激情四射的寻欢接近尾声，然后就从大门背后溜走了。陈沅自言自语地叫了一声，这里有兔子呀。但是没有人呼应他，也许人家看见的是两只猫，也许是他的幻觉而已。这让他再次想到十八年前，想到县城西边的那个小镇，想到那个春天的中午，想到那棵被自己伤害过的樱桃树，自然会想到两只兔子，两只白色的兔子……

在院子门口，蹲着一个中年妇女，她面前摆着一只提篮，当陈沅从她身边经过的时候，她对着陈沅轻轻地说，樱桃要不要？陈沅被吸引住了，怀疑地问，这是樱桃吗？中年妇女说，是呀，是樱桃。陈沅说，这都几月了，怎么还有樱桃呢？中年妇女从提篮里抓了一把，你尝尝吧，是新鲜的樱桃，就剩这么一点了，便宜处理给你吧。陈沅是喜欢吃樱桃的，也是熟悉樱桃的，它在什么季节开花，在什么季节结果，他都是忘记不了的。尤其它的味道，开始吃的时候有点甜，但是吃多了慢慢地就是酸的。虽然樱桃是五六月份成熟的，但如今采取大棚温室种植，采取冷库存储保鲜，反季生长销售也并不意外。

陈沅称了两斤樱桃，深深地叹了口气。

2

中秋节前一天晚上，陈沅独自一个人坐在大街上，提着一瓶啤酒借酒浇愁，自己向自己诉说一些离婚后的新仇旧恨，就接到姐姐从老家那边打来的电话，说外甥女忽然要磕头了。

磕头就是结婚。结婚时间不前不后，偏偏定在中秋节后一天。陈沅抱怨说，这般火烧火燎的，是不是奉子成婚啊？姐姐说，咿呀，我们农村孩子哪有那些花头呀，真正的原因是本来不准备待客的，但是两个孩子早上起来突然嚷嚷着要依照我们这里的风俗，不仅要办酒席，还要拜堂呢。

姐姐又无缘无故地补了一句，你都三十六岁了，怎么说离就离了，到底是什么原因呀？

陈沅沉默了。离婚的原因，自己也解释不清，说是感情破裂吗？说是生活习惯不同吗？反正一个月前的那天晚上，夫妻两个人都睡不着，陈沅睡不着是想家了，而妻子是土生土长的上海人，从没有离开过上海，根本不理解想家的滋味是什么，所以她睡不着是大姨妈来了……她大姨妈一来，就会出现腹痛、恶心、呕吐，然后失眠。陈沅必须用自己的方式，搓着双手给她按摩，来治疗她的腹痛。但是随着他的手反复按在她的腹部，她的腹痛就会转化成一种欲望，而提出更进一步的要求。按说夫妻之间，那些要求也属常情，但是每次在她热烈的引导下，当他的手从她的腹部向上或者向下移动的时候，他似乎接近和深入的不是现在，而是穿越了十几年，在一步步地接近那个春天，接近那棵樱桃树……他总是心有余悸，怕自己再一次把樱桃花的美好摧毁，于是他的手就会因为恐惧而停止、退缩甚至还会痉挛……

这一次，他不仅再一次让她扫兴，而且连基本的按摩也不愿意继续了。他麻木地瞪着天花板说，中秋节连着国庆节有八天长假，你随我回陕西怎么样？她失望地蜷缩在一边，说你们老家有什么好玩的，要旅游起码得去日本，正好是秋天看红叶的季节。陈沅很想说，不是旅游，而是回家，而且老家的红叶满山遍野，肯定不会比日本的差。但是他说也白说，对于上海人，对于城里人，回家有什么意义呢？

于是在简短的沉默之后，陈沅突然冒出一句，我们离婚吧。

她干脆地回答，好啊。

于是他们就真的离婚了。

他原以为不谈风花雪月，不谈爱与不爱，自己将就得来的这场城乡之间的联姻，起码能够让他像浮萍一样漂来漂去的日子稳定下来，在城里把根扎下来。但是他发现自己是错的，自己似乎更加飘摇不定了，像风筝一样有一根绳子被别人拉着，但是他想往西的时候，那根绳子却在向东牵引，有一股力量总是和他相反的。

姐姐说，咿呀，我们得办二十桌子酒席。陈沉说，你们这一下子来得及吗？姐姐说，嫁妆提前预备好的，来不及有什么办法？孩子们已经下了喜帖。陈沉说，你们办喜酒可以，我如何是好呢？明天就是国庆长假，从空中飞肯定不行了，火车也无票可订了吧？陈沉按下姐姐的电话，急急地开始订票，火车票果然没有了，机票又都是全价的，来回好几千块呢。他对姐姐说，恐怕回不来了。姐姐说，咿呀，你们有出息的人总是事儿多，回不来就回不来吧。姐姐明显是生气了，过了一会儿又打电话说，还有一趟大巴，是走312国道那条线的，从上海直接开到丹凤，比火车与飞机都方便，不用绕道西安了。

陈沉暗暗地查过的线路就是312国道。听说312国道这条线路终于通班车了，陈沉心中的那盏小灯亮了一下。陈沉说，是卧铺吗？姐姐说，哪呀，是硬座的，但是大部分都走高速路，眯瞪一晚上就到了，你趁机回来散散心吧。姐姐又补了一句，这趟大巴呀，会经过商南县的，这么多年过去了，你还记得我们东边的商南县吗？姐姐明白，在他的心底，那不是一个人，不是一个县城，也不是一个小镇，早就化成别的什么了，比如樱花，比如樱桃，比如一棵樱桃树一般的风风雨雨的往事，比如在那棵樱桃树下发生的点点滴滴，以及由此而转弯的一个人的青春。

那个人的青春就是在一棵樱桃树下被劝退的。

大巴奔驰着像一条大舌头，一会儿疯狂地舔着，一会儿又停下来，把那条线路的山山水水和一个个乘客一点点地卷入嘴中咬得粉碎，这之间必然会有一些摩擦，会产生一些火花。关键是，像逆水行舟，也像反季生长，慢慢地向前再向前，快速地靠近再靠近，抵达十八年前的痛点……第二天，也就是中秋节当天，从搭上那辆大巴开始，陈沉就是有幻想的，那盏小灯就明明灭灭地亮着。呼吸，咳嗽，打瞌睡，做一个梦，一千多公里，从天黑到天亮，男男女女像煮饺子似的，窝在一间房子那么狭小的时空里……陈沅想，能坐这趟车的人，多数应该都是陕西商洛人，多数应该都在上海打工，或多或少都有自己一样的伤感，如果能够借机认识一个漂泊在外的老乡那将让他多么欣慰……在上海生活了那么多年，他没有遇见一个老乡，尤其是女老乡。他期待着认识一个女老乡，在想家的时候带着她去吃一顿糊涂面，哼几句土不拉叽的花鼓戏，过年过节的时候约好了一起回家……如果贪心一点，这个女老乡正好在丹凤县隔壁，是商南县试马镇的人；如果再贪心一点，她也长着一张苹果脸，在她家周围也有一棵樱桃树，甚至正好了解他和那棵樱桃树有关的过去以及现在……他内疚并怀念那棵樱桃树的过去，但是他最担心的还是那棵樱桃树受影响的现在……

陈沅搭上车之后，轻轻地嘀咕了一声，这是班车吗？

司机说，你以为是什么？

陈沅说，我以为是拉土豆的。

大家形容陈沅的时候，说他是刚从泥巴里扒出来的土豆。其实他们商洛地区，312国道沿线，从东往西数，商南县，丹凤县，商州区，甚至翻过秦岭，到了蓝田县，无论是人还是畜生，都像是从泥巴里长出来的，尤其像形态各异的土豆，起码是有着土豆一样的气息。他猜测，恐怕大家从小到大，就种土豆，又吃土豆，与土豆相依为命，天长日久就遗传了土豆的某些基因，有些外表像土豆，有些气质像土豆。那些生有异相的，即使长得像红薯、南瓜和山药，里边的颜色像土豆，吃起来的感觉也像土豆。

阳光在慢慢地后退，梧桐树带着几片叶子也在后退。陈沅坐在大巴上，望着中秋节的这个下午，起初是有点失落的，因为大巴已经启动了，他的身边还是空着的。他这个有些伤感的逆流而行的人，多么希望在身边出现一个土豆——这个土豆会呼吸，会四处走动，在寂寞的旅途中，会把自己切成片，让自己与自己繁衍。这次离婚之后，他似乎想明白了一个道理，那种城乡杂交式的婚姻，其实就像在一块地里套种的土豆和玉米，土豆是通过根茎无性繁殖的，玉米是通过扬花受粉有性繁殖的，它们天生就不在一条路上，之间永远是得不到杂交优势的。所以，如果再让自己重新经历一次，他也许不会选择和玉米种在一起而是和土豆种在一起，那样他就不会以离婚收场，就不会把自己和别人的伤感延续下去。

陈沉调整了一下自己的心态，然后暗暗地得意起来——两个座位顶得上一张小床，他正好可以躺在上边睡觉。

大巴还没有驶远，一阵尖厉的刹车声，把陈沉从迷糊中惊醒。大巴的门开了，又捡上来一个人。他偏过头，漫不经心地瞄了一眼，发现被捡到的并不是土豆，她竟然是一个小苹果。据他的目测，应该是这趟车上最漂亮的……她虽然不是土豆，但是她像土豆里混进来的一个小苹果……十八岁之后，他十分喜欢吃樱桃，十八岁之前，他十分喜欢吃苹果，所以他那时候常常把摘下来的苹果偷偷地藏在土豆中间……她长着一张苹果脸，小巧而玲珑的身材，在向车后移动的时候，马尾巴辫子在身后晃荡着，不时地扫到别人的脸。她穿着一套运动服，上衣是灰白色的，后边带着一顶帽子，下身带着淡蓝色的条纹，除此之外在她的身上，再没有任何闪光的线条和修饰，哪怕一条围巾一只手镯也没有，那条绑着头发的橡皮筋似乎都是一根原汁原味的绳子。

她的衣服上也没有一颗纽扣。

关键是，她与那棵樱桃树长得十分相像……

陈沉内心的那盏小灯一闪。凭着那股久违了的气息，他在心里迅速地运算着，她也是一个女学生吗？她也喜欢樱桃花吗？她也喜欢吃樱桃吗？他有些怀疑，在她的身上为什么没有灯红酒绿的影子，为什么没有霓虹闪烁的痕迹？不管如何，他可以判断，她肯定是在上海打工的老乡，凭着那隐隐约约的类似于泥土的感觉，她哪怕是高高在上的苹果归根结底还是从泥土里生长出来的，她的老家也许就是自己想要穿过的那个县城，她回家的时候甚至会从那个小镇的那棵樱桃树下消失……

她还未站稳，司机就催着说，你赶紧买票吧。大家都抬起头，静静地注视着她，生怕她再次溜下车。溜下车似乎不仅仅是司机的损失而是一车人的损失。似乎有她坐在车上，就不再那么难熬，像一杯咖啡中加入一块方糖，喝起来就不再那么苦了。

在她的后边，帮她提着行李的，是一个高大而迟钝的男孩，与她的娇小与利落形成了对比，像公主带着的一个奴仆——陈沅判断，他肯定是上海男人，上海男人只要与女人在一起，就不敢超前一步，也不敢多言多语，总是随时听命的一副奴仆的样子。他还是一个胖子，她确实也是这么称呼他的。她回过头对他说，胖子，我们那里秋天很美，满山都是野果子，到处都是喇叭花，还有火红火红的红叶，而且我们那里的月亮像个水盆子，上海的月亮顶多像个小盘子，你要不一起走吧？

胖子像一个水萝卜，掺杂在一车土豆之中并不那么协调。所以一车人都担心地望着他，希望他的回答是“不”。陈沅没有看到胖子是什么表情，反正听到她的那句话他的心滑动了一下。但是胖子没有心动，放下行李还是匆匆地下了车。胖子双手插在口袋里，站在外边隔着玻璃说，票我已经买了，你别重复了。

大巴再次启动，土豆们开始骚动起来，有人放心地舒了口气，有人莫名其妙地笑了一下。小苹果弹性十足，感觉像一个网球，在过道里跳来跳去，寻找地方安放自己的行李。她的行李不多，有一箱子水果，箱子上清楚地写着是车厘子，来自美国……车厘子长得十分像樱桃，陈沅很长时间都以为它是樱桃，直到前妻有一次买了几斤车厘子回家，问他好吃吧？陈沅说，样子挺好看的，只是味道一般，吃起来没有肉感，像用橡皮加工出来的，而且甜中并不带酸，比我们老家差远了。前妻说，和你们老家怎么比？你认识它吗？陈沅说，我怎么不认识它！它不就是樱桃吗？前妻说，我就说嘛，你们乡下有樱桃，怎么会有车厘子呢？陈沅被嘲笑之后，他从此不再明目张胆地吃樱桃了，如果想吃樱桃的时候就称一点，偷偷地躲在外边吃完了再回家。

小苹果踮起脚尖，把车厘子使劲地向上举着。她的肚皮惊心动魄地露着，白得像刚刚落地的春雪，不小心看上一眼，就会化掉一般。

小苹果还有一个黑色双肩背包，塞得像一个充气的皮球。行李架实在太满了，她走了大半条过道，依然没有放上去。她一不小心，把垃圾桶踢翻了，铁皮垃圾桶在滚动中发出欢快的声响。她被什么绊了一下，险些摔了一跤，像一颗石子扔进一片湖水，所有人的眼睛里都扑通一下，随之荡起了一片涟漪。

按照陈沉的经验，在众目睽睽之下，对待女人的态度要冷，这样不会暴露自己的目标。大巴一阵颠簸，她荡来荡去，再次弹回他的眼前，于是他不紧不慢地站起来，先在过道里装模作样地伸了伸懒腰，然后才顺着她的摇晃，接过了她手中的车厘子，举起来，挤了挤，放在最后的行李架上，再从过道上提起那个双肩背包使劲地塞着。

隔着过道的左前方，坐着一个中年男子，他留着八字须，精瘦精瘦的，仅从体形上看不像土豆，倒像一根棍子山药。棍子山药抬起头说，你别把我的东西弄坏了。他的行李无非是几袋子面包和一点水果。陈沉笑了笑说，怎么会呢？棍子山药说，怎么不会？再挤下去就成果汁了，你们应该把行李放在你们自己的座位上边，不能放在我们上边。陈沉说，大家都在一个车上，应该都是老乡吧？别分那么清楚好不好？

陈沉不能太过卖力，不能显得太过殷勤，加上双肩背包太圆，他始终没有放上行李架。小苹果笑了笑，接过了背包，从里边取出一件外套……在随后的旅途中，那件外套在合适的时候搭在他和她的身上，成了十分有效的掩体……如果当年，在那棵樱桃树下，在光天化日之下，也有一件这样的外套，帮忙遮掩一下那该多好，但是那是春天，是温暖的季节，根本不需要外套……小苹果踮起脚尖，把瞬间瘪下去的背包塞了上去。

棍子山药得意地说，还是这女子厉害。棍子山药身边也是空的，他朝里挪了挪身子，希望她顺势坐在他的身边。但是她视而不见，还是向后边走来，冲着陈沉的身边说，窗子边上的位子有人吗？陈沉让了让双腿，不好意思地解释说，这个位子恐怕坏了。陈沉是说给其他人听的，许多人曾经期待过这个靠窗的不前不后的座位，他都没有把它空出来。

她似乎并不想弄明白这个座位到底哪里坏了，或者说她已经看穿了陈沉的心思，没有丝毫的犹豫就坐了下来。她坐下来后，似乎在配合陈沉，把座位弄得吱吱地响，然后自言自语地说，嗯，靠背果然放不下去。

大巴又陆陆续续地捡上来几个人就驶上了高速。不明白什么时候，天阴沉了下来，而且起了迷蒙的大雾，她望着灰蒙蒙的窗外——窗外的树木、房子和田野，已经被迅速地糅合在一起，模糊得像是已经调好的水彩一般。

她朝着司机叫了一声，发票呢？撕一张发票吧。售票员传过来一张小纸片。她说，你这是收据，我要的是发票，你不会没有发票吧？售票员说，你要发票干什么？她说，我报销行吗？售票员说，你一个学生，找谁报销？学校会给你报销吗？她说，你什么眼神，我怎么会是学生？我是学生他姐，明白吗？

好多人跟着起哄，纷纷索要发票。司机说，收据不是一样吗？你们这些商洛人，真是太麻烦了。小苹果说，你跑这条线路，难道不是商洛人？司机说，你帮帮忙好吧，我怎么会是商洛人呢？小苹果说，你以为你变个腔调，我就听不出来了？你顶多是个河南梆子，你以为你把车开到上海转一圈就是人家上海人了？有本事你咋还挂着个河南牌子？

司机被戗着了，翻了翻白眼，不再出声了。他从后视镜里，朝着后边看了看。棍子山药嚷嚷着说，我们都是农民，农民就不能要发票了吗？我回家找老婆报销不可以吗？还有一个光头小青年嘀咕着说，我还要向女朋友报销呢。

小苹果侧过身，朝着陈沉笑了笑，解释说，我都上车了又飞不掉，还没有站稳他就急吼吼地催着买票，我这是在报复他。陈沉说，这不是好事吗？给你省钱了。她一愣，说二百二十块，不少一分一文，省什么了？陈沉说，他不催你的话，胖子会给你买票吗？她说，这个啊，我才不稀罕呢，他长得那么胖，像水萝卜似的，我讨厌他的胖，他如果再这么胖下去，我就不要他了。

陈沉笑了，她和他一样，把胖子形容成水萝卜。这种一致，让陈沉的怀疑更加强烈，或者说是一种引导。陈沉说，水萝卜是你男朋友？她说，是呀。陈沅说，你们在一起吗？她说，在一起是什么意思？陈沅说，在一起就是在一起，还有其他意思吗？陈沅其实是想刺探一下她的底细，比如他们是不是在一个地方上班，比如他们交往的深入程度是多少。但是她意识到这个话题似乎有一点敏感，或者有一些无礼，就不再吱声了。

陈沅说，男人体胖，心宽福厚，女人体胖，命好旺夫，我就挺喜欢刚才那个胖子。小苹果说，那我把他让给你吧。陈沅说，让给我当弟弟吗？她说，当干儿子都行！

过道的左边坐着一个女人，她长得有点像陈沅的姐姐，说话的语气也一模一样，喜欢用“咿呀”开头。她穿着一条黑色的超短裙，短得让人提心吊胆。上身配着超短裙的是带着蕾丝的白线衣，猛然看上去像一棵大白菜。

大白菜侧着脸说，咿呀，你们去哪里呀？小苹果说，我到商南县。陈沅的心又闪了一下，随着那亮光一闪，他几乎有一些颤抖，因为果然被他猜中了，她确实是商南县的，甚至就是试马镇的，她回家的时候真的要经过那棵樱桃树……陈沅把上车前买的两斤樱桃，拿出来绑在前边的靠背上……他突然想吃樱桃，似乎像吸毒上瘾的人，看到毒品就想抽一口。他晓得这些反季的樱桃没有洗过，上边会有农药残留，但是他不在乎这些。

他一边吃着樱桃一边说，我到下一站，是丹凤县的。小苹果说，你是丹凤县的？陈沅说，是呀，怎么你去过吗？小苹果说，商南离丹凤四十多公里，我从来没有去过，但是我姐在那边上过学。陈沅真想问问，她们姐妹是否长得很像，她姐叫什么名字，年龄多大了，在哪所学校上的学，是什么时候上的学，在上学的路上有没有一棵樱桃树，最后有没有因为樱桃树被除名……但是他感觉这样问的话，有些不着边际，或者太过唐突，就不再吱声了。

大白菜说，商南县票价多少？小苹果说，是二百二十块。大白菜说，咿呀，你们没有讨价还价吗，怎么和我们商州是一样的？小苹果说，回家就这一趟直达车，我打电话的时候，他们牛气冲天，说是随便你坐不坐。大白菜说，咿呀，原来还有一辆大巴，也跑这条线路，人家大巴不但是新的，态度也特别好，售票员是个姑娘，说话一直笑眯眯的，不过现在停开了。小苹果说，不像这辆车太差劲了，我昨天打电话咨询，问什么时候发车，他们说，过中秋呢，你早点吧，我说早点是几点，是中午还是下午？他们说，不一定，或许是清早，或许是晚上，坐满了就走。我地址还没有问清，电话就被挂掉了，再打过去就不三不四的，说你们咋这么多事儿，不就是坐趟车吗？又不是大姑娘出嫁。大白菜说，那辆新车不一样，人家准时两点发车，不让你在车上乱吃东西，我把橘子水洒在地上，他们都会拿着拖把来清理一遍。小苹果说，那挺好的，哪像这辆车，乱得像个鸡窝。

大白菜像一只老鼠一直在嗑着瓜子，瓜子壳随手扔在旁边的过道上。陈沉吃樱桃的时候，没有把樱桃核扔在过道上，也没有扔在铁皮垃圾桶里……他吃樱桃的时候习惯是不吐核的，他把整颗樱桃包括核在内一起吞下去了。

3

黄昏的时候，大巴驶入一片杨树林，淡黄色的叶子已经落满一地。杨树林在一片田野之中，前不着村后不着店，四周是已经收割了的稻田。小苹果说，停在这里干什么呢？不会把我们都卖掉了吧？陈沉说，你年轻，又是女的，是可以卖点钱的，我这样的油腻大叔一文不值。小苹果说，不是啊，你看看，这里像不像一家肉包子店？他们恐怕都是论斤收购的。

他们两个说笑着，拖在最后下了车。下车才明白，到了晚餐时分。晚餐是免费的，每人发一张餐券，可以吃到一菜一汤，其实就半勺子鸡丁炒土豆、一勺子米饭和一勺子清汤，像在电视剧里看到的犯人排队吃饭的情景。小苹果回头一笑，说你看看我们像什么？陈沉说，像犯人。小苹果说，大叔啊，你太善良了吧？陈沉说，像奴隶。小苹果说，他们是把我们当猪啊，我姐喂猪也不会这样清汤寡水的，起码里边还会加几勺子麸子皮。

两个人挑僻静的地方坐下来。小苹果吃了两口，便朝陈沉一推说，麻烦大叔帮我解决掉吧，不然就浪费掉了。陈沉说，你不饿吗？这是最后一顿了，吃完就上刑场了。小苹果笑了笑，回到车上拿出一盒方便面泡了泡。她一边吃面一边说，城里真不是人待的。陈沅说，为什么呀？小苹果说，我泡一包方便面，他们竟然也要收钱，方便面才三块钱，开水也要三块钱，如果再去添水，还得再收一次，这不是黑心，简直是烂心。在咱们商洛老家，别说一碗开水，就是两碗腊肉，怕也不会收钱的。陈沅说，外边都是稻田，都在荒郊野外了，已经不是城里了。

小苹果抬起头说，大叔，你到上海多少年了？陈沅说，十几年了。小苹果说，我就说嘛，你也是城里人，所以你在替他们说话。这里看上去是农村，离上海十万八千里，但是谁在这里经营？肯定是城里人，说不定就是上海人。我泡方便面的时候，那人侬呀伊呀的，肯定是城里人，城里人才会这么没有良心。陈沅还想再说点什么，米饭里竟然不争气地吃出一颗大沙子。小苹果抬起头，捂着嘴笑着说，大米都是没有淘洗过的，我们乡下人能干得出来吗？

重新上车之前，陈沅去了一次洗手间。他去洗手间的目的，主要不是为了方便，而是为了漱漱口、洗洗脸和擦擦腋窝。因为下车之前，小苹果已经戴上了口罩。他问她是不是感冒了，她摇摇头。他问她为什么戴口罩，她也摇摇头。他是有口臭与狐臭的人，本来就对这次悲伤的旅途存有幻想，何况又遇到了和那棵樱桃树十分相像的小苹果，不由得他不臭美起来。他怕自己身上散发出的气味，破坏了两者之间的气氛和美好的气场，而且小苹果如果与那棵樱桃树有什么联系的话，他不想给她留下十八年之间他的日子并不好过的信息。

当陈沅从洗手间出来的时候，小苹果已经不在饭桌上。饭桌上除了他孤单的水杯子，已是空空荡荡的了。他的心情有一点点忧郁，远远地望过去，发现她站在院子里……天暂时没有黑，院子里还有昏暗的余光。她踢着院子里的落叶，在漫不经心地和一个年轻的家伙聊天。这个年轻人把鬓角和后脑勺的头发剃得很高，加上细长的脖子和瘦长的身子，尤其像一个带把的大鸭梨。不能说大鸭梨有多帅，起码他们站在一起是协调的，不会像自己与她站在一起那样，像一棵黑不溜秋的老刺槐与一棵小白杨，他往往会被人误会成一位农民爸爸或者包养小三的大款。

他们在深入地交谈。陈沉分明听到他们提到了上海，提到了某某区，提到了某某工厂，大鸭梨似乎就在某某区工作。他们还提到了老家，说某某某仍然守着几亩庄稼，说某某某已经生了三个女儿，说某某某在城里打工的时候出事故去世了，他们提到的那么几个人似乎与他们彼此相识。陈沉穿过院子想回车上去，当他从她身边经过的时候，她似乎不认识他了，他也似乎不认识她了……那可能是陌生男女之间的矜持，也可能是出于某种防范。

陈沉透过车窗玻璃，看到旁边的草丛中，又出现了两只兔子，不过不是白色的，而是深灰色的。这一次，他没有怀疑是别的什么动物，也不是自己的幻觉和某种回忆，而是真真切切的两只兔子，一只骑在另一只身上，目中无人地厮咬着，肆无忌惮地吱吱地叫着……他指了指，想让别人猜猜那两只兔子到底是恩爱的恋人还是偷欢的情人……他自己认为，它们是恋人，它们目前所做的一切，与自己当年在那棵樱桃树下遇到它们的时候想做的一切，都是值得赞美的，都是值得祝福的。

但是，唉……陈沉又长长地叹了一口气。

小苹果是最后一个上车的，手中捻着一片叶子。叶子是杨树的，是心形的，是淡黄色的，像油纸一样。她坐下来，淡淡地解释，也像是淡淡地自语，说年轻人是他们一个村子的，在上海打工。陈沉说，你们看上去很熟悉。小苹果说，从小在一起长大的。陈沉说，是青梅竹马呀。小苹果说，谈不上吧。陈沉说，他似乎喜欢你，会不会想娶你？她呵呵地一笑，说差一点点吧。陈沉说，差一点点是什么意思？小苹果说，就差两米，大概一张床的样子。陈沉说，你是小苹果，他像大鸭梨，放在一张床上，还是蛮般配的。

小苹果瞪着眼睛说，什么小苹果？！什么大鸭梨？！小苹果与大鸭梨为什么要放在床上？这是哪跟哪呀！今年正月，他请媒人提着彩礼，正式到我家提亲，但是我已经有了胖子。陈沉说，就是刚送你上车的那个胖子？如果让我重新选择，我会毫不犹豫地选择老乡，何况还是青梅竹马，这多不容易呀。陈沉的眼睛湿润了。在眼睛湿润的时候，他的思绪会顺着那棵樱桃树继续朝前延伸下去，直到触及那张朦胧的苹果一样的脸庞……

陈沅掏出一串樱桃让小苹果吃，被小苹果轻轻一挡竟然掉在了地上……小苹果说，他听说我有了胖子，不甘心地放下东西走了。陈沅说，真是太可惜了。小苹果说，有什么好可惜的。

他们说的，似乎不是一桩姻缘，而是掉在地上的樱桃。

大鸭梨坐在大巴的前边，回过头朝后边看了看。

大巴再次启动，天已经黑透了。天空一点也不争气，丝毫没有晴朗的迹象。陈沅不停地侧过头，越过小苹果的脸，朝着窗外看着，心想多好的中秋节，如果窗外有一个又大又圆的月亮，挂在飞速行驶的大巴上，那会是什么情况呢？自己会不会因此而更加悲伤呢？小苹果也看着窗外说，你是不是在看有没有月亮？陈沅点了点头。小苹果说，你恐怕会失望的，不过放心吧，十五的月亮十六圆，明天回到家，在咱山里边，更适合赏月了。陈沅说，明天的月亮和今天的月亮能一样吗？小苹果说，怎么不一样？还不是一只兔子、一个孤独的嫦娥和一棵砍不倒的桂花树？陈沅说，赏月的人不同了，感觉自然就不同了。

陈沅这句酸溜溜的话其实是一种暗示。他希望告诉她，他很庆幸在这条线路上遇到了她，很在乎和她在一起度过这个中秋之夜。小苹果似乎没有明白他的意思，也似乎故意装聋卖傻，紧紧地捂着口罩，朝着司机喊叫着说，麻烦快点，送点袋子过来。

长途大巴上配着两个司机，其中一个开车的时候，另一个就充当售票员。此时的售票员正在休息，笨拙得像个大北瓜似的。他拿过来的一把塑料袋子被小苹果全部抓了过去。大北瓜说，你要这么多干什么？小苹果翻了翻白眼说，我刚上车你们就要买票，看我长翅膀了没有？现在我拿几个塑料袋子，又说那么多废话干吗？大白菜还在嗑瓜子，说人家丫头晕车，你想让人家吐在你的车上吗？棍子山药斜着身子，朝后坐在椅子上，说你这车上，不配录像，不放音乐，多无聊啊，那些袋子如果用不完的话，我吹着玩玩不可以吗？棍子山药嘿嘿一笑，从小苹果手中夺过一个塑料袋子，鼓起腮帮子吹出一个气球。他把气球往空中一放，然后双手使劲一拍，就啪的一声炸掉了。

司机听到响声，以为发生了什么意外，把车停在紧急停车带上。司机转过身说，谁带鞭炮了吗？怎么有鞭炮响呀？大北瓜说，人家在吹泡泡呢。棍子山药又夺去一个袋子，正低头吱吱溜溜地吹着，或许因为漏气，吹得脸红脖子粗，怎么也吹不圆。司机骂了一句，这是班车，又不是洗头房，你要吹泡泡下车去树林子里吹！棍子山药说，你他妈的，什么洗头房不洗头房的，你晓得我在吹什么吗？司机说，你吹什么？男女之间，还能吹什么？棍子山药拿起半瓶果汁，一下子扔了过去，正好浇在司机的头上。

司机提起一支大扳手，恶狠狠地朝着车厢后边走，幸好被大北瓜给拉住了。大北瓜说，人家就吹一个气球，你激动什么呀！司机一愣，说，他在吹气球？不是吹泡泡？大北瓜说，你想歪了，人家都是文明人，哪个像你呀，早上把洗头妹都叫上车了。司机扔下扳手，朝着后边嘿嘿一笑，开着车又上路了。

小苹果似乎什么也没有发生。她对着塑料袋子，大口地喘着粗气，最后就是呕吐。陈沉不安地坐在旁边，很想伸手去替她捶捶背，或者是替她倒杯水。陈沉小声地说，吃晕车药了吗？她摇摇头说，没用的，我又不是晕车。陈沉说，要不要吃点水果？她摇摇头说，不需要，我又不饿。小苹果折腾了好一阵子，才稍微缓过神来。

小苹果说，你凑这个热闹干什么，我看你也不是挤大巴的人吧？陈沉说，那我是什么人？小苹果说，你应该是天上飞的。陈沉说，天上飞的还有蚊子呢。小苹果说，依我看，你起码是一只老鸹。陈沉说，明天需要赶回去，不然就来不及了。小苹果说，为什么这么急？陈沉说，我回家结婚。小苹果说，你吗？你一把年纪，是第几次啊？陈沉说，记不清了。

陈沉想，说自己记不清也不过分，因为对于那段婚姻来说，他唯一能记得的，就是他搓着手给前妻治疗腹痛的第一次和最后一次，第一次按在她的腹部并朝上或者朝下深入移动，最后一次按在她的腹部并因为回忆的恐惧而僵持不动……他忘不了两次绝对不同的反应和同样简短的对话。他说，我们结婚吧。她说，好啊。他说，我们离婚吧。她说，好啊。

所以，他看似是结过一次婚，又刚刚离过一次婚，但是自己就跟做梦一样，根本不相信自己是结过婚的，也不相信自己是离过婚的……离婚似乎就是由十八年前自己的冲动引起的，想起十八年前在那棵樱桃树下的冲动，他总是心有余悸、心存恐惧、不敢枉为……因为那些越界的深入灵魂的动作，在十八年前像一阵暖风，催开了满满一树的樱桃花，也许又摧毁了一个人的一生……如今他的内心除了多了一些悲伤之外，他的根从来没有因为一场婚姻而扎下去过，他的孤独从来没有减少过，他的幸福从来没有增加过，反而是他充满内疚的回忆从来没有中断过……自那年春天之后，那棵樱桃树不分季节地不顾冷暖地还在开花，似乎从未落过；那张看似微笑的又看似凄凉的苹果脸，还在一步三回头地摇摇晃晃地越走越远，似乎从未停止地走向深山、走向坟墓、走向深渊……

陈沅还是补了一句，我已经记不清自己到底有没有结婚。不过，这一次，回去是参加别人的婚礼。

4

凌晨两点，大巴驶入一个无名的服务区，黑灯瞎火地停着。

老年人都打起了呼噜，几个年轻人在玩手机。棍子山药不停地打电话，他一会儿嘻嘻哈哈地说，你在被窝了吗？你一丝不挂啊？你在引诱大哥晓得不？我正在你的门外准备敲门呢，快给大哥开门吧！你真的不开吗？千万别后悔啊！你不信？骗你是头老母猪……你今天晚上有人了？谁呀？奶奶的，你故意气大哥吧？他一会儿又板着面孔说，今天成交几单？总共才三单吗？真如寺那套呢？玉佛城那套呢？你们怎么搞的！我把肉都喂你们嘴边了，怎么又跑掉了呢？好吧，好吧，跑就跑吧，十月市场应该不错，你们加加油吧，有什么情况及时打电话吧。

棍子山药说话声音很大，把谁家孩子给吓得哇哇大哭了起来。大白菜边嗑瓜子边说，咿呀老板，你电话真多啊，你是干哪行的？棍子山药说，你看我是干哪行的？大白菜说，我看呀，调戏人家良家妇女，肯定是做皮肉生意的。棍子山药说，你在抬举我吧？不瞒你，我不是卖肉的，我是卖房子的，如今虽然房子值钱，但是不如卖肉的。大白菜说，不管你是干哪行的，我估计车上多数是咱们老乡，你别在老乡面前显摆，说话小声点好不好？棍子山药嘿嘿一笑，说我把音量已经调到很小了，业务繁忙我也没有办法啊。大白菜说，现在几点了？半夜三更的，还有哪门子业务啊，你吵着人家孩子了晓得吗？

棍子山药转过身说，对不起，我吵着宝宝了吗？我给宝宝买糖吃吧。他不晓得从哪里忽然摸出一颗大白兔奶糖，跑过去塞到孩子的小手中。孩子哭得更加厉害了，把一车的心都撕碎了。棍子山药说，宝宝可能要吃奶了。孩子妈也顾不得那么多，立即解开扣子，从怀里掏出奶子，顶到婴儿的嘴里。醒着的人都别过头去，目光迷离地盯着漆黑的窗外，似乎把整个车厢都腾得一干二净，仅仅让一只雪白的奶子存在着，发出一丝丝空旷而甜美的吮吸之声。

车厢完全安静了下来。陈沅以为要在无名之地过夜，问停在服务区干吗呢，需要下去开房住宿吗？大北瓜说，当然要开房住宿，单人间双人间，你们是可以自由搭配的。棍子山药神秘地笑着说，你是第一次吧？坐这趟车，吃饭睡觉都是有规定的。陈沅说，什么规定？棍子山药说，有一个不成文的规定，如果座位连在一起，下去开房住宿的时候，就可以名正言顺地住在一起，你不愿意的话我们两个换换吧。陈沅笑着说，有这样的好事吗？

小苹果一直闭着眼睛，悄无声息地躺着。她听到棍子山药的话，抬起胳膊轻轻地顶了一下陈沅的腰，小声地嘟哝着说，你别理他。

陈沅意识到棍子山药是在起哄，于是小声地问，我们真要在服务区过夜吗？小苹果说，为了安全，防止疲劳驾驶，在凌晨两点与五点之间，国家规定大巴是不能上高速的。陈沅说，那大家都睡在车上吗？小苹果说，是啊，但是，也可以去下边开房，服务区那边有钟点房。陈沅笑着说，原来那个规定是真的呀，那我们还不赶紧下车？小苹果说，真要开房的话，你们两个男人，一个留着八字须，一个剃着光头，那真是绝配。

陈沅用下巴指了指窗外说，还是和它开房吧，你看看它多圆啊。

不晓得什么时候，也许是走远了，也许变天了，天又晴了，一轮圆月挂在树梢上，有如丝如缕的白云飘着，像是蒙在月亮头上的白纱。

陈沅起身，让司机打开车门，第一个下了车。小苹果拖延了一小会儿，下车之前不咸不淡地说，月亮好圆啊。

棍子山药说，你们还真开房去啊？小苹果没有吱声。大白菜说，咿呀，你不是老板吗？你也去开房享福吧，窝在车上算什么呀。棍子山药说，你和我享福去行不？大白菜说，服务区既然可以开房，肯定也有小姐，万一没有小姐，下边一定还有狗呢。棍子山药说，狗正汪汪叫，听声音肯定是母的。大白菜说，你的耳根子好灵，连公的母的都听得出来？你和母狗不是挺般配的吗？难道你要个公狗舔你不成？棍子山药说，还是你这嘴巴功夫厉害，竟然明白什么是舔呀？

司机听了，呵呵一笑，嘟哝着说，车上刚才不行，现在可以吹泡泡了。大白菜说，天下男人没有一个正经的，真是猪狗不如呀。她正嗑着瓜子，把瓜子皮朝着司机扔了过去。

几个人斗嘴，把一车人都吵醒了，或者是大家根本都没有睡，不过是眯瞪着而已。有位老大爷说，这车上还有孩子，你们想说什么，到车下去说吧。大爷掏出一个大烟锅子，吧嗒吧嗒地抽起了烟。有人被烟呛着了，开始咳嗽起来。司机说，大爷，你也下车吧。大爷说，我下什么车？我还是开窗子透风吧。他就把窗子打开了，有股风随着灌进了车内。

棍子山药说，好香啊，似乎有桂花开了。大白菜说，咿呀，狗鼻子也能闻出桂花香？我以为只能闻到尿臊味呢。大爷朝大白菜说，你们都不是商洛人吧？大白菜说，我是的呀，我是商州的。棍子山药说，我也是商州的。大爷说，恐怕出门久了，都变味了。大白菜说，我七年了。棍子山药说，我比你早三年，整整十年了，在上海一晃十年了，半条命都淹在黄浦江里了。大爷说，难怪了，商洛人说话粗是粗，却是正正经经的，哪会像你们一样？大白菜盯着棍子山药说，大爷在骂你，说你不正经。棍子山药说，你以为你是正经人吗？

大白菜说，大爷，你骂得有理，你看看这个老板，以为自己在城里赚点臭钱，就发烧打摆子了，忘记自己老祖宗埋哪儿了。大白菜又转向棍子山药说，房价涨得那么高，你开房产中介的，是不是坑过好多人？棍子山药说，看你说的，如今正正经经的，能做成生意吗？刚去上海的时候，我守着咱山里人的本分，可单纯可仗义了。但是你不坑人，人家就会坑你。有一次，有人拿出一份文件和几份合同，把一套拆迁安置房的指标委托给我们出售。其实他奶奶的，文件是他们伪造的，房子是他们虚拟的，把我给骗惨了。大白菜说，确实是这样的。我从山里刚出来，一是没有手艺，二是没有本钱，被逼无奈去理发店打工。开始多单纯多害臊，给男人洗头都会脸红。棍子山药嘿嘿一笑说，你恐怕不是洗头吧，如今脸皮有一尺厚了吗？大白菜说，你还说我，你什么胡子不好留，偏偏留着一个八字须，像不像不要脸的小日本？棍子山药说，我就是想充当小日本，不这样人家上海人能瞧得起咱吗？还不把咱当土豹子一样欺负？不过，咱就是外表，心肠还是好的。大白菜说，我看呀，心肠也不怎么的，背着家里不晓得干过多少坏事。你老实交代交代，在外边有多少花头了。

棍子山药说，就一个，不骗你。大白菜说，我看绝对不止。棍子山药说，是一个。大白菜说，十一个？棍子山药说，不是十一个，而是一个。大白菜说，二十一个？棍子山药说，你听错了，其实一个。大白菜说，七十一个？你就吹牛吧，怎么会有那么多？棍子山药笑着说，就是一个！

大爷吸完一锅烟，把烟锅子在玻璃窗上敲了敲，气愤地说，九十一个？天哪，太不像话了，这啥世道啊？大白菜扑哧一声笑了，冲着大爷说，我们这是说笑话，后边还有一句“二百五，是一个”，听上去像不像二百五十一个？大爷又按了一锅烟说，有一点花头也不行，你们在外边花花世界，不能忘记家里的妻儿老小。棍子山药说，大爷，我说的一个，就是家里老婆一个，再没有别的了，你就放心吧。

大白菜说，你在外边没有人？刚刚电话里莺莺燕燕的，不是人难道是畜生吗？你对着大爷发誓吧。棍子山药说，怎么发誓？我为什么要发誓？大白菜说，你如果是清白的，为什么不敢发誓？棍子山药说，谁在外边有花头谁就是猪。大白菜说，这样发誓不行的，你敢不敢说，谁在外边有相好的，那相好的就是他妈。棍子山药有点急了，说你怎么和我老婆一样一样的，她也是这样让我发誓的，我不拿我妈发誓她就一直和我闹，我这次回去就为了灭火。大白菜说，咿呀，果然被我猜中了，你回去不会为了离婚吧？在外边再怎么委屈，常话说糟糠之妻不下堂，这种缺德的事儿千万别干啊。

棍子山药说，你这次回去干什么？大白菜说，交公粮啊，还能干什么？过去半年回一次家，本来端午节要交公粮的，被一些事儿给绊住了，老公被饿得都嚷嚷好几个月了。棍子山药说，你在城里肯定也不安分，你也发誓吧。大白菜说，我哪里不安分了？女人哪像你们男人，起码可以自力更生。棍子山药说，什么叫自力更生？你如果不会自力更生，找机会我来教教你。大白菜说，回家教你老婆去，越看你越不是个好东西。棍子山药说，你好意思骂我？你看看你的裙子，短得还像裙子吗？

大白菜说，为啥不像裙子？

棍子山药说，像一条内裤。

大白菜站起身，伸了个懒腰，趁机把裙子朝下拉了拉，似乎希望把它拉长。

棍子山药说，我们山里女人，有穿裙子的吗？穿裙子咋收麦子？咋放牛？虫子还不趁机钻进大腿里去了？你这一路，上山过河的，我看还没有到家，没有见着大哥呢，裙子怕就不见了。还有大腿，光溜溜的，连裤子都不穿，刚上车的时候，我看了一眼，心都怦怦地跳起来了。

大白菜冲过去，踢了一脚棍子山药，然后伸出大腿说，早就看你色眯眯的，你还什么老板呢，狗屁，我穿的是打底裤，你连这都认不出来？棍子山药说，你别狡辩了，明明就是光腿。大白菜说，打底裤是肉色的，不信你摸摸？棍子山药说，那好，让我摸摸。大白菜又狠狠地踢了一脚说，你去死吧。

车上发出一阵哄笑。大爷小声地对大白菜说，不是人家说你，你这是回家呢，又不是上台演戏，为啥不换一件？大白菜有点不好意思地说，咿呀大爷，你不晓得，我早上还在上班，这是上班穿的衣服，当时怕误了班车，走得有些急，就来不及换了。

车上一时又安静了，有几个年轻人站起身，有的下车去抽烟，有的下车去上厕所。还有人下车什么都不干，就坐在旁边的草地上，抬头看着天空。大家下了车，才发现天彻底晴了，有一颗大月亮挂在头顶。

有人说，月亮似乎比城里大一点。有人就回答，确实是胖一圈，城里到处都是灯光，哪有人在乎月亮啊。有人说，月亮似乎亮一些。有人就回答，那当然了，城里空气不好，月亮都生病了，也许生了黄疸肝炎，也许营养过剩生了心脏病。有人说，好久没有看到这么好看的月亮了。有人就回答，你恐怕好久没有回咱商洛了吧？咱商洛的月亮一直都这样，上边的兔子、桂花树和嫦娥，都看得清清楚楚的。

有人说，要是把这颗月亮搬到上海去，都可以卖票了。

有人就回答，你把它搬到上海有啥用啊？啥东西一到城里就变味了。

更有人附和着说，别说月亮了，人到城里也变味了。我都后悔进城了，当初不进城就好了。我们在城里做了老板，似乎赚了点钱，但是身体不好了，心眼也坏掉了，不单纯了，要钱有什么用呢？反而是我的几个中学同学，人家没有考上大学，当年好像是坏事，如今又变成好事了，守在老家种种庄稼，养养猪收收药材，日子过得安安稳稳的，哪像我们整天漂来漂去的，连要饭的都不如了。

陈沅靠在大巴的屁股后边，听着大家的谈话一时思绪万千。他觉得自己能考上大学，能在上海生活是了不起的，尤其是娶了上海老婆之后，更加为自己成了半个城里人而自豪。但是随着像浮萍一样无着和感情的破裂，他也在反思自己的进城之路是不是正确的。这让他想起了自己的一位堂弟。他们在一个班里上中学，陈沉每次考试都是学校前五名，而堂弟总是最后几名。结果是可以想象的，他以优异的成绩考上了大学，风风光光地进城了，而堂弟则落榜了，失落地回家种地了……陈沉毕业之后跑到上海，找到一份勉强可以生存的工作，幸运地娶了一个上海老婆，除此之外，他在上海是什么都没有的，没有房子，没有车子，没有户口……

但是三十年河东三十年河西，他的那个堂弟靠着收购核桃、木耳和药材，家里已经十分富裕，不仅盖起了两层小洋楼，买了一辆小汽车，用上了煤气灶和热水器，还经常带着老婆孩子上北京下广州旅游，日子过得比陈沉优越多了。有一次，堂弟自己开着车，带着一家四口来上海玩，陈沉去见人家，发现人家开着越野车，住的是四星级饭店，面对东方明珠每人几百块钱的门票眼睛眨都不眨一下。陈沉原有的一点点自信一下子就被淹没了，因为自己还没有上过东方明珠。请堂弟吃饭的时候，本来想让上海的妻子出面作陪，给自己装装门面，但是被妻子以听不懂乡下的话而拒绝了。最后，那顿饭是陈沉一个人孤苦伶仃地在一家档次不高的酒店陪着吃的。

在堂弟面前，唯一让陈沉感到有优越感的，不再是什么大学生了，而是在农村人眼里，自己是一个文化人，还有一个当作家的梦想。堂弟面对陈沉的羡慕，他说我再怎么样，永远都是土农民，你不一样，你是大作家……陈沉的羡慕是真诚的，堂弟的羡慕也是真诚的，但是文化人的身份无法改变他的窘迫和尴尬。

他还想到了那棵樱桃树。她和他也在同一个班里，学习成绩也一样非常优秀。但是，在那年春天，在那棵樱桃树下，在那件事情发生之后，她虽然没有像动乱年代那样，被挂着牌子游街示众，但是家长们的指指点点，乡亲们的议论和讥笑，老师们的焦虑不安，尤其是学生们的心神不宁和心不在焉，让学校害怕了，最终她就被勒令退学回家了。但是她毕竟是一个农村女人，是被扣上帽子的“坏女人”，不仅没有堂弟那么幸运，恐怕还会十分凄惨——这就是让陈沉十八年来心存内疚的原因……

他一边听着四周的动静，一边在等待着什么。他明白小苹果已经下车，似乎上厕所去了，似乎又遇见了大鸭梨，被大鸭梨给缠住了，所以还没有露面。陈沉不时地咳嗽着，希望引起小苹果的注意。小苹果过了不久，果然一边踢着石子一边漫不经心地走了过来。

小苹果说，你不是要开房吗？你开的房子呢？陈沉说，在前边呀，你跟我走吧。小苹果抬起头，看了一眼月亮，又看了一眼陈沉，两个人对视的那一刻，都忍不住呵呵地笑了。这种对视，让陈沉内心一亮，这次不再是一盏灯，而像一道迅疾的闪电……不过，那次对视是在那棵樱桃树下，有两只兔子，有两只白色的兔子，他抬起头看了一眼正午的太阳，又看了看两只肆意寻欢的兔子，两个人就这么对视了一下……那次对视之后也有闪电，是两束光彼此引导彼此交缠在一起的闪电，不过闪电之后紧跟着的是雷声，隆隆的雷声滚过青春年少的身体之后还有暴风骤雨和一泻千里……

服务区建在一个小山坡上，里面的超市、加油站和修理铺，一半是因为没有建好，一半是因为没有什么生意，所以统统都关门了，显得黑灯瞎火的。山脚下有一小片湖泊，绕着湖泊建着一条小路，一部分是铺着石子的，还有一部分建在湖面上，用木板搭成了小木桥。湖泊四周是大片的树林子，其中有密密麻麻的竹子，还有一些认不清的灌木。整条小路弯弯曲曲的，时隐时现地穿梭在树林子里。因为月光的原因，湖泊像一面镜子，又像堆在一起的银子，更像储存在池子里的水银，而小路则像一条珍珠项链，白云遮住月亮面孔的时候，小路又变成一条蛇，在向前缓慢地蠕动着。随着微风吹过，湖面闪着光，像破碎的镜子，又像有无数的小鸟在水面上浮动着。

大巴屁股后边，就是下山的小路。陈沉顺着小路，朝着山下的湖边走去。小苹果似乎有些害怕，或许害怕深幽的树林子，或许害怕树林子中不安分的阴影，回头看了看身后那辆大巴安静地伏在那边，像一条刚刚结下的蚕茧。

小苹果说，大叔，你那么心急，也不等等我呀。陈沉偷偷地笑了笑，不但没有停下来，而且紧走了几步，把她远远地抛开了。他独自一个人，站在一座木桥上。人站在木桥上的时候，被四周闪亮的湖水包围着，有点天鹅落下的味道，或者是嫦娥下凡的味道。

陈沉停下来回望，没有发现小苹果的影子，也没有听到一丝声响。陈沉说，被鬼抓走了吗？陈沉说，这里肯定有狼，被狼吃掉了吧？陈沉说，胆子这么小啊，还不如一只老鼠呢。无论他怎么说，她始终没有出现，或许是躲起来了，或许被吓回去了。他有点失落又有些紧张地叫着，小苹果，你在哪儿？

从远处看湖泊，湖泊在月光下，是银色的，是闪闪发光的。但是贴近了看湖泊，因为月光不是光，所以没有反光，湖面就是黑色的，湖底也没有倒影，水中也没有月亮。从山下朝山上看，那条小路也不见了。他有点恐惧，头发根根直竖，正准备抽身的时候，从相反的方向响起一阵沙沙的声音，而且起风了，风还有点大，把树林子刮得左摇右摆，像一个个失控的疯子。

陈沉回头。有一个黑影顺着木桥，向这边浮了过来，类似于梦游，也类似于电影里的僵尸。当僵尸移到他面前时，猛然揭掉戴在头顶的叶子——他不明白那是什么叶子，像荷叶，又像芭蕉叶，竟然如此之大，比一顶帽子还大。他早就明白是小苹果装的，这么幼稚的游戏简直让人想笑。

小苹果猛然揭掉那片叶子，使劲地拍了一下他的肩膀，说你在喊谁呀？谁是小苹果呀？你叫的应该是樱桃吧，樱桃应该在你口袋里吧？陈沉在下车的时候，因为她长得越看越像苹果，又越看越像那棵樱桃树，他想吃樱桃的瘾又被诱导出来了，于是不由自主地把自己的樱桃分出一小袋子，一边下车一边随口吃了起来，剩下的则装进了口袋里。

陈沉将计就计，吐了吐舌头，翻了翻白眼，摇晃了一下身子，头向旁边一歪，似乎就晕了过去。在他即将倒在她的身上的时候——在下午的车上，他就迷迷瞪瞪地想象过这个问题，如果他睡着了，不小心倒在她身上，她会怎么对待呢？她会推开他还是不动声色地依着他？他们会不会借着这个机会从此贴在一起？他们会不会还有进一步的亲密，比如相互依偎着，彼此摩擦着，随着大巴的颠簸而颠簸呢？他不敢再想象下去了，随着一些更为冲动更为亲密的情景闪现在他的脑海中的时候，他不免在心里骂了自己一句“流氓”……他不敢再想象下去了，再想象下去就会回到十八年之前，就会回到那棵樱桃树下，就会随着两只白色兔子的出现，引起一场身不由己的暴风骤雨，欲望的洪水开始倾泻，灾难开始蔓延，无尽的伤感由此而生……

小苹果倾斜了一下，朝旁边轻轻一闪，轻松地躲开了。最后，他没有晕倒在她的身上，而是一屁股摔在地上，发出沉闷而羞愧的声音。小苹果靠着木桥咯咯地笑了。他不明白她笑什么，是阴谋得逞，还是幸灾乐祸？小苹果说，我这个僵尸厉害吧？这就是不等本姑娘的下场。

陈沉忍住疼痛，伸直双腿，四仰八叉地躺在地上，然后闭着眼睛像摊平的一堆泥巴。他静静地体会着月光洒满全身的感觉，像被浸泡在微冷的水中，这水打不湿衣服，而且没有重量，没有浮力。他想，月光更像一片白雪，他被埋在白雪之中。

发现陈沉一动不动，小苹果蹲下来，说大叔才胆小如鼠呢，说大叔是不是被鬼抓走了？说大叔你就醒醒吧，在这里睡觉会着凉的。无论小苹果说什么，陈沉还是一样纹丝不动。小苹果不笑了，摇着他的胳膊说，大叔，你就装吧，我可是久经沙场，小把戏能哄小丫头，哪哄得了本姑娘呀。

陈沉还是一言不发，并且屏住呼吸，控制住每一丝颤抖。

这不是他的第一次，他的第一次不是装死，而是装作睡着了。不是睡在这样的晚上，而是睡在那棵樱桃树下，睡在一个春天的明媚的中午——虽然装死与做梦都是进入另一个世界，但是进入的路径完全不同，死是从时间进入的，梦是由空间进入的……正如此时的月光与彼时的阳光，月光是冷冷的，阳光是暖暖的，在暖暖的阳光下，万物都在生长，更难以控制自己……当他被吱吱的声音惊醒之后，他悄悄地睁开眼睛看了一眼头顶的太阳，发现那肆意寻欢的声音并非来自太阳，而是来自两只白色的兔子。他看了看兔子，与那棵樱桃树对视了一下，然后有点不好意思地指了指。当那棵樱桃树顺着他的目光，看到那两只兔子的时候，她被吸引住了，失控了，突然紧紧地抓住他的手，他又紧紧地抓住她的手，宛如那满树的樱桃花就是在那一瞬间全部开放的……就是在那满树的樱桃花开放的时候，他伸出手一点点地摸索着，像一个瞎子急切地希望爬上那棵樱桃树，去一朵朵地采摘那满树的樱桃花……但是，那棵樱桃树竟然没有一颗纽扣，这让他耗费了不少时光，甚至已经感受到了太阳微微的倾斜，他的手绕过她的腹部先是朝上又再朝下，以至于在伸入那细碎的花瓣、盲目地慌乱地尽情地采摘着的时候，有人带着风断喝了一声“流氓”，提着一根棍子赶了过来……

小苹果伸出手，试了试陈沉的鼻息，捏了捏陈沉的鼻子，拍了拍陈沉的脸蛋子。小苹果说，我看你是练过闭气功的，想吓唬吓唬我是没门的。小苹果说，不就一片荷叶吗？你以为是什么呀？就把你给吓死了？小苹果说，多干净的湖，多弯曲的小路，多茂密的树林子，今天又是中秋节，月光多像天使的羽毛，这里像不像仙境？小苹果说，你算什么大叔啊，这么好的地方，怎么会有鬼呀，要有恐怕只有仙女。

小苹果突然大叫，大叔你快点看，那边是天鹅！这里竟然有天鹅！

陈沉并没有上当，仍然闭着眼睛偷偷地笑着，尽量不让任何表情有丝毫的流露。

小苹果说话的声音越来越低，越来越急促，最后就哭了。小苹果说，你被吓死了吗？我看你胆子还不如蚂蚁，还不如针眼，还不如臭狗屎。小苹果掐了掐他的人中，拍了拍他的胸口。最后，她朝身后的山顶上看了看，似乎在确认有没有人，然后慢慢地俯下身子，朝着他贴了过来。

她低头的时候，是犹豫的，是茫然的。不晓得是露水，还是她的眼泪，冰冷地滴在他的脸上。陈沉感觉这不是现在的冰冷，而是从前的冰冷，是那棵樱桃树的冰冷……有人断喝了一声，打死你这个流氓……随着那一声断喝，一根棍子劈头盖脸地抽了过来。陈沉以为有人在撵那两只兔子，那两只兔子毫无疑问是非常诱人的猎物。但是那根棍子并没有落在兔子身上，而是朝着陈沉准确无误地挥了过来。在这千钧一发之时，那棵樱桃树爬起来，呵护在陈沉的面前……那棵樱桃树被狠狠地抽了一下又一下。那时候，她像受难者，并没有哭，而是笑吟吟地声明她是自愿的，像声明春天自愿开花、夏天自愿结出樱桃一样。当她被带走的时候，她一步三回头，才开始流眼泪，也许那不是眼泪，是纷纷凋零的樱桃花……

在小苹果的双唇还没有真正贴上来的时候，陈沉也骂了自己一句“流氓”。

他慢慢地睁开眼睛。他怕猛然睁开眼睛会吓坏她，于是他轻轻地呻吟了两声，像死去的人重新活了过来。

小苹果一屁股跌坐在地上。

小苹果说，好险啊。

陈沉说，你遇到野兽了吗？

小苹果说，我以为遇到了天鹅，原来竟然是一个色狼。

陈沉装作很无辜的样子说，色狼在哪里？小苹果说，还能在哪里？就在你身上呀，你刚才晕倒了，我正准备给你做人工呼吸呢。陈沉一本正经地说，难怪了，我好像做了一个梦，梦见自己掉进了湖里，沉入了湖底，遇见一头大白鲨正啃我的脸，原来是你在做人工呼吸啊。小苹果说，我勇敢吧？这叫什么你晓得不？这叫美女救色狼。陈沉说，人工呼吸不就是亲嘴吗？那你还是继续吧。小苹果说，我只是准备好不好！还没有实施好不好！我总觉得你是装的，大叔你是不是装的？陈沉说，今晚的月亮据说几十年不遇，我们一辈子只有一次机会，所以不浪漫地干点什么，似乎有点过意不去啊。小苹果说，我们干其他什么都是犯罪，你晓得最适合做什么吗？

陈沉说，最适合做人工呼吸。

小苹果说，最适合做梦！大叔你就做梦吧，正正经经地说说你的梦吧。

陈沉与小苹果肩并肩地坐在木桥上。陈沉说，我的梦就是当作家，像曹雪芹一样写一部《红楼梦》。我如果写《红楼梦》的话，就让林黛玉嫁给贾宝玉，然后再生一对龙凤胎，一个叫贾无花，一个叫贾无果。小苹果说，让林黛玉嫁给贾宝玉，那薛宝钗多可怜呀？还不如让贾宝玉娶两个媳妇，把她们两个都娶了算了。陈沅说，那不是违法吗？小苹果说，你什么脑子，那是清朝，又不是现在，是可以娶几个媳妇的好不？

陈沅又想起了自己的两次经历。

第一次是看不到任何纽扣的，和那个封闭的保守的传统的甚至是戴着枷锁的时代一样，所以他像是一个渴望爬上那棵樱桃树的被蒙住眼睛的瞎子，遇到了重重机关和重重磨难。如果容易一点的话，如果熟练一点的话，如果苍老一点并不那么青春年少的话，是不是一切都轻车熟路瓜熟蒂落了呢？那棵樱桃树是不是就会躲过那么严厉的指责、惩罚和灾难，甚至会不会就变成一段美好的浪漫的传说了呢？

第二次恰恰相反，她的全身都是纽扣，每一颗纽扣其实都是一扇充满诱惑的大门。而且他已经不再年轻不再无知不再慌乱，蒙住眼睛的那块布早就被揭开，所以在一个夜色暗淡的晚上，当她因为生理原因出现恶心呕吐的时候，她拉起他的手按在她的腹部，让他用他的方式来治疗她的腹痛。但是随着他的手反复按在她的身上，她把他的手向上或者向下引入无人之境……他水到渠成地被解除了所有的武装，并在结束的时候仅仅说了一句“我们结婚吧”，她便轻松地答应“好啊”，如同几年之后一样，他仅仅说了一句“我们离婚吧”，她便平淡地回答“好啊”。

陈沅想，他的两种经历多么像两个极端，一个在一千多公里之外，一个在一千多公里之内，一个在十几年前，一个在十几年后，他不晓得是距离还是时间扭曲了他的感情——如果农村的事情发生在上海，或者是上海的事情发生在农村；如果十八年前的事情发生在现在，或者现在的事情发生在十八年前，他是不是就不会给那棵樱桃树造成如此大的离别和悲伤呢？他是不是就可以像拥有两个太太一样同时拥有两个极端呢？

陈沉笑了笑说，我怎么就没有想到让贾宝玉娶两个老婆呢？我看你更适合当作家，难道你的梦想也是当作家吗？小苹果说，我呀，在学校学的是设计专业，梦想是当一个建筑设计师。当时心想十里洋场多漂亮啊，应该有满把的机会在地上打滚。但是毕业后跑到上海才发现，自己一个大专毕业生，和文盲的遭遇其实是一样的，人家卖菜的扫地的都是本科。我有个朋友是研究生，学的是什么教育学，在大上海屁用都没有，连一份教书的工作都找不到，无奈之下照样进了洗头房。

陈沉又叹气了。他又回到了那棵樱桃树下，又看到了那两只兔子，又感受到风雨欲来的气息……那棵樱桃树的梦想也是考上大学，也是去大城市工作，也是当一名设计师，不过不是设计建筑，而是设计服装。她想把老家的每一种树都设计成各式各样的衣服。比如，把白桦树设计成裤子，把枫树、橡树和松树设计成衬衫，把开花的杏树、桃树和梨树，尤其是樱桃树，都设计成裙子。但是呢？唉，在那个春天，在那棵樱桃树下，在那个阳光明媚的中午，在伊甸园一般的看似静谧的小镇，偏偏遇到了两只兔子，像受到一条蛇的引诱，夏娃与亚当开始偷食禁果……因为是光天化日之下，是无遮无掩的，有人目击了那情不自禁的一幕，把消息一路传了下去，终于传到了上帝的耳朵里，最后遭到了上帝的惩罚——严格地来说，惩罚那棵樱桃树的不是上帝，而是上帝创造的蒙昧未开的人类——更严格地来说也不是人类，而是他们的嘲笑、流言和偏见……随后零零散散地传来一点消息，有的说那棵樱桃树像所有的树一样，仍然守在荒草连天的风风雨雨的农村，有的说那棵樱桃树不见了，可能是被人砍掉了，也可能是枯死了。最后就再也没有任何消息了，像那个春天的樱桃花凋零之后，重新化入泥土从未开放一样，或者像开放之后再没有凋零一样……

反正，陈沉自此之后的十八年，无论是在老家还是在外地，无论是在农村还是在城市，都没有看到过一棵樱桃树，已经记不清樱桃树的样子，更不记得樱桃花是什么颜色，会散发出什么样的气息。唯一可以品尝的是樱桃的味道，不过已经不是自己亲手采摘下来的，不是在当季生长出来的，更不是当初那棵樱桃树上生长出来的樱桃了。

陈沅说，她现在呢？现在在干什么？小苹果说，你是指我的朋友吗？人家研究生也没有白上，她在洗头房上班的时候，总是把毕业证拿出来让客人看，客人发现陪自己的竟然是研究生，出手就尤其大方。我劝她还是别干了，别再糟蹋自己了，但是人家干得挺起劲的，说在洗头房一个晚上，等于在外边半个月，何乐而不为呢？陈沅说，如今时代不一样了，过去没有洗头房的时候，人找不到工作怎么办？小苹果说，关键是地方不一样了，在咱老家一直都没有洗头房，而在城市连烟花柳巷都有了，好多人都沦落到那种地方去了。

陈沅说，所以，罪不在念不念书，念的是什么书，进不进洗头房还是看人，每个人想法都不一样。你不会也在洗头房上班吧？小苹果瞪着眼睛说，你把我当什么人了？！陈沅说，近朱者赤，我就是提醒一下。小苹果说，朋友也劝过我，非要介绍一个大老板给我。别说什么大老板，就是大老爷，我也不愿意。我如果那样做，对得起我姐吗？对得起我们那片青山绿水吗？陈沅说，为什么对不起你姐？小苹果说，我小学毕业之后，我爸妈反对我继续念书，说我已经长成大丫头了，再念下去会像我姐一样学坏的。所以我是我姐辛辛苦苦养大的，再坚持供着我上完了大专，还坚持让我选择了设计专业……而且，当初，听说我姐因为流言蜚语，中学还没有毕业就被逼着回家种地了，我们家好长时间在村里都抬不起头，几乎都要被唾沫星子给淹死了……

小苹果眼里闪动着泪花。陈沅的内心又狠狠地闪了一下那盏小灯。虽然十八年来，他没有收到太多的实质性的消息，但是如果按照在那棵樱桃树下发生的事情进行合理的推断和想象，似乎小苹果讲述的正是他内疚的和认定的结果。他真想问问，她姐叫什么名字，当时是在哪里上的中学，到底发生了什么事情，为什么一直抬不起头，是不是因为男女关系，如今的情况是什么样子，是不是成了司空见惯的满手老茧的满脸皱纹的一身油污的弯腰驼背的农村妇女……但是看到小苹果十分伤心，他陷入了小小的沉默，一是不忍心问那么多伤心的事情，二是还承受不了那么大的巧合。似乎这种巧合的可能性不大，但是如果真是一个天大的巧合怎么办？按照他原来的设想，就是想从那个县城穿过，去那个小镇远远地看上一眼那棵樱桃树，甚至是在心里悄悄地问候一声：“对不起，十八年了，你还好吗？”

陈沅说，你如今当设计师了吗？小苹果说，如今在一家日本玩具企业，做了一个仓库管理员，哪会想到这辈子要当仓库管理员啊。陈沅说，仓库管理员工资不会低吧？小苹果说，你以为是当保镖吗？其实就像个看门的，哪里用了几个螺丝，哪里坏了一个灯泡子，又入库了多少小米积木，又出库了多少卡通玩偶，整天消耗在这些鸡零狗碎的东西上。陈沅说，有你这样如花似玉的管理员，那些螺丝、灯泡和玩具们能安分吗？小苹果说，谁都像你呀，大叔！陈沅说，不过，绿林好汉林冲也当过仓库管理员。小苹果说，他最后一气之下还不是把草料场给烧掉了？

陈沅说，你还喜欢设计吗？小苹果说，有时候做梦都在设计东方明珠，上海人把东方明珠当宝贝似的，整天炫耀什么“东方之珠”。哎哟，真够土气的，还不如我姐纳鞋底的大锥子。我姐纳鞋底的大锥子起码是铁的，比东方明珠优雅朴素多了，东方明珠发出的光是紫色的，与在洗头房上班的朋友身上穿的衣服太像了。

陈沅说，我还没有上过东方明珠。

小苹果说，我也没有进过洗头房。

说到这里，两个人相视一笑。

在月光下，彼此的目光显得十分幽怨，像湖面上偶尔荡起的不易觉察的一丝涟漪。

陈沅说，在工作方面，我也许可以帮你。小苹果说，凭什么？凭我们是老乡吗？陈沅心里明白，自己虽然帮不了什么，之所以还想尽力帮她，是因为小苹果长得越来越像那棵樱桃树，又有那棵樱桃树的影子和夭折的梦想，甚至她不是一个苹果，而是通过十八年的时间，被放大了很多倍的一颗樱桃。他似乎在慢慢地接近那棵樱桃树，内疚感和负罪感在慢慢地减轻……

陈沅说，凭你是我的老乡，也凭你刚才的人工呼吸。小苹果说，我再重申一下，当时想做人工呼吸，其实是并没有实施，而且人命关天的，我怕你一旦死了，就说不清楚了。人家不晓得的，真以为我们开房去了，你不是被吓死的，而是死在床上的。消息传回我们老家，那些人肯定会说，有其姐必有其妹，那我姐多伤心啊。陈沅说，你咋不喊别人帮忙呢？小苹果说，我咋忘记了呢？我们还有一车人，尤其是棍子山药吹气球的样子多熟练，给你做做人工呼吸应该也不会差的。要不我现在把他给你叫过来吧？

陈沅笑了笑说，你为什么不继续念书？小苹果说，我想啊，而且已经报好了成人教育的专升本，是复旦大学的视觉艺术学院。但是进考场那天早上，死活找不到准考证，我怀疑是被胖子给藏起来了，但是胖子说可能被老鼠吃掉了。上海有老鼠吗？你在上海见过老鼠吗？反正我在上海从来没有见过老鼠，只见过成群结队的蟑螂。陈沅说，哪个胖子？小苹果说，就是下午来送我的男朋友，他一直不同意我继续上学，尤其是不希望我学艺术专业，他说搞艺术的都是大流氓。我忘记了，作家也是搞艺术的，你会不会也是大流氓啊？

陈沅内心的那盏小灯一沉。虽然上中学的时候，他还没有当作家的理想，还远远不明白什么是作家，但是在那年春天，在那棵樱桃树下，在两只兔子的诱惑下，在他像一个瞎子一样慌乱地爬上那棵樱桃树朝着樱桃花深处进入的时候，有一根棍子像暴风雨之前的一道闪电一样抽了过来，随着一声断喝，一顶“流氓”的帽子扣了过来……最后是那棵樱桃树抢在前边，主动地接住了这顶无比耻辱的可以毁掉一生的帽子……

陈沅说，搞艺术的那是浪漫，说明胖子不懂浪漫。

小苹果的电话响了。她接通了电话，说死胖子，你干吗呀？这么晚了，你不睡觉打什么电话？你问我在哪里？当然在车上！你说太安静了？当然太安静了！现在停在服务区呀，凌晨大巴不准上高速，所以停在服务区。我在睡觉啊，还能干什么！土豆大叔？是啊，他就在身边。你什么意思啊？我就跟他好了，关你什么事儿？有本事你来呀！你如果懂浪漫的话就来一起看月亮，多好的月亮啊。让你跟我走，你不愿意，嫌弃我们山里，怨不得我吧？你这个死胖子，好了好了，人家是土豆又不是迷魂汤，是不会迷住我的，你就把心放在肚子里吧。你要视频？这是要检查我对吗？而且黑灯瞎火的，你啥都看不见吧？

小苹果挂掉电话，笑着说，胖子吃醋了。陈沅说，他吃什么醋啊？小苹果说，他说他下车的时候，从车窗外边看到你，觉得你长得色眯眯的，提醒我防着你一点。陈沅说，你真得防着，我真不是什么好人。

小苹果抽了抽鼻子，说你闻闻，是什么味道？不会是月光吧，难道月光是香的？

当年的那个中午，那棵樱桃树抽了抽鼻子，也说有一股香味，问陈沅阳光是不是香的。

陈沅也抽了抽鼻子，发现空气果然香喷喷的，有一股亮堂堂的直沁人心的味道。陈沅说，恐怕是桂花开了。

他们离开了那座木桥，顺着一条小路弯弯地走着。她想给他和月光拍张照片，说是从没有见过这么好的月光，也没有见过能聊这么多的老乡，希望拍几张照片给这次旅途留个纪念。但是无论怎么拍，月光看似是亮堂堂地雪白雪白地洒了一地，可一拍下去，就什么也没有了，仍然漆黑一片。陈沅说，月光不是光。小苹果说，那月光是什么呢？陈沅说，如果是光的话应该有反射，我拿镜子试过，月光是没有反射的，所以是拍不出来的。小苹果说，那怎么才能留住这些美景呢？陈沅说，用心就行了，就像我们，记着就行了。小苹果说，我们是什么关系？等到了商南县那一站，我一下车你恐怕就不认识我了。

路过一片树林子的时候，小苹果突然捂着肚子，哎哟着蹲了下去。陈沅问，是不是吃坏了肚子？小苹果不好意思地说，女人的事儿，你就别问了，我去方便一下，你是正人君子，可不能偷看啊。陈沅说，什么也看不清。小苹果说，看不看是一回事，看得清看不清又是一回事。

突然有一只大鸟，或许就是传说中的天鹅，从树梢上俯冲了下来。小苹果尖叫一声，就扑在了陈沅的身上。正在这时，从林子里又冲出一条黑影，朝着陈沉狠狠地挥了一拳。陈沉感觉自己的鼻子在流血，那血流在地上与月光混在一起……那条黑影不是别人，正是车上的大鸭梨。大鸭梨从陈沉的身上把小苹果拉开，使劲地推了陈沉一把说，就晓得你没安好心。小苹果说，你怎么在这里？大鸭梨说，我在保护你，我什么都听见了，他还真是一个流氓。小苹果说，谁是流氓啊？大鸭梨说，这个大红薯呀！

陈沉抹着下巴上的血，偷偷地笑了笑——他在给别人起绰号的时候，没有想到别人也在给自己起绰号。自己的这次绰号不叫土豆，而是比土豆更加丑陋的红薯。小苹果说，你从哪里看出他像红薯？大鸭梨说，你看看他的头型，再看看他紫红色的衬衫，不是红薯是什么？小苹果嘻嘻地笑着说，确实像一个紫薯，不过你误会了。大鸭梨说，我怎么会误会！小苹果说，他一路都在照顾我，反而是我差点把他给吓死了。大鸭梨说，他那都是装的，你看不出来而已，如果我不出现的话，估计你已经上当了，早被他给收拾掉了。

小苹果说，你也看到了，刚才有一只天鹅冲下来要咬我。大鸭梨说，这又不是天堂，哪来的天鹅？我怎么没有看到天鹅？如果真有天鹅也是他装的。小苹果说，你装一只天鹅给我看看？大鸭梨说，我又不是流氓，我装它干什么？！大鸭梨揪住陈沉的衣领，说你是不是装的？不要说假话，说假话就是孙子。

陈沉嘿嘿一笑，说我是装的，天鹅也是装的。

小苹果看到陈沉的鼻子在流血，一边递纸巾一边说，装就装吧，如果真有什么事情，那也是我主动的。大鸭梨说，我提醒你，这个小老头，肯定有老婆。小苹果说，人家没有老婆，就是有老婆跟你有什么关系？大鸭梨说，他没有老婆，孙子才信呢！如果真没有老婆，更说明他是坏人，坏人才找不到老婆。小苹果说，你这什么逻辑呀，都把我搅糊涂了。大鸭梨拉住小苹果的胳膊，似乎要把小苹果带走，说时间不早了，应该上车了。

小苹果甩开了大鸭梨，说你别拉拉扯扯的行吗？这么好看的月亮，我还没有看够呢。大鸭梨说，你是不是看上人家了？你被骗了晓得吗？小苹果说，我是自愿的，如果被骗了关你什么事儿？大鸭梨一生气，真的扭头就走了。

小苹果说，气死了！真是气死了！像一只苍蝇似的。陈沅说，人家也是为你好。小苹果说，哪里是为我好？他是还不死心。陈沅说，这么快，你们就泡上了啊？小苹果说，听你说话的口气，还真不像正经人，什么泡不泡的，其实他和我是一个村子的。陈沅说，这次回家，你们是约好的？小苹果说，是偶尔遇到的。陈沅说，吃晚饭的时候，隐隐约约地听你们说，他好像在上海一家电子厂打工。小苹果说，我感觉打工是假的，来找我才是真的。我就明白地告诉你，他是我在村子里的男朋友，不过早就分手了。陈沅说，我明白了，是你把人家给抛弃了，你跑到上海以后，遇到了小胖子，经不住花花世界的诱惑，就变成陈世美把人家秦香莲给抛弃了。小苹果说，陈世美与秦香莲已经结婚了，还有两个孩子，我和他不一样，就是小孩子过家家，随随便便地谈了谈而已。陈沅说，随便谈了谈是什么意思？结婚和不结婚有什么差别吗？小苹果说，你想说什么？！你想问有没有那个对吗？陈沅说，那个是哪个？我不懂。小苹果说，你又装！有了，什么都有了，和结婚一模一样，孩子都生出来了，还是龙凤双胞胎，一个叫贾无花，一个叫贾无果，这样想象可以吗？

小苹果被自己的话给逗笑了。她呵呵地笑着说，我是不是疯了？红薯大叔你是我什么人？我为什么要和你七七八八地解释这么多？

在一个拐弯处，又遇到了棍子山药，他吃惊地说，以为你们开房去了，原来你们在这里呀。其实这里比房间好多了，又透气又浪漫又省钱。棍子山药的身后还跟着大白菜，她一边走一边嗑着瓜子，在走过棍子山药身边时，轻轻地朝着棍子山药踢了一脚，说人家开不开房关你什么呀？有本事你也开房去呀。棍子山药说，花那冤枉钱干什么，我们再往深处走走，说不定还有更好的地方。大白菜说，哪里好，还有床上好吗？棍子山药说，哪里都是床，反正我听你的。大白菜说，我到树林子里边方便一下，你可不许跟过来啊。棍子山药还是跟过去了，说这地方可能有狼，我得好好保护你。

两个人一前一后，向着树林子深处去了。不久，棍子山药传出折弄桂花的声响，也许也遇到了天鹅，或者遇到了别的什么，大白菜还不时地传出咿呀咿呀的喊叫。

5

陈沅和小苹果回到车上不久，棍子山药与大白菜也回来了。

棍子山药一上车，就要与小光头换位子。他要坐在大白菜的身边去。小光头问，为什么呀？棍子山药说，我们想坐在一起好好聊聊。小光头说，你们想聊什么？棍子山药说，我们想聊聊老家的穷山恶水，也想聊聊在上海的不容易。在外这么多年，没有遇到一个既爱吃土豆又爱吃汉堡的两边都懂的人，更没有遇到一个能掏心窝子的人，再这样下去我不得忧郁症也会变成疯子。而且你晓得吗？我们原来还是亲戚。小光头问，什么亲戚？拉拉扯扯的，一晚上就变成亲戚了？棍子山药说，这咋就不行了？你看看咱们商洛人的相貌都是差不多的，不是灰头土脸的土豆，就是红薯萝卜大白菜，祖宗都是从大槐树下逃难来的，大家攀扯攀扯都是沾亲带故的，说不定你还是我的小舅子呢。小光头说，你是不是在骂人？谁是你的小舅子？要是也是你的叔叔。棍子山药说，你一个小屁孩子，我叫你叔叔行不啦？小光头侧身问大白菜，你们真有亲戚关系，还是他不安好心？大白菜笑着说，我是他姨妈，不过是远房的，早就出了五服。

小光头不情不愿地换了位子。棍子山药换完位子，说你是谁的姨妈？大白菜说，还能有谁？你快叫姨妈吧。棍子山药说，姨妈，我饿了。大白菜说，乖，回家给你蒸红薯吃。棍子山药说，姨妈，我要吃奶。大白菜便在行李架上，摸出一瓶牛奶饮料，捶了一下棍子山药，扔在棍子山药的怀里。之后再没有听到嗑瓜子的声音了，而是棍子山药和大白菜叽叽歪歪地笑了一夜。

两人聊的第一件事儿，无非是该不该离婚。棍子山药说，我们村里几百年了，还没有一个离婚的，如果我第一个离婚，不就成陈世美了吗？大白菜说，可不是咋的，感觉挺狠毒的。棍子山药说，不离婚吧，心已经成了两张皮，咱在外边混了那么久，不能说有多大出息，起码是见过大世面的。大白菜说，还有比上海更大的世面吗？楼都盖到一百层了，桥都修到几十公里了，还有迪士尼马上也要开张了。棍子山药说，但是我那老婆，她死活不信，说楼再高有山高吗？桥再长有咱门前的小河长吗？大白菜说，你为什么不带她一起打工？棍子山药说，她什么都不会，当保姆都不行。大白菜说，那你可以带她到上海看看吧？棍子山药说，她不喜欢城市，也不喜欢人多，看到人多就头晕恶心，有一次走到半路上，还没有出我们商洛，就下车跑回去了。

大白菜说，你可以把东方明珠和东海大桥拍成照片发给她看看。棍子山药说，前几年，我们村没有手机信号，刚刚有了手机信号，给她买了一部手机，但是她不会用微信，我拍的照片也传不过去。大白菜说，我老公现在连手机都没有，他说一个农民整天和庄稼打交道，要那东西有屁用。棍子山药说，前段时间，让人给她安装了微信，有一天晚上，我教她和我视频，聊了不到几分钟，她竟然骂我是臭流氓。大白菜说，你不会让人家裸聊吧？棍子山药说，都老夫老妻的了，脱个衣服有什么了不起的？隔山隔水的好几千里路，她说想那个了，不视频咋办？

大白菜说，猜你也不会亏待自己，我们女人多可怜啊。棍子山药说，说一千道一万，早就是两个世界的人，每次回去两个人躺在一张床上，身边像是躺着一头母猪。大白菜说，是人是猪，关了灯不都一样吗？棍子山药说，能一样吗？母猪还会哼哼，但是她哼哼都不会。有一次我让她哼哼几声，她一脚把我给踹下了床，硬说我在外边学坏了，不然哪有这么多花样。大白菜扑哧一声笑了说，你活该。

陈沅内心的那盏灯又闪烁了一下。他如果没有穿过那个春天，如果那棵樱桃树没有开花，如果那两只白色的兔子没有明目张胆地寻欢，如果没有自己的青春年少和盲目的冲动，如果她的身上有几颗成为入口的纽扣，如果所有的过程都轻车熟路地悄悄地不被发现地进行，如果没有那时的封闭的保守的落后的观念……她是不是就不会被勒令退学，就不会永远地被困在那片群山之中了呢？如今，她会不会变成棍子山药口中的形同陌路的那头猪，会不会正过着井底之蛙一样的原始生活，承受着动物一样的麻木不仁呢？

但是，她是不是保持着一颗无比纯洁的没有分分合合的没有伤感的内心呢？

棍子山药和大白菜还聊了聊该不该在上海买车。棍子山药说，迟早得买辆车。大白菜说，买啥牌子？棍子山药说，还是桑塔纳皮实。大白菜说，起码得买一辆别克，不然对不起八万块钱的车牌。棍子山药说，要买车也不用挂上海牌子，花那钱没有必要，挂商洛牌子几百块就搞定了。大白菜说，挂商洛牌子不能上高架，去外滩呀南京路呀，都受限制，要车有啥用呢？棍子山药说，过几天回上海，我就买辆别克车开开，拉你一起去兜风。大白菜说，好呀，不过你有驾照吗？棍子山药说，奶奶的，拖拉机倒是开过几年，竟然忘记考驾照了。大白菜说，等有了驾照，有了车，我们回来就开车，免得再挤长途大巴了。

两个人又聊了聊生二胎的事儿。棍子山药说，你还想不想生孩子？大白菜说，想是想，你这么大年纪，还生得出来不？棍子山药说，努力一下，一年半载的，瞎猫也能逮个死老鼠吧？我们有个同事都五十多了，照样把人家肚子弄大了。大白菜说，是他的吗？说不定人家栽赃陷害呢。

最后，两个人聊了聊未来，不免都有些茫然和凄凉。棍子山药说，我们老了怎么办？大白菜说，老了还得回老家。棍子山药说，那我们当初进城图什么？大白菜说，图赚钱呀，不为了赚钱受这份罪干什么？棍子山药说，我们在上海赚的那点钱都不够买房子。大白菜说，所以终究还是要回农村的，而且现在农村日子好过多了，孩子上学全部免费，看病有合作医疗，能报销百分之七十，六十岁以上还有补贴，每月一百块左右，已经够买油盐了。棍子山药说，而且农村空气好，吃的也没有污染，但是我们回家还习惯吗？大白菜说，肯定不习惯了，连穿衣服、上厕所都不习惯了，关键是夫妻之间说不到一起去了。棍子山药说，那怎么办啊？谁会想到社会发展这么快，似乎一下子都颠倒过来了。

两个人越聊声音越低，嘀嘀咕咕地聊到最后，什么声响也没有了。陈沅侧目看过去，大白菜倒在棍子山药怀里，糊糊涂涂地已经睡着了。棍子山药则直挺挺地坐着，瞪着一双眼睛一动不动，生怕惊动了大白菜的睡意。

虽是中秋节，但山中还是有些冷，大家哆嗦着回到了车上。时间还没有到五点，高速路还没有解禁，大家实在等得不耐烦，就纷纷要求上路。大北瓜说，耐心再等等，被抓住了，要罚款扣分的，这一趟就白跑了。大家说，交警都在家里抱着老婆孩子过中秋，哪有空半夜三更出来抓我们。大北瓜说，高速路上到处都是电子眼，被拍到了照样会被处理的。大家说，你把车牌子蒙起来，它能拍到啥子？大北瓜说，你们以为交警是吃软饭的？我这车上也有摄像头，全程都是录像的。

听说车上有摄像头，大家顿时骚动了一下。尤其是大白菜，立即坐直了身子。棍子山药说，你接着睡吧。大白菜说，有摄像头。棍子山药说，我就借个肩膀给你，有摄像头怕什么？让它拍去好了。话虽这么说，但棍子山药还是有点别扭，瞅了瞅车顶说，摄像头在哪里？司机说，在你的头顶上，不过放心吧，没电了，早就关闭了。大北瓜说，恐怕是你故意关的，不出什么事还好，出事了交警来调录像，我看你怎么交代。司机说，坏了行不？！像一只大眼睛在背后盯着，我哪里握得稳方向盘呀。

大家说，既然摄影头坏了，警察如果来查，我们给你证明，还是快上路吧。尤其大鸭梨，说是再不开车的话就给他退票。大北瓜说，退票？好啊，我给你退票吧。大鸭梨说，你给我退全价，二百二十块，一分不少。大北瓜嘿嘿一笑，说我再加三十块，算是给你的补偿，正好二百五行不？大鸭梨伸出手说，二百五就二百五，赶紧吧。大北瓜抽出二百五十块钱，啪的一声拍在大鸭梨的手掌心。大北瓜说，还有谁想退票的？我统统退给你们，我停在服务区，都是照章办事，我没有做错什么，你们凭什么要退票？但是我依了你们，退票可以，不过拿了钱，请立即下车！

大鸭梨开始收拾行李。大家纷纷劝说，在这半夜三更的半路上，你下车去哪儿？大鸭梨说，多好的月光，我不走了，住在这儿，看看月亮不行吗？我们土农民看看月亮有罪吗？

大鸭梨果真提起行李下了车，消失在皎洁的月色之中。

陈沅用胳膊顶了顶小苹果说，他在赌气。小苹果说，随他吧，他下车关我什么事？陈沅说，他不是你男朋友吗？小苹果说，是过去式了好不？陈沅说，你们起码还是一个村的，你应该把他留下来。小苹果眯着眼睛说，他会听我的吗？

换到前边的小光头提醒大北瓜说，你就没有别的办法了吗？大北瓜说，有屁的办法，我又不是飞机，我要是像人家飞机，长着一对大翅膀，早就忽悠一下飞掉了。小光头说，上次来上海，凌晨的时候，人家不走高速路，走的是312国道，国道不会封路吧？大北瓜一拍脑门说，我真是个瓜娃子，跑了将近半年了，咋没有想到这条路呢？其实高速路修好后，那312国道更顺畅了。

司机把大巴急急地开出了服务区。在驶出高速路的时候，小苹果站起来说，司机你停一下车吧。大北瓜说，你也要退票吗？小苹果说，我为什么要退票？你们搞运输的，有点德行好不？把一个乘客丢在这里，万一出点什么事儿，你们不负责吗？大北瓜说，是他自愿的，而且一个男人，能出什么事儿？小苹果说，你得把他找回来，我看他脑子出问题了，不是看月亮去了，说不定是跳湖自杀去了。大北瓜说，他一没有失恋，二没有丢钱，三没有生病，为什么要自杀？人家说了，就是赏赏月而已，这么好的月亮，在这住几天，也不是不可以。司机说，他一个农民，晓得什么是月亮？会赏什么月亮？简直就是笑话！

大爷说，大家都是老乡，这孩子心里有事儿。棍子山药说，他眼珠子都红了，怕是窝了一肚子火，别说跳湖了，我看上吊都有可能。大白菜说，吃晚饭的时候听他嘟哝过，他似乎把上海的工作弄丢了，恐怕再也回不去了。

看大家纷纷劝了起来，陈沅站起来说，我把他给请回来，你们等我十分钟吧。陈沅下了车，顺着小路找过去，大鸭梨果真坐在湖边。陈沅说，走吧，别傻了，小苹果说了，你是她男朋友，你待在这里，她会担心的。大鸭梨说，小苹果是谁？是燕子吗？她真这样说的？陈沅说，她叫什么名字？大鸭梨说，燕子是小名，大名叫李春燕。陈沅说，到底是哪三个字？大鸭梨说，木子李，春天的春，小燕子的燕。

因为那棵樱桃树并不姓李，陈沅初步排除了自己的怀疑。如果说真有意外和巧合的话，仅仅是她长得越看越像那棵樱桃树，不过，这种像，只是拿现在的她与十八年前相比。陈沅已经无法想象十八年之中，经历过那么多的风风雨雨，那棵樱桃树到底会变成什么样子，何况他对那棵樱桃树的印象，已经不再那么具体，不再那么清晰，更多的是一种牵挂，是一种象征，是一种概念，是一种纪念，是一分内疚……如果不是自己，她也能考上大学，也可以进城实现当设计师的梦想，甚至也可以和城里人结婚……那么，她也会离婚吗？

除非小苹果所说的她姐，并不是真正的她姐，而是她嫂子。因为在他们商洛，也有把嫂子叫姐的习惯。

陈沅说，她说你是她男朋友。大鸭梨说，那是过去，我们已经分手了。陈沅说，她说你们之间什么都有了，孩子都生出来了，还是龙凤双胞胎。大鸭梨有些生气地说，她胡说八道，我们在小毛孩子的时候是牵过几次手，除此之外都是清清白白的。陈沅说，我不信，你们谈恋爱的时候呢，也没有干点什么吗？大鸭梨说，哪像你，怎么看都像色狼。陈沅说，我们商洛如今连狼都没有，怎么会有色狼呢？你太年轻了，看走眼了。

大鸭梨说，听说她在上海交了一个胖子，所以才绝情地和我提出分手的。我到上海来打工不为别的，其实就是为了找她。陈沅说，你找她有用吗？大鸭梨说，她进城以后就变心了，我晓得找也白找，我就是想找到她，远远地看一眼她，看看她在外边过得好不好。但是我整整找了三个月时间，最后竟然在这趟车上给遇到了。陈沅说，你已经见到她了，你看她过得怎么样？大鸭梨说，感觉在外边尤其在上海太不容易了，我开始还以为你是胖子呢。陈沅说，你看看，我是胖子吗？送她上车的那个才是胖子。大鸭梨说，她上车的时候我睡着了，你也见到了那个胖子，你说说到底比咱强在哪里？陈沅说，你长得像一个大鸭梨，他长得像一根白萝卜，所以比咱也强不到哪里去，唯一不同的地方，人家是上海人。

陈沅提起大鸭梨的行李说，还是赶紧走吧，一车人都在等着你。

大巴终于重新启动，驶出服务区，进入312国道。原来没有修高速路的时候，312国道铺了柏油，是东西走向的交通要道。如今有了沪陕高速，312国道就冷清了，尤其是半夜时分，与高速路并没有什么差别。大北瓜说，哎呀，既赶了时间，又省了过路费，我请客。大北瓜拿出几盒月饼分发给大家，说是过中秋节，大家凑在一起是缘分，有什么服务不周的地方请大家原谅，以后回家或者是到上海还坐这趟车。

凌晨四点多的时候，月亮更加明亮了，但是玻璃上有了水雾，月光照射不到车内，仍是伸手不见五指，大部分人很快就呼呼地睡了过去，只有少数的几个人还是清醒的。棍子山药与大白菜还在那里磨磨蹭蹭，不明白最后聊到什么伤感的事儿，似乎是那份工作，似乎是家里的孩子，大白菜竟然嘤嘤地哭了。

小苹果是没有入睡的。她不再呕吐了，似乎腹中的食物已经吐空了，随着汽车的摇摆更加难受地呻吟着。陈沅关心地问，是肚子痛还是晕车？她没有说话。陈沅说，你是不是病了？她还是没有说话。陈沅说，长时间窝在车上，我的双腿都麻木了，我要去活动活动，你趁机舒展地睡一会儿，好好地休息休息。陈沅让出自己的座位，开始跑到过道上做广播体操。小苹果原本十分娇小，平躺在两个座位上，像是躺在一张婴儿床上，不一会儿就发出了均匀的呼吸声。

不晓得过去了多久，小苹果发现陈沅坐在过道上，非常抱歉地腾开座位。陈沅说，地上更舒服。小苹果说，地上太凉。陈沅说，你继续睡吧。小苹果比画了几下，意思是她还缺个枕头，问他坐回去行吗？陈沅坐回去之后，小苹果果然抬起双腿，轻轻地搭在他的双腿上，然后看着他调皮地笑了笑，竖了竖大拇指。她不再有任何声响，像一摊过分发酵的面团，微微地不停地抽搐着。

他说，我还是去过道吧。她一动不动。他说，你需要喝水吗？她没有任何反应。他说，你到底哪里不舒服呀？她似乎没有听见。他怀疑地试了试她的额头，她的额头并没有发烧，反而像玉石一样有些冰冷，苍白的脸色接近于月光，又有点像一张白纸。

陈沅担心她会昏迷，于是伸过手掐了一下她的手，想试探一下她的生命反应。大巴遇到了颠簸，她趁着颠簸，或者是无意中，忽然抓住了他的手。当她抓住他的手的时候，他感觉她的手不是手，而是一条受伤的蛇，在不断收缩的蛇，要把什么东西传递给他。她一阵紧一阵松地抓着他，似乎要把什么东西捏碎。他反转了一下，把她的手握在了自己的手心。这一反转，她的手由一条蛇瞬间变成一只兔子，逃出他的手心。她的手抓着他的手，与他的手抓住她的手，意义似乎不太一样。他被她抓着的时候，她似乎抓住的不是手，而是一种寄托和力量；而他抓住她的时候，似乎是一种欲望与发泄。在她把手收走之后，他怀疑地骂了自己一句“流氓”，有点尴尬地把手收了回来。

他的思绪再次回到那棵樱桃树下，再次回到那两只兔子身上。那时候，他抬起头看了一眼太阳，看了看肆意寻欢的兔子，两个人对视了一下，然后她的手就在那一刻抓住了他的手，他的手反转了一下又抓住了她的手，似乎那两只兔子已经跑到了他的手心，从他的手心钻进了他的身体，钻进了他的心里，钻进了他的血里。最后，他开始四处搜寻着，但是他没有找到一颗纽扣，没有找到一个入口，他像被蒙着眼睛的瞎子，在攀爬那棵花开缤纷的樱桃树……他的血里到处都是兔子在奔跑，在冲撞，终于喷射而出……后来发生的与浪漫毫不相关的事情，就是有一根棍子朝着他抽了过来却落在了她的身上，有一顶“流氓”的帽子朝着他扣过来却戴在了她的头上，彻底终结了一个十八岁的青春……

小苹果又开始轻轻地呻吟，她的手变成五条蛇，五条蛇生出了五十条蛇，犹犹豫豫地窜过来，一点点地缠住了他。这一次，她没有抓着他的手，没有想把什么捏碎，而是把他的手缓缓地拉过去，坚定地引导着他按在她的腹部。她的腹部剧烈地起伏着，像也有无数的蛇在撕咬，在爬行，在挣扎……她把他的手，隔着一层衣服，按在她的腹部，暗暗地控制着，暗暗地向下压，暗暗地蠕动……他对这个动作是十分熟悉的，那不过是止痛的手法罢了。他的前妻，每次在生理周期来临的时候就把他的手拉过去……

陈沅说，会不会因为在外边受凉了？小苹果摇了摇头。陈沅说，你应该是腹痛吧？小苹果点了点头。陈沅说，我给你治一治，你不介意吧？小苹果摇了摇头。陈沅说，我是学医的，不过是个兽医。小苹果吃惊地瞪着陈沅，说你是兽医？你把我当什么呢？陈沅说，我把你当成小白鼠了。小苹果信任地放开了自己的手。

陈沅抬起头瞄了一眼，发现摄像头就安在斜前方，无论多低的位置都在它的注视之下。他是有忧虑的，在那个叫试马的小镇，在那棵樱桃树下，在野草生长的地方，感觉是多么隐蔽啊，但是他的欲望还是被暴露出来了，被散布出去了。他有时候真不明白，是这个世界长着无处不在的眼睛呢，还是那个时代太封闭太邪恶……小苹果似乎理解了他的忧虑，拿出自己的那件外套盖在了两个人的身上。在那件外套下边，陈沅使劲地搓着双手。他把双手搓得火热，然后迅速地紧紧地焐在她的腹部。开始他仍然隔着一层衣服，随后他还是从容地把衣服揭开了。十次，二十次，三十次，似乎很快就有了效果，她腹部里的那群蛇，安静了下来，驯服了下来，顺着他的手，一条条地游出来，一条条地消失了。

小苹果说，你这招真灵，也是在学校学的？陈沅说，兽医也是医，给动物治病和给人治病，其实道理都是一样的，只是用药的剂量不同罢了，所以中医方面的针灸按摩也是必修课，不过我那时候心思不在专业上，仅仅学了一点皮毛。小苹果说，哪里是皮毛啊，简直是妙手回春，在谁的身上练过不少吧？陈沅说，兽医嘛，除了猪，当然全是女人。

陈沅确实是学兽医的，但是在学校并不学这些，他的绝招不过是姐姐教的。每次有人肚子痛的时候，他姐姐就拿一只布鞋底子，放在火上烤热之后，焐在人家的肚子上。至于自己为什么用手，并不是他姐姐教的，而是在他结婚之前，连女朋友都不是的前妻，在一次大姨妈来临的时候，把他的手拉过去焐在她的腹部，对相关内容进行了延伸和扩展。不过，在前妻身上，前半部分是为了止痛，后半部分总会由一种生理反应转化为一种生理需求，使他反复回忆到那棵樱桃树，使他越来越反感、越来越疲惫、越来越恐惧，直到他终于说出一句“我们离婚吧”，前妻终于回答“好啊”。

小苹果苦笑着说，做女人真可怜，还不如月亮呢，月亮圆了缺了，明了暗了，应该不会那么痛苦，哪像我们女人，年年岁岁，岁岁年年，每个月都要被折磨一次。陈沅说，你不如月亮？每个月一次？这是什么情况啊？小苹果说，你不懂吗？

陈沅怎么会不懂呢？他早就明白小苹果的疼痛不是病。

陈沅说，我真傻，现在才明白。

小苹果说，你不傻，你还是装的，不管怎么说，我都要谢谢你。

陈沅说，你要怎么谢谢我？小苹果从挂着的袋子里，掏出一把陈沅的樱桃，放在水杯子里荡了荡，然后递到陈沅的嘴边说，我看你喜欢吃樱桃，但是吃樱桃都不洗，也不怕农药吗？我给你洗樱桃吧。陈沅说，你就这样谢我？小苹果说，你还想怎么样？陈沅说，你真贤惠。小苹果说，咱商洛女人都挺贤惠的。陈沅说，所以我后悔，没有找一个商洛女人，而是找了一个上海女人。小苹果说，你不是还没有结婚吗？陈沅说，谁说的？小苹果说，是你说的吧？我记不清了，感觉你是单身的。陈沅说，单身不假，单身难道就没有结婚吗？小苹果说，我明白了，你离婚了，到底为什么呀？

陈沅说，没有原因，如果有原因的话，恐怕就是她不给我洗樱桃。小苹果说，就这么简单吗？陈沅说，是啊，恰好相反，我洗好了樱桃，人家还懒得张口，嫌弃樱桃不如车厘子。小苹果说，樱桃看上去不如车厘子，但是味道比车厘子好多了。陈沅说，那你为什么还要买车厘子呢？小苹果说，你是指我带的那箱子车厘子？我是想买樱桃的，但是一时没有找到，只好拿车厘子让我姐尝尝新鲜。陈沅说，你姐是不是喜欢吃樱桃？小苹果说，是的呀，你怎么晓得的？陈沅说，我猜的。

陈沅说，你家胖子怎么样？不那么刻薄吧？小苹果说，胖子倒是典型的上海男人，平时对我还是挺照顾的，会给我做饭，还给我洗衣服，就是不会像你那样给我按摩。陈沅说，他那样的年轻人不多了。小苹果说，不多我也不稀罕。陈沅说，生活习惯吗？小苹果说，他们家从来不吃面条，从来不吃辣椒，也不喜欢吃泡菜，所以我买了很多辣白菜方便面。陈沅说，我也是，她不吃糊汤，不吃土豆丝，不喜欢吃拉倒，还说这些东西没有营养，是乡下人吃的。

小苹果说，张爱玲说过，到男人心里去的路通过胃，不是一个地方的人胃就不一样，两个人的胃不一样，心就不会一样。陈沅仔细一想，他结婚与离婚的原因，似乎是说不清的，是轻描淡写的，但本质是非常简单的，他本质上还是一个农村人，与城里人的观念是不一样的，与城里人的感受是不同步的。陈沅说，张爱玲还说过一句，到女人心里的路通过身体。你说说看，我到你哪里了？小苹果说，你快到我们商南县了。

小苹果的脸真像一个秋天的小苹果，别过去看着窗外。

已经凌晨五点多了，大巴车进入了河南西峡境内。此时天边开始泛白，白中透着不易觉察的红，和小苹果的脸色是一样的。

大爷问，是不是快到了？司机说，快到商南县了，到丹凤县与商州区还早。小苹果听了，朝旁边挪了挪身子，直直地坐了起来。她的痛苦彻底消失了，似乎也彻底清醒了，他们之间瞬间就有了某种缝隙，或者说各自回归了原有的位置。

小苹果说，我快到了。陈沅说，你家在商南县城吗？小苹果说，在县城西边不远。陈沅说，这么早，有人接你吗？小苹果说，车站就在旁边，不需要接的。陈沅说，回家好好睡一觉吧。小苹果说，估计要睡三天三夜。你不是丹凤县吗？应该也快到了。陈沅说，我离县城还有八十里，估计到家要中午了。小苹果说，我们真不容易。陈沅说，是啊，你什么时候走？还坐这趟大巴吗？小苹果说，不一定，或许坐火车，或许坐飞机，都要先去西安。

大巴很快驶出河南边界，翻过一座山进入陕西境内。大巴进入商南县城时，天已经彻底亮了，路灯还没有熄灭，小城还处于睡梦中，只有麻雀是清醒的，在杨柳树上跳跃着。在越来越靠近的时候，陈沅越来越想把他与商南县之间的关系讲给小苹果听——在县城西边的那个小镇有一棵很大的樱桃树，每年春天会开出如雾一般的樱桃花，每年五月会结出厚厚的樱桃，他有五次骑着自行车，从丹凤县城向东，去商南县城，在走过武关镇之后不远，有一个叫试马的小镇会挡住他，让他坐在那棵樱桃树下歇会儿。但是最后一次，那是一个春天，那是一个阳光明媚的中午，当他从那棵樱桃树下迷迷瞪瞪地睁开眼睛，他抬头看了看头顶的太阳，又看了看两只白色的肆意寻欢的兔子，他与她对视了一下，然后人世间所有的樱桃花都为他开放了，人世间所有的樱桃花又都为她而毁灭了……他认为，人世间所有的樱桃花从那天起应该都毁灭了。

陈沅说，小县城还是老样子，就是长胖了，长高了，老了。当他还想继续说点什么的时候，大巴由东朝西穿过了县城，穿过了一片林荫道，到达了与县城已经连成一片的小镇，然后停在一座石拱桥边……陈沅记得那座石拱桥叫试马桥，它弯弯地骑在一条小河上，那倒映在水中的影子与它本身一起完整地组成了一个圆，像另一种形式的圆圆的月亮。司机说，商南县站到了。大白菜说，你们商南县到了。大鸭梨说，我们商南县到了。小苹果已经起身，站在过道跟着说了一句，试马镇到了。

小苹果回头看了陈沅一眼，然后晃晃荡荡地朝前走去。

小苹果下车，站在试马桥一边。试马桥的另一边，有两百米远的地方，或者是再远一些，有一座不大不小的山，在山脚下有一条路，那是当年从商南通向丹凤的，如今新修了一条大路，所以已经荒废掉了，在荒废的路边上，有一棵樱桃树，已经没有樱桃花，已经没有樱桃，也没有几片叶子。也许有樱桃花，也许有樱桃，也许有叶子，但是陈沅是看不清的，这是秋天，他只能凭着常识推测，那棵樱桃树上什么都不存在了……但是他身上的衬衫是紫红色的，凭着颜色一致的那紫红的树枝，他认识那是一棵樱桃树……

但是，他非常确定，那不是当初的那棵樱桃树。当初的那棵樱桃树，十八年前就已经是合抱粗了，这不是他的估计，而是他与她拉着手进行过测量，或者是他与她测量的时候拉上了手……但是，如今这棵樱桃树，明显还十分弱小，树枝还有些胆怯，甚至怀疑它有没有结过樱桃，即使在这十八年里那棵樱桃树不再生长，时间凝固不前，也会比它高大得多。

陈沅又看了看，除了多出许多楼房之外，他并没有发现其他什么。他突然又想，如果这棵樱桃树不是那棵樱桃树，那么当初的那棵樱桃树呢？无非是三种情况：一是被移走了，那么大的樱桃树被移栽的话是否能成活呢？二是被砍掉了，当初“流氓”事件发生后，就有人扬言要砍掉它，因为对别人而言，它象征的是不安，是伤害，是耻辱。三是他彻底记错了，当初那棵樱桃树根本就没有那么大，或者是他太年轻了。

有一群麻雀站在那棵樱桃树上，欢快地跳跃着。小苹果在叽叽喳喳的麻雀声中，开始不停地拨打电话。他第一次离她那么远，远远地看上去，她更像多年前的那棵樱桃树……陈沅抹去玻璃上的水雾，透过玻璃拍了一张照片。他不晓得想拿这张照片留个纪念，还是有别的什么用意。他想把这张照片发给她，但是此时才突然明白，他们并没有留下电话，也没有添加微信好友，他和她竟然如此熟悉又如此陌生。

他对着她招了招手，希望引起她的注意，希望她能记起什么，然后回到车上来。

但是她始终看着试马桥的另一头，那是她即将消失的方向。

大巴再次启动了。陈沅取下袋子里最后一点樱桃，快速地吃着。他仍然没有在乎有没有农药残留，也没有把核吐出来，似乎想尽快地把那些樱桃吃光。

6

在那个微曦初露的清晨，所有的悲伤都归于陌生。陈沅感觉这不是终点也不是起点。其实，就像自己的感情，起点就是终点，终点就是起点，中间什么都发生了，似乎什么都没有发生。

陈沅回到姐姐家，已经是下午一点，外甥女的婚礼正在举行，天气又变成阴天，不时还飘下零星的小雨。姐姐说，咿呀，让人打电话给你，发现你关机了，是不是没电了？以为你真不回来了。姐姐给他端来半碗腊肉炒粉条，几年没有吃到这么合口的菜了。姐姐说，咿呀，坐大巴怎么样，挺辛苦的吧？陈沅说，比想象的好多了。姐姐说，我没有说错吧，遇到很多稀奇事儿了吧？陈沅说，你指什么？姐姐说，还能有什么？除了要经过卧龙岗，要经过恐龙园，还要经过商南县，听说经常会有锦鸡挡着道不让离开。陈沅说，人家大巴多数都在高速路上，不过在服务区休息的时候，倒是看到天鹅了。

姐姐说，咿呀，天鹅是什么样子？

陈沅说，天鹅像我们这里的鸡，比鸡大一点。

姐姐说，你哄姐姐的，天鹅会飞的，鸡怎么好比？

乡村的婚礼与原来唯一有变化的，就是婚礼举办时间从晚上移到了中午。婚礼十分简单而古老，在电影里都很难看到了。嫁妆是几个木箱子、一个梳妆台、两把椅子，都是自己打染的，还有两床红绸被子、两个绣花枕头。也有冰箱、洗衣机和电视机。因为是招上门女婿，酒席是在姐姐家办的，嫁妆是从外甥女婿家抬过来的。大家抬着嫁妆一边走一边撒糖果，被子里还掖着红鸡蛋。洞房里点了大红蜡烛，外甥女蒙着一块红盖头，外甥女婿披着大红花，被涂成一个大花脸。入洞房前，要拜天地，拜祖宗，拜高堂，还得给亲朋好友磕头。没有婚礼进行曲，也没有唢呐，却有一个大音响摆在香堂里，循环播放着花鼓戏《哥接妹》和《瞎子摸妻》。在一片庄稼地里，支了几口铁锅，摆着十几张桌子，亲朋好友从四面八方嘻嘻哈哈地拥过来，猜拳，喝酒，吃肉，打牌，闹洞房，那种欢笑，那种快乐，都是城里没有办法相比的。

直到陈沅离开的那天，那边的天再没有晴过，中秋的月亮再没有看到第二回，甚至让他怀疑自己是否看到过那么圆的月亮。

离开的时候，他仍然打算乘坐那趟往返上海与商洛之间的大巴。姐姐说，你是不是想去商南县看一看？陈沅说，有什么好看的？姐姐说，确实没有什么好看的了，都这么多年过去了，你应该放下了，何况人家过得不错。陈沅说，你怎么晓得人家过得不错？姐姐说，有一次看电视，在电视上看到一个人，我猜应该是她。陈沅说，你是怎么猜的？你又没有见过她！姐姐说，你当年让我看过照片的，你忘记了吗？陈沅说，她为什么上的电视？姐姐说，说她们村里人都去外边打工，把庄稼地全都给荒掉了，她就把那些没有人种的庄稼地，全部承包下来，办了一家果园，每年收入几十万元。陈沅说，果园里种什么能赚那么多？姐姐说，听说种的都是樱桃树，樱桃树下再种药材。如果真是那个人的话，不就坏事变好事了吗？如果没有发生那件事儿，她估计和你一样，也考上大学了，也去城里了。

陈沅心想，估计不仅仅去城里了，恐怕也逃脱不掉他们这些进城人员的悲伤。

陈沅想到这里，又生出了无限的悲伤来，这不仅仅是对故乡的留恋，也是对十八年来突然得到宽慰之后的一种失落。当年，在那棵樱桃树下，他如果也被伤害了，也失去了上大学的机会，也留在封闭落后的农村，是不是也会拥有一片果园了呢？有一点是可以肯定的，起码是找了一个和自己身世匹配的农村老婆，过着虽然有些穷困，但是无比干净的无比安稳的，有些温暖的没有伤感的小日子，不至于落到如今这种飘浮不定的离婚的下场吧？

外甥女婿骑摩托车送他去丹凤县城。在他搭上那辆银色大巴之前，陈沅问外甥女婿，他是哪里人。他说，商南县人。陈沅说，你姓什么？他说，我姓李，叫李春堂。陈沅说，哪三个字？他说，木子李，春天的春，燕子堂上飞的堂。陈沅吃惊地问，有个人你认识吗？他说，是舅舅的朋友吗？她叫什么名字？陈沅说，她叫李春燕，和你一字之差。陈沅还想说，她也许是试马镇的，而且她有一个姐姐，她姐会不会不是她姐，而是她嫂子呢？

外甥女婿没有回答陈沅，因为大巴已经驶到了眼前。陈沅坐上这辆熟悉的大巴，还是一路朝东，要经过武关，要经过试马镇，但是线路还是那条线路，大巴还是那辆大巴，司机已经不是那个司机，也不见卖票的大北瓜。虽然乘客全都有着土豆的气息，但是没有再见棍子山药，没有看到大白菜，没有看到大爷，没有看到小光头，没有看到大鸭梨……从丹凤县至商南县，大巴并没有走312国道，而是驶上了基本平行的高速路。在即将进入商南县地界的时候，陈沅透过窗户看到一片紫红色的树林子，这片树林子分布在高速路的两边，密密麻麻的看不到尽头，远远地望过去加上快速地后退，似乎形成一团雾……陈沅明白，这不是别的，正是一片果园，一片望不到边际的樱桃树。

那时正是中午，天空下着淅淅沥沥的小雨，大巴在驶下高速路准备前往商南县车站的时候，陈沅凭着慢下来的大巴看到紧靠着一条河边有一座院子，院子里有一座白色的三层楼房，房子顶上有一根烟囱还在冒着白色的炊烟，院子中间长着一棵樱桃树，树上拴着一只白色的狗，树下停着一辆白色的小轿车，树干已经合抱粗了，起码有四五十年的树龄，那枝那丫似曾相识的样子……院门被吱的一声推开了，从里边走出一个女人，她手中提着一个水桶，似乎刚刚睡醒一样，蒙眬地抬起头看了看天。她明显不晓得下雨了，所以有一些意外和惊喜……但是，陈沅还是看清了她的脸，她的脸也似曾相识，像一个经历风霜的熟透的苹果……陈沅张了张嘴，还没有发出任何声音，大巴已经驶了过去。

大巴在那座叫试马的石拱桥上，又捡上来一个乘客。她坐在最前边，那是临时的售票员的位子，比正常的位子低了很多。陈沅则坐在最后一排，他看到了她后脑勺上的马尾辫子，还有穿着一件看不到任何纽扣的运动服的背影。除此之外，他什么也没有看见，他无法判断她的年龄，也不清楚她的长相。他几次装作活动，站在过道上朝前张望，但是她背对着他把头埋在怀里，加上那么低那么远那么昏暗，他一直不敢确定她到底是不是一个小苹果。

他又想吃樱桃了，可惜上车之前，并没有买到反季的樱桃，所以他从包里掏出了一个苹果。他觉得经过十八年之后，自己有必要重新回到喜欢吃苹果的年代。

原载《作品》2018年第8期

固若金汤

宋小词

秦江南解下胸罩的时候脑子里都在扯闪，这事儿太荒唐了，自己居然要跟马博文有一腿了。速度太快，快得有点不要脸了。从发错了那条信息，到今天偷空开房，一个星期都不到。当初谈恋爱，她男朋友糖衣夹着炮弹，软硬兼施攻了她四年，从大学校园撵到社会上，终于在领结婚证的前一晚，才彻底将她拿下。为此她老公私下里尊她为万里长城，可见城池之坚固，思想之节烈。婚后她老公一直把心搁肚里，终日把她这匹马放养在南山上，丝毫不担心有外敌侵入。

想什么呢？眼睛瞪这么大？马博文已经赤膊上阵了，还没动上两下就喘上了。

想你。秦江南顺嘴一说，有点不好意思。

马博文哈哈了两声，声音干巴巴的，肯定知道这是假话，但也受用的样子。这样子令秦江南有点恶心，恶心他也恶心自己。她自己也诧异，怎么一下变得如此寡廉鲜耻了？四十开外的马博文腹上横肉滚滚，胸口有毛，这令她有一丝惧怕，不知道自己能否招架得住。

她闭上了眼睛，装着享受的样子，黑暗给她带来了一些安慰。她心里清楚，他们之间不过是各取所需。他是她上级单位的副处长，班子里的人，手里有点权力，说得上话，而她不过是二级单位一个小小的员工，还是个临时工。在体制里，他是强者，她是弱者。弱者需要庇护，他呢，他不过是在寻求新鲜刺激吧。她想。清醒令她觉得这事没有快感，只觉得尊严受损，倍感耻辱。

他喘息得越来越重了，速度也在加快，他的高潮比预想的要来得早，这令她如释重负，便也配合着呻吟起来，好像自己也很享受似的。这是一种奉承，是另一种拍马屁。头都磕了，揖还作不起？虽说才一个星期，可到底也是做了七天的思想斗争，既然选择了，目的还是要讨得他的欢心。

他总算是消停了，瘫在她的身上，这庞大的身躯和这份重量让她想到了小时家里的石磨，无论什么喂进去，都会被碾得粉碎稀烂，吃肉不吐骨头。

你不错。他说。就像是品尝了一道新菜，啧啧嘴后给出的评价。她笑了笑，也做出心满意足的样子。抽空她瞅了瞅手机。

几点了？他问。

四点半了。她说。

然后起身穿衣服，他们是趁上班时间开的房，还差一个小时就下班了，还得回各自的单位去晃一晃，要做出神不知鬼不觉的样子。

本来今天她是来处里给他送资料的，想他这几天给她发的信息那么肉麻那么油荤，见面后他一定是热情又殷勤，不像往常那么刻板。她想象不到一个严苛正经的领导骚情起来是个什么样子，她想见识见识，这点下流的想法也让她自己感到些难为情。可她没想到他坐在大班桌后面的皮转椅上面若石碑，一脸冰霜。是，那时回事的有两三人，进进出出，显得川流不息，但也不至于连看她一眼的工夫都没有。从她单位来这里虽然路程不太远，但没有直达的车，前后都需步行一段时间。大热天里，坐在办公室里吹空调都能吹出一身汗，别说顶毒日头挤公交了，这算是一份苦差事，当然，美差事也断不会落到她这种人的身上，临时工嘛。

汗湿的衣服贴着背，冷气一吹，惊得她一连打了三个喷嚏，办公室里所有的人都朝她看了一眼，她突然就局促起来。机关单位规矩大，着装仪表言谈举止都有一套规定，机关里的人表面看上去客客气气，显得很有涵养很有礼貌，实则背地里最爱嚼舌根，议长论短，每次他们这些小喽啰在处里办完了事回单位，关于他们的花絮就编派出来了，屁股还没挨着板凳，就有人推门进来故弄玄虚，说，你刚在机关里对谁谁谁笑了吧？你问，怎么啦？那人继续卖关子，说，机关里的人说我们食堂中午一定做了水煮白菜。你还一头雾水呢，那人扑哧一声笑，说，因为你牙齿缝里有菜叶子啊，哈哈。虽然是些无足挂齿的小事，但也让人刺刺的，由此也知道在处里上个厕所走几步路也要当心，弄不好会被人评头论足一番。

她不知道自己这种矮人几分的心理是怎么产生的，虽然她读过的课本一再告诉她人与人之间是平等的，无论是富人与穷人、上级与下级、男人与女人、贵族与平民，但这只是大道理。大道理就像艺术品，不是被收藏就是被当成摆设，接不着地气便当不得真。在他们单位里，官大的比官小的要高一等，公务员身份的要比一般事业编制的高一等，财政全额拨款的要比半额拨款的高一等，有编的自然要比无编的高一等。比方此刻，按照不成文的规矩，无论她来得多早，都必须要等到上级机关工作人员把事儿回完后才能轮到她。她是最不愿来机关办事的，每次一踏进那电动的铁栅门里，她就觉得自己连气也不会出了。这里总给她一种旧时衙门的感觉，威严赫赫，暮气沉沉，秩序感和机器感强烈，所有人像零件一样按序号紧密排列，对于他们这些序号之外的人，来到这里便会觉得手脚没处放，上不着天下不着地。

那些排在她前面的人事情总算都了结了，终于轮到了她。办公室里没人了，可他依然面目森严，正儿八经得像香案上供奉的祖宗。她把手里的资料递到他的眼皮子底下，他看了看随手压到一边，说，放在这里，等我看完后再回话。然后他继续看他的文件，没有一句题外话，就跟往常一样，甚至比往常还不如，往常他至少会把送来的资料浏览个一页两页再下逐客令。她心里有些小小的挫伤和失落，便识趣地走了。

她刚走出电动的铁栅门，手机便吼了起来，是他，发来一条微信，叫她到邻街的商务酒店里开个房，完后把房间号告诉他。她心里顿然一炸，像是平地里突然响了个雷，捏着手机在太阳下站了好一会儿才回过神来。阳光下，花坛里矮紫薇开得花团锦簇，马路上过往车辆川流不息，熙熙攘攘，嘈嘈杂杂，好一派盛世光景，可这一切在一瞬间变得空洞虚假，她好像一下看见了时空的缝隙里掩埋的人类真相了。她握着那只手机，就像握着这个世界的秘密，那会儿她才明白自己是多么的不知深浅。一只绵羊居然敢与老虎纠缠，她原只想着利用这样的交流，改善改善领导与下属之间压抑紧张的关系，她压根就没有想过要跟他发生点什么，即便要发生点什么，也得有个你情我愿暧昧的过程，水到渠成吧。这样的直奔主题跟黑虎掏心的招式一样，太过恶毒也太过凶猛，她有种受了惊吓的感觉，茫然不知所措，她只痛恨自己，苍蝇不叮无缝的蛋，他能打自己的主意，只能说明自己本就是颗破鸡蛋。先前的那点失落化为恶心。她恼怒自己的不检点，但也生他的气，像是凭空受了欺负。

她原本是想置之不理，扭头就走的，可是在公交站台等车的时候，心里却平静不下来，她在心里不断拿捏和掂量此事的轻重，这个人她可以不在乎，可这个人在处里的地位和身份是她不能忽视的，如果还想继续在这个单位干下去的话。在自己跟自己做了一番激烈的思想斗争后，她起身朝对面街道走去了。

周末过得寡淡，她不过是吃饭睡觉带孩子，老公呢，做饭睡觉玩手机。结婚六年，日子早已过得按部就班。这么些年了，他们夫妻感情一直还算不错，当初大学校园里也有那么几对鸳鸯，可最终修成正果，至今仍在比翼双飞的也就他们俩了。她心里也很珍惜两人的感情，看着儿子在他们这种互敬互爱的气氛中长大，虽只五岁，却也是一个知冷知热的小暖男了。有一次她切菜不小心切到了手，儿子急忙扯着她的手指给她吹气，虽肉疼，但心喜。有这样的儿子，她才会觉得前方隐隐闪烁着光亮。

她老公是钢铁厂的一名普通工人，胸无大志，工作之余就爱好个喝酒撸串，好在是武汉本地人，有现成的房子，是公婆留下的，两个老人在抱上孙子后就相继去世了。可房子是老房子，只有六十平方米，又破又烂，还在八楼，前两年卖了又贷了二十万，换了个九十平方米的电梯房，虽然房贷不多，但因两人本来工资不高，职业也不稳定，这点房贷，也让他们有种重负感和一种不安全感。

这份忧患意识，使她每天都过得小心谨慎，在单位里唯命是从，勤勤恳恳，工作上出一点纰漏便寝食难安，对于家庭支出则精打细算，力保一文钱都不落虚空。她要每月都有节余，如此才能让她少安毋躁。看她这么操劳，夜里她老公问她，有必要这样吗，不嫌累？她未开言却先流出两行热泪，她说，是累，可是不趁我们年轻的时候累一点苦一点，难道这份累和苦要留到我们老了去受吗？你的厂子一直谣传说要被大企业收购，到时一场人事变动肯定免不了，你不一定还有班上。我呢，又是个临时工，虽说干了三四年，一直很安稳，但这份安稳不是板上钉钉的，随时都有可能没有班上。

如果那一天真的来临了，我们怎么办？我们两口子又不会做生意，做苦力又没那身力气。为了儿子，也为了我们以后，我宁可把这份累这份苦受在前头。

他抚着她的后背说，都是老公没出息，让你受委屈了。

黑暗中她的泪流得愈发汹涌，可心里却暖烘烘的。她将他搭在她后背的那只手移到了自己的胸上。

周一上班，因为路上堵车，迟到了大约二十分钟，心里不免发虚，虽说单位对上班下班的时间要求得不严格，允许有弹性，但这次“弹”得就有点不像话了。大早上的万一被领导逮到，很容易搞坏印象。不过还好，走廊两边各办公室的门都闭得很严，只要她以迅雷不及掩耳之势溜进自己办公室，就算躲过一“劫”了，就在她伸手扭把手的时候，主任室的门开了，光头的徐主任站在了走廊上，一缕阳光透过窗户刚好照在他的脑袋上，使他看起来像盏立式台灯。她的心一颤，立刻堆出一脸笑容，说，主任好。徐主任似乎很高兴，一点都没计较她的迟到，反而还关心地问她有没有吃早点。她的心又颤了一下，连连说，吃了吃了。还差点告诉他早上吃的是稀饭加馒头。她以为周旋到此就告一段落了，没想到她推开办公室的门，徐主任也跟了进来。

徐主任在办公室里说，小秦这次不错，送到处里的材料，受到了马处长高度的肯定，马处长说我们的案头功夫长进了不少，把中心上半年的工作总结得非常出彩，是重点的说得很有分量，不是重点的把握得也很有分寸。秦江南站立在自己办公桌前，被这通突如其来的赞扬弄得面红耳赤。办公室的另外两位同事立刻顺着徐主任的意思，一起拿话捧她，一时间溢美之词令她无地自容。她一个劲儿地否认这些戴在她头上的高帽子，说，哎，哪有哪有，夸张了夸张了。徐主任对她说，这次的材料是你执笔，我当时看了就觉得不错，果然就不错，这也看出你对中心的工作已经很熟悉了，上手这么快，不简单啊。

是是是，办公室的老王点头赞同，说，别看小秦平时闷不吭声，其实可善于钻研了。

老朱则是给徐主任递了一根烟，说，小秦受表扬，我们办公室也光彩，我破个费，请主任抽支烟。呵呵。

徐主任抽了几口烟，办公室里顿时就云雾缥缈起来。老王咳嗽了几声。徐主任说，那你们忙吧。

徐主任走后，办公室里顿时安静了下来。老王起身把两扇窗户一起推开，因为用力过猛，金属摩擦的嚣叫声像刀锋划过她的耳膜，令她一阵心惊。老王是个女的，是他们这个办公室的负责人，也是中心里资历很老的人，对比她年轻的徐主任有点口服心不服。老朱呢则是和稀泥，谁都不得罪，对谁都是一副笑眯子罗汉脸，可好像也没获得什么好人缘，中心里谁都不把他放眼里。对于中心里各同事之间的微妙关系，她一向只存在自己心里，从不跟人去交流。谁对谁有意见，谁对谁是貌合心不合，谁跟谁扎得很紧，这都是她用眼睛和耳朵观察出来的，有些是从事情上揣摩来的。这些复杂的人事关系多了解一些，对自己也没什么害处，心里有了数，做事说话就知道些禁忌，哪些是高压线，哪些是地雷，绕得远远的，这些体制内的人在她眼里都是马王爷，惹不起。

当初自己来这里上班时，就有个高人指点过她，说这地方一向都是庙小妖风盛，池浅王八多。当时只觉这话说得有趣儿，如今她是深深觉得这话说得太精辟了。一个单位里拢共才十几个人七八条枪，却整天还不得清静，一天到晚是非不断，各人都有一个小算盘，随口说句话也要动个心思，棉絮里裹麦芒。就像刚才老王当着徐的面说她，说别看她平时闷不吭声的，其实可善于钻研了。她觉得“钻研”这个词就是根刺。老王这个人向来自认比别人聪明，说话总喜欢七弯八绕，你心眼大呢，可以当好话听，你若心眼细，那话也可以琢磨一二。秦江南一般听到这种模棱两可的话，都咽下去了。她时时敲打自己，来这儿做事不是为了与人逞口舌之快，而是挣钱养家糊口的。她也曾巧舌如簧过，大学里一年一届的辩论赛，无论她是正方还是反方，每届都是最佳辩手，老王嘴巴上那点尖酸刻薄在她眼里算个毛线。

小秦，你如果再努力努力，也要成为红人集团的了。老王边说边打哈哈。

红人集团？就我这种三棍子夯不出个屁来的？呵呵，王老师我看您也是醉了。秦江南边说边摇头。

老王把中心里几个巴领导巴得紧、明里暗里得了不少好处的几个人称为红人集团。无非也就是单位里一些强势出风头的人。在她看来红人集团没什么不好，单位里总要有人做事情，事情做得多，领导另眼相看，有所倚重，很正常。但老王有老王的看法，她对红人集团是心里既憋着火眼里又冒着热，背地里是各种猜测，谁谁谁过节的时候到领导家里去了，谁谁谁给领导送了什么，谁谁谁跟领导是什么关系，然后又各种腔调，说什么虾子螃蟹要红，那是开水烫出来的，枫叶槭叶要红，那是寒霜打出来的，要想人前显贵，必得人后受罪。又说什么登高必跌重，风光过后的黯淡那才狼藉不堪呢。总的说来，她的意思就是单位里那些门面人物，都是以扭曲心理换来的风光，而且风光也不过是一时。

嗐，三棍子夯不出个屁来又怎么了，闷鸡子才啄白米呢。老王依然是边说边笑。

无论老王怎么笑着掩饰，话里头的讥讽已经很明显了。秦江南的心里也有了些不舒服，便不再搭腔。两眼盯着电脑屏幕，不停点击着鼠标，一副进入工作状态的样子。

老王便转而向对桌的老朱感叹，现在的年轻人都不得了，比我们年轻的时候精多了。我们年轻的时候脑壳里装的全是猪油，也不知道跟领导搞好关系，不知道跑跑送送，所以一辈子就蹲在这枯井里。

老朱说，嚓，时代不同啦，年轻人少走弯路是对的，像咱们再不济，还有口枯井蹲着，现在的年轻人要像我们年轻时顶一脑袋猪油，那连命都活不了。

老朱比老王小十来岁，四十出头，照理应是小朱，但因面相老，膀头肿脸的，用老王的话说一副长垮掉了的样子，叫小朱反倒像是在嘲讽他，便叫他老朱。不过无论人前人后，她总是叫他朱老师。老朱爱好书法，她曾看过他写的一幅字，“丹青不知老将至，富贵于我如浮云”，笔意灵动，潇洒不拘，她很是喜欢，便心生敬重。

手机在鼠标垫上振动了一下，她拿起来一看，是马博文的。他说，一日一抱呢？她脸顿时一片酱红。上周一，就是因为自己一时手快，把很严肃的一项工作“一日一报”，打成了“一日一抱”，发现打错字后，她胆战心惊，连忙更正，可手机偏偏在这个时候失灵，按键突然紊乱，居然接连发出好几个抱抱，那样子就像是一个到了发情期的母兽，求欢求到了死不要脸的地步。她恨不得砸了这破手机，再剁去这双手，慌忙中将手机重启了一遍，待系统恢复正常后，在颓丧中打了很多个“报”发了过去，并诚恳而谦恭地写道，马处长，是一日一报，报。惴惴不安中，不料马处长回信说，抱，抱抱也没关系。她一时惊得眼珠子都快掉了出来。但出于礼貌，她还是给他发了一个笑脸的表情。此后，他便打炮似的向她发送许多言语放荡、肉麻露骨的信息。一时间她不知道该怎么处理，只知道他是上级单位的处长，不能得罪，便与之周旋一二。没想到上周五竟把自己周旋到床上去了。这事事后想起来除了羞愧还有点窝火，觉得自己没出息。

她给他回复：一日一报，我正在处理，很快发您。

按照处里规定，他们每天都要将单位的工作和重要的事情向处里分管领导进行汇报，而且还要留档，以便检查验证，这个工作就叫一日一报，属于老王办公室的工作范畴，具体却是由她来负责。

马博文说，一日，一抱，真快活。

她一看迅速删除，握着那只手机，差点呕出，心绪却在脏腑里一阵晃动。

忽然走廊里传来一阵敲碗声，叮叮咣咣。她看了看电脑右下角的时间，十一点五十。老王噘了噘嘴说，准是兰大懋，别的都晕，就吃饭最积极。老朱说，不有句话嘛，做事磨洋工，吃饭打先锋。老王很赞同，接着说，吃饭积极也就算了，最见不得他敲碗，张狂，把单位当什么了？正说着，门“轰”地推开，果然是兰大懋，一手拿着碗，一手拿着铁勺，吊儿郎当地倚在门框上，说，秦姐，吃饭啦。

老朱说，你们一天到晚情姐情郎，辣我们老同志的眼睛。

老王说，秀恩爱死得快。

秦江南笑了笑，顺手拿起桌上吃饭的家伙与兰大懋一起下楼。秦江南说，大懋，你以后吃饭能不能不要敲碗？兰大懋说，怎么啦？他们又说什么了吧。秦江南说，没有，你不要瞎猜忌。我们老家有句话，叫生前敲碗，死后无板。这个板是指棺材板，我们那儿的说法，敲碗是在唤鬼，惹那么多的鬼，你说能有好日子过吗？兰大懋说，这话新鲜，我以后不敲了。顿了顿便上前一步贴着秦江南的耳朵说，我刚肯定又惹到鬼了吧？秦江南用筷子敲了敲他的头，微微笑了笑。

兰大懋也是单位招进来的临时工，刚来的时候分在他们办公室，秦江南与他走得近一些，一则大家都是年轻人，再一个两人是同样的身份，无形中像是有一份阶级感情似的。为了让他平安顺利度过三个月的试用期，生活上工作上，她对他有过许多帮助，故兰大懋对秦江南的态度也别有一番腔调。兰大懋试用期过后，请中心里的人吃了次饭，很少在单位聊家庭琐事的秦江南在同事聊孩子入托的事情上插了句嘴，兰大懋便随口说道，秦姐，这你也知道？秦江南说，我孩子入托是我亲自弄的，我能不知道？兰大懋顿时眼睛一瞪，像是迎头遭了一闷棍，惊道，啊，你孩子？你结婚了？秦江南一看他这反应，倒有点不好意思了。旁人便插科打诨，说，怎么，我们小秦结婚生孩子还得向你申请啊？又说，从前不知道没关系，如今知道了也不晚，把份子钱补给你秦姐姐就是了。众人你一句我一句，嘻嘻哈哈的，虽然挽救了当时的尴尬，但大家明显能感觉到兰大懋的情绪低落了很多。次日里，关于他俩的闲篇就已编撰整齐，在中心里广为流传，还流传到了处里。

对此秦江南的态度很明朗，她是一直把兰大懋当弟弟看的，她大他六岁呢，渐渐兰大懋也调整好了自己的心态，只单纯地把秦江南当姐姐看，两人的关系又变得坦然亲密起来，这自然惹得一些同事的羡慕，说果真是明贱易躲，闷骚难防，秦江南这个心机婊，放长线，钓小鲜肉。话传到秦江南的耳朵里，虽生气，却也只能当大风吹过。

饭堂在一楼，要穿过一个五金市场，这是中心的地儿，大约有两百平方米，听说以前是个堆杂物的仓库，自老徐来这里当主任后，就建成了门面，对外出租，已经经营了十多年了，一直相安无事。这两年好像有几位上级领导对此有看法，虽说是个弼马温的所在，但好赖也是一级国家单位，是展示国家形象的一个窗口，成天乱哄哄的，像个菜市场，成什么体统。上面多次要求中心停止对外经营。中心一直拖着，处里自然也是睁一只眼闭一只眼。闲时听同事们私下议论，秦江南也知道这是中心的一块肥肉。这种单位一不生产二不创收，也不是什么重要职能部门，像扁桃体和阑尾一样，有嘛也好，全须全尾，没有也无甚打紧，据说九十年代初期的时候，就差点被“割”掉了。就这个在外人眼里油星子都闻不着的穷单位，关起门来过的小日子倒挺滋润，小国寡民的，也办起了食堂，还请了两个炒菜师傅，且伙食标准并不寒碜，早餐包子、饺子、馄饨、牛肉面条、米酒汤圆、豆浆油条也能翻出很多花样，中餐三荤两素并一汤，那荤还荤得很有气势，口口都是肉。隔三岔五还能组织员工看看最新上线的电影，观影完毕还能会个餐，春秋两季能包车去郊外走走，饭间还能得个一二百的红包，把就餐气氛推向高潮。这样的小情小调，财政是不会考虑的，可浪漫是要花钱的，这些钱就出在这块地上，外人看着是菜市场，可在中心领导眼里，这是小金库啊。

忽然闻得一阵红烧肉的香味，两人赶紧抢着把腿迈进饭堂。六个大铁盆已经整齐端在水泥台子上了，分别是油煎剥皮鱼、红烧肉、啤酒鸭、蒸茼蒿、炒菜薹和冬瓜虾米汤。秦江南看灶上还有火，锅里像是还焖着什么东西，便问，师傅，还有菜吗？师傅说，没有啦，五菜一汤上齐了，这是给徐主任单做的小黄鱼，他不吃剥皮鱼。秦江南“哦”了一声，与兰大懋对望了一眼，略笑了笑，便端着饭菜坐到了饭堂最里边的小角落里。这时陆续就有人进来了，不多会儿饭堂就热闹了起来，叽叽喳喳，像是放了五百只鸭子。

饭堂里有两张超长的餐桌，向阳一边的角落里另有一张小圆桌，桌上还摆了一束仿真花，背阴的角落里是两张小小的火车座。徐主任和樊书记一般都是在小圆桌上吃饭，老同志们都爱扎堆在长条桌上吃，秦江南从来都不爱出风头，公众场合就喜欢深入不毛之地，一开始就选了很逼仄的火车座，选择坐这里的也不光是她，还有中心的其他几个女孩子，从街道调过来的两个小年轻也是跟他们坐一起，起初倒也没觉得什么，秦江南以为是年轻人不愿跟中老年同志坐一堆，这也很正常，跟老同志坐一块儿，多少要立些规矩，吃饭本是一桩美事，谁都不愿意受拘束。可没过多久，那两位小年轻被兰大懋办公室的老宋叫到他们那个长条桌去了。刚开始以为是偶尔一次，利用饭间谈些事情，谁知他们一去不复返。慢慢秦江南他们就咂摸出了些别的味道。原以为是年龄上的沟壑，没想到是身份上的鸿沟，小圆桌、长条桌和火车座都同在不足二十平方米的房子里，距离那么近，可是离得却又是那么远。秦江南有时候从饭碗里抬头四周环顾时，心里会莫名涌起些悲哀。

他们这一桌都是中心的临时工，分布在中心各个办公室里，寻常交流虽不多，但心力很齐，四个人还单独建了个微信群，经常联盟吐槽，交流各办公室信息，互通有无。兰大懋没来之前，她们仨女生饭间话题左不过美容美发、穿衣打扮、超女快男和爸爸去哪儿，自兰大懋来后，话题就猛然大增，什么中美关系、双边贸易、金砖四国、军事前沿、文史哲政经法无所不谈，讲话声音又大，长桌那边经常有老同志传过话来，说，这个兰大懋，真是无所不知，无所不能，来这里屈才了，应该去国务院当参事。他办公室的老宋立马就唱了起来，你说的是他？这个女人不寻常。然后又说，他天上的全知，地上的知一半。老王接过话说，只怕比我们徐主任知道的还多些，哈哈。徐主任在圆桌那边也插进话来，说，嗯，我是打算什么时候请兰参事给我们上一堂课的。谁都知道这话是说着好玩搞活气氛的，可兰大懋竟认真了，涨红个脸从椅子上起身，说，看是讲哪方面的内容，我好准备准备。话音一落，饭堂里顿时哄然大笑。秦江南急得在桌下猛踢了他一脚。此后秦江南就经常在桌子底下用脚踢他。

这次饭间的话题与往日不同，老肖办公室的谢君苗一脸神秘的兴奋，压低了声音说，嘻嘻嘻，听说上面要给我们拨下一笔钱，是中心去年的绩效奖，数额不小，每人差不多可以分两万多呢。谢君苗有个表舅在区政府上班，她的“听说”一般都是有根据的。

秦江南的耳朵也跟着一奓，但很快便冷静了下来，低低地说，你弄准没有，是不是每个人都有，我们几个人也有份吗？

一席话问得谢君苗把脑袋耷拉了下来，像是泼了盆冷水，很没有底气地说，应该会有吧。

兰大懋往她们两人脸上看了看，说，为什么没有？工作是大家一起捧着干的，胜利的果实就应该你有我有全都有。

秦江南伸脚把兰大懋踢了一下。说，闭嘴!

谢君苗说，新来的，懂个屁。

兰大懋讪讪的，呢喃着辩道，如果这也分彼此，就太不公平了。

秦江南心里一阵冷笑。这个世界多么壁垒森严。小时候老师和父母告诉她，一个人的出身并不重要，重要的是后天的勤奋与努力，知识和汗水可以改变不堪的命运，可是踏入社会后，她却觉得父母辈的很多道理都瞎了，命运与出身轻易改变不了的，他们在这个世界里算什么呢？草芥？蝼蚁？也许连这都算不上，不过是粒尘埃，在苟且中求生，在黑暗中等死。她心里一阵胡思乱想，忽然就觉得嚼在嘴里的红烧肉没味了，像嚼块橡胶皮一样。她将饭菜倒在泔水桶里，起身离去了。

半个月后，关于上面要拨下一笔钱的事似乎很明朗了，成了每个办公室的热议话题，两万多块啊，从他们的谈论中可以听出，这是单位迄今为止拨下的数额最大的一笔款项了，每个人脸上都是一副要发横财的窃喜神情。不过单位里有编制的那些人可以堂而皇之地憧憬，而他们只能藏在心里偷偷摸摸期待。

老王跟老朱对桌而聊，老王盘算着用这笔钱把家里的电器和家具都换一下，结婚二十多年了，冰箱、洗衣机和沙发还是从前的样子。她儿子成人了，要防备他冷不丁领个女朋友进门，家里太寒碜了对儿子婚事不利。老朱呢，则想着等钱到账了，就带妻子去北京看一看，也算是遂他老婆一个心意。这一次聊天她才知道老朱的事。七年前，他开车载着他怀孕七个多月的老婆去郊县看油菜花，高速路上出了车祸，他老婆腹中的孩子和子宫都没保住，只捡回一条命。经此沉痛一击后，老朱消沉了很长一段时间，后来就开始吃斋茹素，信起阿弥陀佛。他老婆好像身体一直都不怎么好，时不时就要卧床一段时间，老朱这些年就像照顾孩子一样照顾着妻子，他跟他妻子谈恋爱的时候就想着去北京看一看，一直也没去成。老朱说，这次，这次钱来了，就去，去定了。

秦江南在一旁听着他跟老王的一理一答，心里也一阵唏嘘，觉得离异的老王一个人拉扯儿子，生活过得不易，老朱呢，这个人仁义，其实他也算是单位里的老人了，在中心待了二十多年，但他从来不摆老资格，逢到单位有下力气的活儿，还跟年轻人一道抢着干，对于单位里评先进评优秀评职称，他从不去争一下，对谁都和和气气的，但最能打动秦江南的是老朱对他老婆的这份情义。秦江南看了看老朱，说，朱老师，您真帅。老朱呵呵一笑。

老王转而问她，小秦，你对这笔奖金有什么想法?

秦江南面带羞色，微微一笑，说，没什么想法。

老王下巴一抬，说，也是，最好莫想，免得想了白想，空欢喜，几难过。

没想到老王说得这么直接，秦江南不由愣了一阵，一时不知道怎么接话。看着老王那种大无畏的神态，心里也有一丝丝的气愤。她向来不怕得罪他们这些临时工。这种仗势欺人的态度很是令秦江南不满，可不满又能怎样，诚如老王对他们的预料一样，他们只能憋着。

顿了顿，秦江南笑了笑，说，嗐，想想也没什么不可以，就跟马云说的一样，万一实现了呢。

老朱说，对对对，想想又不要本钱，一切皆有可能。呵呵。

老王鼻子朝老朱喷出一口气，说，朱前进，你别起哄，到时如果要你把荷包里的钱拿出一部分来贴补给他们，我看你还能像现在这样呵呵。我也希望人人都有份，毕竟大家都是一起做事的，他们临时工也可怜，但要我从腰包里拿钱出来匀给他们，那是不可能的。丑话说在前好一些。

一席话说得办公室一片寂静。三个人都端坐在电脑前，各自沉默着。那一瞬，秦江南的心里像是钻进了一只刺猬，脏腑遍布着被扎的生疼感。挫败、灰暗、气馁、憋屈充斥着敏感的神经，心中五味杂陈。这些天她也暗暗想，如果能分得几千块，她想给儿子买个乐高城市警用巡逻艇，那是儿子最喜欢的，要三四百块钱，儿子哭着要了几次，每次她都是冰冷回绝，说，你想都别想，哭死也没用。下个月就是儿子的生日了，她想给儿子一个大大的惊喜。如果有余，她还想给老公买瓶五粮液，她到专卖店问过，要一千三百多块。如果还有余那就存起来。如今朝这情形看，有可能还真的是想了也白想。忽然，胸中有股气顶了上来，凭什么想了也白想，凭什么一起架的柴火，到了却只能看着别人喝粥。愤愤不平中，她向他们的群里倾诉，这次绩效奖，有可能没我们的份。

群里顿时炸了，一个个像旧社会三代挖煤的劳工，吐不尽满腹苦水，一腔冤仇，继而又转变成慷慨就义前的革命者，言辞激烈，在群里声讨单位待他们的种种不公，脏活儿累活儿全是他们干的，到了还讨不到一句暖心窝子的话，种种歧视，连一向沉默寡言、慢言软语的潘杏杏也说了几句粗话。一通发泄后，秦江南问道，怎么办？我们在这里发牢骚，他们又听不到。谢君苗反问道，那你说怎么办？秦江南说，我建议下班后找个时间，一起去找老徐说一说，争取一下。众人也都说好。

这时马博文发来一条微信：母鸡对公牛发牢骚："人类让我多下蛋，自己却计划生育，这太不公平了！"老公牛说："你这算个屁呀！全世界人民都喝我老婆的奶，谁他妈管我叫爹了！"秦江南看后笑了笑，这世界，别说人难做，连畜生也难做。她没有回复，而是删除了这条信息。她跟他之间没有什么可以存下来供日后回忆的。她原本想着，两人有过那一次就算了，只当是一次意外，人生那么长，总要有几次意外。这点，她想得开。可是马博文却还是骚扰信息不断，那些内容大多也都是网上的段子，虽说一长串，却没有一个字是劳动他的手指打出来的，秦江南便觉得这是一种轻视，人家根本没把自己放心上。这样一想，她自己也觉得索然无味。只是她当时心里有一闪念，想把绩效奖这事跟他说一下，听听他的看法。但一想，没必要，他们这样的关系搅和上事儿，就跟缠毛线一样会越缠越紧，脱不了身。

这段时间，老徐好像很难得碰上。直到四天后，谢君苗才捕到他，然后在他的办公室里赖着将时间拖延到下班后，待中心的人都走光了，他们一齐来到了老徐办公室。老徐一见他们，便呵呵地笑，一副心知肚明的样子。也好，省去了拐弯抹角，他们开门见山向他表露了想法，面对老徐脸上露出的为难神色，他们纷纷倾诉各自的苦劳、疲劳，然后各自讨要在这里的尊严和脸面。他们虽说不是体制内的，没有财政的编制，可临时工也是这个单位的组成部分，一个整体为何是两种待遇？做事的时候，说我们是单位的年轻人，后备力量，肩上要多压担子，到了得利益的时候又说我们不是单位的人，把我们撇一边，还口口声声说这是制度，这哪里是制度，这分明是耍流氓。

他们不知道哪里来的勇气，说着说着，情绪骤然激动，竟放肆地说出了几句大话。老徐在冷空调底下坐着，鼻梁上一片油光，他抽了两张餐巾纸擦了擦脸，嘴角处隐含着一丝愠怒，那是一种久居上位不容侵犯又被侵犯了便极力克制情绪以保持风度的威严。办公室的气氛有些紧张。秦江南思忖，不欢而散是最不好的结局，于是便笑了笑，说，徐主任，其实我们大伙心里都是有数的，单位情况复杂，我们又处在一个很弱势的位置，您作为领导，明里暗里对我们也多有维护，您是单位的一杆秤，上上下下，既要不偏又要不倚，您为我们做得吃亏不讨好的事儿多了去了，我们也都看在眼里，所以在中心里，在您的领导下，该我们做的事情不该我们做的事情，只要您一句话，我们都是尽着自己能力去做，也都想着给您挣面儿。其他三人也都纷纷点头，表示赞同，老徐的神色也缓和了一些，还轻轻“哼”了一声，那意思是，算你们有良心。秦江南便乘胜追击，说，我们心里想着，我们这些人都是您招进来的，情感上跟您也亲近些，就觉得您是我们的家长，孩子受了委屈，不找家长哭诉找谁去。说着谢君苗和潘杏杏便手指抹眼，耸动肩膀，假装哭了起来。兰大懋也配合着抽了两张纸巾递给她们。老徐不禁呵呵笑了起来，用手指一一点着他们，说，你们，没一个是好对付的，唉，你们是要把我架在火上烤啊。其实这些天，我一面想着躲开你们，另一面呢，我也在跟马处长商量，想把这笔奖金公平地落在中心每个人的口袋里，毕竟去年的成绩是大家一起努力的结果，马处长也很为难，因为区里财政是按编制的人头拨付的，但马处长也没有一刀卡死，话里还是有松动的余地，我再努努力，争取让大家都满意。

徐主任给出的说法，还算合大伙的心意。末了，四人又联合着把溜须拍马、阿谀奉承的话给老徐上了一箩筐，逗得老徐直打哈哈，光光的头顶油亮亮的。

又过了一个礼拜，众人期盼着的那笔奖金一直悬而不定，中心的人打听到钱已经拨付到处里了，可处里却迟迟不下发。惹得中心上下怨声载道。他妈的，处里都是公务员，工资高，福利待遇又好，还他妈的分房子，他们不等着钱用，就以为老百姓跟他们是一样的，天天嘴上喊着关心民众疾苦，全都是狗屁。

当然这些牢骚，秦江南他们是不会发的，他们要是评价处里的人和事，话一出口，每个字都长脚跑到了当事人的耳朵里。所以好赖话他们都不吭声。可是不知怎么的，他们上次找老徐谈话的事竟走漏了风声，被兰大懋办公室的老宋知道了，继而中心所有人就都知道了，知道他们暗地里也蠢蠢欲动，觊觎着那笔钱。然后，单位的气氛就异样了，体制内人员与临时工之间有了对抗，开会、串门、吃饭，那些人都用一种提防的眼珠子盯他们，好像他们是打家劫舍的强盗，又似巧取豪夺的土匪，恨不得在办公室门上贴出警示语："防火防盗防临时工"，那种抱锅护食的小气劲儿和矫情样儿看得秦江南眼珠子都肿大了，如此，倒也把他们的挣劲儿给逼出来了，真就王八咬人不松口了。还不信了，那钱若分到咱们口袋里，天就塌了？地球就不转了？

但那些体制内的同事们却成天嘴里含沙射影，饭堂里吃顿饭话里话外都是梗。师傅打菜，人多挤了些，就会有人说，莫抢，莫争，使这些手段都没有用，这跟财政拨款一样，都是有份额的，不要心里没数。有人就会接话说，我不争，我知道有我的份我争什么，要争的都是没份的。倘若吃饭时有人呛着了，便会有人说，哎呀，叫你安分些，安分，这饭才吃得稳当，才吃得长久。也会有人在一旁发挥，说，是的，吃饭就吃饭，不要动心思，有些心思动不得，吃了红烧肉还想着小黄鱼，就有点不要脸了。呛着的人也不会争辩，知道他们要说的不是他的吃相，不过是借着他的事故作一场敲打而已。然后，他们窃窃私语后，还会集体发笑，别有一番深意似的。

他们呢，只埋头吃饭，谈论属于他们的小快乐，对于长桌那边故作的声势和唇枪舌剑丝毫不理睬，让那些人放空炮弹。秦江南、谢君苗和潘杏杏三个女孩子来这里都三四年了，熟悉了这里的腔调，加之性格都比较温和，遇事都还能忍住，但兰大懋有点沉不住气，每每听到这种带刺的话，他的脖子就犟了起来，像受到惊扰准备攻击的眼镜王蛇。几次，兰大懋想要拍案而起，都被秦江南给按住了。可这次秦江南硬是没按住，兰大懋霍地站起来了，他一米八的个儿，一脸怒气立在地上，有点威风凛凛。中心所有的人都一脸惊愕地盯着他。

兰大懋说，你觉得你们这样一口砂糖一口屎地说话有意思吗？什么叫不要争不要抢，什么安分不安分，什么要脸不要脸，我们只是临时工，又他妈不是弱智，听不出你们话里头的音吗？秦江南拉扯着他，说，得了，大懋，你少说两句吧。兰大懋甩了她一胳膊，继续道，我们要的不过是应该属于我们的，成绩是大家一起做出来的，那么奖励就该人人都有份，这是天经地义。有什么需要安分的，又哪里不要脸了？说完气鼓鼓地坐下。

秦江南抬眼看了看四周，两个长条桌的人脸上神情各有差异，有蒙有呆的，有怒有恨的，有惊有讶的，也有面无表情的。圆桌那边空空如也，书记去党校学习去了，徐主任吃饭一向快，估计在兰大懋怒起之前就抹嘴走了。两个做饭的师傅趴在窗口倒是一脸喜色，像是看戏不怕台高。

老王到底忍不住了，嚼着一块粉蒸肉，哼了一声，说，什么叫天经地义？这话不该在中心的食堂说，应该去区财政区编办说。莫屌错了地方，伙计。还是那句老话，别人得多得少跟我没关系，但我荷包里的钱谁也不要动心思。那是我的辛苦钱。老宋也跟着帮腔，说，我跟你是一样，别人吃多少肉我不眼红，但要从我的碗里扒份子，坚决不答应。老宋跟老王一向跟得紧，单位里也总是姐妹相称，虽也有翻脸的时候，但重修旧好的速度快得像中国高铁。当初老宋以办公室缺少男劳动力，把兰大懋强要了去那会儿，她们友谊的小船说翻就翻了。那一仗闹得可真是惊天动地，老王说老宋惯会使这种下三烂的招儿，当初连老公也是挖别人墙脚得来的。老宋怼她，说，你呢你呢，一向多吃多占，当初自己有老公了还去外边偷人养汉，终于把自己弄成了个半边户，报应。要不是中心几个男的拉扯着，两人的拳脚就上来了。可没过多久，她们又手挽手肩并肩说说笑笑共同向单位缓缓走来。有时秦江南看着她们这些活了大半辈子的人，就会想起她老家那些穿开裆裤搓尿泥的小孩。

也有人跟着在后面起势，说，是的是的，这里又不是慈善中心。

这些话像钉子一样，一根一根锤进他们的耳朵里，秦江南的内心已烧起一片火光，但面上却依然不动声色。这是她在这个单位工作了四年，经过几番磨砺后，修炼出的隐忍之功。每一次“波翻浪滚”的时候，她都会质问自己，为何要趴在这鬼位置受这份罪。就跟老王他们背后说他们的一样，有本事走啊，广阔天地大有作为去啊，为何要箍在这里伏低做小呢，哼，还不是这里有他们可图的甜头，既如此，就得受得住这儿的规矩。是的，他们的议论是对的。哪怕这里不堪，但这是她在这个城市里找的最满意的一份工作了。

先前，她做过几家公司，全不是像电视电影上那种高端霸气的样子，明净落地窗户，优雅格子间，单身多金的老板，帅气潇洒的少东家，更没有传说中的带薪年假和升职空间。她所工作的公司大多租住在小区的居民楼里，客厅里弄四五个格子间算是工作区域，卫生间男女通用，厨房兼顾老板的居家功能，油污重重，打字接电话，还能闻到卫生间的尿臊味，没有工作餐，中餐需自己看着办，没有午休床，午休时间也只有一个小时，只能在桌子上趴着打盹，最好是不打盹，打起精神，因为头上有摄像头盯着，虽说是休息时间，但领导看见还是会不舒服，领导大多油腻肥胖，口臭得厉害，从不会做那种开香槟请吃大餐之类破费钱的事儿，他只会两眼盯着业绩，从不考虑加薪和福利，而且没有保险，更恶毒的是没有双休。条条规矩都反人类。秦江南吧别的都可以马虎，平时上班累点就累点，工资少点就少点，但没有双休，这个很要秦江南的命，每周休一天，她就觉得自己还有半条命没回来，拿半条命去抵抗一个礼拜的起早贪黑、挤公交和文案策划，那简直要死掉了，所以她每份工作都熬不到过年，进了腊月就辞职，将破碎的身心休养到开春后，再找工作。然后周而复始。

中心这份工作是她生了孩子后找的，她之前也找过一些公司，可那些公司都拒绝录用哺乳期妇女，对年龄也有严格要求。哺育幼小和年岁增长竟是罪过了，仿佛那些龟孙个个都是从树木孔里炸出来的。无意间在赶集网上看到了这个单位的招聘信息，招聘一名经验丰富的文字编辑和文案策划，要求大学本科学历，要求四十岁以下，要求女性，要求五官端正，要求家在武汉，条条要求她都符合，而且大学的专业还对口。起先她并不知道这个单位是属于国家事业单位，一直在外面私营企业上班的她对此没有多少概念，她是抱着有枣无枣打三竿的心态来应聘的，没想聘上了。

她是来这里上班后，才知道这里竟然有小食堂，包两餐饭，而且伙食这么好；才知道这里是双休；才知道这里不用加班，到点就走人，即使要加班，却真的有加班费，节假日双倍；还知道这里虽然是八点半上班，五点半下班，但稍微迟到一点早退一下，完全没有关系，传说中幸福的朝九晚五在这里啊；而且这里中午午休长达三个小时，办公室里配有午休床，吃饱了饭，就可以打开来四仰八叉地倒下，冷暖空调敞着开，不像以前在公司里，不到热得狗喘气冷得狗啃脚，是断不会开空调的，老板说阶梯电费可贵了。哎呀，这是天堂啊。虽然这里给她开的工资并不比在公司时高多少，但她已经很满足很满足了，满足到要磕头作揖山呼万岁的地步了。真是苦尽甘来啊，她对这份甜蜜很是珍惜，每天上班勤勤恳恳，严格按照墙上的规章制度来约束自己，虽然别人从不理会那些条条款款，但她不管别人，只管自己，而且她每天都第一个到单位，把办公室打扫得干干净净，把水烧好，把老王和老朱的杯子里留的隔夜茶倒了，用开水烫过放好，只等他们来后，就可以直接冲泡滚滚的茶，为了在版式编辑上多些花样，她买了许多专业书，一有空闲就啃上几页，挤地铁都在啃，他们都说自她来后中心编撰的那份内刊越来越好看了。她的殷勤、谦卑和才干使她顺利度过了三个月的试用期，成了中心口头上的正式工。

她是慢慢地从甜蜜中咀嚼出苦涩来的，原来口头上的正式工只是相对她的试用期来说的，并不是像老王老朱老宋小张小李那样的身份，体制内的，财政全额拨款，身体发肤受之于国家，吃喝拉撒终身保障，那样的身份带着一种被托底的安全感，是荣耀的。她虽然正式了，不过是单位正式的临时工。临时工从字眼上就能感觉出一种廉价、劣质、不稳定性，像明星的替身，无名无姓，不能露脸，露脸即穿帮。她跟他们虽然在同一个锅里吃饭，在同一个办公室里办公，在同一间会议室里开会，同乘一辆车去郊游，但无形的鸿沟质地坚硬地横亘在她与他们之间，在一些言谈举止的缝隙里，在某种说不清道不明的气氛里，更在她和他们的心里。直到后来来了谢君苗、潘杏杏、邓茹果，她的内心才稍稍舒缓了一些，虽然鸿沟还是那条鸿沟，如王母娘娘的银簪划出的天河一样不可逾越，但越不过去的人多了，也就有了一些依靠。后来邓茹果因为怀孕生孩子，中心只能给她一个月的假期，而当时老宋办公室的小田生了孩子快半年了都没来上班，领导连个屁也没放。樊书记给正在坐月子的她打电话，说，这没有办法，小邓，你不能跟小田比，小田的工资是财政给的，你的工资是中心给的，中心庙小，一个萝卜一个坑，养不起闲人，你明白吗？尽管樊书记语气温和，循循善诱，但还是把小邓给恶心到了，这对比太强烈了，小邓像是受了奇耻大辱般，说了声“随便”就啪地挂断了电话。她月子坐完了没来中心上班，中心也就将她视为自动辞职，办公室便令财务从工资册上删除了她的名字。邓茹果一事令秦江南她们伤感了好一阵子，都觉得中心的做法太过分了，不近人情，可她们也只能私下里抒发一些情绪，谁敢明面上为小邓去讨个说法呢。这份工作虽然有种种不如意，让她们时时有尊严受辱感，但她们还是觉得这个单位好，不想离开此地。

离开了食堂，在五金市场里，秦江南一路踩着小碎步跟着兰大懋，全包围的柜台和半包围的柜台像集体厕所的蹲坑，紧密排列，柜台与柜台夹出的过道如羊肠般弯弯绕绕。看起来，秦江南像是在练青衣的跑圆场。其实，市场近年来生意冷清了许多，但人声还是像煮沸的开水，上下翻滚。她又不好使劲叫他，要提防周边怕有单位的人，再一个，叫，他也不一定听得见，听见了也不一定会理你。在上中心楼的时候秦江南总算赶上了兰大懋，她说，你给我站住。他站住了，然后她把他拉到街角的僻静处，她说，大懋，你就这么沉不住气吗，非要明面上与他们针锋相对。

兰大懋吐了一口气，说，秦姐，你要我像你一样忍辱负重，委曲求全，我办不到。他从屁股口袋里掏出烟和打火机，点燃吸了一口，说，我来这里是工作的，不是来让他们作践的。你不要总拿你那套忍字功来说服我。烦。他抬眼朝秦江南扫了扫，说，秦姐，说真的，我现在特别讨厌你。

秦江南顿时一嗝，愣住了，心中又气又急，自己一片好心为着他，他竟然当成驴肝肺，这不知好歹的东西。可她还是敬重他，敢说敢当，一派男子气概。他当初被中心招进来后，徐主任就把他交给了老王，一米八的个头，祖辈传下的国字脸，浓眉大眼，四周的头发剃得很短，中间一片兴旺蓬勃，那是街头小年轻正流行的发型，一身灰色的卫衣和匡威板鞋，看起来活力四射。单位里一向阴盛阳衰，年轻的男孩子是稀缺品，长得还这么周正的更是金贵。老王自然是欢喜。安排他坐在秦江南的下首。秦江南当然也欢喜，这么个帅气男生在对面坐着，感觉像坐在了大学的自习室里。为了让他尽快熟悉环境，秦江南把单位里一些忌讳和暗地里的不成文规则都说给了他，还把自己手里的事情分给他做。她告诉他，要想在这个单位长久留下，得靠有一份工作，要把这份工作做得无人可替代，才算在单位站稳了脚跟。她毫无保留地传授她掌握的待人经验和处事要领，工作上，生活上，她都细心关照他，他不小心说错了话，她巧妙地为他打圆场，他做错了的事情，她替他弥补，弥补不了的，她便一力承担，两人一同完成的工作，受到表扬了，她把功劳全让给他，一有机会，她便在领导面前为他美言，替他讨老王的好。最终试用期的三个月顺利度过，他妥妥地留了下来。他对秦江南怀着感激，办公室里只要秦江南一拿拖把和抹布他就硬抢了过去，秦江南的快递，也总是不厌其烦跑下楼为她拿，虽然后来老宋要走了他，但他们之间还是继续保持着亲密友好的关系。

他喜欢高谈阔论，天南地北啥都说，失去了秦江南的看管后，他像是没了缰的野马，完全由着自己的性子了，老宋刚开始对他是欣赏的，不然不会冒着与老王翻脸的风险，把他挖走，但渐渐老宋对他转变了态度，说他眼高手低，好高骛远，没有刚开始来单位那股阳光可爱劲儿了，慢慢单位里许多人也渐渐对他转变了态度，说他说话愣头愣脑的，天上一脚地下一脚，完全搞不清楚自己是个什么身份。思想又偏激，很有点愤青。她有点为他担忧，单位里关于一个人的负面消息太多的话，不是好事，迟早会传到领导的耳朵里，弄不好工作会不保。她担心着担心着，今天他竟然顶天立地站起来公然与他们争长论短。

秦江南说，你讨厌我我也要说。你不知道，自古枪打出头鸟，出头的椽子先断吗？要你出这个风头，逞这个能？

兰大懋抽了一大口烟，抖抖衣服，说，秦姐，就算是一只鸟，被人踩到了脚下，它也要挣扎几下，哀叫几声吧。你的胸怀宽广得令人可怕，你的善忍在我看来并不是美德，而是一种精致的城府，是一种让人恶心的精明。你，你就是一个只为活着而活着的奴隶。他将烟头丢在地上，用脚狠狠踉灭。

看着他如此愤慨，她不知道该对他抱有怎样的情感，这个把脊梁和头颅还看得很宝贵的人，是该嘲笑他的天真，还是该尊敬他的情怀。但他那傻样的傲骨还是让她柔肠百转，那是他身上闪烁的光芒。

秦江南叹了口气，说，大懋，你不成家，不生养后代，肩头上没有担子，你就不知道生存比天大。她蓦地也感到些悲观，说，站起来是要付出代价的。

兰大懋还想高声辩白，但也感到些无奈，他两手握着秦江南的肩膀，说，秦姐，生活不只是眼前的苟且，还有诗和远方。

这两句被朋友圈刷烂的诗句让秦江南哼地笑了一下，说，不从眼前的苟且一步一步蹚过去，又如何抵达诗和远方呢？她抬眼从两墙的缝隙中看着车水马龙的街道，远方对她来说也许就是衰老、病痛、死亡和坟墓吧。她有些伤感，也想起了一句诗，便轻轻吟了出来：我们要咀嚼下多少黑暗，才能换来那一丁点的光明。

兰大懋忽然怔住，像是被什么击中了，竟一把抱住了秦江南。一米六不到的秦江南只打齐他的脖子，贴在他结实的胸膛上，她听到了他铿锵有力的心跳声，噔噔噔，像石道上跑着一匹鬃毛长长的野马。这强壮宽阔的异性怀抱，令她感到一阵眩晕，这微醺般的感觉让她生出迷恋之心，但残留的一份清醒让她警觉到羞耻，继而感到慌乱，她感觉到她跟他的身体都即将要分泌出湿润的物质。她将他推开，然后从他的怀里挣脱出来。他踉跄一下，她扶住他，说，大懋。

他终于稳稳地站住了，嘴里哦了一声，哀哀地说，秦姐，对不起。

她没作声。

他像是不知道说什么好，东拉西扯地说，秦姐，我是想说，想说，他们，他们不能把劳动者分为体制内和体制外的，这对所有劳动者都是一种伤害。改革如果不彻底，还不如不改，割一半留一半，太畸形了。

秦江南说，够了，大懋，以后像这样的话不要在单位里说了。然后她扭头走掉了。

下午她要去处里送资料。处里办有一份刊物，内部流通那种，组稿编辑校对和印刷发行都由中心承担，以前是老宋办公室负责，现在全落在了她身上。刊物两个月出一期，印出小样后要送到处里给马副处长审查。虽是小范围的宣传刊物，但领导得把关，得审查，标题不能敏感、配图不能丑化领导，不能爆出家丑，要正能量，要主旋律，要宣传成绩，捂住不足。其实就是让她捅娄子，她也不敢啊。

不知道为什么，自打跟马博文有了那一腿后，她就不想再去机关了，不想与马博文有正面接触，可是不去又不行。去后，马博文照旧是一副冷面孔，连脸上的各种纹路都像是用图钉钉住了，不喜不怒，不嗔不忧。秦江南静静站在一角，在人缝里细细琢磨着马博文的那张脸，心里也感叹，这是修了多少年，才能修成这样的道行，七情六欲全藏在皮下，面上滴水不漏。多累啊。偷个情，还得算计上班的时间，上床撒欢都要撒得争分夺秒。争分夺秒这词倒把自己惹笑了，悄悄地笑了一会儿。她替他想，这样的人生又有什么趣？她忽然也想到了自己，自己跟他不也是一样吗？他们都是善忍之辈，在人前将喜怒哀乐死死抵住，时时收拾住各种情绪，将自己机器化，以便让人利用。这样想，她不禁对马博文也有一丝怜悯。

资料依然是看都不看一眼，就放在一边，只说待看后回话。她立即告辞，依然是走出机关大门，走到马路牙子上，手机一声吼，他的，内容还是那个内容，要求还是那个要求。她的内心依然是恶心、抵抗、窝火、松动、妥协、屈从。权力就像魔咒、春药，让人无法抗拒也无法自拔。

她洗好后，躺在床上等了近十分钟，他才来，手里还提着一个黑色的塑料袋，他把袋子递给她，径直去了卫生间，然后就听得一阵水响。她打开塑料袋，里面是个大大的手提塑胶纸袋子，印着硕大的英文字母“GUCCI”，她心里微微一震，是一个黑色的饺子形状的包包，皮质的搭头上镶着金晃晃的“GG”。他赤身裸体地走了出来，身上湿漉漉的，他用浴巾边擦边问，喜欢吗，这是我托人从香港带的。她当然是点头。大名鼎鼎的古驰，她不敢不喜欢，上司所赐，也不敢不收下。他的出手阔绰使她略感欣慰，使她躺在他身下的时候，没有了那么重的卑微感和下贱感。

事后，她说起了单位热议的绩效奖金。他问她有什么想法。她的头枕在他的臂弯上说，既然成绩是大家一起做出来的，当然应该人人都有份。她想起了兰大懋说的那句话，说，都是劳动者，怎么能有体制内和体制外之分呢，太奇葩了。说完，她抬眼瞧他，他闭着眼睛，面无表情，对她的话没有做出任何回应，这让她有点不自在，是不是说错话了，她怎可对他发牢骚呢，就算他们发生了关系，但他依然是处长，她依然是个临时工，怎么能有睡一觉就改头换面的想法了呢。皇帝宠幸那么多的女子，该是答应的还是答应，该是常在的还是常在，不是睡一觉就能翻身做主子的。正索然无味间，他开口了，说，处里对此事做了考虑，放心吧，你想的，处里也想到了。她还有一惑，便急急问道，可财政不是按编制拨下来的吗，一个萝卜一个坑，怎么考虑啊？他难得地微微一笑，说，这雨怎么下，不光听雷的，还得听风的。她虽然不大懂话里的深意，但听起来中心的绩效奖他们几位临时工应该都有一份的。

从酒店出来，太阳已经偏西了，但余威尚在，天依然闷热。走在大马路上，心里颇有点发虚，像是满大街的人都识破了她的奸情，知道她刚偷完人。肩上背着自己的无名包包，手里拎着威震江湖的古驰，她感觉异常别扭。在等公交的时候，她忍不住把那只包掏了出来，撤去丝绸套子，大牌就是大牌，看着就是那么亮眼，是皮的，做工和走线也都很工匠。她在网上查了查，这款包包售价是两万多。也许是假的，她想。但即便是高仿的，仿到这个程度，连油边都仿得这么漂亮精致，大概也要两三千块钱吧。对她来说，依然是奢侈品。

拎着这个包，她一路上都在犯愁，去了趟处里，凭空多了这么个包，这怎么说，中心里人民群众的眼睛雪亮着呢，虽没出过国门，但泰国新加坡印度尼西亚的事儿清楚着呢，万一他们看出是正品，那不得了，一向甘于平凡，把身子低在尘埃里的人突然有了个古驰，哪怕是假的，那也是有问题的，他们定会打破砂锅问到底，从字里行间寻找逻辑上的漏洞。她就是编一万套谎言也瞒不过那些猴精样的同事们。她的包包从来都不超过三百，她的开支一向量力而行，不攀比，一切花费都心安理得。好，就算单位里瞒过了，可回到家里呢，又怎么解释，老公再傻，古驰还是认识的，也是清楚分量的。家里藏个这，不是欺负人吗？就算单位和家里都没过问没在意，可自己背在身上又算怎么回事？偷情的物证？卖身的价码？那不是时时羞辱自己吗。无论它多么贵重，多么奢侈，也是一个见不得人的物件。那就送人吧，送人也麻烦，弄不好也会惹出一场事。在龙王庙这一站时，她下了车，步行上了江滩，行至亲水平台，她将手里的袋子往上一扬，将那个包扔进了滚滚江水中。

钱总算发下来了，体制内的每人一万五千块，她们几个临时工每人八千，虽然相差近一半，但她们已经很满足了。只是没有兰大懋的，事情不免有些美中不足。说他虽然是去年来中心的，可刚好是三个月试用期，所以绩效没有他的份。幸亏发钱这天，兰大懋去外面办事了，没在单位，不然看着同事们挨个被财务叫去领钱，单单没有他，心里肯定不是滋味。中午在饭堂吃饭的时候，秦江南同谢君苗和潘杏杏说起此事，秦江南试探性提议，说，干脆，我们每人给他匀一点。谢君苗说，我没有意见，不然以后我们相处起来心里都有膈应。潘杏杏说，我也没有意见，看匀多少。然后一笑，说，匀多了，我可是很肉痛的。秦江南说，呵呵，都一样的痛，钱，乃生命之本。谢君苗也笑了笑，说，太少像打发叫花子的，不好看，多了，我们也冤枉，每人匀一千块，你们觉得如何？秦江南说，你倒是真大气，那一千就一千吧。潘杏杏嘬嘬嘴巴，说，那我还能说什么呢。为了给得体面漂亮，她们商议找老徐，走财务的路，假装这钱是单位给的，只是去年他在试用期，故奖金少了些。

老徐考量了半天，还是答应做这个顺水人情。对于他们几人的团结，老徐是既欣赏又有些顾忌，时常敲打他们不要搞小圈子，不要拉帮结派之类的话。但这次他饶有兴致地说起了他年轻时与一帮兄弟的江湖义气。他们几个自然是各种夸赞，好像奉承的话每人都备了一肚子似的。

下午兰大懋办完事回来，还只在走廊上，就被财务叫了进去，等他出来的时候，秦江南她们就在财务办公室门口候着他，看他手里握着一沓红钞票，都好奇地问他发了多少。兰大懋咧着嘴笑，说，三千，你们呢？谢君苗说，七千，比你多许多。兰大懋依然乐呵呵地笑，说，嗐，我以为我不会有呢，去年我刚好是试用期，别说三千，就是五百一千，也是大大的意外之喜了。呵呵。

他们一起乐了起来。笑着笑着，秦江南忽然感到些酸楚，为他们这份容易满足的心态。

秦江南说，要不，下班后我们聚一聚，重庆烧鸡公，我请客，如何？谢君苗咦了一声，说，你一向勤俭节约，新时代的旧女人，居然也能发起请吃的号召，哈哈。潘杏杏说，那还不赶紧响应。兰大懋顿时举起拳头一上一下，说，响应响应，响应铁公鸡的烧鸡公。谢、潘二人扑哧一笑。秦江南愤而一脚踢向他的膝盖弯，兰大懋顺势就往地上一倒。他们再也绷不住，弄得静静的走廊爆发出一片响亮的哈哈声。

酒足饭饱后，秦江南去结账，却被告知账已经被结过了，收银小哥指了指，说，你们桌的那位帅哥买的单。秦江南问，多少钱？收银小哥说，三百二十元。散席后，在回家的地铁上，秦江南在微信上给兰大懋转了三百二十元钱。她说，说好是我请的，你这是瞎胡闹。

兰大懋回复说，秦姐，我反正一人吃饱全家不饿，你还是把钱留着吧。

秦江南依旧说，把钱收下。

兰大懋回复说，不许任性！！！

秦江南心头一热，只笑了笑，收起手机后，她扶着吊环闭目养神，一时觉得人间有万般柔情，尘世有千种滋味。同时她也在内心问自己，为何她宁愿跟又老又有肚子的马博文睡觉，却不肯跟这么年轻帅气浑身散发着荷尔蒙的兰大懋睡觉呢，兰大懋对自己的感情她心里是清楚的，只要她肯，他们俩是完全可以水到渠成睡一觉的。可为什么就不肯呢，怎么在他面前就那么有原则性呢，就那么的圣人婊呢？自己难道对人家就没有一点想法吗？是有的，她在心里隐秘地承认了。也许是因为权力吧，马博文手里握有权力，他可以决定自己的去留，睡上一觉，可以为自己争取庇护的伞盖，兰大懋呢，只有活力，她跟他睡一觉，除了获得单纯的肉体上的快感，还能得到些什么呢？活力哪里比得上权力。她明白在选择跟谁睡觉一事上，是功利的。她虽然在城里混迹多年，但她的观点还是跟老家人一样，所有的土地都要用来种庄稼，不会用来养花养草。她睁开眼，复又闭上。她为自己感到一丝悲哀。

出了地铁站后，她直奔商场，花四百块钱给儿子买下了他一直想要的乐高城市警用巡逻艇，花一千多在五粮液专柜给老公买了一瓶五粮液，心里高兴，也想着给自己买点啥，逛了一圈，觉得啥都不划算，最终在屈臣氏选了支四十元的进口护手霜，临结账时，又改变了主意，换了支二十多块的。剩下的钱，她在小区门口的银行柜员机里存了四千多，留了八百元现金在手里做机动。

次日周末，恰逢儿子生日，他们乘车去了动物园，中午在肯德基就餐，儿子爱吃炸鸡，以前都是点一份，他们看着儿子吃。今天她叫了一个大大的全家桶，还点了肯德基新出品的海鲜粥。端上来后，她老公一直拿大眼珠子盯她，她知道他的意思，觉得她今天发了神经，怎么用钱潇洒了。她笑笑，心想，等着，让你瞪掉眼珠子的事还在后头呢。连儿子都觉得奇怪，问妈妈，妈妈，妈妈，你不是说你跟爸爸不喜欢吃炸鸡和汉堡吗，我看你们吃得也挺香的啊。她抬脸看老公，老公也正看她，好像都不知道该怎么回答儿子这个问题。

晚上她老公下厨做了几道菜，都是她和儿子爱吃的。儿子满心期待的生日蛋糕落空了，在餐桌边一直噘着嘴，不肯吃饭，连最爱的糖醋排骨也不吃，腮帮子鼓鼓的，眼看着泪水就要流下来了。她老公几次想责怪她，怎不给儿子买生日蛋糕，但最终也没说，只是一个劲儿给儿子道歉，说明年生日吃两个。儿子不干，将要张嘴大哭时，她从桌布下面拿出了乐高，说，当当当当。儿子眼睛顿时放出光来，边哭边笑地将乐高抱在怀里，说，谢谢爸爸妈妈。儿子高兴了，她老公也安下心来，说，不早拿出来，非得逗他哭。她说，哎呀，哭哭就哭坏了。说着，又从桌下拿了那瓶五粮液，说，给你。果不其然，她老公眼珠子快从眼眶中弹掉下来。她撇嘴笑了笑，说，德行。老公说，你今天咋了，又是肯德基全家桶又是乐高巡逻艇，你弄得我一天心里都跳跳的，这会儿居然还上五粮液，你这是打算不跟我过了吗？我没做什么错事吧。她说，瞧你这出息，给你喝名酒，你不心里美着，还愁上了。老公说，嗐，我被小主冷落多年，如今一朝得宠，这不是受惊了嘛。她老公还想留着，她一把夺过来，拧开瓶盖，笑着绷脸，大声说，喝。儿子有了乐高，无心吃饭，扒了两筷子就溜了。他们也随他，桌上两口子对酌，一口菜一口酒，说着一些日常琐事，她说他们单位发了一笔奖金，他说怪不得出手这么有范。他说他们钢铁厂在谈收购的事，并入大企业后，不知道岗位有无变化。她说，水来土掩，兵来将挡，操那么远的心干吗，我们有手有脚，难不成还真饿死。他向她举杯，真诚地说，老婆，谢谢你，我这辈子最牛的事，就是娶了你。

她心头一热。说，能嫁给你，也是我这辈子最牛的事。

她忽然想到，为什么要对兰大懋死守防线，不让他有非分之想了，因为他年轻，她怕他爱起来后的认真狂热，不管不顾和纠缠不休会伤害到她的丈夫、她的孩子、她的家庭。这安稳的、温饱的、小老百姓的日子，虽不富贵，却暖意融融。

国庆长假后不久，中心突然接到上面的通知，说国家部委有几个领导想到中心来看看。时间大概是下午三四点钟。是突袭。老徐召开紧急会议的时候，脑门子都是汗。他指挥各个办公室做好相关接待工作，环境卫生、资料装订、音响视频、香烟瓜果、热茶冷饮，事无巨细都进行了安排。但老徐还是心焦，从脸上就能看出他的惶惶不安，最后他道出了隐忧，那便是楼下的五金市场。

今年上半年国家就下发了红头文件，凡是属于国家事业单位的场地，不得对外出租经营，要一律收回，对于像中心这种性质的单位，文件也有批示，如有空置的场地，收回后要建成公共场所，对群众开放。区里的计划是建一个图书阅览室。但去年三月份，中心与市场经营户们续订了两年的租赁合同，得明年四月初才能将这个计划落实下来。老徐本想着拖一拖，拖到明年就可以了，钱财政策两不耽误，没想到点这么背，部里竟要来视察，还是临时起意的。

会刚开完，马博文并处办公室的小邱和小钱驾临中心。马博文在会议室同中心的每个人握手，握出了处长的气势与威严。他言简意赅地表扬了中心历来的成绩，然后强调了此次接待部领导工作的重要性，每一个环节都不能出半点纰漏。各种资料都要准备充分，全年工作的重要数据每个人心中都要有本账。会议室里鸦雀无声，每人手里的笔都在本子上唰唰唰，秦江南也如此，只是自己都不知道在写啥，偶尔抬起脸看到会议桌顶头对着两支座麦的马博文时，脑子里就全是他跟她在幽暗秘密的酒店房间里肉搏的片段，收都收不住。只有埋头奋笔疾书，索性默写几首诗，一窝两窝三四窝，五窝六窝七八窝。食尽皇粮千钟粟，凤凰何少尔何多。这是她前两天无意中从一本清代文人轶事的书里看到的一首诗。

老徐一个劲儿地擦汗，屁股像是长了钉，终于忍不住打断了马博文的话，说，马副处长，楼下的小市场怎么办？

一语问得马博文喉咙一哽。他们各自瞪着鸡卵大的眼珠子彼此对看。老徐额头上的汗如油锅开炸一般。

他们商议派老朱、兰大懋、小李和处里的小钱去跟楼下经营户打商量，看能不能让他们立刻歇业，放下卷闸门，如此从外面看便是仓库的样子。对于经营户下午的损失，中心酌情赔偿。十三家经营户，每家赔三百，实在不行各家加一百，这是底线。

已经是中午了，四人连饭都没吃，在市场里交涉了近四十分钟，回来汇报的结果是，经营户们要求每家赔一千，不能少一分钱，而且要现结，否则坚决不歇业。

老徐气急，说，真是狮子大开口，他们一天能不能卖到三百块都是未知数，张口一千块，真是敢想。

老朱说，正是卖不到三百，生意难做，所以他们怨气重，跟他们一谈歇业，就像捅了马蜂窝一样。

老徐气愤地摆着手，说，刁民，奸商，真是无商不奸。眼睛里只有自己那一点利益。马博文在一旁沉默不语，像是一时也没有更好的办法，只能听之任之。

中午，各个办公室都没有休息，秦江南无所事事，推窗看了看街道，单位门口的马路上不知何时画了五个临时停车位，街道的保安明显比往常多，两名交警在楼下晃悠，似等待什么命令，估计一会儿这条路的交通要被临时管制起来。四周空气酝酿着一股高官即将驾临的气势。秦江南心里一时感慨，在中国当官真好，当大官更好，位高权重，走路都比别人宽展些。

不一会儿，中心走廊一阵喧哗，听起来应该是区里某位领导来打前站了，一时只听得走廊上马博文、老徐、老樊等发自肺腑的哈哈声。

等到下午三点，一阵熙熙攘攘，秦江南感觉门道光线陡然暗了许多，扭头一瞥，一群身着黑衣黑裤黑皮鞋，有的还手提黑皮包的人满满站了一走廊，这应该是重要的领导一行了。很快这些黑衣领导们就被老樊以排山倒海的热情迎进了会议室。约莫半个小时，这群人就走了。

老徐和马博文又把各个办公室的工作人员慰问了一番，秦江南看他们的神色很是松快，便知道这次接待很成功，原先所担忧的那个问题并没有成为问题。她纳闷，那么大个五金市场，领导们竟然没看出来？

老王一定是有跟她一样的疑惑，忍不住打探，问，我们楼下那个市场……

老徐耸了耸眉头，压低了声音，说，区里采取了手段，工商和公安联合执法，强制歇业。

他们一起恍然大悟地"哦"了一声。政府是有如此超能力的。

这时潘杳杳捏着一摞报销单急急走进来，她是来找老徐签字的，想必今天为接待购买的水果是她垫付的，她得快点把钱报出来。见到办公室里还有处里的马处长，她在门口迟疑了一下，想收腿回转，没想到马处长正好转身看见了她，她只得礼节性地朝他微笑。小潘是个美女，经得起近距离细看，拍照从不用美肤和滤镜，平日里不笑也动人，随便一笑，红唇白齿，美得像二月初桃。秦江南发现马博文的眼睛不动声色地光亮了一下。这如流星一闪的"光亮"，像一把寒光闪闪的匕首直插在她的脏腑里，令秦江南心底升起一阵凉意。

待他们走后，老王去了趟厕所，回来将门一关，突然神秘兮兮问老朱，说，喂，你说现在马博文见到你心里会是什么感觉？

老朱喝了口茶，慢悠悠地说，他如今高高在上，我在他底下趴着，见到我，心里肯定美滋滋的。

秦江南听得一头雾水，难道马博文跟老朱还有什么过节不成？从来两耳不闻窗外事的她，心里被这点好奇勾得坐不住了，便也凑近身子不耻下问，说，朱老师，您难道还跟马处长结过梁子？

老王撇撇嘴一笑，说，结的梁子可大了。把人家一生的老底子都揭穿了。

秦江南便瞪着俩探索与发现的眼珠子看老王，两手托腮，把一张真诚打探八卦的脸搁在老王面前。老王鄙视地一笑，说，啧啧啧，还真以为你与众不同呢，原来你也跟我们一样俗不可耐，关于隐私、秘闻，你也会举起小雷达。不过老王很快就说了他们之间的纠葛。

当年，马博文是中心的主任，老朱是中心的副主任。一天快下班了，老朱去仓库取东西，钥匙总拧不开门，感觉像是有人从里面反锁了，就觉得奇怪，就叫唤，是谁在里面，把门开开。里面没人应声。老朱又是拍门又是叫的，把中心一些人就惊动了，大家以为是贼，准备破门而入时，门开了，是马博文自己开的，他的身后还站着中心财务室的一位会计，一男一女，衣衫不整，大家便都清楚是怎么回事了。

老王说，你的朱老师领了一帮人捉了上司的奸。

老朱说，我哪里知道是这回事，早知道这回事，我不躲开点，撞见这样的事并不是好事，倒霉得很。

秦江南听得心下一沉，十多年前老马就睡过女下属，她以为是自己那次误打误撞的撩骚令他守不住晚节呢，原来人家早就在乱搞男女关系。还搞出这么大的动静，弄得世人皆知。秦江南自己都替马博文感到羞耻，感到无比的难为情。她问，作风问题被抓了现行，还能当处长？

老王说，这才叫手段高超。又对着老朱说，当时还是受了处分的，撤了中心主任的职去另一个二级单位靠边站去了，我们都以为老朱会当主任，结果是老徐上位了。后来区里上任的区长是他同学，老马才又开始活起来，调到处里，没几年就当了副处长，进了处里领导班子。

秦江南“哦”了一声，有些失落又无趣地离开了老王的办公桌。她觉得老王给她讲了黑暗的恐怖故事。作奸犯科者居然还能堂而皇之地身居要位，从马博文与她之间的关系和他方才看潘杏杏时眼里闪出的那点亮光来看，他好像并没有改正当年的错误。他所处的位置和手里的权力使他在享受一己私欲时更加方便了。她一时觉得这耀眼的阳光下，一切美好与和平都是虚假的。她忽然间对人世有了一些绝望和厌恶。

楼下五金市场虽然一时瞒过了部里领导，但听说此事令区领导十分窝火，次日就召开了会议，态度十分强硬，要求中心即刻马上停止对外出租，一个星期之内将场地收回来，年底之前就要建成阅览室，供市民采暖纳凉。此事不容商量，完不成，处里中心所有的工作将一票否决。老徐从区里回来在中心会议室里向他们传达区里的意见时，整个人像是被人打断了肋骨，有气无力。回到办公室，老王忍不住呵呵大笑，说，处里的人说老徐今天被区长骂了个狗血淋头，骂得他畏畏缩缩，老徐真正成了老鼠。武汉人的“徐”跟“鼠”是一个发音。

老朱也呵呵了一下。她也跟着笑了笑，只是不知道这有什么可笑的。

中心迅速成立专班小组，老徐任组长，办公室主任、财务室主任和兰大懋办公室的老宋为副组长，所有男同志都被列为专班成员，中心男同志不多，把老徐算上也才五个，意外的是，秦江南居然也列进了专班，名单在会议室上墙的时候，连秦江南自己都惊讶不已，真是扯淡。

散会后她想去找老徐商议，把她的名字从专班里去除，她委实不想出这个风头，参与这样的事情，她一没力气二没身份，出丑弄怪。但老朱却把她拦下了，老朱说，我知道你要干什么去，但我觉得没必要。她问，为什么，朱老师。老朱说，年轻人有机会多经历一些事情，是好事，智慧都是从做事情上得来的。你去推辞，一让领导难堪，再一个别人也会认为你不识抬举。秦江南想了想，老朱这番话说得有理，方方面面都是为她考虑，心里一直对老朱隐藏的那份好感便更真切了几分。秦江南真诚地对老朱道谢，也接受了老朱的建议。一进办公室，老王就对她满脸堆笑，说，你看看，我说得没错吧，你这不就进了红人集团，呵呵。

秦江南一时语塞，不知道怎么回答。老朱便笑呵呵地接过话去，说，个板马，这也叫红人集团，这叫坑人集团好不好？一语说得老王哈哈大笑，她也便笑了起来。

专班成员雷厉风行，当即就下楼去把区里决定告知了市场经营户，令他们三天之内全部撤离。话音刚落，五金市场跟翻了天似的，所有经营户都觉得中心的人是在放屁，放狐臭屁，青天白日，朗朗乾坤，没有这么欺负人的。刚转了几句文，便开始骂爹骂娘操起祖宗来了，说，操你妈×的，跟老子死远些，你们是些什么畜生变的，叫老子们歇业老子们就歇业，叫老子们滚蛋老子们就滚蛋，老子们是强奸你们姆妈了还是挖你们祖坟了，想天方设地法地与我们过不去。骂着骂着，情绪起来了，一个个动手把秦江南他们往外搬，中心办公室的小李一步没退赢，摔在了台阶上，滚了下来。小李是“90后”的小年轻，血气方刚，其父是底下某县某局的一把手，从来没受过这等冤枉气，一下恼羞成怒，刚好墙边竖了一根坏扳手，他捡起来就要抡，被老朱一把拉下了。但小李的狠气架势却进一步激怒了经营户们，一个男的上前一步，说，你还想打人是吧？来来来，有种朝爷这里打。

开局不利，秦江南已感觉到了此事的棘手，不是温柔和平能解决得了的。从经营户们破碎的骂骂咧咧中可以听出，这些年他们没赚到什么钱，房租水电年年看涨，工商城管消防又时不时过来检查，心里本来就积累了许多怨气，昨日里还遭遇强制歇业，太混账了，他们没偷没抢，本本分分做正当生意，招谁惹谁了，竟要受此等奇耻大辱。

经营户们说着他们的道理，中心的人也说着他们的道理。老朱说，也不是我们这些人要逼你们，我们也是打工的，上面要我们怎么做，我们就怎么做。这个场子，中心出租了十多年，本是不该的，只是先前没有政策下来，我们钻了政策的空子，话说回来，这也是双方都占了便宜的事儿，你们再怎么埋怨说租金年年涨，可到底还是比别的地儿要低，这一次也不是说我们不要你们做，要赶你们，是政策下来，红头文件，不允许啦，所以对不住各位老板。我们徐主任也说了，按照合同，我们违约，该赔多少，我们按照合同上来。只是政府要地要得紧，还望各位老板今天或明天的，赶紧去我们财务结账，撤离了算了。

有几个经营户神情有所松动，文件他们也看过了，知道此事是板上钉钉，争也没用了。经营户中有一个彪形大汉似乎在这群人中有些威信，他们都称他七哥。他们都看着七哥，似乎都是在等这位七哥发话。七哥终于开口了，说，这样吧，我们考虑考虑。

他们以为考虑考虑就是答应下来的意思，便班师回朝，都夸赞老朱说话有水平，不愧是以前当过副主任的，孔明之才，舌战群雄，说如果拆迁队请了老朱，就不会有钉子户。老朱从来没有享受过这等马屁，便也一一受用在耳，乐呵呵。他们陪着财务等到夜里九点，却不见一个经营户上来结账，也许他们明天会上来的，虽然是这样的猜测，但各自还是满腹疑惑。

第二天一早上班，秦江南差点都不认识自己单位了，一夜之间，中心门前的一排梧桐树上全拉扯上了横幅，白布黑字，“国家干部胡作非为欺压无辜百姓，请求政府严惩”“平头百姓无故受辱请求有关部门给个说法”，还有一条横幅是一首诗：“诚信经营十多年，不少国家一分租，如今油水捞够了，弃我良民如抹布”，还有一个横幅居然写着“官逼民反，民不得不反”。秦江南看得眼花缭乱哭笑不得。无论横幅标语水平如何，但动静和声势都闹得很大，听说他们还联系了省电视台《百姓有事》栏目，围观群众驻足此地想静观事态发展，过路群众纷纷举手机拍照，估计不多会儿朋友圈里就会多一片义愤填膺的吃瓜群众。看来这些经营户昨晚一夜未眠，“考虑考虑”出了如此结果，也许背后得了高人指点，知道如今政府处理群众矛盾的态度是稳定压倒一切，会闹腾的孩子有奶吃。

专班成员连早餐都来不及吃就召开了紧急会议，老徐气得鼻子脸都歪了，拍着桌子说，这帮龟孙真是马面无情，居然跟我来这一套。恶毒，恶毒。他在会议室点燃一支烟，平复了一下情绪。还是决定让专班成员与他们沟通，了解他们的真实意图，到底是对中心的不满，成心要对谁打击报复，还是如此折腾一番，只为增加赔偿的筹码，说到底事情总要有个结果，态度嘛要和缓一点，不能激化情绪，要多安抚，让他们尽快撤下标语横幅，不要闹到区里市里。

会议还没结束，就听楼下一阵欢呼，他们推窗一看，原来是省电视台的记者来了，他们一下车就被人群热情包围了，记者一行共四人，一脸的责任与担当、正义与使命，举着摄像机将横幅一一拍摄，然后现场将话筒对准了七哥，七哥似乎很能讲，一双手一会儿比画这里，一会儿比画那里，怒目圆睁，表情悲愤，那身段那眼神像现代戏里李奶奶对铁梅唱“闹工潮，你亲爹娘惨死在魔掌”一样。胖胖的摄影记者和举话筒的出镜记者还有两个拿本子拿笔的记者（估计是实习记者）收起摄像机和话筒就直奔中心来了。

老徐亲自接待了记者，中心办公室里烧水泡茶，将前天吃剩的水果迅速整理出五个果盘一一送进了主任室。谈的什么不知道。秦江南他们专班成员已经下去做工作去了，大约四十五分钟后，老徐老樊一干人将记者送到了中心楼梯口，他们跟道别的记者热情握手。胖记者说，主任放心，我们了解了事实真相，也知道此事的轻重，不会给主任给政府添乱子的。老徐满脸堆笑，说，谢谢，谢谢你们，等忙过这段时间，我们再聊。

记者下楼后，没有了先前一副人民大救星的样子，似乎有意回避着那群经营户，火速上车拉上车门摇上玻璃就走了。门口满脸期待、稳操胜券的群众一脸茫然，他们在太阳底下看着远去的采访车，面面相觑，像是被兜头泼了一盆冷水，之前高亢的气氛一下暴跌了不少。

忽然有人说，他妈的，记者肯定被他们收买了。哪里有我们老百姓说话的地方，还老百姓是天，老百姓是地，老百姓的事就是天大的事，都是他妈的哄鬼的。

老朱觉得对方气焰被打压了不少，正是做工作的好时机，便跟经营户代表七哥商谈，让他们见好就收，别把事情搞大了，到时不好收场。老朱说，你看看这几年，武汉的发展日新月异，武汉每天不一样啊，无论什么楼，说拆就要拆啊，无论什么大厦，说建就要建，多少人民抵抗过、闹腾过，没有用，兄弟，何况这地儿，本来就是中心的地儿，政府下了文件说要三天内收回，那必须就得三天内收回，如果我们协商没用，就会有比我们更能干的人来解决这问题。我劝你还是先把这些收拾起来。老朱指了指四周的横幅，说，你这上面写的全是谣言，国家现在对造谣者可是绝不姑息的，而且你看你这“官逼民反，民不得不反”，这话要不得，一、没有官逼你，哪个官逼你了？现在是和谐社会，全社会都在积极践行社会主义核心价值观。二、民反，你怎么反，反哪里去？你这要是搁过去，你们早就拖去菜市口被满门抄斩了，可如今，都这么久了，你们脑袋都还在脖子上，没有哪一个部门来传你们去问话，赶上这么好的时代，你还不得不反，你这不是笑话嘛。赶紧收起来，收起来，莫没事惹事。

七哥想了想，指着那个“官逼民反”的横幅说，喂，你们把这幅给我撤了，写的什么玩意儿，狗屁不通。但其他的，他还是固执地留下了。这有点灭老朱的威风，老朱说，哎，你们真是油盐不进。

七哥说，你跟你们头儿传话：一、每个经营户赔偿三万；二、三天之内给我们找吃饭的地儿。否则，不搬。

办公室的小李早不耐烦了，一脸厌恶，说，嘿，你们还赖上了，凭什么赔偿你们三万，凭什么三天之内给你们找地儿，你们吃饭不吃饭关我们屁事，趁早把这个如意算盘收起来。你们这纯属敲诈。

这话又将众经营户的情绪激起来了，他们围拢上来，说，就许你们动不动让我们立刻歇业，动不动就三天之内，就不许我们也要求你们三天之内？我们敲诈，你们呢？你们敲诈老百姓的还少吗？七哥，不要跟他们说，越说越气愤，说得人火冒三丈。就这两条，办不到，不要再来跟我们说话。我们下午去区里静坐，去市政府省政府静坐，我们就看看，看到底有没有我们老百姓说话的地儿。

小李青筋直暴，说，去去去，最好去天安门静坐，当真以为我们怕你，下来跟你们谈，是抬举你们。老朱一个劲儿拦他，秦江南和兰大懋也将他往后拖，叫他不要说了，但他还是犟着说了句，不要敬酒不吃吃罚酒。

这话惹恼了经营户，七哥上前从兰大懋的怀里一把揪住小李的衣领子，说，不要敬酒不吃吃罚酒，你在七爷眼里算个毛线，也敢撒这个野，看老子不捏死你个小卵子。说着将小李往地上一掼，令小李摔了个狗啃屎。小李两次受打压，心中积了一腔怨气，起身后迅速进行还击，但老朱和兰大懋却一把抱住了他，一齐将他往后拖，不许他动手。秦江南挺身挡在七哥面前，防止他再次伤害小李，又不停劝说一脸怒气的七哥和七哥后面的经营户们，息怒息怒，有话好好说，有话好好说。

七哥将秦江南往边上一拨拉，说，走开，我从来不跟女的讲道理。他一掌把秦江南拨拉得一米开外，拨拉得秦江南也是一肚子恨，但她还是强压怒火，面上不敢作色，依然好言好语安抚。

一个经营户说，七哥，你莫跟他们这些狗腿子浪费口舌，跟他们讲得清什么，这些都是奴才，去找他们的主子谈。

一个经营户说，对，去找光头徐。

然后一群人气势汹汹浩浩荡荡上楼来了，一进走廊就高声叫嚷，姓徐的，给我出来！当面锣对面鼓跟我们说清楚，当初合同是怎么签的，你问我们要钱的时候，跟我们涨租金的时候，你不是挺能说的吗，现在怎么连个屁都不放了。

他们叫第一声的时候，老徐就出来了，中心所有的人都出来了，只是他们站在走廊的玻璃门里面进一步在观察势头。老徐推开玻璃门缓缓走了出来，中心所有的人也都跟着出来了。老徐仰着笑脸，从上衣口袋里摸出一包香烟，给为首的七哥让了一支，七哥推了，他又让了其他男同志，皆推了。七哥说，你莫搞些虚的，我们不吃你那套了，你把你那些花样收起来。你一根烟能解决我们兄弟后面几十年的活路吗？你要我们搬可以，第一，三天之内给我们找落脚的地儿，第二，赔付要加倍，要现金支付。你只要答应了，我们立刻下楼去打包，否则我们就到上面去闹，闹得你们永世不得安生。

老徐一张脸虽然勉强还挂着笑，但那笑已经比哭还难看了。老徐说，你们这就不讲道理了，我到哪给你们找地儿去。我如果有这本事，我还在这里跟你们说话？老徐说，国家有政策，我们以前属于违规，现在要收回，我们也没有办法。

七哥说，呸，你现在说没办法，那当初到期了，你就不该跟我们签合同啊，如今合同签了，我们往里投了钱，现在母钱还没生出子钱来，你又要毁约，动不动就强制我们关张，现在又限我们三天就搬，三天怎么搬？搬哪里去？这么多东西，我们今年刚投钱把市场重新进行了布局装修，砸进去的都是真金白银。

老徐一个劲儿地点头，说，我理解，我理解，我理解。

一个经营户说，你理解，你理解个锤子。我们一家老小都指着这生意吃饭呢，你这连锅端了，绝人活路，你还理解，你理解什么？

经营户那边的人群忽然涌动起来，中心这边也进了一步，剑拔弩张。七哥忽然揪住了老徐的衣领，然后许多经营户也上前揪住老徐的衣服，中心这边的人也就以解救老徐和劝架的名义动起了手脚，局势一下就恶化了。

老徐在推搡的人群里喊话，喝令中心的人不要动手，不要打人，不要管他。秦江南知道老徐的意思，老徐在之前的会议上就说了，这样的群体性事件，最忌讳的就是国家单位的人挥拳头打老百姓，干群关系本来就紧张，虽然这样的单位不是政府的要害部门，但凡是吃财政饭的，在老百姓眼里都是当官的，跟老百姓一动武，性质就变了。秦江南发现经营户那边已经有几个在高举手机拍照录像了。她顿时警觉，这也许是个坑。

她赶紧把兰大懋从亢奋的人群中扯了出来，叮嘱他，说，大懋，你千万不能动手打人，你只要打了人，势态就恶化了。我们这样的人，无根无基，出了事，没人能为我们兜着扛着。

大懋说，秦姐，你放心吧，我怎么可能打人呢，他们也不是什么恶人，跟我个人又无冤无仇的，说白了，他们也都是本本分分的老百姓，闹一闹，也不过是出出不平之气。

秦江南望着他点头笑了笑。说完话他们便混在人群里与经营户们拉拉扯扯，吵吵闹闹起来。忽然人群一阵剧烈骚乱，继而一阵尖叫，然后秦江南很快在人缝里发现经营户那边的七哥倒在了地上，衣服上已经鲜血一片了，他用手捂住腰眼，但血还是不断汩汩涌出。

七哥，七哥！经营户们慌了神，彻底乱了阵脚，有几个女同志已经哭了起来。很快经营户那边就有人高声喊叫起来，国家干部打人啦，国家干部打人啦。这几声喊叫把经营户那边的民愤激起来了，几个大汉冲了上来一齐扯住老徐，说，我们不过要你们点钱，你个婊子养的竟然要我们的命，今天要是七哥死了，我们也让你们活不成。

你们给我住手。老徐一反先前点头哈腰的低调姿态，奋力一挣，挣脱了他们的撕扯，脖子往上一扬，多年一把手累积而成的威风此刻全都挂在了脸上，那是一种再要胡闹别怪我不客气的警告。那几个大汉被镇住了。人群稍微安静了些，老徐对身边的老朱说，你赶紧拨打120，先把伤者送进医院，医药费我们先垫付，救人要紧。又转身对小李说，你赶紧去附近的社区诊所，叫一个医生带止血纱布，先把伤者的血止住。快去啊。一旁战战兢兢的小李好半天才突然领会老徐的话，猛地拔腿就跑了。

老徐说，你们放心，七哥只要有一口气，我们就会全力抢救，生命为重，大家为一点蝇头小利争来争去，如果为此把命送了，又有什么意思呢？大家要有长远的目光，留得青山在，还愁没柴烧。我跟各位打了近十年的交道，我徐某人是个什么为人，各位难道不清楚？这些年经济不景气，生意难做，你们有怨气，这些我都理解，我们都是上有老下有小的，知道生计艰难，你们自己想想，这些年我为难过各位吗？只有各位给我出难题的，本来这块地就是中心的，一直闲置，是我违规将它挪用了，有时候逢到上级有个检查，要各位遮掩些，各位呢，越是这个时候，越是张扬，恨不得把音响弄成炸弹。如今也不是我徐某人要收回这块地，是政策不允许，我们又何必要与政策作对呢？我劝各位拿着合同到财务室结账，等将来这儿的图书馆建好了，我请各位来这里品茶读书，都一起享受享受党的好政策给我们老百姓带来的福利。话音刚落，中心这边的几个人倒拍起了巴掌，响了两声，觉得不妥，便又停止了。秦江南他们几个相互对视笑了一笑。

随着那边的七哥倒下，经营户们先前杀气腾腾的愤怒已成强弩之末，没有了出头的人，经营户们很快就心力不齐了，老徐倒成了经营户那边的主心骨了，救护车来了后，老徐指挥东指挥西，安排这个安排那个，累得满脸冒油光。

好在跟到医院去的财务人员回了话，说七哥没什么大碍，虽说流血流得凶，但没伤到致命的位置，养两天就好了。但经营户们似乎已被折腾得身心俱疲，全无斗志，各人也都明白再怎么铲也铲不出油水来了，不如早结早了。有几个经营户已经到中心财务室结账来了，有几个还想继续抗争，但势单力薄，老徐估计他们成不了多大气候，也并未放在眼里。他们专班组成员陪同老徐回中心的时候，秦江南瞥见背转过身去的老徐微微笑了一下，那一边嘴角往上一提的笑，带着胜利的得意也带着不屑的鄙夷，这短暂的不易让人察觉的一笑令秦江南像是勘破了什么。这些公家干部心里对老百姓哪有那么多的真感情，可是说起话来，又句句恳切。秦江南在心里感叹，真是人生如戏，全靠演技。

虽然按照区里的指示，中心在规定的时间内把场地收回来了，但事情并没有结束，还是有几个经营户抱成团去区里静坐，说他们的七哥被人捅了刀子，不能说人没事，就连个说法也没有，要严惩殴打老百姓的凶手。区里自然是责成中心查处，尽快将事情了结，给人民群众和各级部门一个交代。

蹊跷的是这个动手打人的人竟然还很难查，找经营户那边，经营户那边几个举手机录像的，反复看了自己录制的视频，人群一片混乱，全是黑压压的人头在攒动，七哥流血倒地上的镜头倒是都有，就是没有拍到是谁下的手。这一下弄得中心的人都急急撇清自己，说当时发生冲突时，身处外围，啥也没看见，啥也不知道。

此时又正值区里即将召开两会，担心群众借此由头闹事，便又责令中心一周之内交出人来，无论是谁，一律开除。

老徐又是焦头烂额，一天到晚两个眉头像打了个死疙瘩似的。下午召集员工开会，吊诡的是这次大会没让他们几个临时工参加，不让临时工参加的会以前也有过，但不管临时工参加不参加，总归是秦江南做会议记录，可这次连秦江南都被撇了。

他们几个在微信群里胡乱猜测。谢君苗说这个节骨眼上，召集体制内的员工开会，不让秦姐做会议记录，完全避开我们临时工，是什么意思？潘杏杏说，难道有什么不能让我们知道的秘密吗？他们是在密谋什么？兰大懋没说话，发了一个想问题的表情。秦江南说，别多想。秦江南虽然嘴上这么说，但心里早就隐隐有了不安之感。

散会之后，老朱和老王一前一后进了办公室，两人的脸都绷得紧紧的，而且都有意不与秦江南打照面，眼神里有一丝丝躲闪的意思。秦江南识趣，便也死咬嘴唇绝不多问。但也大致知道这个会开得绝对有蹊跷。

不一会儿，兰大懋就在群里说话，说，樊书记叫我下班后去她办公室，她有事找我。秦江南觉得这事越发奇怪了，一群体制内的人开了半天会，会后传达的指示竟然是要找一个临时工谈话。真不知道这是什么样的逻辑。秦江南内心的那点担忧更沉重了。在单位里，如果是业务上出了问题一般是老徐找谈话，老樊找谈话的一般都是思想上的问题，不是安抚情绪就是要求端正态度。兰大懋在单位里说话总是高一脚低一脚，又喜欢褒贬时事，她劝过他多回，他总当耳旁风，如果问题发展到要书记来谈话了，就是很严重的问题了。

终于等到下班的点，单位的人都走了。秦江南走到楼梯口又折回来了，她想等兰大懋。转念一想，在办公室等有点不妥，便去了单位对面的咖啡店。她给兰大懋发了信息，告知她在研磨时光等他。

大约一个钟头后，秦江南总算是看见兰大懋走出了单位大门，他的脸色很不好，整个人的情绪似乎处在极度愤怒之中，黑风罩脸。她赶紧从咖啡店跑了出来，在台阶上大肆向他招手，把他招进咖啡店。她叫了两杯廉价咖啡，然后急急问他，老樊找你谈了什么？

兰大懋深吸了两口气，没有回答，像是无从说起的样子。

到底怎么了？秦江南急得头发都快冒烟了，她说，我叫你平时少说话多做事，不要去议论一些我们够不着的东西，这个世界，这个社会不会因为你的指手画脚而有丝毫改变的，在旁人的眼里，你就是一个临时工，一个口袋里没有半毛钱的穷小子，一个一眼能望见未来的没有出路的底层社会青年，去高谈阔论国家的政治、经济、军事、改革，这是一种傻×的行为，没有人会看得惯的，他们只会给你扣上喷子、愤青的帽子。我们这样的人就应该满足于吃饱喝足洗洗睡的生活，连农夫山泉有点田的日子都算是高攀了。

你别说了，你什么都不懂！兰大懋突然火冒三丈。他拍了拍桌子，拍得两个杯子里的咖啡直晃荡，一股浓浓的焦苦味儿被激荡出来。他将脖子上的领带拉了拉，已经脱位的领带索性散了架。他说，你知道老樊跟我说什么吗？她要我把此次群体性事件中捅人的事承担下来，要开除我，而且是要大张旗鼓开除我，要对外张贴海报，对上写报告地开除我。他重重叹了一口气，平复了一些愤怒，说，当然，也跟我谈了条件，只要我接受，单位愿意补偿我三万块钱，还说等风声过去了，事情淡化了，我要是还想回来，照样可以回来。

啊？秦江南大吃一惊。在单位鬼鬼祟祟开那个会时，她隐隐想到可能是他们内部在商讨或是指认那天冲突时是谁动了刀子，毕竟上面追得那么紧，势必要交出一个人来。会上免不了激烈的狗咬狗，所以临时工回避，关起门来他们是一家，家丑不可外扬嘛。但她没有想到屏退他们是为了在他们当中挑选最佳顶替人选。她的心里也是有过这样的一闪念，但一想，此事他们几个确实能撇得干干净净，脏水想往上泼也不能够，再一个他们毕竟是临时工，分量轻于鸿毛，哪里能服老百姓的心气。没想到他们真的敢把屎糊在了他们的头上。她为此事的不可思议感到震惊，也为他们的胆大妄为感到震惊。

三万块钱就想打发你？不能够。秦江南同样气愤地胸脯一鼓一鼓的。

那你觉得几万块能打发我？兰大懋反问她。

最起码十万块。秦江南银牙咬碎，怒目圆睁。

兰大懋呵呵一阵冷笑，说，秦姐呀秦姐，你掉钱眼里去了吗？这事是钱的事吗？他们这是对国家对社会对老百姓的作弊行为。

秦江南随口应道，不作弊能及格吗？

兰大懋又说，认这样的事，是要毁我一辈子。人的名誉尊严骨头灵魂不是用来交换金钱的。

那你打算怎么办？秦江南问道。

兰大懋喝了一口咖啡，说，士可杀不可辱，他们这样羞辱我，我必要把这份羞辱还给他们，我要向有关部门检举揭发这种欺上瞒下营私舞弊的可耻行为，而且这里我也待不下去了，我要辞职走人。天下这么多树，不愁找不到吊脖子的。

秦江南没有作声，她靠在椅子上看着他嘴里的唾沫星子四处飞溅。虽然她也认同此事是对他的侮辱，是欺负人歧视人的做法，她也愤愤不平，义愤填膺，但她的理智一直在线。她手撑下巴，迅速审时度势，她知道兰大懋一个小乡镇里出来的穷教师子弟在省城无根无基，仅靠一腔热血翻不起多大浪来，如果按他说的，他去检举揭发，他去告状鸣冤，一个年轻小伙子，不仅耗不起那时间，再一个也未必会有个理想的结果。最现实的，还不如拿钱走人。伤了面子，那就在里子上挣回来。

她冷静地说，此事不要冲动。既然你横竖是一走，穿鞋走和赤脚走是不一样的。

兰大懋沉吟了片刻，问，秦姐是什么意思？

秦江南两眼盯着他，说，你知道在我心里，我一直是拿你当亲弟弟，我只想把我觉得对你最有利的方法说给你听，如果你觉得我也侮辱了你的清高，你可以不听姐姐的，就当姐是放了一个屁。见兰大懋神色缓和了，对自己不是那么抵触了，便接下来说，既然是一走，姐希望你穿鞋走，他们开的三万补偿你坚决不同意，跟他们要价到十万。看到兰大懋惊了一下，秦江南笑了笑，说，只要你咬定不松口，他们会给的，就算单位没这钱，但那个真正捅刀子的会把这笔钱给单位，也让那人从此长点记性，捅刀子是要付出代价的。你说你一个穷小子，一下得了十万，算得上人生第一桶金，拿去创业或是投资什么不好，你还真指望靠劳动发财?

兰大懋捏着勺子一圈一圈搅着咖啡，似乎是在盘算考量。他抿了一口咖啡，吐出一口苦气，幽幽说道，我的奶奶那一辈，赶上饿肚子的年代，为了活命，吃过蛆，我的母亲心脏不好，家里没钱看不起病，听一偏方说吃一颗热的刺猬心脏可以好，她就真的吞下过一颗带血的跳动的刺猬心脏。这些都是令人恶心的东西，可是他们却不得不吞下它，我后来长大，就觉得这也是一种耻辱，可如今，轮到我了，却也一样要吞下一些令人恶心的东西，也一样没有摆脱这种耻辱。我……他讲不下去了，双手突然捂住了脸。而秦江南的喉头也像是卡了一根刺，一阵阵酸辣。她很想握住他的手，给他传递一些慰藉与友善，她甚至想要拥抱他亲吻他，以此缓解他内心的恓惶与无助，可是她怕纠缠太深，会招来些什么，便克制住了自己的情感。她静静地坐在他对面，等着他自己平静心情。窗外的天色暗了下来，街面上各种广告灯牌已经放出了光彩。秦江南望着那些变幻莫测的璀璨之芒，觉得时间露出了丑陋的青面獠牙，人生充满虚妄。她一时情绪低落得也想痛哭一场。

在夜幕降临时，他们出了咖啡馆，在门口的台阶上道别。她说了声再见，他也说了声再见，却又忽然转身猛地抱住了她。他在她耳边呢喃，秦姐，让我抱抱你。秦江南心荡漾了一下，她伏在他的肩头落下泪来，她知道，他这一走，他们不会再有交集了，即使有千万种联系的方式，却没有了联系的理由。她有她的日子，他也会有他的生活。紧迫间她生出一种贪婪，她仰起头迎接他俯下来的脸，他吻了吻她的额头，说了声秦姐珍重，便匆匆离开了。她心中虽有遗憾，却也如释重负。

她一个人走在喧嚣的街头，怅然若失，这种情绪像一颗生命力饱满的种子，在她的心胸里膨胀，令她无所适从。路灯将她和路人的影子投在地面上，然后他们互相踩踏。茫茫人海，她潜在这混乱里，感觉自己犹如一粒稻米，渺小没有根系，只能随波逐流，根本掌控不了自己的命运，又觉得冥冥中被一双巨大的手操控着，身不由己地活着，活得艰辛委屈，活得伤痕累累。

次日，兰大懋果然没有来上班，记得他昨天从单位出来的时候就提了个大袋子，估计已经把自己的东西都清走了。同事们大都知道是怎么回事，也都没发什么议论。倒是办公室的小李从楼下食堂吃完早餐，就提着塑料袋子给大伙发礼物，每人一条苗族蜡染围巾，说是休了年假，去云南旅游带回来的。秦江南才突然想起自那次七哥倒地上，老徐叫他去喊医生来包扎伤口，他那一走，就好像再也没有出现。她在心里默默震惊了一下。她前前后后又思索了一下，她觉得给七哥下刀子的一定是小李，小李几次跟七哥发生肢体冲突，早就有了恨心，问题是那天老徐为何单单叫小李去喊医生呢，现在回过头一想，老徐心里一定知道是谁向七哥捅了刀子，他叫小李喊医生，是在暗示他赶紧脱身。小李那一刀，化解了矛盾，从某种意义上来说，是给老徐解了围，老徐肯定得保他。如果那天捅倒七哥的是兰大懋呢，老徐会保兰大懋吗？她不知道，但本能地觉得不会。

下午的时候，兰大懋给她发了一条微信，告知了他与老樊谈判的结果，中心答应给六万，他不想纠缠下去了，接受了这个价格。她虽然为这个结果感到无力，但也没再表达什么，只是祝福他前途似锦，海阔天空。

临下班的时候中心忽然召集开会，说是传达区里什么会议精神。办公室的小李照例把会议记录本递给秦江南，秦江南给推了，满面抱歉地说，我今天抠了一上午的图，手腕实在没劲了，叫别人记录一下吧。小李愣了一下，感觉像是休了一个年假，倒不认识她了。老樊在一旁说，让谢君苗记吧。谢君苗显然不情愿，但领导之命又不能违抗，只能对秦江南瞪眼珠子。

没几天中心的告示就贴出来了，过往群众驻足观看，个个面带喜色，像是打了一场胜仗。秦江南看着他们的表情，心中一片酸楚，又满是鄙夷。她一时也疑惑，真相可能真的是这个时代的奢侈品，细想想，真相假相对于吃瓜群众来说又有什么意义呢，哪里有愚蠢者，哪里就有谎言。

秦江南是突然感觉到没劲的，做什么都觉得没有意思，对工作也失去了热情，把事情做得说得过去就成了，很多活儿本不该她做的，是以前积极揽过来的，如今她也一件一件推出去了，她觉得做那么多没有任何价值。她的消极和懒散令很多人渐渐对她有了意见，老王多次用话敲打她，说什么单位不养闲人，什么大武汉的本科生研究生如韭菜，人才茂盛，有工作的都要有危机感，地球不是非要有你才能转。话已经说得很敞亮了，但秦江南依然只当耳旁风，置之不理。

内刊出了清样，她要送往处里。这事她本来就抵触，这段时闹情绪，越发不想跑机关，不想见到马博文那张中国特色的假正经面孔。可这是她分内之事，推不掉的，除非是不想要这份工作了。她坐在椅子上把清样校了两遍，挑出了几个小问题，拖拖拉拉挨到四点钟才起身，下楼梯不留神又崴了脚，疼得连站起来都吃力，还是门卫把她扶起送回的办公室。这样一来，清样是送不成了，老王扫视了一下办公室，拿起一本书在桌上一阵拍打，然后操起秦江南桌上的文件夹，说，那秦大小姐就好好养伤吧，我王老妈子去替你跑一趟。秦江南被话激得面红耳赤，老朱迅速起身，从老王手中夺下文件夹，笑着说，我去吧，我去。老王说，你去？别搞笑了。当然最后老王和老朱都没去成，老徐派了办公室的潘杏杏，潘杏杏在群里发牢骚，质问秦江南是怎么回事，怎么净连累自己人。秦江南说脚崴了，动不了。心里也想不通，老徐为何派潘杏杏去，潘杏杏做财务的，跟这根本就挨不上边。她只觉得老徐是越来越有意思了。

请了两天假养了一下脚伤，秦江南再去单位时，就感觉单位的气氛怪怪的。倒不是针对她，而是对潘杏杏，她能明显感觉老徐老樊对潘杏杏的异样感，遇着了都绕道走的厌恶，老王老宋她们也是在背后对潘杏杏嘀嘀咕咕。她悄声问老朱，老朱只摇头，摇得讳莫如深，她不想问老王，但不搞清楚，心里又不能释疑，便向谢君苗打探。谢君苗说，潘杏杏是个大傻子，那天她替你去处里送资料，说老马在接资料的时候，捏了她的手，让她恶心的同时又受了惊吓。你说恶心了就恶心了吧，不作声就行了，结果她像是受了奇耻大辱一般，一路气鼓鼓地回来，一回来就在办公室里破口大骂老马，说他是臭流氓，那双肥手，像猪蹄子一般，居然也敢打她的主意。她把她那双手用香皂洗了半个小时。她这一闹，中心里的人肯定早就把话传到处里去了。很奇怪，也不知道怎么了，中心里的人就突然对潘杏杏冷了起来，都把潘杏杏当笑话。潘杏杏自己郁闷死了，自己好端端吃了一个苍蝇，不仅没人安慰她，反倒觉得她是在出丑弄怪。

怎么会这样？秦江南纳闷。

谢君苗阴笑一下，问道，你送资料送了那么多趟，马博文有没有这样对你啊？

她淡然一笑，说，有啊。被我扇了一耳光，就老实了。

谢君苗说，我呸。呵呵。

她便跟着呵呵。

手机在她兜里响了一下，她们便终止了谈话。回到办公室掏出手机一看，是马博文的，他问她上周怎么没去处里送资料。她说脚崴了。他回了几个流泪的表情。她一下觉得无比恶心，便赶紧删除了。她一想到在那个暖气十足的办公室里，他试探性地捏潘杏杏的手，那下作的样子，便要作呕。他睡了她，还想睡一睡潘杏杏，他恨不得尝遍所有女人。这个下三烂的王八蛋。同时她也恶心自己，感觉自己像是被玷污了一样。

潘杏杏好像有点迁怒于她，在卫生间碰见了，掉头就走了，饭堂里吃饭也不跟她说话，凡是她的话，潘杏杏就不接腔。秦江南想劝解一下她都不能够了，便也只得随她。她是真心不觉得她做得不妥，对于这样的龌龊，有什么不能说的，这样的丑陋，有什么要为之遮掩。当然会做人的，精明的做法是可以声不作气不出，像她自己这样，可近段时间她对自己是厌恶的，她开始讨厌自己的忍辱负重，她觉得自己活得像只狗一样。她从心里很欣赏潘杏杏的傻劲，一个敢揭穿领导臭流氓本质的姑娘，漂亮又干净。

天已经越来越冷了，办公室的空调一般都是三十度，暖和得让人哪儿都不想去。可是内刊出来了，还需往处里跑一趟，上次脚崴了没去成，这次总不能再崴脚。只得硬着头皮去了。冬天温暖的办公室和夏天凉爽的办公室所营造出来的气氛很是不同。马博文的办公桌上放了一盆水仙，开了两朵花儿，在暖气的熏陶下，幽幽散着香气儿。为了防暖气泄漏，办公室的门是关着的。马博文这次一改往日佛爷似的面孔，对秦江南点了点头，还问了一些题外话，例如她是不是党员，有没有入党的想法，要她积极向党组织靠拢，还说他会跟中心樊书记打招呼，要发展像秦江南这样优秀肯吃苦的年轻人入党。秦江南一一作答，然后起身告辞。在出了机关大门后，她依然收到马博文的性需求信息。这次她没有了任何心理较量，直接删掉走向了公交站，刚好是自己要坐的公交车，便赶着上去了。

回到中心后，她收到他的信息，是一个问号的表情。她没有回复，接着他又发来一条微信，问她，你在哪？她想了想，回复了一句时髦的梗，我在人民广场吃炸鸡。然后心里的恶心之感莫名翻江倒海起来，便直接将他拉入了黑名单，所有的联系方式都对他进行了屏蔽，如果工作上的事情，他可以通过中心的电话来传达，她不想再跟他有任何私人联系。她长长吐了一口气，这龌龊的狗男女关系该有个了结了。她想。

虽然她的心里一直有一种潜隐的不安感，但一直也都身心安泰，没什么事发生。进入腊月了，上班的路上抬头望望天，总能看见各家各户阳台上晾晒的腊肉腊鱼，空气里都是一股肉腥味。又要过年了。秦江南在心里感叹光阴易老。上班还是照常懒散，老徐跟老樊已经对她冷淡很多了，似乎也在暗暗扛着劲，你不是不想做事吗，行，很多事儿也都不再分派给她做，大有晾一晾她的意思。秦江南也嗅出了一点危机，可一时也不想妥协，就那么软软地抵抗着，也不知道自己到底是在抵抗什么。她每天都处在郁闷压抑中。

办公室的老朱在老王不在的时候跟她谈过一次心。老朱说，我正在办内退，想离开单位，过几年自己想过的日子。这事倒令她诧异，问，怎么了，这不是好好的吗？难道这几年你过的不是自己想过的日子？老朱苦着脸略笑了笑，说，说的话也不是自己想说的话，做的事也不是自己想做的事，这哪里算自己想过的日子？转而又对秦江南说，小秦啊，你们看着我们安逸，我们看着你们洒脱啊。

秦江南的心里微微颤了一下。她对老朱说，朱老师，你内退是因为马博文的原因吗？照他的趋势，往后，他有可能是处长，还有可能调到区里、市局里，他站的位置总比你高，他就总能拿捏住你，所以，你选择提前退休，是吗？

老朱没有接茬儿，喝了一口茶，往纸篓里吐出几根茶梗子，像是忽然想到什么，说，我请了一段时间的假，我老婆身体不好，我得照顾她，再加上办了内退，也就很少来单位了，咱们见面的机会就少了。我给你写了一幅字，字不好，同事一场，做个留念吧。

秦江南双手捧过老朱的牛皮纸信封，诚心诚意谢过，也为老朱的一番话感到情温肠热。想到老朱这一走，办公室里会更加无趣，心里满是不舍。她也想给老朱送个东西做纪念，现买是来不及了，也显得做作，翻箱倒柜一番，翻出一个竹制的笔筒，还带着密密的竹根，记得是单位一起组织旅游，在景区里买的，当时买的时候好像是想着要送给老朱的，所以才放在办公室，估计后来忘掉了。她把笔筒送给老朱，老朱倒也满心欢喜，说，这真是，这种带根的笔筒，我还真想谋一个呢，这倒是有缘了。

老朱与她道别后，她打开信封，将老朱的字展开，是草书：笼鸡有食锅中煮，野鹤无粮天地宽。她一字一句念着，心里竟有拨云见日、豁然开朗之意了。

老朱走了没几天，邻区闹腾出了一桩大事，一位文化局局长利用上班时间与女下属开房的视频被传到了网上，很快那位局长就受到了处分，下了课，那位女下属经查是一名临时工，说是这位临时工纠缠的局长，给局长下的套，视频也是她自己传到网上的。在例会上说起这个事件时，秦江南、谢君苗和潘杏杏仨面面相觑，谢君苗说，巧了，一到出了关键性的问题了，一查都是临时工惹的祸。但没几天，也就是过小年的时候，下班后，老樊将她们仨一起叫进了办公室，首先是肯定了她们的成绩，然后传达了处里的决定，说是受邻区事件的影响，处里决定解聘所有的临时工，还说处里的临时工和兄弟单位的临时工都走了，中心是本想着把年拖过去再宣布此事，可处里催得紧，所以只好如此。谢君苗和潘杏杏一时泪眼婆娑，潘杏杏不住地问老樊，为什么呀，为什么呀？别的局出的问题，为什么会牵扯到我们单位？别的临时工出了事，为什么要无辜牵扯到我们身上？我们又没做错什么。

秦江南冷冷一笑，从老樊办公室的皮沙发上将自己的屁股赶紧弹起来，然后扭头便走了。出了单位门，她深深吸了一口气。天阴得厉害，冷得啃手，像是在酝酿一场暴风雪。她翻了翻手机，上面真的显示有暴雪橙色预警。

又没有了工作，她是走了一段路之后才逐渐明白问题的严重性的，她的心里像是绕了一团麻绳，处处都是疙瘩。她不想那么快回家，失业了，她像是少了某种支撑，对家人生出愧疚，没有勇气去面对儿子和丈夫了。从单位到家，她平常要坐四十分钟的地铁，这次她想一步一步走回去。

雪果然下来了，一团一团的絮子铺天盖地的，很快树上车上房子上和衣服上就有了一层薄薄的白色。街道异常冷清，平时热闹的街市如今全都落下了卷闸门。在城里的外地人都回老家过年去了。街上行人也不多，稀稀拉拉的，空旷的马路和荒无人烟的城市令秦江南感到些孤苦无依，内心一片伤感。

走在长江大桥时，她被一股怒气冲着，想掏出手机翻出马博文的电话，将他臭骂一顿，想想又觉得无聊，再跟他有一丝一毫的瓜葛都是恶心的了。她一个人像游尸一般行走在桥上，每走过一个岗哨，武警战士都目光炯炯地盯着她。天已经完全黑下来了，桥还没走完。长江两岸的灯光倒映在江水里，波浪将这些璀璨的五彩打成一片破碎。她怔怔地望着长江，仿佛那碎片的彩色中隐藏着另一个繁华的琉璃世界。不一会儿就有武警过来，他们可能以为她是要寻短见的，她害怕这种陌生的询问和关怀，只得拖着疲惫的身子踽踽前行。

雪越下越大了，从江面上刮过来的风像刀子，吹得人生疼。她的手机响了，是老公打来的，可能是问她怎么还没回家。她挂了，她不知道该如何向他解释这场晚归。他的钢厂年后就要并购，他十有八九也会下岗，这么些年了，单位也没有给他们买过任何保险，失业就意味着没有任何经济收入，要吃老本，这日子怎么过？

进到小区门，电话已经在兜里响七遍了。可是她还是没有胆量回家，她坐在白雪覆盖的木椅上，仰头看着自家的房子，七楼，当时买房的时候，是她坚持要买这个楼层的，七上八下，讨个好彩头，想让日子蒸蒸日上，更上一层楼。那是对生活的美好祝愿，那是她的理想。如今她仰头望着这七楼，心里却一阵苦涩。

楼层里亮着灯光的人家不多，漂泊的都市人大多也回老家过年去了。但她家的客厅还亮着灯，厨房也亮着灯，有炸藕夹的香味飘散出来，那是她过年最喜欢吃的武汉小吃，她老公每年都给她炸。闻着这香味，她忍了许久的泪水终于奔涌而下。

原载《当代》2018年第4期

河水漫过铁轨

文　珍

他们说河水都是往东流的，但也有极少数例外。

1

这是一句基本无效的开场白：小蔡本来是不会见到那辆列车的。既然她已经暗下决心不和这房屋的主人产生任何多余的瓜葛，就几乎毫无可能拜访这远郊的旧楼。但这其实是个意外，一次命运的捉弄，一次巧合，诸如此类的小概率事件。她在刘大可的新居里总共就只待了一刻钟，就在那不多也不少的十五分钟里，她突然看到了窗外绿树丛中那辆开往春天的绿皮火车，而且极有可能就是开往她家乡的那班。看不清楚车厢上喷的车次，算起来时间真是差不多的：那班车下午三点半从南站发车。而现在是三点四十分。只是不知道这里离南站有多远。而火车又往哪个方向开——作为一个南方姑娘，她一直分不清东南西北。

刘大可邀请她到自己新买的一居室做客时，并没说客厅窗外就能看到铁路。是来了以后小蔡自己发现的。房子倒是和小蔡预期中的一样狭小，饭厅加客厅总共十二平方，厨房和卫生间各五平方，卧室八平方，加起来最多三十平方——并不比小时候看过的《洋葱头历险记》里那个南瓜大爷用尽一生积蓄盖成的红砖房子大多少。装修倒还算敞亮，多是上一户主人留下的遗产，据说还因此多要了几万块钱。家具也基本簇新，虽然多半是淘宝来的廉价板材。卧室贴了墙纸，一种看上去颇有几分高级感的暗灰色团牡丹纹，室内摆下一米五宽的床再加上大衣柜，面积就占去了一多半。一看到床，一种模模糊糊的道德危机感就在这八平方米上方弥漫开来。小蔡想了想，没敢走进卧室，快步走到了客厅窗前。

大可殷勤道，我去烧水泡茶。上次同事去日本给我带的樱花茶，据说很香。

小蔡无事可干，遂站在窗前背着手做老干部状凝视外面的景色。就在这时，那列火车缓缓出现在了远处的绿树间，有一种过于鲜明的蓝天丽日的不真实感，像松村诚的卡通插画。

她不禁失声惊呼：火车！

厨房传来回答：你说什么？伴随着哗哗的流水声。水正流淌在水果之上。

我从小就住在铁路边。我爸就是修铁路的。后来……去世了。

你说什么？大可索性走出厨房，反正小，也只三步之遥：你爸爸怎么了？

去世了。我初中他就生了胃癌不在了。

噢。

他沉默下来。难以言喻的尴尬在十平方米的客厅里荒烟蔓草般迅速扩散：这么多话头可接，偏要专门跑出来郑重其事地问这么一句！他不无懊丧地转身回了厨房，泡好茶端出来再勉力接上话头：这房子就是铁路局职工的宿舍。本来以为离铁路那么近会影响睡眠，结果也没事……有可能是我睡得本来就沉。

他斟完茶，犹豫而试探性地向前踏出一小步。小蔡这时仍眼望窗外，有口无心地“嗯”一声，没在意。她不觉得必须得回答他的每一句话。刘大可就是那样一个让人不一定要回答每一句话的暖男。絮叨。家常。体贴。容易让姑娘感到安全。却也很容易就被姑娘们一次又一次发好人卡。

那列火车还在往前开着，没完没了地。

小蔡感到一只手胆怯地拉住了自己。这时她才真正被吓了一跳。此前她完全被窗外延续不断的火车迷住了：如果不是车厢太多，就是行进实在过分龟速，开了很久很久，火车依然没有驶过那片树林之间的空地。轰隆隆地，漫长无尽。像极了太阳下的白日梦。

时间的确在那一刻静止了，要么就是在以一种看似前进的噩梦方式缓缓后退。小蔡的反应比自己想象中要大得多，飞快地，一声不吭地用力甩开，像甩开某种迅速逼近的糟糕感情。虽然是一模一样的五十平方，她自己买的小房子且还在三环以里呢——这么偏僻的地方，刘大可怎么敢！同时为了加固这气恼，她甚至飞快想起了若干民事或刑事案来。前两年还有个南方系的记者被曝光侵犯了他们报社的实习生。那个术语叫什么来着？熟人强奸。

刘大可紧拉着她不放手，却迟迟没有下一步动作，一声不吭。她清楚感知到他手心黏湿的冷汗，厌烦起来，看着他涨红的脸，只觉可憎可恼。这时她突然听到了厨房里哗啦啦的水声，一根根救命稻草们顺着水声缓缓漂来。遂冷静地指出：你忘了关水。

刘大可一愣，力道一泄，小蔡再一使劲便放了手。他刚才从厨房出来太急，真的忘了关水龙头。设想了许多天的拉手甚至强吻，终于没能在自己的新居成其事。

一个尚未沾染上樱花茶味道的胆怯的吻。一个此刻未曾发生、便永远不可能再发生的吻。

一放手两个人当即尴尬起来，手手脚脚都生出枝杈，不知道该往哪里放，也不敢再看对方。刘大可后退一步，小腿肚结实地撞到了身后的茶几，哎哟一声。他低着头像犯了大罪，说：我去关水。你等我出来泡茶。

小蔡等他完全转身进厨房，才说：不喝了。我还有点事，先回去了。

她拿起包检查钱包手机钥匙都在准备离开的几十秒，刚够大可飞快回到厨房重新按烧水钮关好水龙头再出来挡在她面前：小蔡，你知道我喜欢你……我是认真的。

她摇摇头，轻轻推开。这次推开得十分轻易，几乎让人生出怜悯。最后回头看了一眼那迷人的窗外：那列火车终于开过去了。一切奇迹可能发生的瞬间都消失在那片郁郁葱葱的杨树林后。天边云的确是白极了。一小朵俏皮的，镶着金边的从动画片里飘出来的云，定格在蓝汪汪的天上。

而就在云白、杨树林和铁路的那边，距刘大可耗尽十年积蓄买下的房子近在咫尺的那边——并不是一群快乐的蓝精灵，是河北。

2

视频虽然像素不够高仍能看出防护堤上大雨如注。新闻报道里上了年纪的两口子赤身抱膝坐在防护堤上，看上去非常冷。

人类学博士苗点点在公交车上刚用流量打开视频，里面的暴雨声就和车外的雨声哗啦啦响成一片，仿佛自己正打开摄像头拍摄这一刻窗外的雨——但如果是真的也太奇怪了一点。春日如画春草如丝，暮春北京城的一场暴雨有什么好拍的？而且还是在行驶中的公交车上。外面正狼奔豕突着无数走避不及的路人。

从眼角余光，可以看到一个和她差不多高的男的要下车，正费劲从背后挤过去。她感到颈窝一阵热痒，扭头一看，那伸长脖子盯着她手机看的陌生男人被抓了个正着，表情尴尬。

你在拍外面的雨？那人索性搭讪。

不是。这是在南宁拍的新闻视频。她不知道自己为何要解释——也许只因为习惯性友善。

哦。我还以为你是个拍客。

到站了。那男的抛下这么一句，施施然下了车。被他一打岔那条视频倒已自顾自播完了。苗点点就又如中魔咒般重新打开，从头再看一次。车厢里的雨声重新哗哗响起，外面的雨却已渐渐停了。刚才那站下了不少人，空荡荡的车厢里没人再关注她的手机。大家都低头各看各的。

车再次到站。车门洞开。这站苗点点该下车了，才猛地发现一直在看视频，忘了把公交卡从包里寻摸出来——下车前还得再刷一次。急切间怎么都摸不着，一阵手忙脚乱。就在最兵荒马乱的当儿，她的手机突然从手里滑落，在台阶上清脆地磕了一下，最终安然躺在车门外泥泞的地面上，先于主人离开了这辆公交。她惊出一身冷汗来，当即放弃找卡，正待下车，车门却猛然关闭了。说是庄重而势不可挡也可以。总之一切无可挽回地快速启动起来。

下车，我要下车！苗点点大力拍门。师傅，停一下！

公共汽车就像一个一旦启动就无法停止的巨型战争机器一样铁面无私地继续往前开着。司机置若罔闻。端坐车厢中间的售票员纳闷地看她一眼：你早干吗去了？

刚才一直没摸到公交卡……师傅拜托您停一下车，我手机刚掉到车下了！求您了！

车厢所余无几或立或坐的人皆如木雕泥塑，看不出来同情还是幸灾乐祸。没有一个人出声，电车照样摇摇摆摆地向前行驶着，驶过雨天的街景。一枝开得很大的杏花危险地挡在车前面，司机轻轻地打了一下方向盘，避开了。

公司规定，车一离站就不能再开车门，除非到下一站。你只能到站再回去看看手机还在不在了。售票员耐心地解释道：车启动了才喊停，这怎么停得下来？沿途都有摄像头，真停了公司该罚我们钱了。姑娘你还是等下一站再下车吧。也不远，一会儿就到。咳，有时候就是不赶巧——不过没准有好心人帮你捡起来了，这都不好说。

是个面色和善的团子脸大姐，穿着公交车站的制服。这套藏蓝色棉服加上同色套袖，特具一种神奇效果，就是让所有穿着它的人哪怕面目迥然有别，气质却渐渐靠近，再瘦的人也能显得膀大腰圆，穿出某种吃公家饭的国企气势来。更为神奇的，是北京城庞大的几十万公交车售票员群体经年累月锻炼出一种音调上扬、儿化音极尽夸张的报站专用方言，开口必比正常人说话快两倍，所有的尾音都被毫不吝惜地吞掉，短促、响亮、毫不费力气。——缺点是外地人几乎听不懂，比如苗点点。只要不报站，他们便又迅速回归正常人类。此刻这位大姐就是这样，苗点点却无法领情：刚才一关车门我就喊停了，咱们这师傅是不是有点耳背？

售票员还没接话，几米开外的司机却冷不丁说：谁耳背？你才耳背呢！乘车规矩不懂？要下车早点把卡拿出来，素质！外地人吧？

车还在晃晃荡荡地向前行驶，也不知道是车在抖，还是苗点点气得发抖：原来您不耳背。就冲您这服务态度，是逼我投诉您吗？

我到点了就开，谁知道你磨叽半天什么毛病——真给你停了，耽误一车人时间，还有理了？告你，爱投诉尽管投去，我公号是×××××，可记住喽！

师傅也是真猛人。一句比一句势大力沉，等闲接不住。

团子脸大姐赶紧打圆场：你就少说两句。又冲苗点点道：他就这脾气。这事也是赶巧了。咱先都别急，万一回去手机还在呢？咱们北京可是首都——首善之都。一切皆有可能。先放宽心！

首善之都。苗点点很轻微地用鼻子哼了一声。这么主旋律的话，她只在地铁站或者公交站台见过。原来真有人信。

公交车等了一个红绿灯，等了半天抢道的人群、再继续行驶了至少一千五百米之后，终于停下来。苗点点走到前门，下车经过司机咬紧牙关憋出俩字：缺德。

说谁呢？你他妈——

剩下的国骂苗点点听不到了。车门再次势不可挡地关上，那个独立意志的钢铁怪兽缓缓开动起来，根本不听她的，也不听司机的。

坐过站耽误十分钟，没手机刷不开摩拜，一路奔回前一站又是十分钟。手机果然早已消失在泥泞中。公交车站外站着几个没见过的等车人，之前那拨和苗点点的手机一起早杳然乎云鹤。是她上月初新买的苹果6S，和前一个安卓不是一个系统，光倒电话簿就用了一礼拜。也就是说，才刚投入正常使用二十天，一切就付诸雨水。不刷卡全程多少钱？最多六块钱。为六块钱就失去了一个六千块的6S。

人类学博士苗点点五味杂陈地想起最后一次使用这手机，是用它看了一段视频，名字叫：

“夫妻爬上山头脱衣轻生，原因竟是儿子不结婚”。

3

杨各庄里到处都是狗。流浪狗。黄的，白的，花的，黑的。成群结队，每一只都毛色褴褛，神色惊惶，瘪肚皮紧贴腹部，逃兵散勇般四处游荡。刘大可一回到这儿心情就像新买住房的下水道一样容易泛堵。他是哈尔滨人，在东北老家都从没见过这么多成群结队的狗。那好歹也是个城市。有松花江、太阳岛，中央大街，马迭尔冰棍专卖店，据说更有来头的也有，无数外地人过来喂鸽子的其实重建于“文革”后的索菲亚大教堂，还有号称萧红和萧军住过的但早一块砖都不剩的商市街。而这儿是杨各庄——北京郊区好多这各庄那各庄，意思就和东北的李家村王家村差不多。早些年杨姓在这块儿也许是大姓，但现在也看不出来了，村名已经变成了小区名，这小区再变成铁路局家属院，少说也近三十年了。说不清小区到底多大，只知道还在平地起高楼。不是盖刘大可买的这样的六层到头的板楼，是真正的二十五层以上的高层。前房主过户时和他说这是九〇年的房——九〇年刘大可刚满七岁，还在哈尔滨道口区上小学——没准很快就拆迁。所以等于是买了一回迁房，将来能占上政府的大便宜。

大可没问为啥前房主自己不等着“占政府便宜”。他只是迫切地需要一个能支付得起的住处。不管这住处是在杨各庄，还是在张各庄。

房子是去年年底过的户。那时北京城房价开始新一轮暴涨，同一时间微信朋友圈里也重启了“逃离北上广”话题的刷屏。刷屏归刷屏，也就只图过过嘴瘾，真能当机立断拍屁股走人的并没几个。刘大可自己也不行。虽然父母都在哈尔滨，家里也有三室一厅，可是好容易才在北京站稳脚跟，五年后又好容易拿到了户口，更不愿意回去了。也不是回去就真多丢人，就是被北京给“上”了，架在半空进退两难，回不去了。

朋友圈里有人转过一帖。把北京城比作渣男，明知道这不好那不好，既浪荡也没责任感还暧昧复杂，可不知怎的一旦发生了关系就很难断绝。

大可被这个比喻逗乐了。直男们都喜欢这么开玩笑，一遇到大事就装女人示弱。以前上大学时，明明是自己打了四年游戏天天逃课不学无术，偏说不是自己上了大学，是大学上了自己。现在对北京城的感情也有点这样。一切无法驾驭的不平等关系，都是“上”与被“上”的关系。偌大的北京城风情万种，对所有迷恋其肉身与灵魂者们毫无怜悯。有多少次他也想表白我爱北京天安门，我爱首都长安街，一瞅窗外的浓厚雾霾就有点说不出口。这大概也像某种斯德哥尔摩综合征：天天骂。骂房价骂空气。骂交通尤其两会期间的交通。骂这骂那，事到临头，永远不走。

说起来倒是渣男配作女，姣婆遇上脂粉客。

至少也是周瑜打黄盖。

他刘大可本人不是标准渣男。三十四岁年纪，前半生只谈过三次恋爱。初恋维持了四年，是和大学的女友，同班同学。后来他来了北京前女友还留在哈尔滨，异地了几年，终于黄了。

她在本地银行工作，收入稳定，原本一心等他迷途知返。每当这时他只能半心半意地说：要不你来北京发展呗。其实心知她来了也不一定能找到那么好的工作，这话只是说说。他自己也说不出北京有什么好，可就是一直待下去了。换了好几份工作，从传统出版业换到电子书再换到新媒体，跳来跳去与时俱进却一直没动过离京的心思。异地第三年，女朋友终于下定决心，过来住了不到半月，果断分手。她来之前留了条退路，只和银行请了探亲假，毕业几年一直靠打电话维系感情，逢年过节才见面，真住在一起，才发现彼此已极为陌生，独居生活过得太久，连一礼拜都无法互相忍受。

除了生活习惯不合和共同话题太少之外，他最受不了的就是女朋友问他：这破地儿到底有什么好的？

北京有什么好的？她来的第一天，他就心潮澎湃带她去看清晨的天安门升国旗。是五月的初夏，六点十五分就升了旗。晨光熹微之中看五星红旗冉冉升起，一阵无以名状的鸡皮疙瘩蔓延全身，他差点儿掉眼泪：这就是北京。他待了这么多年苦苦挨着也爱着的北京。再看身边的女友，正一脸倦意地呵欠。他唯有硬撑着抒完情：你看，日出。

日出也没比我们那儿亮堂多少啊。咱长白山的日出你忘了，那才叫一个恢宏壮丽。

可这是首都，长安街！你就知道长白山。你看这路多宽，双向十四车道，两边还有空地儿留给自行车，全划出来得二十车道——找遍全世界都没有这么宽的马路。

是挺宽。她说。可这……她没说出来后半句。吞掉的或许是：可这与你有哈（二声）关系？周围看升旗的无数游客都惊叹不已，快门不断，满脸与有荣焉的自豪，而她在这众多外地人中脸色木然，是个格格不入的外地异数。他是被分手后一段时间才想明白她大概一直在隐秘而全方位地憎恨北京城。憎恨偌大的北京包罗万象天下英雄尽入彀中还嫌不够，还要勾走她唯一男友的魂。害她一千多天假性单身，结不了婚，生生熬成了大龄剩女。

接下来一礼拜他请了年假，天天带她去国家博物馆、中国美术馆、首都博物馆、国家大剧院和人艺小剧场、鼓楼西剧场、798、今日美术馆，乃至于草场地。去三里屯吃意大利餐，喝德国啤酒。吃日本料理和墨西哥烤肉。之前的三年间她也来过若干次，但是每次都是在小房间里没日没夜地帮他收拾房子，洗衣服，做饭，最多就是去王府井西单逛逛街。这次算是彻底当了一回文艺观光客。大可说：得让你知道你将要来的这城市究竟有多丰富。我又为啥咋整都不回哈尔滨。

他的确尽己所能，向她完完整整展示了他心目中的北京、他热爱的首都的另一面。她跟着看看，未置可否。

第二个礼拜，待他年假休完回去上班，她才开始慢吞吞地在网上有一搭没一搭地找工作。好一点的银行职位要求都高，要么年龄学历限得死，只招应届名校毕业生或海归；有工作经验的想求职，则必须手上有过硬大客户资源，能随人过来。这几点她都不挨。京城大留不易，每天晚上她和刘大可都必然因此发生或轻或重的争执。如此进行了一个礼拜，在大可渐渐习惯了回家就吃得上热饭热菜以及更热烈的拌嘴的某天傍晚，打开房门，才发现人去房空。

一封信留在出租屋唯一的桌子上，夕阳静静地照亮了信封一角。

大可：

北京的确挺好的。你在这儿也挺好的。看到你这么适应首都、喜欢首都，我也就放心了。这俩礼拜也的确玩得挺好。不过，故宫虽大，长城再长，我还是觉得太阳岛、中央大街和索菲亚大教堂最美。咱那儿的房价也更合适咱工薪阶层。你带我去的那些外国餐馆、IMAX电影院啥的其实哈尔滨也都有，只要肯花钱。我看出来了，在北京倒反倒未必能常看上电影——好一点的影院离你那住处都太远了，不方便。其实说真的，只要在城里，在中国哪个城市生活不都差不多？与其天天加班下班吃桂林米粉重庆小面黄焖鸡米饭外卖，我宁可顿顿吃我妈包的白菜猪肉饺子。大不了换顿俄餐改改口味——酸黄瓜还比老莫的正宗。你这俩礼拜尽力了，我也知道。你是个好人，异地这么些年，从没做过对不起我的事。是我自己不好，下不了决心为你来北京。我当然希望你能回来，但我不会强迫你。每个人选择的生活道路都不同。你眼中的北京和哈尔滨，想必和我眼中的也大不一样。我们的目标一直都不一致，这么多年了，彼此也没法妥协。这些天我一直在想，长痛不如短痛。我会永远都记得你的好，也希望你不要记恨我。

祝

生活愉快

照顾好自己

丁零

他拿着那张信纸久久说不出话，整个脑子都停滞了，好半天想不起来打电话发短信问她都到哪儿了。那种影视剧里的追到火车站飞机场的桥段根本不可能发生，如果是早上的高铁，发车五个小时，这时早到家了。她比他小一岁，也是独生子女掌上明珠，非让人来北京和自己吃尽苦头的确是强人所难。这个年纪再找工作也不如才毕业有优势，更何况还有薪资职位的要求……她父母也一直不愿她来，只是没明说。她说自己不好，其实不好的一直是他，任性、不合时宜、过分浪漫主义的……也一直是他。

就像鬼使神差命中注定。但他无法可想。

和初恋女友分手之后很久，大可近乎一蹶不振。他心目中近乎神圣的北京城，竟敌不过前女友母亲的白菜猪肉饺子。她回去后不到一年就结了婚，婚礼前一周终于给他发了电子请柬。他当然没去。但随了很大的份子，几乎是他年薪的三分之一，四万块。

在一起都快五年了。他想。哪怕异地呢，一年一万也是应该的。

前女友嫁给了她银行的同事。那笔钱汇过去，过了半年又原封不动地退回来。他打电话过去问出了什么纰漏吗，她在那边说着就哭了：这算什么？青春损失费？你在那边能活下去就挺不容易了。我在你那的时候和楼下中介打听过，四万块，连你们附近的一平方都买不了。

他拿着手机呆呆地想，原来是算法又错了。他以为一年一万不算小气，人家却知道北京城四环里的一平方还不够。

他再没脸问她婚后生活好不好。

第二个女朋友是分手三年后别人介绍的，税务局公务员，也喜欢文艺。他那时在票务公司上班，经常能拿到打折演出票。两个人的日常约会不是电影，就是话剧，有时候还有音乐会。这样假开心了一年，最后还是分了。女方的理由是压根儿没看出来他想结婚，只图找个戏搭子加饭搭子解闷儿。事实上他是吸取了上次教训，觉得总得买了房再求婚。可房子价一直在涨首付刚凑齐下礼拜又不够了，婚也就一直没求成——再者，他和第二个女朋友一直也没有住在一起。

这点在这个快餐世代简直无法启齿。她住未婚公务员的单身宿舍，面积比他租的房子还大，只可惜是两个人同住。她也一直没有去过他东五环的住处，嫌远，怕早上赶不及回来上班。因此他们也就一直没发生过比拉手接吻更深刻的关系——他一个人待惯了，也没有多么迫切的生理需要。自上次分手后，他就养了一猫一狗，一直和它们生活在这个城市的另一端，下班后再赶到女朋友单位附近，一起吃个饭，约在某处看电影或话剧，看完把她送回宿舍，再坐末班地铁回家喂猫喂狗洗漱睡觉。日复一日，早已精疲力竭。

他想，分手的原因是不是嫌他不够主动？

但是他的确不知道该如何主动。两个人都有住处，难道去酒店开房？似乎有点太郑重其事了，也就显得有点可笑。他又是个老派人，总觉得不结婚，也不好轻易逾矩——和前女友倒是逾过，可最后不也没结成吗？连四万块钱都没送出去，是一段屈辱史。

我说过大可不是渣男。在这样一个时代，的而且确。

第三个女朋友则是他后来跳槽去新媒体认识的同事。年龄逼近九〇后，高挑，白皙，不算标致，但一头黑发垂下如藻如瀑，加之打扮入时，看上去亭亭玉立。他一直偏好这类型，鼓足勇气锲而不舍追了很久，任何人给他介绍对象他都推说有喜欢的人了。好容易成功，不到半年却又分了手。

这次仍然没有发生关系。不是他不想——是女方不让。大概也就是感觉不到位。本来答应在一起就非常勉强。过了半年，一遇到更合适的人选，就直截了当地和他摊了牌。他本也不是死缠烂打的人，追求虽不易，分手却干脆。一别两宽，两不相欠。

如上，就是刘大可的三段罗曼蒂克消亡史。

第一段结束和北京有关。第二段第三段都浮花浪蕊蜻蜓点水。他有时候忍不住想，和姑娘们的纠缠，甚至都还没有和这城的纠缠厉害。十年了，他从东城搬到西城，从北边又到南边，换了三四五份工作。莫名其妙地就被这城绊死了，没结成婚，只养了一猫——东四胡同里捡的鸳鸯眼大白猫，当时还是只奶猫；一狗——据说有现在已经凤毛麟角的京叭血统，可惜爹串了博美。爱上独自看展览，看演出，逛创意市集。没固定女友却结交了无数豆瓣友邻，徒步论坛网友。对北京城各种土著生活方式了若指掌，开始渐渐也变成一个“新北京人”：去长安大戏院看京戏，在老舍茶馆听评书，上天桥剧场听郭家班相声，每年春天总得去至少一次颐和园或北海。和前女友看过升旗的天安门广场是伤心地，不去了；但广场一侧的国博凡有出名的外国美术馆巡展还是得去：大英博物馆特展、荷兰伦勃朗美术馆邀请展、巴宝莉设计展。秋天是北京最美的季节，要么去沿河城爨底下野鸭湖，要么去延庆吃农家豆腐宴，离城里也不算远，一百多公里，跟着有车的朋友一起过去度周末，正好消磨掉无所事事的周末——哈尔滨来的刘大可是真爱、北、京、城。一个平常人心里有这份沉甸甸的爱也许就足够了，容不下更多其他闲杂情感了。也许这爱只是更多无妄皮相的开始。无论如何，每次和姑娘分手他都掉了眼泪。

刘大可不是渣男。他是我的朋友。

是我把刘大可介绍给小蔡的。我光觉得刘大可应该喜欢小蔡这类型，但没想到小蔡根本不接受他。

4

毕业之后，小O每次都要么很久不联系。一和我联系，说的都是非常重大的事。

比如说毕业后的第三年，她突然在QQ上告诉我：和大H分手了。她当年就是为了计算机系的H去的英国——原本她从来没想过要留学。结果她千辛万苦跑到英国去把H追到手，回国后同居两年，还为他堕过一次胎，最后仍然分手了。我再细问，她就不肯说了。只是很简短地知会一声。但是我也习惯了——这么多年了，同班同学小O总是很酷的。我总是更喜欢酷酷的姑娘。

毕业后第五年，她突然在MSN上告诉我：在工作中喜欢上了一个北京人。我问她那人具体情况。她说着说着又不耐烦起来，告诉我将来有机会在一起，自然会介绍认识——反正我也在北京。

毕业后第七年，她发了一条微信给我：我要辞掉广州的工作，来北京发展了。我说，是为了之前那人吗？她很糊涂地问：哪个人？我提醒了半天，她才如梦方醒道：噢，那早成过去式啦。就在网上稍微暧昧过一阵子，那人有老婆的，又不肯离婚。我问：那你为什么来北京？都在广州工作那么多年了，进的又是广州最有影响力、全国都数一数二的报业集团。

你不知道现在做媒体有多难，几乎每个月末都生活在被裁员的恐慌中。不做媒体，又想不出在广州可以干吗。而且从来没来过北京，总觉得是首都——正好北京有个认识很久的动漫公司的老板叫我过来帮忙，我想也是个机会。

我说：比起媒体来动漫是朝阳产业，蛮好。你来了我在这城里就多了个说话的了。话说回来，北京城那么大，想常见面最好住近一点。你租房了吗？

小O说：我现在每天都在网上看房呢。最好当天就能拎包入住。真烦，我那新公司又不给我安排宿舍。

我说：要不要我帮你看看？——其实我也没什么和房东斗争的经验，一直住在宿舍里，也就是那么一说。

她说：算了。你又不知道我的刚需——装修得过得去，厕所绝对不能反臭，最好是高层，有电梯，朝向还要好……

啧啧。我说。够挑的。

都一个人生活这么久了，还不对自己好点？

士别何止三日。暌违早已八年。我忘了小O早进化成相当独立能干的职业女性，早已不是当年那个因为失恋而哭哭啼啼寻死觅活的小女生了。

半个月后，她空降北京。房子事先就已经找得差不多了，到北京第二天看了现房就立刻和房东签了字，一室一厅，四十平方，房租六千五，押一付三。我说，现在租一居室都这么贵了吗？她白我一眼说，你在北京这么久你不知道？

我说，我一直住单位的周转房，还真不知道。

她继续曼妙地翻白眼：就这，已经是同等条件里能找到的性价比最高的啦，难不成你让我住地下室？

那房子在北四环的著名小区，各方面条件都还可以，她换上了从广州带过来的床单被套，把箱子里的衣服一件件挂进衣柜，当真是拎包入住。我知道她自理能力见长，但也没想到这么雷厉风行。所有事我都只在一旁看看，几乎没帮上任何忙，除了她来的第一个周末，我请她吃了一顿海底捞接风外。

其实我真的是特别、特别高兴。高兴好容易有个老友来到北京。高兴她和我毕业后的选择起初虽然南辕北辙，终于殊途同归。

然而小O到北京的第一个礼拜就开始抱怨连连。

她说，你们北京夜晚真荒凉。现在也就才八点多不到九点吧，怎么附近空空荡荡的，连个鬼影都没——不是说这附近还算高尚住宅区吗？

北京就这样。我说，刚来读研头一年也不习惯。九点后，除了簋街，压根儿找不到还开门的饭店。这些年只有越来越整肃，首都嘛。

要在广州。小O说，嘿，那就是一个不夜城。

那是。我笑道。不光广州。深圳、珠海、中山、南昌、长沙、海口，都一样。我也怀念南方。还记得吗，咱们学校东门外的通宵烧烤摊。一排过去，十多家，火光冲天，远远看去像天天都在走水（失火）。小心火烛——最后一句是粤语。烛可以念成入声，很好听。

小O说，那还是学校附近呢。后来上班了，市里头其实更热闹。入夜了到处都是KTV、大排档、烧烤档、酒吧。要不怎么说食在广州！

就这样，在大学同学小O终于来到北京的第三天，我们一整个晚上都在拼命怀念南方的烟柳繁华。

很默契地，我们都不怎么谈我家那位。小O在大学里见过我当时的男朋友，甚至还经常一起去校外吃饭。当时大概也都算好朋友吧。她也见证过无数次我在她面前哭哭笑笑闹分手，就和我曾经目睹了她和H的分分合合一样。也不知道是被过去的记忆困扰，还是无意结交新朋友——据说人年纪大了，社交的欲望总是持续走低。但是我其实很希望她能够多来我家吃饭。在北京生活久了，出去吃饭变成特别费思量的一件事，周边爱吃的大多吃厌了。又或者我也年纪大了，暗自希望朋友来京，也尽量不要影响自己既定的生活轨迹。

但只要约在我家，小O总是借故推搪。我后来想，也许这样会让她有一种寄人篱下的感觉吧，不管是怎样的人，家庭生活总有一种隐含的劝诫气息。像我这样的人，也许某种程度上一直是她的反面：毕业后就留京工作，一路稳步升迁，到现在已经做到了还不错的位置，在北京这样寸土寸金的地方分到了周转房，感情生活也貌似稳定。生活也许乏善可陈，然而表面正常就是我人生的最大追求。毕业这么久，似乎一直在致力于成为一个积极向上的大好青年。比大多数同龄人都更“正常”，更“社会”，对周围人更友善，更喜欢和朋友们腻在一起。

小O则反之，心智好像停留在了仍然叛逆的青春期——包括她后来放弃传统行业，选择动漫产业，或许也是中二病的症状之一。据说她回国后就狂热地迷恋上一个韩国偶像天团，每年都一定会设法出国一次去看这团的演唱会，不管在泰国，还是在马来西亚，或者是日本——风雨无阻义无反顾排除万难，从年初就开始计划排期，所有年假几乎都用在了这上面。据说也有一帮志同道合的团友，分布在国内各个城市，每年都借演唱会的机会在国外相聚。很奇怪，我原以为像她这种受过高等教育读完硕士的海归不会追星了的，然而她甚至还会因为日饭和韩饭势不两立，会和人在网上非常认真地吵一整晚，激动得莫名所以，过了好几天见面还和我愤愤不平地形容她在三次元生涯中遇到的奇葩。平时打扮也很韩流，会涂全智贤当季代言的同色号唇膏，同色号指甲油，定期染发，有一次还染了非常亮眼的大红。

她不肯去我家见方唐，只肯在外面聚，我只好回家和方唐解释。方唐说，她不是你大学时代最要好的姑娘吗？怎么现在会变得这么各色？

我说，其实也还好。就是觉得她果断停在了一个我回不去的地方，仔细想想，也挺羡慕她的，还有这么大的热情追星，像十七岁。

方唐摇摇头：说不出来……我总觉得这里面有一点不够自然和不符合逻辑的地方。她比你还大两岁是吧？都三十多岁的人了，这么幼稚不应该啊。有机会你侧面打听一下，她喜欢上这个韩国偶像团那年，到底自己身上发生了什么大事。

我表面上无动于衷，实则暗自钦佩地转过头去。这对话发生在方唐来单位接我回家的路上，转头就看到车窗外乌云密布，晚霞边缘镶嵌有一道极窄的金边。马上就要下大雨了。方唐说得对，如果没记错的话，就是那一年小O和H分手了。一定需要一个足够远离现实，却又足以激发起某种集体无意识的狂热爱好，才能让小O从成年后失恋的现实中逃脱开去吧？

我和方唐聊起身边的朋友来，经常都是我在说，他默默地听。他看上去好像是那种不太需要朋友的人，一个人宅在家里依然可以自洽自足。闲时看大量的书，工作也忙。又会定期积极健身。唯一表现出的弱点可能是对我们无法生儿育女的遗憾，和我提过几次，希望有机会可以领养一个孩子，但是我们上网查了很久，好像很难实现。

就因为小O总不肯来我家，所以我们见面其实并不频繁。每次都必须去她附近的一个韩国连锁咖啡馆“坐坐”，但是那咖啡馆其实就是我最早和方唐遇见的地方。第一次和小O去那儿我就忍不住说了这事。小O说，哦。感觉你和他还挺合拍的。比那谁对你好？

我说，比大学那个的确要好不少。他比较理解我的兴趣爱好，性格也成熟。我大概有点儿过分依赖他了吧，都在一起好几年了。可能这还挺危险的。哎——

那你们两边的家里人都知道吗？

你知道我爸去世得早，我倒是毕业没多久就告诉我妈了，她不是还哭了一场。不过她一直没见过以前那位也没见过方唐，采取鸵鸟政策。我说：我家远，小方家可就在天津，他父母周末打个城际列车就随时杀过来了，家庭教育又比较传统，他总说和他们摊牌还挺困难的。就这么一年一年地拖着，有时候周末他还赶回天津相亲呢。你说荒唐不荒唐。

有点儿。小O表示同情：男子汉大丈夫，这么藏着掖着也不是事。敢情你成了他在北京金屋藏的娇了。不会有一天上演《喜宴》戏码吧——到时有用得着本姑娘的地方，尽管说。

真谢您了。一说到这个我就郁闷：别说这个了。您老人家最近工作都还顺心?

小O是工作狂。只要一说到工作就没完没了。她总是不停地抱怨她公司里那些下属和同事傻×，都在一个团队，可什么活都干不了，也不是她亲自招进来的。这样一比就看出来动漫公司的人员构成实在是良莠不齐，和正规的传统媒体不能比。这样活老干不完，她就只能自己加班加点，身为公司中层，结果经常十点钟以后才离开。

我回去又忍不住说给方唐听，方唐却说：大概是她没恋爱，生活重心全都放在工作上了，所以有点过分焦虑。他们那公司我知道，的确是不够正规，老板就是个画漫画出身的网红，人又年轻，哪懂什么管理？当初选择这公司就是个错误，我奇怪你怎么不早一点劝阻她。另外，你最好告诉她，任何事都经不起这么巨大而强烈的关注，她又没有人事权，改变不了什么的。老这样心态失衡下去，恐怕会生病。

时间过得飞快，一晃小O就来了好几年。我们见面的频率，从起初的每周都见，慢慢变成了半个月，一个月，三个月。似乎彼此的工作都越来越忙。有一年，差不多大半年阴差阳错怎么约都约不上。从上一年中秋直接跳过了翌年冬天和春天，直到五月她突然给我打了个电话：我最近可能要做个小手术。如果医院要家属签字的话，你能不能帮我签一下？

我还以为她是和我开玩笑：我错了我不该半年不去觐见主公（公主），不过，不带这么刷存在感的！

她的声音还是很平静：真的，我甲状腺长了个瘤子，过几天去复查。不知道良性还是恶性。万一是后者，大概要动手术割掉。

我还在笑，但笑容已经慢慢僵住了：你确认你不是韩剧看多了或者恶意卖萌？

第二天我们就飞快见了面。看来之前还是没遇到值得突破万难的事。一见面我就出于内疚感先发难：这么大的事，你怎么不早点告诉我？

她说：咳，也就是最近公司体检才发现的。压力太大，心情不好，很容易长这玩意儿。

这年头大家压力都大，你压力怎会这么大？我忍住没说方唐早两年就给她算过卦。很奇怪地，他们虽然没有见过，方唐每次说她却都惊人地准，放中世纪也是被人放火烧的男巫命。

她说：那谁知道？北京空气这么差，长点东西不是很正常的事？说句不好听的，你也就是没去查，一查还不定哪儿有问题呢。咱都这岁数了。

我一边嘴硬道：宝宝还小呢宝宝什么都不懂。一边转念又道：听说男人也有得乳腺癌的。黄碧云的《其后》不是还写过，“对于一个男人，患乳癌仿佛是一件无中生有的事情，但癌细胞已经扩散全身，我侧耳静静想着，仿佛全身都开了美丽的罂粟花。我便决定返回日本……我会发现我是一只蝴蝶，很偶然地，经过了生……”

小O说：快呸呸呸。你这么好记性，怎么不和方唐背《她是女子，我也是女子》？“之行，如果我们有天湮没在人潮之中，庸碌一生，那是因为我们没有努力活得丰盛”？

我说：赞。可见我们都还没有老，至少还没有记忆力衰退，老年痴呆。

少废话。她说：你到底能帮我签字吗？

我说，当然。如果需要的话，签字、送饭、护理甚至陪床，全包。

这么一句玩笑话，她却突然面对面地静了一下。好半天，才“嗯”了一声。

我不禁自悔失言。这节骨眼上干吗非开这种玩笑？需要陪床护理，可不就病入膏肓了？

之后半个月，她有天下午三点多突然给我发信息：在公司吗？

在的。我说。

我刚去医院检查了。下午请了假，现在能不能过去找你？她在电话里语气很急。

等等，你先告诉我检查结果。

见面了再说。

见面她依旧衣着时髦，穿着潮牌字母大T恤，只是锁骨右上方贴了一块小小的纱布，甚至有漫画的喜感，假如无视她走路都必须梗着脖子的悲惨状况的话。我不厚道地乐了：这是哪来的宇航飞行员？头套呢？

小O神色却很疲惫：笑个鬼。

我立马严肃起来：检查没事吧？吉人自有天相。

都这么说。她哼一声：但手术穿刺没找准位置压根儿抽不出积液，也就是说，白挨了一下。现在没法确诊，短时间内也不能再测。见鬼。

我说，不会吧，穿刺还能不准？

她说，是啊，见过这么倒霉的么？亏我还做了好半天心理建设，离头部这么近又犹豫要不要全麻。最后还是不敢，差点没疼死在手术台上。结果一穿，医生当场骂了句操，错了。简直欲哭无泪。暂时是不建议再穿，说穿一次挺伤身体的。你说这算医疗事故吗？！

那怎么办，就这样了？也不做手术了？

她说，算了，先观察一阵子吧。还真挺疼的。

我还等着给你签字送饭呢。我呆呆地说。没有想到。

过半年应该就能再穿一次。她说：到时候你就有陪床机会了。——对了，我快可以买北京的房了。今年就纳税第五年了。到时候买在你家附近好不好？这样见面能方便些。以后每天都能来你家蹭饭。

她终于松口同意见方唐了，我心里面却突然难过起来。觉得自己对她一直以来实在缺乏关心。她比我个子小许多，被我无干风月地搂了一下，也并没有就此在我肩头软弱地哭了，倒是轻轻地推开了我。

时间过得很快。二十多天后，我还惦记着问她可以去重新穿刺了没有，她突然就给我打了个电话：陆子，我要离开北京啦。

声音听上去异常平静。

怎么回事？不是满五年可以买房了吗？不是说好买我家附近吗？

我这段时间回了一次广州，去肿瘤医院复查了，是良性的，但也不是没恶化可能。就想，在北京横竖是孤零零的一个人，还不如先回广州，房价没那么高。在那边也比北京好挂号。

我不知该说什么，半天憋出一句：北京的医疗资源肯定是全国最好的，否则怎么会那么多人跑京城来看病？

反正我是待够了。她说：就是在这儿才得的病，压力还是比别地儿大不少。再者，广州也离家近。这样周末还能回家看看爸妈和外婆。

她父母家就在湘南，离广州只要两小时。我当即意识到这理由不容反驳。

于是四年后，小O就和来时一样迅速收拾好家什、退了房、要回押金，悄无声息地离开了北京。这次她甚至没有通知我就在某个周末坐上了南下的高铁，还带走了我这些年借给她的几本小说。重又在广州租了房，又迅速物色好价格还算合适的二手房，火速下了订金。一切都快得让人目不暇接，一个人彻底把自己在一座城市的痕迹抹去，重新回到另一座城扎根，原来只需要两个礼拜的时间。

但我忍不住在电话里问：你真的那么不喜欢北京吗？

她答非所问：你没发现北京到处都在拆墙打洞。批发市场从2016年初就开始被勒令搬到五环以外，我住的北四环附近几个市场都关了门，我之前还趁机买了点日用品，也算趁火打劫了……北京已经不欢迎没户口的外地人了。趁还没被清理，还是识相点自己走吧。

这关你什么事？没户口的人多了去了。你工资那么高，只要按时缴税，谁能赶你走？

这两年北京空气越来越差，我又长了东西——你别劝啦。真对不起，又抛弃你一回。

没事。电话中我哽住了喉，好像小O的瘤子也转移到了我相同的位置。我想说：我还没给你介绍成男朋友呢。知道你对上次一起玩狼人杀的那个刚离婚的校友孙东不感冒，还打算让你见见刘大可。和你说过的，那个哈尔滨男孩。特别喜欢北京，也热爱文艺。

我还想说：早知你终于还是要走，咱们就该至少两礼拜见一次面。别说你住在西边了，就算住在南城，我也开四十分钟车去找你。

还想说：你走了，万一真有什么事，广州认识的人都结婚了，谁来给你签字送饭，陪你聊天解闷，给你削水果贫嘴？难不成让你六十多岁的爸妈坐车从湖南过来？

当然这些肉麻的话我一句也没说出口。只能在电话那边沉默着。

你不是还准备和方唐领养一个小孩吗？小O故作开朗：万一成功，能见我的时间就更少了。与其被你冷落，还不如先离开的好。

你明知道不可能。我被噎了半天才捯过气：你这就是逃跑！你就是觉得回广州没人嘲笑你，追星更方便！

这话一出，我俩都笑了。也许打破了某种离愁别绪终于如释重负。但是，无限江山，别时容易见时难，也不无凄凉。

5

很长一段时间，要不是突然发现他离了婚，变成一个可资介绍给诸女友的单身汉，孙东几乎是一个被我彻底遗忘的直男。他虽然和我本科同一所大学，却不同院，我和小O读经济，他在数计学院。——我们入校那年，全年级最漂亮的姑娘就在数计学院，到现在我还记得她姓戴名小丽。当时人人都觉得她漂亮得不像真人，事实上所有人都从来没真正看清楚过小丽五官，每次路上遇到，都好比一个真人大小的芭比娃娃向你迎面走来，同时掠过一阵香风——姑娘们大一都普遍分不清兰蔻、雅顿还是KENZO，只目瞪口呆地惊鸿一瞥全套舞台化妆，眼影，假睫毛，粉底，腮红，唯一可以确定的是脸真小，最多不过巴掌大，藏在当时最流行的所谓粟米烫里。而同时进校的其他女生还都是高中遗留下来的男仔头，刚勉强将养了一个暑假，正是半长不短的尴尬长度。好些后来的校级著名美女，这时都还素面朝天，远没有戴小姐一入校就占尽先机。如同刻意琢磨过的宝石，哪怕只是施华洛世奇人造水晶，放在一大堆原石中间，仍然明艳不可方物，走在哪里都吸引无数目光。而她也像一个真正的明星一样出尽风头，目不斜视，冷艳高贵。

不知道别的宿舍，至少我们宿舍的人偶尔遇到她回来总会骚动：今天我去饭堂遇到戴小丽了！她腰真的超细！胸还大！

榜样的力量是无穷的。很快同年级甚至数计学院内部就出现了无数“小丽头”同款。然而就算是一样的粟米烫，一样的长短，精确复制的颜色、弧度，甚至很有可能就出自小丽烫发的那家发廊，小丽的山寨版们做出来的感觉仍然和原版天差地别。她们都最多能模仿发型和穿衣风格，却远没有小丽芭比娃娃一样标准精致的纤巧身材，秘密就在于每天戴小丽必然会到全校最大的西区体育场上跑一千六百米，整整两圈。她的好身材很大程度上全由这种地狱式锻炼而来。而更可笑的，则是每天下午都固定会有人去看她跑圈。看她香汗淋漓。看她脸色潮红。看她气喘吁吁。也有极少数女生纯为励志而去观摩，但最多只观摩一次。最忠实的长期观众，仍然还是那些假装在一旁锻炼器械但目光始终追随那如芭比娃娃一般标致的身影同时心如鹿撞的大学男生们。

而那些最为坚定的围观群众中，就有孙东。

他每天下午都必去大操场踢足球、玩器械或者跑步。几乎总是和戴小丽前后脚，如是坚持了几乎整整四年。

但也许是出于不忍，熟人间从来没有过任何关于他暗恋戴小丽的传闻。因为他每天都去，就变成了另一个大家司空见惯熟视无睹的事实。认识孙东的人都说，啊，他就是喜欢运动。

我认识孙东的缘由则非常普通。他是舍友的云南老乡，经常到我们宿舍来玩。那时候我们其他人都叫他们“云南帮”，那一届的云南老乡会空前团结，当时正好《将爱情进行到底》热播，剧中人年纪阶段相当的一群人一起，同样演绎出无数爱恨情仇。而我们则是这些传奇的旁观者。孙东从来不是云南帮里的风云人物，最后娶了老乡的一个管院男生比他拉风得多，才大二，就当上了学院学生会副主席。而孙东学习成绩既一般，在校期间也没女朋友。我记住他，也许只是因为他看上去总是迷迷瞪瞪，睡不醒的样子。但有时说话又极为大胆。

到现在仍记得他有次突然和我说，自己能一眼目测出女生的胸围罩杯。十拿九稳。

那时我大三，刚满二十。乍听这话涨红了脸，却故作镇定：那又怎样？

管院副主席在一旁说，你是小孩不懂。这很厉害的！

大四那年，孙东到我和当时男友租的房子里做过几回客。当时也没有什么别的感觉，就是觉得他并不排斥我们。真实情况他一定是知道的，但是不知道为什么，好像一直更在意我的感受，不太和我男友说话，大多数时候只是觍着脸蹭一顿饭，或者在冰箱里存点儿啤酒，下次再过来喝掉——后来毕业了要退房，赫然发现冰箱里还留了两罐他的嘉士伯，我和当时的男友就站在厨房里，默默地分头喝掉。

孙东最大的优点，也许就是看上去永远没心没肺。有一次他过来，我正好整理电脑里的本院女生照片。那时候全年级只有我和少数几个人有数码相机，因此很多人都会慕名来借我的尼康，又没有自备读卡器，因此我电脑里就留下了若干本院乃至于外院系女生的倩影，再上传到FTP让她们分头下载。那天孙东无意间看到我正在整理，立刻喜出望外搬凳子坐过来，在我电脑跟前一张张从长相、表情、身材乃至于皮肤方面打分——上百张照片里，他给一个比我们低一年级的计算机系师妹打分最高。我笑道：不觉得她和你们院某美女有点像？

孙东又仔细看了看摇头说：谁啊？

戴小丽啊。据说连发型都是去戴常去的八佰伴找同一个发型师做的。

噢。

你不认识戴？她很出名的。

孙东说：很出名吗？我倒不知道。不过她确实比你这师妹好看。

他说得轻描淡写。我也就不以为意：那当然，原版和山寨之分嘛。

关于他的回忆不过就是这些，毕业后再没联系过，直到十年之后，一个沉寂了很久的QQ头像又突然跳动起来：陆子，我马上就要从英国回来了，会先在北京找工作。到时候要是没地方住，能先住你那儿吗？

我赶紧回忆了一下头像的主人：孙东？

果然是孙东。他请我做好一个月后接待他的准备，我也爽快地答应了他。然而此后他再度消失在茫茫人海中，我也就再次将他遗忘在芸芸众生里。又过了两三年，突然又有一个叫子小东的人加我微信：陆子，是我。

我第一直觉可能又是孙东——叫我陆子的人本来就少——通过申请之后问是谁，对方没答，只发了个你猜。

当时正是我们会计师事务所一年中最忙的核算季，又正好在加班，就没再理会。直到有一天，我突然发现这个子小东发了一条朋友圈：拜托各位给我介绍靠谱女友，非诚勿扰……配的照片，正是一张坐在咖啡馆卡座里的孙东本人，比当年在学校胖了至少两圈，头顶发际线也后退了不止一指之地，早已不是当年那个嗜土豆如命的运动少年了。

然而这条却仍然让我心底一动：孙东竟然还正好没有结婚吗？那么，我有几个要好的女友也还正好没有找对象。

坦率说来，我和他其实不算特别熟。在当时的直男们中他算眉目端正，性格开朗，还会下厨——当年没少借我们厨房炸云南土豆煮火锅。挣钱应该也还行——回看了几条朋友圈，大概率不是做证券，就是在投行。学数学的嘛。

问题来了：这样的钻石王老五为什么到了三十多岁竟然还单身？中间有什么陷阱？

当天我给他发了一条讯息：老同学你好。他回复得很快：陆子你终于理我啦！这么多年啦。

明明是你加了我又不好好说话，还让我猜是谁。我打了个哈哈的表情。

哈哈哈。你还和那谁在一起吗？没被哪个天仙掰直？

没直，放心。不过人也早换了。

想起来“你猜”确实是孙东的口头禅。当时他就老这么说，说任何话之前，必定先卖个关子。连刚买的土豆多少钱一斤都恨不得让人猜几个回合。和成年人的世界不太搭的，孩子气的幼稚病。一瞬间点滴回忆都涌上心头。我也分不清楚到底是怀念他，还是怀念曾有过交集的自己的青春。

你是什么时候变成胖子的？

结婚三年后。他发个“害羞”的微信表情过来。

啥？那你刚才还在朋友圈让人介绍女朋友？

最近刚离了。

……

我前妻也是咱们学校的，可能你也认识。

啊，谁？

你猜。

你又来了。

我是觉得，他分了两次打完这句话，以陆子你的智商一定猜得到。

又不同院，我连你认识多少女生都不知道……话还没说完，猛地福至心灵：不会是你们院那个戴小丽吧？

正是。

天哪，你最后和校花结了婚！东哥太牛了！

不，是最后和校花离了婚。孙东发了个笑着流泪的表情。

当年孙东每天都去跑步，确然是为了偶遇戴小丽。她也一直大概知道有这么个同院男生一直暗恋他。但当时孙东相貌平平，毫无过人之处，加之又怯懦，只能眼睁睁看着自己心爱的姑娘本科期间换男友如翻书，和自己却毫无关系。

他从未对这段感情报任何期望。也正是因为此，才会风雨无阻地每天去大操场：好比见一次，少一次。

本科毕业，孙东考了雅思，申了曼彻斯特大学的商科硕士，一出去就加入了中国留学生联谊会。第一次活动，不能置信在酷似明信片的青葱校园里看到一个熟悉又陌生的身影。

戴小丽。他中了蛊一般径直走过去。你怎么会在这儿？

换了清汤挂面发型的留学生戴小丽回头见是他，眉目间也闪过一丝真诚的惊喜：你怎么也在这儿？

后来孙东和我描述这个场景时还感慨说：那一刻，我真的相信了，什么叫缘分。什么是精诚所至，金石为开。

但天时地利人和不光通往童话，也可能通往陷阱。

是在异国偶遇之后，他和小丽才飞快地熟稔起来乃至最终确定恋爱关系，一年半之后双双回国见家长。小丽是珠海人，他后来才知道小丽何以早熟而美艳，是因为她爸爸是珠海著名本土企业家，她母亲是第三任妻子，也是最年轻漂亮的一个。小丽带孙东回去见家长，戴父上下打量了孙东半天，粗鲁地用广东话问女儿：这小子有乜好，你睇上他啲咩？

戴小丽胸有成竹：凭佢中意佐我成五年。

戴父嗤之以鼻道：追你的人多到排到澳门氹仔，我戴某人既女儿好比皇帝女，唔忧嫁。

孙东毕竟在广东读了四年本科，听得懂白话，尴尬地站在一旁。戴父注意到了他的局促，轻嗤一声。但他毕竟是精明果断的生意人，一旦发现女儿心意已决，也便不再多说。

很快他们就一帆风顺地结了婚。就好像最常见的童话结局：从此王子和公主幸福快乐地生活在一起——只是需稍作修订：再加上公主的父亲老国王。大家幸福快乐地住在同一个城堡里。

戴父新在北京成立了一家公司，让孙东先跟他过去打理一段时间。孙东说当时就提出了抗议：好歹也算学成归国，一回来不找工作，直接去岳父公司打工？

但胳膊拗不过大腿，更何况中间还夹着不愁嫁的皇帝女戴小丽。

很快孙东就和戴小丽一起来了北京。就是给我发信息那次没多久。

你那次为什么没找我？

一到北京，两个人的关系就全变了。小丽越来越站在她爸爸那边，动辄指责我不善管理，不听爸爸的话。和在国外的单纯可爱完全像变了另一个人，变成一个刁蛮任性、张口闭口都是我爸的姑娘，还真是有那么点公主病的意思。——后来我就明白了，她其实就是依赖性太强。本科换男友勤，也是因为身边离不了人伺候。在国外没有老爸可以靠，才开始依靠我。到北京没多久就怀了孕，生了小孩，我爸妈过来照顾，她却口口声声嚷着不科学，非要再找月嫂——其实是嫌伺候得不周到。我妈好容易忍完月子走了，育儿嫂才接手一个月，孩子就差点烧成了脑膜炎，只好又十万火急把我妈召回来。这次不敢再说月嫂能替婆婆了，但还是不得劲，平时有一句没一句的总有话叫人寒心。我这才知道当初喜欢了整五年的女生，原来竟然幼稚任性至此。我曾经认为天真是一个褒义词，这时才知道，某种意义上，天真原本就是自私的代名词。小丽天真地认为这个世界本来就是应该围着她爸爸、她以及她的小孩转的，而其他人都是不值一提的星云和尘埃。很多做派也都从这畸形家庭关系中而来。比如天天浓妆。比如刻意保持身材。比如凡事唯父命是从，只有在她父亲鞭长莫及的国外，才稍许快乐自由。但这一切，我根本想不到。

你们到底为什么离婚？我问。有没有什么具体的原因？

后来就越来越戏剧化。他爸为了缓和我们之间的关系，直接在北京买了两套上千万的房子，上面写了女儿的名字说是嫁妆。一套放出去收租，一套和我们一起住。

这不是挺好的，提前三十年实现财务自由？

狗屁财务自由。性情迥异的两个男人，相处越久只有越僵。我父母很快就回了昆明远离是非地，而他爸却开始肆意插手我们夫妻生活中的方方面面，甚至当面说小丽嫁错了人，一吵架就逼她离婚。我有一次实在忍无可忍摔门而去，直接回昆明去看父母。半月后再回北京，发现门锁已经全换了密码。人去楼空，去者包括戴小丽、戴小丽她爸和我自己刚满一岁的亲儿子。后来听说连保姆都带走了。

我震惊道：这一招够狠。后来怎么办？你是怎么找到他们的？

后来我们就再也没有见过。孙东微笑道：我不配当戴家合格的女婿，被干净彻底地扫地出门了。

这是戴小丽的决定，还是她爸的？

我当然希望是后者。但是，戴小丽也早已是成年人了。

这解释了为什么来北京的头几年，孙东一直没心情找老同学聚会的原因。也理解了他为什么会在朋友圈高调说给我介绍个女朋友吧。他的一时意气离家出走导致自己失去了曾拥有的一切。大概也需要重整山河待后生。

那你们现在离婚了没有？我问。

他说：分居两年，已经构成了事实离婚的基础。我想方设法，终于找到了她家在珠海买的新别墅，把离婚协议书寄过去了。希望能争取至少一个月探视一次儿子的权利。但法院其实还没判。

戴小丽能同意离婚吗？

同意离，但不同意探视，也不肯接电话——路漫漫其修远兮。儿子三岁，算起来我倒有两年多没见过了。陆子听傻了吧？这就是我和校花不得不说的故事。——前几年是不是有个网文和这名字差不多，还挺红？

我说，现在看起来你心情挺好啊。

嗐。那还能真找根麻绳吊死？也一蹶不振够久了——他们是前年走的。最近是眼看离婚有望，又重新燃起生活的希望了。

听完豪门恩怨后，我就当真开始给孙东物色女朋友。第一个给他介绍的，还不是小O。是小蔡。

6

请原谅一开头就出场的小蔡留到此处才介绍。

小蔡是十堰人，本科在四川某二本读计算机，来北航读完硕士后考了公务员后顺利留京，工作稳定，专业对口，待遇良好。

认识她是在一次出差途中。我们会计师事务所和她们单位一块儿去武汉开会。在高铁上我和小蔡正好坐在一起，聊得投契，小蔡详细地告诉了我工作收入、家庭情况，以及想找个男朋友的急切心情。

她直言不讳道：陆哥，你们所有没有合适的男生，给我物色一个。我喜欢搞金融的，能挣钱，脑子好使。码农也行，就是加班太多。

比起一般女生，理工科出身的小蔡异常清楚自己要什么，表达需求也很直接，从不忸怩作态。我喜欢和她来往，多半也因为如此。

我一开始没太在意她的长相，从这句话才开始认真打量。身高一米六五，下巴颏很尖，并非典型的瓜子脸，也许是因为下巴略长的缘故。单眼皮，眼睛不算大，鼻头圆圆，笑起来唇红齿白，不必修图也很容易找到角度照成锥子脸。时值盛夏，穿一条小脚牛仔裤，白衬衣领子略低，露出锁骨和黑色吊带，轻度性感加一点俏皮。总而言之，不算标准美女，但加上衣品，总分可以打到八十分以上。

我说，好啊好啊。小蔡多大?

二十五，不算小啦。

我和小蔡认识那一年是二〇一五年。生于一九九〇的她告诉我自己已经在市面上所有的相亲网站都注册了ID。也就是说，芳龄二十五，已经完全知道未雨绸缪，广而告之，不错过任何可能性。我对她在婚恋市场的行情持乐观态度，但她说她还从来没有交过男朋友。

你还小。我说。条件也好，担心什么。

没谈过恋爱是短板，缺乏情感教育。小蔡相当坦率而富有自知之明地说。喜欢我的多数没感觉，看对眼的又总是开不了口。因此一直没机会实践。这种事，越没经验，越瞎猫碰不上死耗子。喜欢且被人喜欢这件事真他妈太难了，比什么源代码云运算都难一万倍。

爱本来就难——也正因为难，才那么多痴男怨女。一直觉得人读书时就应该早恋，不交学费，谁知道爱是怎么一回事? 我说。

小蔡说，谁说不是呢? 可是读书时爹妈才不这么想，严防死守十几年，一毕业就恨不得一时三刻就领个女婿进门——天底下有这么便宜的事吗?

吃过午饭，我坐在阳光直射的车厢里渐感困乏，半睡半醒间听见小蔡还在细诉衷肠：因为一直没有谈过恋爱，一度甚至以为自己喜欢女生……

一个激灵我立马醒了：结果呢？

结果我有次偶然和一个姐姐过了一夜。还是一直蛮中意的一个姐姐。她睡着后大概把我当成她先生紧紧抱住，胸部抵住我的背害我起了一身鸡皮疙瘩……这才确定自己百分之百是直女。

好吧。我大笑。也许你只是对那个姐姐不来电。你以为同性恋是怎么回事，随便碰到都来电？

呃。她说，那倒也是。

但我相信你不是拉拉。我忍不住再次大笑：这方面我比较有发言权。

相识之后我们还一起吃过许多顿饭，甚至还一起看过几场电影。和小O不同，她非常乐意来我家蹭饭，半开玩笑地叫我陆哥，叫方唐嫂子。我说，非要弄得这么村吗——得，那你叫我姐，叫他姐夫。方唐对我的反应表示满意，我的取悦型人格一直是他比较喜欢的部分。

而我也真的把小O尽责地介绍给了所有我认识的未婚适龄男青年，比如刘大可。比如孙东。再比如一些光打开朋友圈看头像或聊天记录就被小蔡一票否决的男青年。

也许小蔡自己条件太好了，又或者她从来没有谈过恋爱，因此对此永远抱有不切实际的憧憬。这都说不准。还有一些时候，不过就是阴差阳错。

我介绍她认识孙东那次，约了他俩一起来我家玩。小蔡说怕我做饭太累，主动叫了外卖，又竭力和孙东各种找话题——这都是我意想不到的，想想看，孙东这样一个失婚离异且有孩的大叔——还至少比小蔡大十一岁。从各方面来看，都应该是孙东绝对处于劣势。但事情偏偏反过来：小蔡很明显地对孙东假以辞色，孙东却一直低头吃饭，间或低头看手机，全程和小蔡没有眼神交流。哪怕回答她也眼望着我们——却把她定的外卖小龙虾一个人吃了差不多三分之二。整个饭桌上空一直弥散一种莫名的尴尬，孙东的奇葩表现让我很担心伤了小蔡的自尊，只能拼命打圆场，力图维持基本愉快的就餐气氛。

最后我实在累垮了，直接请孙东开着他新买的保时捷送小蔡回去——没错，高大上的金融人士失婚后租房住，第一件事仍然是买一辆保时捷。

好在他看在吃光了人家小龙虾的份儿上，没拒绝。

回去的路上他们终于礼貌性互加微信，但据我观察从无互动。只有一次小蔡发了张在健身房锻炼秀马甲线的图片，孙东点了个赞，又留言道：真励志。小蔡立刻说：我今天下班后去奥森跑步，你来吗？孙东整整三个小时之后才回了一句：抱歉还要加班，去不了。

在一旁默默围观的我立刻想到了当年孙东为了戴小丽整整去大操场跑了四年步的事。那样的热情一去再不回头，而情窦未开的小蔡遇到折戟沉沙的孙东，实在是太晚、太晚了。

而与此相反，把小蔡介绍给刘大可，却是典型的男方剃头挑子一头热。

刘大可告诉我和第三任前女友分手之后一个月后，我搭线，让刘大可请小蔡看了《驴得水》。小蔡就大大方方去了。

第一次见面刘大可就对小蔡印象极好，说在现场笑得前俯后仰的小蔡可爱率真，正是他的理想型。但小蔡这边却是：哥们儿也有点太会照顾人了吧？第一次见面就居然用自己的保温杯给我带了热水——剩下半句没好意思说出口我也听懂了：这也太不见外了。

我也没想到刘大可原来是这样一个暖男。哪怕女生都喜欢暖男，可也不喜欢一上来就热乎的——凡事太轻易了都不值钱。

又见了两三次之后，刘大可请她去自己的新家做客，就发生了最开头的一幕。

小蔡巨细靡遗地告诉我之后说：虽然他抱我当时有点蒙，可后来也不生气了。约会没几次，他一定很苦恼怎样才能把关系推进一步，而我早早就定位成了普通朋友，满心以为说清楚就没事了——归根到底还是自己白痴，都拒绝了人家干吗还答应去看房？可我也刚买了房子，实在太好奇别的小户型装修和家具摆放了。是我误导了他。

这年头的姑娘都如此落落大方，侠肝义胆，这当然只有让我更内疚，却不光是对她，也对刘大可。

也曾经把刘大可介绍给苗点点，把孙东介绍给过小O。这两对却更加毫无火花。问苗点点对刘大可的印象，她说：感觉他略少了一点男子气概。问小O对孙东的感觉，她则说：要死，你怎么会以为我喜欢这么丧的男人？他看上去好像一生都没有希望了。太苦了。

对于苗点点和小O，两个男生都哼哼哈哈搪塞过去，就好像约定好了一样只字不提。

他们见面几乎都是在我家。我和方唐都在家的时候。

7

最后还剩下谁没说？噢，笑笑。

我认识的山东姑娘笑笑就遇到了电影《非诚勿扰》里的笑笑一样的困境：大好女子，遇到一个有家室的大叔。而且是，真爱。

其实我有点害怕看到“真爱”这个词。真爱代表什么呢？真爱就代表了更多的欲海沉浮、更理直气壮的背德和更翻脸无情的一刀两断吗？

笑笑和大叔的渊源大概起源于学生时代。大叔是她在山东某大学就读时的本科辅导员，其实也是一毕业就留校的青年教师。但在校期间并无火花。是毕业后好些年才在北京遇到，大叔过来开会，在一个学术会议上惊喜地遇到了曾经的学生——其实是学生惊喜地认出了他。

笑笑来北京读了博士，又留了校。再相见两人身份都是高校教师。中间差的那七八年岁数的鸿沟，不知何时已不再明显。但笑笑却依然记得自己曾是被照顾的学生，热情地带旧日的师长北京两日游，反哺以尽地主之谊。

两天下来两人关系却有了微妙的质的改变。临别的最后一夜，大叔薄醉，突然握住了曾经的学生的手。

那时笑笑刚离婚不到一年。也是遭遇第三者，闪结闪离。正值自我评价低至谷底彷徨无措之际，也是对老师过去的崇拜太根深蒂固，竟没有立刻抽出手来。

她对我说：我从来不知道这样的关系，一旦开端就很难终结。

不是没有想过早日结束。也哭过，闹过，给过最后期限，寻过死，发过疯，分过手。却也一天天比想象中更深刻地纵身投入，既然偌大一个世界，并没有比眼前人更亲更具体的人。

大叔隔三岔五会从山东到北京来看她。偶尔也会和她在外地借学术会议幽会——毕竟是同学科，总有一起开会的机会。后来也就渐渐养成斯德哥尔摩综合征，既分不了手，也就不再求一个结果。就这样悬而未决地拖着，笑笑从二十九岁，到了三十三岁。从一百斤，瘦到了八十八斤。又渐渐胖到了一百一。体重的急遽缩减反弹反映出心情强烈起伏，但笑笑对我说：陆哥你不知道，我为了他，这几年真落了一身的病？——竟是《红楼梦》里宝玉对黛玉诉说衷肠的口吻。

我问，男人到底什么态度呢？

笑笑说，不知道。现在我也不大问了。

她也不是没有其他机会。大学里不是没青年才俊暗恋她，甚至还有男生借故在课后故意提问——虽年过三十，但因为脸圆爱笑，笑笑一直比实际显得年轻得多。父母催她再找个人结婚，她总是说，没合适的。但也因此不完全敢拒绝他们安排的相亲。

说起来，她认识我，竟也是因为相亲——但是彼此虚情假意吃了两次饭之后，最后真的成了可以半夜打电话倾诉衷肠的朋友，也是始料未及的事。

也许我们都心有所属，因此才一拍即合。

又有一天，和笑笑约在蓝色港湾吃韩国料理，席中偶然说起孙东。笑笑说，这个男人实在也很苦啊。我心念一动，立刻给孙东发了信息，又开了十几公里车，专门从朝阳赶到海淀，带笑笑去孙东家所在的百子湾社区，三人一起喝了个现磨咖啡——当时已经晚上八点了，而我的睡眠一直以来并不算好，因此也算是舍命陪君子了。

也是孙东有一次笑嘻嘻地说：别再给我介绍那些啥都不懂的漂亮小姑娘啦。最好也是曾经沧海的熟女，大家同病相怜。

刚好这两条笑笑都中。都是情场失意的三十出头的同龄人。但一杯咖啡落肚，两个人都客客气气，走时甚至没互留联系方式，比当初和我相亲时都不如。

我便知道其实孙东喜欢的，还是那些啥也不懂的漂亮小姑娘。不喜欢小蔡，只因为小蔡并不符合他的审美标准——毕竟也是娶过校花的人。

而很显然，同是天涯沦落人的笑笑更不符合。

8

现在所有人都已经一一出场了。因为我的缘故，他们也都彼此认识。但与此同时，几乎所有的可能性也都宣告结束。

用最简单的话说，抱着愿天下有情人终成眷属的美好愿望，我曾把小蔡、笑笑、小O和苗点点都分头介绍给了孙东和刘大可。但七次相亲，一次未成——只差没有把笑笑介绍给刘大可，也许因为刘大可还没结过婚。而笑笑在遇到那个已婚男人之前，自己曾有过一次短暂的婚姻——人和人互相喜欢，竟然是这样困难的一件事。这句话，我是从小蔡那里学来的。

我是一个失败率高达百分之百的红娘陆哥。

若干年漫长的不断攒局介绍的结果，就是我那些没结婚的男朋友，都认识了没结婚的女朋友。偶尔在朋友圈里互相点赞，尤其是我发的美食帖下齐刷刷的一排小空心，蔚为壮观。女孩子们每个人都说：陆哥我们爱你。男生则时不时来蹭饭，尽量和方唐套近乎，甚至比对那些姑娘们更巴结。

其实我也不知道为什么自己要这样做。让所有人都变成点赞之交，显然不是我的初衷，但是我真的渴望天下痴男怨女俱各有归吗？仿佛也没有如此伟大。也许只是嫌弃生活过于平淡，乐于看到人和人之间发生世间最奇妙的化学反应。

方唐对此很少发表意见。直到有一次我主动问方唐：你是不是觉得我这样有点无聊？

你就是这样瞎热心的人。沙发上的方唐眼望着电视：这也没办法。

我是真的觉得他们彼此都挺合适的。我说：可惜失败率高达百分之百，这还挺挫败的。

也许你是故意的。方唐犹豫了一会儿，还是说：其实你打心眼里就知道他们不会爱上对方。你假装关心朋友们的婚恋生活，以证明自己并非真正的反社会，选择同性只是一种自然而然的情感选择。你希望借此热心，证明你也是个正常人。

他说得我打了个寒噤。我还从来没从这个角度想过自己。但是方唐一向毒舌。所谓毒舌，就是一针见血，刀刀致命。

方唐说：陆子我喜欢你，你有很多很多优点。如果可能，我并不反对和你领养一个小孩。但是，我反对你拼命想假装自己是个“正常人”。这世界这么大，什么人是绝对正常的？我就是我，你就是你。和别的男人全不一样、也不必和别的女人一样的，我们自己。你真的以为荻上直子的《人生密密缝》很有趣吗？那样被编剧导演设计出来的软萌真善美，就是你的人生奋斗方向？

我说：和那个伦子一样，我心理上觉得自己也许比较靠近女性。

那你就女性。你在家里想穿睡衣裙子也没问题。

我不是这个意思……

等我把话说完。方唐严厉起来：我觉得，陆子你也许把直男直女们想得太简单了。只要条件差不多就可以在一起，人类的情感算法哪里有这么简单？不是我们的恋爱，才叫作恋爱；而那些异性恋只剩下荷尔蒙和动物性生殖冲动。

也许。我承认：这里面，可能有一定程度的轻视和简化。真奇怪，人类不同的群体，总是互相看不起。

另外，可不可以不要那么多聚会？和你在一起这么久，你搞了多少次趴啊。

我也开始反击：小方你好像不喜欢我了。

方唐说：我只是不喜欢经常被打扰私人生活。这个世界上男男女女那么多，为什么非得捉对厮杀呢？你对这些正常人的世俗幸福又有什么责任呢？陆子，原谅我，我只是一个自私的LGBT。你也并不是上帝。

他说完，轻轻把脸转过去。这样我就知道他生气了。为什么生气，也许和他前段时间又被逼着回了一次天津相亲有关。也许只是单纯地工作不顺，心情不好。

我和他本来并排坐在沙发上。这时候只能看见他背后的肩胛骨一高一低地凸出来。他总是那么瘦，像发育不良的青年。我喜欢他，也正是因为他永远的少年气息。他珍贵的愤怒和不流俗。

我坐过去一点，无声而用力从后面抱住他。他依然背对我，身体却松懈下来，含混地说：对不起陆子。我说重了。

没关系。我说。我知道你不是故意的。

另外，你为什么从来不把笑笑介绍给刘大可？因为笑笑离过婚？

啊？

下次再搞个趴体试试看。没准能成呢。

我朋友中就这么一对漏网之鱼，你还挺门儿清。我笑：看起来方唐你管的闲事也没比我少。

那还不是有这么多管闲事的家属。

那天我们重归于好后，其实聊得相当愉快。

但我始终还是没勇气和方唐说破他每隔几个周末就回天津相一次亲的事。我相当不道德地破译了他手机的密码——果然是我的生日——并且看到了他妈妈给他发的那些姑娘照片。有些相当漂亮，即便比不上戴小丽，在大街上走过去回头率也绝对不低。

我想知道方唐如何面对这些女生们，以及内心对未来的打算。但这事我不能问。一旦问了，摊牌了，一切就没法转圜了。因为在意，所以害怕。

所谓两个人在一起，也许就是如此吧：大家暂且还愿意互相骗下去。心照不宣。得过且过。见步行步。

耗一天，是一天。

9

我对孙东刘大可出柜，是和他们各自认识了一年半载之后的事。女性朋友们反倒很早就知道了，并从不评价。这个社会正在一天天变得宽容起来，我想。尤其是女性，因为觉得我们LGBT没什么攻击性，更像姐妹。

但社会再宽容，一段关系也很容易濒于瓦解或破碎。尤其是在没有任何权利义务和社会保障、只单纯地依靠感情惯性维系的情况下。而众所周知，人类情感，正是世界上最瞬息万变难以信任的东西之一。

方唐最终决定和我分手的那一天，我显得异常平静。并在他搬走之后的三天里，陆续通知了所有的男朋友和女朋友们。

不知道为什么，自从小蔡告诉我刘大可家窗外的火车有多美之后，我就经常梦见那景色：模糊的，迢远的，梦幻的。这次趁着失恋的由头我问大可：可以去你家看看吗?

大可过了好一会儿才回复，也许想起小蔡尚有余漪：好的，热烈欢迎陆哥！

不过，我还想带几个朋友一起过来。我说。有好几个姑娘你都见过的包括小蔡……只有一个男的你不认识，我的大学同学孙东。

大可说：这也没问题，可以一起涮火锅。我上礼拜刚网购了一口新电火锅，你们每个人带上爱吃的菜过来就成。

你真的不介意小蔡也来吧？我不放心地补了一句。

大可说：又没真谈过，有啥可在意的？茫茫人世间能彼此认识，也是缘分。

就为了这“缘分”二字，于是我又真的分别通知了小蔡、点点和笑笑，拉了群开始讨论这次聚会。不久之后的某个周日，竟然所有人奇迹般地都有时间。遂约好了当天一起去刘大可家吃火锅，还简单地分了一下各自负责的食材，因为价格不同，因此还商量好各自买完再汇总AA——毕竟是考过北美精算师的会计师，算这点账对我来说是小菜。因此爱吃肉的小蔡就负责挑各色肉类：黑豚肉、萨拉米肠、腌制三文鱼……苗点点负责带青菜和蘑菇，她说知道新源里那边有个菜市场卖真正的姬松茸和黑松露。笑笑平时独居也需睡前喝一杯助眠，就自告奋勇地说会带两瓶好酒，一瓶黑方威士忌和一瓶黑塔白葡萄酒。

我说：这个市价多少，你也告诉我。

这就别算啦。笑笑说：算我私人请客，一醉方休！

甚至连离开北京的小O在那个周日也神奇地来北京出差了。

我还叫了在北京工作的外甥女。她比我小十岁，是我大表哥的女儿。大表哥每次都要在电话里和我千叮咛万嘱咐：记得帮你外甥女介绍对象啊——对你自己也上点儿心！我怀疑他一直没从我妈那儿打探到我的性取向，也一直不怎么敢给这个外甥女介绍对象。她年龄小，学历高，在世界五百强工作，月入过万，但月月花干吃尽，是典型的新新人类。和小蔡一样，她也“母胎单身”——二十五岁了从没谈过恋爱。

也许社交工具太多的缘故，让所有人都仿佛有很多朋友……也就对费时费力的二次元交往不感兴趣。如果寂寞了，大可以变换各种角度照几十张自拍，用美图秀秀修修，发出来，瞬间也可以收到很多点赞。

我的外甥女就是这样完美地生活在我的朋友圈里。

在手机里，她身高一六五体重一百二的微胖身材不再明显，拍出来的腿既长而细且白。脸上的痘痘被一个不留地全部P掉，还加上一层柔美清淡的滤镜，瞬间变成马卡龙色或者胶片效果或者她最爱的日系小清新范儿。

总归是有人看、点赞和留言的。留言等级最高，外甥女几乎每条必复。也许大部分喜欢自拍的人心态大概都和她差不多。就算约出来吃饭了，也不过只是先拍饭菜，再自拍，再合影，再发朋友圈。甚至就面对面地点个赞。

我就经常给她点赞。她也常给我——无论是博物馆展览，还是演出信息，还是美文鸡汤一一点赞。我们已经有一两年没见面了。这次失恋，我有点想见到她。前几个月在朋友圈里看到她头发剪短了，不知道现在长长了没有。她上一次和我推心置腹还是前年：表舅，还是你现在这样好，家里人基本上绝了望，也不来烦你。我爸到现在还会逼我结婚，有时打长途过来，几分钟沉默不语，光听见那边唉声叹气。你说我工资够花，稳步升迁，时不时还能攒钱出国旅游，为啥要结婚呀？他们到底有啥放心不下？

可能你爸担心你孤单，没人照顾你。又一个人大老远地在北京。

表舅，你听过三H模式吗？单身贵族是HAPPY模式，恋爱是HARD模式，结婚生子就变成HEAL地狱模式了。遇到真正喜欢的人还好，如果光为结而结，那又何必呢。最近大家不都在讨论《我的前半生》？难道结婚就是为了有勇斗渣男小三的机会？

同样的话小蔡、点点、小O甚至笑笑都分别和我说过。姑娘们对这个问题都比男生想得更长远，更冷静，更透彻。连九〇后也不例外。

我对外甥女小新说，关键是你从来没有恋爱过，你知道喜欢一个人是什么感觉吗？你知道爱情是人类之间能发生的最深刻的关系吗？

刚才还在滔滔不绝的小新被问住了。非常认真地想了很久，说，不知道。

过了一会儿又补充：其实，也并不真的那么想知道。

她看我的眼神非常复杂。我只能相信那里面更多的是困惑而非鄙夷。我知道作为都市宅女的她在下班后会看很多剧。她对爱的所有了解，也许都在那些日剧美剧英剧国产电视剧里。也很可能会为那些《三生三世十里桃花》落泪吧——可是，现实生活中的爱到底是什么，对于她和很多人来说就像鬼一样，听说过，从来没见过。也许再过一些年，这些电视剧就会发挥像纪录片一样的功效，让未来的人类了解曾经有过一种情感模式叫作爱情，然而灭绝已久。

但灭绝之前，我决定仍然要尽可能给自己的爱情一个仪式化的终结。

我告诉小新，其他东西都有人带了，你就负责买瓶香油加几头蒜吧。

她很爽快地答应了。

于是那个秋天的周末，我们一行人就真的分头去了刘大可家。那天孙东还开车专门绕到了小蔡家去接她，又顺路捎上苗点点；笑笑说是自己打车过去；而小新先来我家，我又和小O约好了先在苹果园地铁站会和，再一起坐车过去。

那天见面，看上去最高兴的竟然是孙东。在分居长达整整两年后，他终于成功地和校花戴小丽正式离了婚，并在经过无数次效率极低甚至半途而废的沟通后，争取到了一个月一次的探视权，但因为和孩子南辕北辙而难以付诸实现。他心态依然很好，仍然时不时央求我给他介绍新的姑娘——“我知道你身边的美女一向很多，你是她们亲爱的GAY蜜嘛”——而我总是直接让他去死，因为我几乎已经把我认识的所有单身姑娘们都给他介绍一轮了，更无法原谅他每次见面的冷漠态度：除了夹菜和聊天之外，他总是一直低头看手机。

孙东给我的解释是：既然没看对眼，就不要让人家误会，耽误人家。

我说：你这是一朝被蛇咬，十年怕井绳。荷尔蒙已死，还频繁诈尸。缺不缺德。

孙东说：也许吧——最漂亮的那位我也追到过了。结果……

我说：那是你自己的问题。美貌本来就不是最重要的呀。

可那些影视剧和言情小说不都是这么告诉我们的吗？美貌，心动，时机……噢，也有豪门恩怨。

我们哈哈大笑，同意这世上见鬼的爱情最多只能存活十八个月。但让人沮丧的是，甚至有人连十八个月的幻觉都无法实现。

火锅意想不到的很好吃，也许是刘大可准备的火锅底料实在惊艳，新买的电磁炉也好用——没辜负他在各大网站反复比价又看了无数条用户评价在大数据调查下做出的理性选择。在这个时代我们都是精明的买手可惜并非每一件事都有足够多用户评价可供参考。小蔡带来的肉类、笑笑带来的海鲜和酒、点点买的牛肝菌（据说姬松茸正好没有货）和松露很快被分了个精光，剩下的全都是刘大可早上刚从早市买回来的豆皮、木耳、莲藕、油麦菜、黄瓜。

我就没见过有人拿火锅涮黄瓜的。小O很直接地说：还有豆皮木耳油麦菜，太素啦。

刘大可不好意思地摸了摸脑袋。他们上次见面我没有在场，据说两人异常尴尬地吃完了整顿饭，小O事后还把我这个介绍人骂了个狗血淋头。事过境迁，她依然口无遮拦。

小蔡反倒有点看不下去了：我觉得很好吃啊。四川火锅店里这些都是标配。尤其切得极薄的梯田黄瓜，红锅里一涮就化，特别美味！

刘大可感激地看了她一眼。但是小蔡低下头去，避开了他的眼神。

孙东说：我也喜欢吃黄瓜！女同学们不要嫌贫爱富嘛。

这哥们儿实在不会说话，一下子犯了众怒，好几个姑娘一起“嘁”他。

最富有钻研精神的人类学博士苗点点一边把新买的手机拨得离火锅远了一点，一边发表感想说：还是大家一起抢着吃热闹，这让我想起以前在研究生宿舍涮火锅的日子——是不是很像？

孙东向我努了努嘴：以前我就老在陆子租的宿舍里涮火锅。哎不是我说，陆子以前那个男朋友可比方唐帅多啦！小O你说对不对？

小O说：这大实话我憋几年了一直不敢说。孙东你够狠。

笑笑笑得直咳：你们这都是存心往人伤口上撒盐啊。

孙东说：再怎样，他还只算失恋，比我失婚强多了吧？

我大喝一声：今天大家谁都不许比惨！谁比我惨谁喝酒！

好好好。看在你失恋的份儿上，你最大。小蔡笑嘻嘻地说：本来我耳朵都竖起来了，还想问孙东有没有当年帅哥的照片呢。

苗点点稍微喝多了一点，和我坐在一起，亲热地搂着我脖子说：谢谢亲爱的这么多年费心帮我们张罗，结果一个都没张罗出去。我们都太不争气了辜负了你的美好愿望，谁也没有爱上谁，挺对不起你的。

我说，咳，不就那么回事？爱不爱的，最后都落得个赤条条来去无牵挂。白茫茫一片大地真干净。喝！

黑塔喝完了，立刻就有罪恶的黑手伸向那瓶黑方。小O酒量一直不行，加上甲状腺一直没复查，没怎么喝。小蔡和点点却很快喝醉了，她俩一见如故，像双妹唛花露水商标一样在大可那个单人小沙发上姿态万方地靠在一起。

姑娘们真好看啊。我说：可是，为什么只有我懂得你们有多美？

刘大可和孙东同时抗议：别瞎说，我们直男也懂她们的美。

外甥女小新作为晚辈一直在一旁低头刷手机，这时候突然扑哧笑了一声，也不知道是笑这句还是笑手机里的某条信息。刘大可立刻说：对了，陆哥还没好好介绍你外甥女呢。

我说：小新在金融街工作。这位是刘大可，现在新媒体。噢，忘了说你俩有一个共同点，就是都特别丧心病狂地热爱吃和旅行，既是驴友，也是吃货。

小新“咦”了一声：是吗？

孙东和小O开始聊最近的股市行情。一回生二回熟，他俩只要不是在相亲状态中，就恢复了正常的人类情商。小蔡伸头过去打岔道：我都听陆哥说了，为庆祝贵校校花终于脱离你的魔掌，干杯！

小O永远是怀疑论持有者：戴小丽我知道啊，校花级别，能看上他？

孙东气急而笑：是真的。校花也得结婚，也能离婚，不犯法。而且小蔡你说错了，其实是我摆脱校花和校花她爸的双重魔掌。

小O笑道：哎哟，听上去就很不高兴。还不快说，让我们听了也高兴一下。

笑笑闹着要看校花照片。小O也不知道从哪个校友的朋友圈里扒出来一张，众人传阅，啧啧不已。

孙东惨叫一声：陆哥，今天到底是你失恋还是我失恋？怎么重点偏移了？

我说，一起失恋，一起浪。为所有爱和不爱的人们，干杯！

小O继续毒舌：都老大不小有外甥女的人了，还老把爱不爱的挂嘴边，肉不肉麻？

又不是我一个人沉沦爱海执迷不悟。大可同学也相信爱情。

大可腼腆接话：我跳了几次槽，最近也好像没什么时间相亲了。暂时就这样吧。

众人大笑。只除了小蔡。

孙东说：可不是，大家都越来越忙。不过，有时候还是挺空虚的。

想小丽啦？小O笑嘻嘻地学《编辑部的故事》里的经典台词：别伤心，让陆哥给你介绍个新朋友。

小蔡突然说：其实我还真是挺想结婚的。实在不行，谈场不靠谱的恋爱也成啊，人生这一课总得补上吧——可不赖我，感觉这东西不受理智控制。哎，你们说有没有这方面的特训学校？说不准这是投资新方向呢，否则怎么会有那么多恋爱攻略鸡汤宝典？实在不行，大可你们公司开发一个教人如何谈恋爱的APP吧？我保证第一个去注册！

人类学博士苗点点放冷箭道：一屋子情场败将，还打算以其昏昏使人昭昭？

笑笑不服：要不然我试试。

刘大可一拍大腿：这个靠谱！搞不好做大了还能拉到风投呢。小新，你在金融街外企投行，你来说说。

小新还真想了几十秒：我看行。我们公司还没投过这类项目呢，没准儿大家都挺需要的。

我说：小蔡你不是会写代码吗？让笑笑线上录音频，苗点点负责文案，孙东和小新公司各投一半。刘大可管新媒体运营——齐活儿！

小蔡说：等等，APP可不光是写代码的事，烧钱着呢。况且从没谈过恋爱的人能写出恋爱程序吗？陆哥你脑子坏脱啦？

大家笑得前俯后仰，只除了刚才自告奋勇要教学的笑笑。她每次说到感情话题都显得比别人更感慨，也许只是因为她的恋爱——如果那也可以称为恋爱的话——仍然在旷日持久的进行时中。别人不了解，我心里却明镜儿似的，眼睁睁看她给自己倒了满满一杯白葡萄酒，仰脖喝干，又给所有人都一一满上。

我也端起杯子，说：别贫嘴啦，干杯吧。

八个杯子从四面八方高举起来，争相发出梦破碎的声音。金黄的威士忌酒液溅出来，落在火锅沸腾的泡沫之上。没有香味。没有涟漪。没有下文。

放下对小蔡同学的心猿意马，吃完火锅，刘大可好整以暇地给我们一行数人泡了茶。我抿了一口脱口而出：这茶味道真特别，是樱花味吗？他奇怪地看着我：你怎么知道的？

小蔡在一旁不无尴尬地咳嗽一声。原本她可以不出声的。不咳嗽，就没人会特别注意到她。毕竟大可见过这里的所有姑娘。所有姑娘都承认他是个好人，只是和自己没缘分。

所有姑娘——只除了我外甥女小新。

小新饭后一直在帮大可收拾碗筷，又对他在客厅装了监控远距离观察猫狗的事产生了浓厚兴趣，问长问短。她在我家都从来不会帮手的，哪怕我蛋糕烤煳了炸到天花板上，也最多只是哈哈笑着幸灾乐祸地走开。我忍不住多看了她好几眼，不太确定那种传说中一见钟情的鬼故事真的会发生在我眼皮子底下——但这世上的事，谁又说得准呢。

喝了整整一个小时茶之后，茶里的樱花春日气息烟消云散，各种各样的话题还是在这不到五十平方米的小房子里自由生发。我时不时往窗外看一眼，并没有看到什么。

最后还是小蔡第一个叫出声来：火车！

那列传说中的火车正缓缓从阳光中驶来，驶入绿意葱茏如画的林间。与此同时，我突然注意到了一些其他事。在比火车稍远的地方，有一条形状很美的河流在夕阳下闪闪发光，却说不出哪儿有点怪异。后来我问八个人中唯一稍具方位感的山东姑娘笑笑，笑笑看一眼就明白了我的纳闷：这是条什么河呀，怎么向西流？

孙东站起身走到窗边：我地理学得不算好，不过我国地势西高东低，难道不是河水普遍东流吗？

小O像福尔摩斯一样注意到了另外的点：既然河水向西，那么那列火车就是向东的呀。

小蔡说：向东吗？那就不是开往我家那趟了。我还一直以为是开往十堰的呢。

人类学博士苗点点说：让我看看。我还没有见过向西流的河水呢。

刘大可和小新之前在沙发的另一边正聊得火热，这时也都兴趣盎然地过来了。

下午四点钟。我们所有人都挤在大可家那扇并不大的窗子前面，目不转睛地看着窗外那列不知开往何处去的绿皮火车，和更远处那条水波粼粼的河流。七嘴八舌，叽叽喳喳。那条河确定无疑地是在向西流淌着，也许会一直流回到唐古拉山，流回到青藏高原，流回到山顶变作垂直而上的冰川，流到银河上再倒悬而下。一切都有可能。一切都没有正确方向。绝对正确从不存在，也许。

孙东突然嘟囔说：我希望我小孩从来没有出生过。他落在那么自私幼稚的母亲手里，长大了，还会继续错误地去认知这个世界，错误地去爱与被爱。无法认识到这个复杂的世界并非围着自己转的。迟早会受伤害。

人类学博士苗点点说：等一下。你这段话说得相当精彩啊，能不能再说一遍？

笑笑轻声说：好几年了……我一直希望我自己没有出生过。

小O说：为什么？活着还是很有意思的。至少可以追星呀。很好玩的。

刘大可说：我也怀疑过自己来北京真的对吗。但是我真的没法想象在其他任何地方生活。我也喜欢在北京遇到的姑娘。

小蔡回头看了我一眼，就掉转头继续看往窗外。

外甥女小新则眼睛很亮地一直站在刘大可旁边。我不知道她听到了刘大可那句话没有，听到了又作何感想。我其实并不太了解她。每一代人，总是假装不了解最近的下一代人在想什么。但其实，每一代和每一代的困境大抵都是差不多的。无非是爱与不爱的困惑。无非是人和人互相陪伴，或者不陪伴。

我环顾一圈，确认所有亲爱的朋友们都在，而最富有意味的此刻，却什么话都说不出来。“我爱你”“我爱你们”何其老套。而这爱到底又在什么程度上有效？我们并不真正了解朋友们的生活和喜好。只在缘分发生的刹那设法表达善意，又转瞬既忘。

而我后悔认识方唐吗？也并不。虽然他并不真的足够坚定，但我爱过他，到现在仍然爱他，将来的若干时日里，大概也会继续。至于他愿不愿意再和我在一起，会不会顺应他妈想法找个姑娘结婚，那也是他自己的选择，他自己的一生。爱本来就是各自的事，我早在第三次还是第四次听他说“不如我们从头开始”，就完全明白了。

我为我的性取向后悔吗？

从来不。

所有人一直坚持到现在，都不过想追求某种生命的真相，一个尽可能诚恳的自己。对生而为人的本质好奇，生出种种欲望、谬误、软弱，不断推翻再重建，才会一路踣踬至此。才会在此时此地，一起看往窗外阳光下发亮的铁轨、火车，和方向全然错误的河流。

下午四点钟。漫长到仿佛永远不会结束的火车终于驶过那片小树林。只留下三足金乌的太阳缓慢下坠，坠向河水奔流的尽头，坠向这个世界被暗自期待的末日。而河水向西的尽头突然变得壮阔，夕阳的刺眼光线漫过整个铁轨。小蔡说得对。那火车驶入树林的刹那，日头将落未落的情景真是美极了。只要看过一次的人，就永远不会忘记。

原载《文学港》2018年第10期

画　像

尤凤伟

一

日前，回老家处理那幢家族百年老屋，回来没多少时日，紧接着又要回去，不是老屋出了什么状况，而是一位熟悉的画家电话邀约，希望我能陪他回去处理一件棘手事。说我是本地人，又有些名望，仰仗我帮他这个忙。尽管不甚情愿，可还是盛情难却，遂答应了他。后问究竟是一桩什么事，他说他八月出国办画展，主办方希望能有几幅早期作品，他记起在韦家泊插队时画的一幅人物肖像可用，所以……要亲自跑一趟，争取把画像拿到。

就这样，我俩约定于端午节第二天在龙泉镇温泉旅馆会齐，然后一起回韦家泊。此行对于我是无异于陪太子读书了。

“太子”姓陈，叫陈旭旭，天津知青，六八年插队到我老家韦家泊，那年我刚从部队复员到青岛，紧接着回老家探亲，就碰上了陈旭旭他们那拨插队知青。那是我与陈旭旭见的头一面，很俊秀的一青年，尔后我每年都回去几趟，就渐渐熟悉了。陈旭旭喜欢画画，说七岁时拜了天津一名画家为师，还真是名师出高徒，画得确实不错，村里人嘻嘻哈哈称他小旭画家。他画画很痴迷，只要收了工，还有光线，他就在村外写生，什么都画，而画过又撕掉，说不满意。大概插队七八年吧，后随着知青返城大潮回了天津，可消息不断：先上美院读书，后在画院当专业画家，渐渐出了名，再后来便断了联系，直到前年我去天津参加颁奖活动，不想在会上与陈旭旭不期而遇，重叙旧情，把盏言欢。听人介绍说“旭师”了得，已为全国著名画家，声名远播，山水画值每平尺百万巨，不折不扣的国画界大伽了。

我是端午节那天出发，提前一天乘高铁到了烟台。住下后给作家朋友老安打电话，说来了，见见。老安写小说，后习画，善画荷花水仙，早年间为老弟调动的事没少麻烦人家，一直欠情。说你多少年没来了。晚上聚聚，这儿的朋友想见谁？我招呼招呼。我说这次就不见别人了，就你。他笑了笑，问句是不是接受毕姥爷的教训，防患于未然啊？我也笑笑说哪有这么严重啊。我时常在各场合说些不合时宜的话，不是还好好的吗？

老安善解人意，知道我是个懒人，跑到我住的宾馆为我接风，说他吃遍了烟台大地，这里的粤菜第一，吃粤菜正合我意，一拍即合。

在粤菜馆找了个厢座坐下，老安点了几个菜品，然后又让我点，我撤掉中看不中吃的松鼠鳜鱼，换了一道水晶虾仁。说就这样吧，再多就浪费了。他说行，不够再点。又说这里的水煎包不错，尝尝？我说行，我喜这一口。

喝的是花雕，粤菜标配。干了一杯老安问要回老家？我说对。接着把陈旭旭的邀约讲了，他的眼睛亮了一下，问大画家陈旭旭？我说就是。他一拍手说真是大好，这次认识认识，请他给我的处女画集写个序，当然得你跟他说说。我说行是行，可这次只怕你见不到他，我们约在龙泉见面。他说这没问题，我和你一起去龙泉。我问，你有空？他说有机缘结识陈大师，有空没空都是必须的。

又碰了几次杯，便说到烟台作家的创作上面，我说烟台的伙计一度很猛，这些年又冒出几个青年作家，可老一代好多都金盆洗手了。就说你，扔了小说画起了荷花，不务正业嘛。他笑笑说大家也不是不想写，可……他顿顿说你倒是一直在写啊。写是在写，可已没有多少功利心了，写着玩蛮轻松的。他说对我而言，还是对画画有兴趣。我问收益如何？他说怎么也比写小说强吧。

这时我想起一件事，问他烟台有没有一个姓国的作者，他想想说没印象，是哪个区县的，我说招远，在一乡镇土管所工作。他问为什么打听这个人？我说有点情况。

情况说起来有点像悬疑小说，那年一家重要期刊推出了我一中篇小说，同期配发了两篇评论文章(褒奖与批评)，而该刊下一期则刊出一封来自招远国姓人的读者来信，先将本人这篇小说批得体无完肤，然后对那篇批评文章大呼其好，说批得好，批得痛快。

有这等事？老安不胜惊奇，说批你他痛快什么？他可以不喜欢你这篇小说，可犯不上费力巴事给刊物写信呵。难以置信。

我说就是写了嘛。

老安连连摇头，说任何人都不应该随便贬损别人的作品，而这国不仅贬损，还带恶狠狠情绪，我觉得这其中有问题，想想，他不是文学圈内人，却钻进来搅浑水，最好的解释是替他人做水军。

我没吱声。

他又问刊物为什么要刊登出来呢？

我说当是为证明刊物广受关注吧，说起来也正常。

他继续分析说水军不认识你，所以污你没顾忌，信口雌黄，只是未料到刊登出来了，才让你知道，而有没有没刊登出来的就不知道了。

我说类似的情况仅我知道的就很多，那年我另一中篇被某大刊头题刊载了，立马有一女将发文朝编辑部发难，责问这么糟糕的小说怎么能刊用，还头题。还断言即使本期作品都可发头题，这篇也不可以。

老安说这是指责刊物有眼无珠了，目的很明确，警告他们不得再刊登你的作品。

我说应该是吧。

他又问你是怎么知道这事的，女将也给刊物写读者来信了？我说这不晓得，我是在网上看到的。他摇头不止，说老韦你遇到小人了，用这种办法砸你也够损的。文人相轻是句老话。

我不再说什么。而老安却说到了我，问老韦你知道你属于哪一类人吗？

我摇摇头。他说你属于抗折腾型的。我问怎讲？他说有人跟你捣乱，而且专捣你软肋处，你居然还能一篇一篇地写下去。我苦笑笑说不写了，不想再写了，就算没人捣蛋这文学也没啥子搞头了，何况我写的那些东西总不合时宜，打住是最佳选择。

老安摇头，说你说的也是实情，不写就不写了，要不向我学习，改行修书画？当今文人书画受欢迎。我说这倒是个好主意。这回就拜陈大师为师。

老安说咱一块拜。

二

第二天一早，老安开了他的宝马来宾馆接我，看来画画还是有收益的。出了“烟台口子”，直驰在烟威高速上。在上庄镇出口下来，又沿一条柏油公路向正南行驶，迎面的是青黛色巍然屹立的昆嵛山。我对老安说山下正在建一处道教旅游胜地，为此我老家村子正在搬迁，家乡要大变啊。老安说要这样赶紧在风景区周围置办一处房产，以备升值，同时住进来搞创作。我问创作小说还是画画？他说自然是画画了，出门便是满眼的风景，不画是浪费啊。再说了明知小说写不出道道来，再写也浪费大好时光啊。我笑说老安你活得很明白呀。老安说这年月不活明白能行？浑浑噩噩是浪费生命呢。我说你的人生逻辑是什么都不浪费，对吧。老安哈哈大笑起来。

依着老安，我们要了温泉旅馆最高层。登高远望，面前的昆嵛山更清晰了。

中午，我俩在旅馆对门的一家饭馆吃饭。刚结好账接到陈旭旭电话，说正在登机，大约一个小时后降烟台机场，然后打车去龙泉。我说好，等你。挂了电话，老安问是陈大师？我说是，一个小时后降烟台机场。他问怎么过来？我说打车。他说让人家打车，这怎么成？我说怎么不成？打车方便，他那么有钱，还付不起车费？他说不是钱的问题，是规格，怎么说人家是大伽级画家啊。要不你回房间休息我去接他。我反问句：你去接？他说我去，必须的。我陡然想到他求陈写序的事，觉得这样也好。说行吧，这事就交给你了。

老安雷厉风行地开车走了。我回到旅馆房间先给老侄宜选打电话，告诉他我来了，住龙泉温泉旅馆，明天回村。宜选问这次回来还是为老屋的事么？我说不是，另外的事。接着把当年知青陈旭旭要回来找画的事讲了。他说那好，我等你们来。刚躺下，宜选来了电话，讲他刚才把陈旭旭回来的事跟村支书韦红卫已讲了，红卫很高兴，说曾经的村民如今是全国著名的大画家，一幅画好几百万，这次回来村里好好招待一下，明天他亲自开车去镇上接。我说你对他讲不用接，有车，只是中午要在他兄弟朝阳的饭店吃顿饭，让他跟朝阳打个招呼。宜选说好，我对红卫讲。

在床上刚迷糊，老安来电话讲已接到陈大师了，马上往回赶。我说注意安全。他说路好没问题。再就是陈旭旭的声音了，说韦作家这么客气，讲过我打车过去嘛。我说谁让你是名人呢？再说老安是你的粉丝，接你是必须的。陈旭旭笑说哪有必须的这一说。我也笑笑，挂了机。

没过多久，老安把陈旭旭接回来了。

三

在老安再三游说下，开车到牟平城给陈旭旭接风，舍近求远，老安的说法是“一脚油门就到了”。自然主要是表达他的心意。快进城时老安问二位想吃什么口味说，别看一小县城，八大菜系齐全。陈旭旭说作家定。我说老安给你接风，我有什么资格定。陈旭旭笑笑说我定就是鲁菜了，在这儿插队七年，鲁菜吃顺口了。老安说明白。

车在一家叫聚友海鲜的饭店门前停下。老安边泊车边说海鲜与海鲜大不同，这家饭店只用渤海里的海鲜。陈旭旭说难怪天津一家饭店就叫渤海海鲜，原来是这么回事。老安说打渤海的旗号不一定真是从渤海捞的，冒牌也说不定，真假一尝便知。我说只有你这样的吃货才有这本事。

吃海鲜喝白酒，要了一瓶本帮牟平烧。老安先给陈旭旭斟酒，又给我斟满，待往自己门前杯子斟时让我止住了，说你开车，别喝了。老安不听，照倒不误，说放心，路上没有查酒驾的。

海鲜上了几道，确实味美，就边吃边喝边聊了。我问陈旭旭画展在哪里举办？他说在洛杉矶。我问外国人喜欢中国画？他说主要面对华人。我问他们买画吗？他说买啊，不买我们干吗往那跑，说起来懂画的人不多，附庸风雅而已。老安说没有人附庸风雅，书画也就没市场了，书画家得找绳把脖梗扎起来。我说国内市场主要靠各级官员们的附庸风雅才得以维持，普通百姓玩不起，也没那个兴趣。老安说老韦你这是只知其一，不知其二的啦，官员爱好书画，有附庸风雅的成分，但主要是着眼于书画的含金量，像陈大师的一幅画就是一幢房。对了，陈大师这次回来，都知道你在这里插队，也知道你的画值钱，各级官员都会向你索画的，你要做好这个准备。我说不会不会，老安问怎么不会？我说插队是老辈子的事，与现在官员不搭界，不认不识能张得开口？老安说不信我和你打个赌。我问打什么赌？老安说要是没有向陈大师索画的算我输，我笑笑问输什么？老安说我输了以后你到烟台吃住玩我全包，你要是输了——你懂的。我哈哈大笑，清楚是请陈旭旭给他写序的事，便说没问题。陈旭旭一直不说话，只是笑。

老安将盘子里鲜红的煮螃蟹挨个掂掂，然后将其中的一个放在陈旭旭面前的盘子里，说你吃了这个，就知道你们天津所谓的“渤海海鲜”与真货的差距了。陈旭旭笑笑说我相信，我去洛杉矶朋友请我到Long beach海边吃螃蟹，个头很大，可味道一点不鲜。真应了那句“橘生江南则为桔，橘生江北则为枳”的话，水土异也。

吃螃蟹的时候都不说话了，认真地享受。在我的心目中，此为海鲜之王，百吃不厌。

擦了嘴、擦了手，一齐端杯干了。再开言，话题就转正到此次陈旭旭的“准故乡”之行。我说几十年前画的一幅画至今还记得，还专程来拿，看来这幅画非同寻常啊。陈旭旭说作家懂人性学，确实如此。老安说画的主人公肯定是一位漂亮的村姑，所以才让陈师动了心。我笑问是不是这么回事啊。陈旭旭说不是村姑，是小媳妇，漂亮是肯定的，在村里出类拔萃，用现在的说法是很吸引眼球。她男人叫韦长青，俺们知青都喊她长青嫂。我笑问要是没结婚，你会不会追求她？陈旭旭摆手说不会不会，我那时才二十岁，比她小。

老安问：陈师怎么想到要给她画像呢？只是因为长得好看吸引了眼球？

陈旭旭笑说：不排除这个因素，爱美之心人人有嘛，何况搞美术的人，不过还有个机缘问题，那天中午我在河坝上写生，长青嫂在河里洗衣裳，洗完回村从我身边路过，停下脚好奇地往我画板上瞅，说句画的杨树跟真的似的。我问像吗？她说像，又问句画人也能画像吗？我说差不多吧。她“嗯”了声，没走，继续看我画树，也就在这时我心中起意画她，便说长青嫂我给你画张像咋样？看看能不能画像。她打个哏后，问就在这画？我说这里风景很美，在这画就好。她问俺站着？我说你依在这棵树上，树已经画好了，再把你画上去。她问端不端脸盆？我说端着，画好了就叫《白杨树下的洗衣女》。她不好意思地笑笑，然后照我说的端着脸盆站在白杨树前，我就开始画。她自然纯真的美启动了我的灵感，笔飞快地在纸上挥动，不多会便大功告成。端详一下觉得非常满意。我问长青嫂你觉得咋样呢？她边端详边说好是好，就是把俺画得太俊了。我说没有没有，你本来就俊。长青嫂红了脸，咯咯地笑。我把画从画板上取下来，说长青嫂画送给你要不要？她说要，咋不要？回家就贴墙上，没事就看。

后来呢？老安问。

后来在街上碰见长青嫂，她告诉我那幅画像丢了。我问她是怎么丢的？她说那天从外面回来，发现原本挂在墙上的画像不见了。我问她没锁门？她说觉得一会儿就回来，没锁。我说大概就是这空当让人拿走了。又问：家里没丢别的东西？她说没有。我就笑了，说有意思，这个人只是惦记你的画像呢。长青嫂羞涩地笑了，说俺能猜到是哪个货干的。我问谁？她说韦永信呗。那天你把画像给俺，在村头上让他看见了，说画得俊，喜欢，向俺要，俺没给，他这才想歪点子了。我笑说不是有句话叫不怕贼偷就怕贼惦记吗？她也笑了，说他惦记他的，俺可得把像要回来。要叫孩他爹知道不打起来才怪。

有意思，有意思。简直可以作为爱情小说中的情节。

陈旭旭说你们作家的脑子无时无刻不离本行。

老安呵呵地笑问，再后来呢？

再后来知青大返城，离开了韦家泊。

那画像呢？

应该物归原主在长青嫂手里吧。她说过一定要回来。陈旭旭说。

最后一道菜照例是清蒸海捕渤海大黄花，这是道下饭的菜。饭后即赶回龙泉就寝，酒喝得有些大，迷迷糊糊就睡过去了。

四

第二天早饭后便往老家韦家泊赶，与昆嵛山背道而驰，不到一刻钟便进村了。看到已满目疮痍的村相，老安连连叹息：可惜了、可惜了。我问啥可惜了？老安说从这个小村走出一位名作家又一位名画家，多辉煌！村子一搬迁，两处名人故居便不复存在了。闻听，我和陈旭旭相视笑笑，又摇了摇头。老安想得太多了，如今到处都是名人故居，再多这世界就装不下了。

在村支部办公室我将陈旭旭和老安介绍给红卫。陈旭旭在这儿插队时红卫还未出生，头一次相见，红卫称他旭叔，握着“旭叔”的手摇个不停，说旭叔能回来看看，是全村人的荣耀啊。陈旭旭说哪里哪里，当年韦家泊待我不薄，本应早回来答谢，看望众乡亲的啊，说一千道一万我回来晚了。红卫说不晚不晚。我又把老安介绍给红卫，说这是我们本土名人，作家兼画家，老安连忙谦虚，说高抬高抬，哪能和韦主席和陈大师比，二半吊子，说完又加个而已。逗得大家都笑起来，可谓相见甚欢。

事实很快便证明老安并非只是个轻飘飘“而已”的人物，他是个伟大的预言家。刚落座，索要“墨宝”的上级领导便派人来了。是镇办公室吴主任，代表镇吕书记欢迎陈旭旭大师，说今天中午在镇上摆酒为陈大师接风，没人不明白，接风是前奏，索画是要义。红卫赶紧说，不麻烦吕书记了，村里已经安排了。吴主任半开玩笑半认真地说：书记要宴请贵客你想打横炮？红卫连忙笑说不敢不敢。吴也笑了，说不敢那就由你负责中午前将陈大师和韦主席送到镇“春和楼”饭店。红卫赶紧说没问题没问题。吴转向我和陈旭旭说句不打扰你们正事，中午我和书记在“春和楼”恭候。

走了，轿车马达告知。

这才轮到正事，我对红卫讲这次陈旭旭来，一是看望村里众乡亲，再是取当年画的一幅画，以备在美国的画展。红卫说好事好事，从俺们韦家泊走出的旭叔如今是国际名人了。说毕又看看我，加句当然韦民叔也是国际名人。我笑怼：不对，不对，说小了，是宇宙名人。又一齐笑。

正笑着，从门外传来嘈杂声，我和陈旭旭老安一齐望向红卫，红卫说没事没事，乡亲听说当年的知青成了大画家，回来了，想瞻仰瞻仰，要不出去见见？陈旭旭犯难说：走得仓促也没带什么礼物，真不好意思。红卫说没关系，我这有。说着从柜子里拿出两条中华烟递给陈旭旭，又拿出一箱罐装青啤，自己抱着，陪陈旭旭走出门。

我和老安留在屋里，无言。

外面一阵热闹后，红卫和陈旭旭空手回到屋，我问红卫长青嫂的近况如何，红卫问怎么问她？我告诉他陈画家当年画的就是她。

红卫“哦”了声，说她老伴，就是长青叔去世了，儿子大学毕业留在城里工作，她一个人过日子。这次村子整体搬迁，她带着拆迁款去找儿子，打算和儿子一起过，儿子没问题，可媳妇不待见，留下拆迁款把她给撵回来，让她去小苇子村闺女家住，去了，闺女听说拆迁款给了弟弟，一气之下，又把她赶回来了，鸡飞蛋打，下一步怎样还发愁呢。

净故事，老安摇头说，又补句如今中国故事的主题是房子。

可不是，全民的眼光向房子看齐，兄弟绝情、夫妻反目……千奇百怪的房子故事层出不穷。

这时老侄宜选来了。

红卫、宜选带我们去长青嫂家，门外村人已散去，街上空空落落。我记忆中的长青嫂家在村东，而红卫却带着我们往西去，红卫解释说长青嫂刚去城里找儿子，工程方遂把她的房子拆了，回来没处住，只好另找了一处空屋安身。

空屋是名副其实的空屋，除了锅台上有几只碗碟和炕上的一个铺盖卷，别无其他。当长青嫂认出了陈旭旭，先是一怔，接着呜呜地哭起来，陈旭旭上前扶住她，眼睛也红了，其他人见状也都黯然神伤。

待长青嫂安静下来，抹去泪，把大伙往炕上让，事实上除了光光的炕席，也实在是没可坐的地方。这中间陈旭旭一直望着长青嫂看，如画家看模特的神情，结果把长青嫂看羞了，说老了老了，只剩下难看了。陈旭旭感叹哪里哪里，长青嫂年轻时美，这么多年过去，美仍驻留啊！

我心里仍想着她目前的窘境，问句长青嫂今后打算咋样过呢？

长青嫂摇头不止，凄声说：打算打算，打算有个啥用哩。走到哪算哪儿吧，反正也是土埋脖颈的人啦。

红卫安慰说：婆婆你放心，儿子不管，村里也会管。我不光是干部，还是你晚辈，只管放心好了。

大伙也随红卫一齐安慰长青嫂。

然后我说到正题——那幅画上。陈旭旭问：长青嫂，那幅画像还保管着吧？

长青嫂一脸茫然，说那画不在我这儿。

不在？

嗯。

在哪儿？陈旭旭问。

在韦永信那里。长青嫂说。

啊！永信大哥一直没还给你？陈旭旭问。

没有。讨过，那老东西不给。长青嫂说。

不给？

嗯，不给，俺也不好硬要。

也是。陈旭旭说。

我问红卫：永信大哥搬走了没有？

红卫说搬走了，眼下住在上庄闺女家。听说也是一脑门子官司。

官司？

可不，儿女官司。没儿，两个闺女争一份拆迁款。红卫说。

沉默了一会儿，我看看陈旭旭说：这样只有去上庄找找永信大哥了。

陈旭旭点点头，又问长青嫂：长青嫂你觉得行不行？

长青嫂说你有用只管去要，怕只怕要不出来，那是个老怪物。

老怪物？

可不，听说这些年他把这画像看得紧，不给别人看，挂在墙上一天看到晚。

嗬！所有人发出惊叹。面面相觑，似乎从中意会到什么，脸上俱泛出笑容。

我对陈旭旭说：那咱们只有去一趟上庄了。

陈旭旭说好。转向长青嫂问：长青嫂咱一块去？

长青嫂想想说：也行，他要不拿出来，我治。

一直没说话的老安笑说：对头，一物治一物。

都笑了。

这时，红卫从兜里掏出一叠百元大钞，递给长青嫂说：这点钱你先花着。

长青嫂摆手不要，说眼下还有钱吃饭。红卫硬塞进她手里。站起身，红卫看看表，说快到吕书记的饭点儿了，咱们去吃了再去上庄怎样？

陈旭旭摇摇头，说先去上庄吧。

五

红卫的商务黑奔拉着我、长青嫂、陈旭旭，老安拉着宜选，两辆车一前一后向上庄进发。从车窗望出去，地里的麦子已经泛黄了，再过几天便可收割，空气中飘散着一股扑鼻的麦香。闻之，让人心旷神怡。老安感慨说要讲生活环境，还是农村优于城市，田园风光、空气清新、绿色食品……适于益寿延年。我说你说得不差，可这么好的环境，人们为什么还要往城里跑？没有人回答，因为答案是显而易见的。沉默了一会儿，话题又说到上庄之行。开车的红卫问长青嫂你觉得永信叔会把画像还给你吗？长青嫂说谁知道呢，那是个怪物，老怪物。我问长青嫂你老是说永信大哥是怪物，到底怪在哪儿呢？长青嫂说说不好，反正就是怪。红卫说这个问题我替长青婆婆说吧，永信叔怪在心甘情愿给婆婆当牛做马。这么多年一直帮婆婆种地，怕别人说闲话，黑下干。长青婆婆问：红卫你怎么知道这些？红卫说都知道，全村都知道。对了，永信叔还有一怪，就是只付出不求回报。长青婆婆撇撇嘴，说他没你说得那么好。红卫笑笑说：婆婆你自己讲，他要啥回报了？长青婆婆不语。红卫接着说永信叔要回报早就求你和他打结婚证了。长青嫂说你以为他不想？想得头疼。我说永信大哥对你有意思，不应该拒绝呀。红卫说韦民叔你不知实情，是她儿在中间打绊绊啊。我问为啥？红卫说早先是为了让婆婆进城帮带孩子，等把孩子带大了又撵回来。我说现在总可以了吧。红卫说是呀，他把拆迁款弄到手，当然可以了。可你让婆婆住哪里呀？我说住永信大哥家不行？红卫说问题是永信叔俩闺女见钱眼开不同意啊。陈旭旭叹口气说：怎么能这样呢？生活哪还能见到丝丝美好呢？我不由在心里想，可不，现实中的美被大面积扼杀掉了。

到了上庄村头，方知今天是上庄集，大街被堵得水泄不通，车只能从后街转到永信大哥闺女家。一问，永信大哥不在家，下地干活去了。永信闺女娥子给他打了手机让他回家，又说不远立马回来。红卫和老安留在车上，我和陈旭旭、长青嫂及宜选进了屋。娥子张罗茶水，被我止住，说待不下，见了永信大哥就走。娥子面上犯疑，问：找俺爹干啥？是不是为拆迁的事儿？不等人回答，又说：俺和俺妹妹商量好了，要钱不要拆迁房，今后俺爹在两家轮流住，会伺候得好好的。没有人搭腔。我却不由想起山东吕剧传统剧目《墙头记》。

没过多久，或许未来会成为《墙头记》主人公的永信大哥扛着锄头回来了，高高的个子，满身清瘦，身边的陈旭旭低声说仙风道骨啊。他进门旁若无人直盯着长青嫂看，笑眯眯地问句你咋的来了？长青嫂说俺来还得等你批准？永信大哥说不用批准，你尽管来。这时红卫进门，见状笑说永信叔眼里只有长青婆婆啊，今天来的可都是了不起的人物啊。永信大哥不好意思地咧嘴笑笑，指一下老安，说其实除了这位同志也都认识嘛。红卫说以前是认识，可今非昔比啊。一个是大作家，一个是大画家，都是从咱韦家泊出去的，是咱村的荣耀啊！说着又指着老安介绍说：这位姓安，作家兼画家，双料名人。老安赶紧摆手说哪里哪里，在他俩面前哪敢称名人？混子而已。

这时红卫的手机响了，听了听说是吴主任啊，俺们在上庄办事，办完就回龙泉。什么？什么？有变化？去县城？哦，好的，好的。

收了电话，红卫摊摊手，说真是计划没有变化快。我问怎么？红卫说陈叔回来的事，吕书记向县委李书记汇报了，李书记说中午由县委请客接风。吕书记虽然不情愿，可还得服从。陈旭旭面呈不悦，说有必要这么兴师动众吗？又说吕书记服从，难道我就一定要服从吗？红卫说陈叔你要理解，如今就是这么一套嘛，要拒绝，吕书记是不好交代的，也会扯到我头上来。陈旭旭说不就是去不去吃顿饭的事，还牵扯这么多？老安脸上泛出坏笑，说陈师我可是有言在先啊，为这个还和韦主席打了赌么。陈旭旭不言声了。我说红卫完事后你陪着陈画家去县城赴宴，我回龙泉。陈旭旭问你不去？我说上个月在县城讲座，书记县长请过了。红卫说吕书记说书记也知道你回来了，说一块请的。我说不行不行，请谁就是请谁，不能买萝卜带大葱。一齐笑了。

笑声中，我的手机响了，一听却是上回讲座认识的业余作者王欢喜，欢喜说韦主席我在龙泉。我问你咋的在龙泉？欢喜说我听说你回来了，就找来了。我问有事？欢喜说是，有一件事想与韦主席商量。对了，我在“春和楼”定了席，你回来直接到饭店就行了。我在这等你。似乎没有别的选项，便说好吧。挂了电话，我跟红卫说牟平我肯定是去不成了，龙泉有人等着请饭。老安问谁？我说本地一作者。老安说说不上我认识。红卫问安作家你是去牟平还是回龙泉呢？老安说我还是陪陈师去牟平吧，一路上正好可以请教。陈旭旭说客气客气。

因为有长青嫂发话，永信大哥尽管老大不情愿，还是从屋里拿出一个大纸袋，往长青嫂手里递时，却让老安抢先接过，笑说先睹为快先睹为快，又不由分说从纸袋里抽出一张白纸，展开了看，这时我也凑了过去。

炭笔素描，背景是河坝白杨，由近渐远。最近一棵白杨前站着一怀抱洗衣盆的少妇，清秀俊美的面庞，羞涩妩媚的眼睛，挺直的鼻梁，一绺飘起的长发会让人感受到河风的吹拂。整个画面没有色彩却能让人见到初夏万物的蓬勃绽放，画面中看不到河流，却能让人听到流水的响动……

渐渐地，大家又一齐将目光从画面转到长青嫂那已经苍老然而却依然隐藏着当年美丽的面庞上，让人感受到时光流淌的痕迹。

杰作，杰作啊！老安首先发出感叹。错不了，大师就是大师。

我怼老安说别忘了，那时人家还是个青涩知青呢，可能连大师这个词都不晓得。

老安说大师与年龄是没有多少关系的，莫扎特……

陈旭旭打断说：莫扎特是少年天才，咱算什么？隔十万八千里哩。要说这幅画像还算好，有可取之处，主要是画中人提供了天然纯美的要素，当然那时候我还不懂这些，只是被感染被打动。一提笔就好像有神仙把着手，不由自主地在纸上挥笔，一蹴而就。

长青嫂不好意思地说有学问的人就是会夸人，俺可没那么好。

永信大哥插言：好就是好，不好夸也夸不好。

大家一阵阵笑。

我笑说：永信大哥说得实在透彻，事情不以人的意志为转移。

陈旭旭说：永信大哥，不好意思。我知道你舍不得出手这幅画像，理解，完全理解。不过你放心，我只是暂时借用一下，当年赠给了长青嫂，就属于她了。她再想赠给谁，那是她的权利。

永信大哥说多少年前她就赠给了我。

长青嫂笑怼说：俺可没赠你，是你偷走的。

永信大哥得意地笑了。

长青嫂睃他一眼说还有脸笑。

我说永信大哥，这我就有点不明白了，凭着一个大活人你看不见，单单把一张画当宝贝，本末倒置么。

永信大哥说这事你得问问她了。

其实不用问，也都知道是怎么回事。幺蛾子是长青嫂她儿。

事情圆满解决，天已近午。我与陈旭旭兵分两路，红卫送他去城里赴县委的宴，老安陪着，我去龙泉赴王欢喜的宴。这年头，吃饭成了要务。

六

我开老安的车，先送长青嫂和宜选回家。我让长青嫂坐副驾位，想和她说几句话。我觉得有义务和她谈谈。正想怎么说，她倒先开口了，问韦民兄弟你们整天写啊写啊，不累吗？我记得老姨在世时也这么问我。我笑着反问：长青嫂你们整天下地干活不累吗？她说累又有啥法子，得吃饭穿衣啊。又问你们写书是不是也为吃饭穿衣？我一时倒不知怎么回答了。在漫长的写作生涯中，时不时会被问到为什么而写作这个问题。坦白地回答是为了名与利。然而想想，到了某一个阶段又不仅仅是名与利的问题了，那就是想通过写作发出自己的声音。为社会的公平、更合理出一点点力，可这些又怎能与长青嫂讲呢，别说一农村妇女，即使对写作界的人这么讲，人家也会觉得你是在唱高调、在作秀，其实真想作秀也不会傻傻地走这条得不偿失的“秀路”啊。

我扯到要说的正题，我说长青嫂你目前的处境，让人替你害愁哩。如今有个说法是人上了年纪要有三老：老伴老窝老本，你现在一样也没有啊！这往下的日子咋过呢？长青嫂黯然说这俺也知道，可又有啥法子呢？我说有法子，如今的说法叫维权，你需要为自己维权呐。长青嫂问咋维？问你儿子要回拆迁款，留着养老。长青嫂不语。我说按说我一外人不应该掺和你们的家事，可韦强做事也太离谱了，为了自己不管老娘死活。长青嫂叹口气说如今不都这样吗？“大鸦雀尾巴长，娶了媳妇忘了娘”。我说可这是不行的。长青嫂问不行又能咋样？拆迁款他一把拿去，在媳妇手里要也要不回来。我说这点钱是你的老本，就得要回来。长青嫂不说话。我说这事我可以和村支书红卫讲讲，叫他代表村里向韦强要，要是还不给，那可以起诉到法院。长青嫂连连摇头说这咋行？和儿打官司还不叫人笑掉大牙，不成不成。我说事实是你的儿子已经不是儿子，成了强盗，不走这条路，你以后怎么生活啊？长青嫂不回答，她也真的没法回答。而我也不知该怎么说了，在六亲不认的年代老人们是深受其害呀。

宜选说韦强兄弟也太不像话了。

长青嫂连连叹息。说强子他也不容易，找了个城里媳妇。他没钱买房是媳妇家里出钱买的，媳妇就强势，不给他好脸子。他成天憋屈，这遭把拆迁款要去，就是不想再受媳妇的气。咳！我不再说什么，但在心里仍不能原谅那凤凰男。再怎么也不能置老娘于不顾呵！

前面看到韦家泊了，想想我将车速减慢。一事不成，只能另辟蹊径。说到画像上，我说长青嫂你记得陈旭旭刚才说的话吗？她问啥话？我说他讲画像他暂借，用完了还归还给你，你可别不要啊。长青嫂问咋？我说画像很值钱啊。她问值多少？我说在新村买幢房子都有余。她吃惊问这么值钱？我说对，他是名画家嘛。长青嫂说可他画的时候没有名啊。我说现在有名早年的画同样值钱。长青嫂想想又摇摇头说怎么说那也是人家的东西，给是情分，不给收回去也是应当的。咱哪能腆着个脸向人家伸手要，这不等于向人家要一幢房子吗？不成不成。我只能实话实说了：长青嫂这也不成那也不成，那你自己怎么成呢？我对你讲，陈旭旭不差钱，可以说是富翁，你用不着和他客气，不要白不要的。长青嫂寻思一下，说人家再有钱是人家的，两姓旁人又不是咱的儿。我简直无话可说了，心想还提儿，你不就是叫儿坑的无家可归么？

我在村头停下车，让宜选把长青嫂送回家，望着长青嫂的背影，心中悻悻，有一种说不出来的滋味儿。

赶到龙泉“春和楼”饭店，王欢喜已在门口等候多时了，泊了车便跟他进店，在一单间落座。桌上已摆了四样小菜，两瓶牟平啤酒。我说欢喜咱有言在先，今天我请。王欢喜连连摆手说这哪行这哪行，讲好是我请老师么。我问你一月挣多少工资？他说我不挣工资，可……我说我挣工资，还不少，按规矩吃大户不商量，王欢喜还要争竞，被我止住。

我做了东，自然要由我点菜，我说：欢喜想吃点什么只管点。欢喜说我已经点了。我说就吃你点的吧，不够再点。

欢喜问老师喝牟啤怎样？我说行，就喝牟啤。欢喜说牟啤自是比不上青啤，不过是昆嵛山的水酿的，回到家就应该喝家乡水。我说正确。

欢喜给我斟满，又给自己斟满，说这“春和楼”是老字号，民国年间开张，百年兴隆，菜品齐全高档，所以底气十足。每天专门有一伙计在门口拖腔拉调吆：要啥有啥，吃活人脑子现砸！我听着，心里却想你王欢喜莫非不晓我是龙泉人么，每次回来有人在这儿请饭，都会讲一遍这典故，耳朵都起茧子了。可又不好败他的兴，等他讲下半截。他往下讲：有一天，一个从京城回乡的公公，就点了活人脑子，伙计说没有，公公说没有不行，今天专门来吃这道稀罕菜。伙计叫来了掌柜的，掌柜的知道碰上茬子了，赶紧作揖赔礼，最后专门请了公公一桌，事才了结。我说有意思，想所谓民间文学就是这么口口相传的吧。

欢喜先敬了我一杯，说上回听了我的课收获很大。我说是吗？他说是的是的，老师讲的是经验之谈，深入浅出，许多学员都表示听了顿然开悟。我说是吗？他说是的是的，一点不夸张。名师出高徒，这是真理。我问现在农村青年写作的多么？他说不少，上回听老师讲座的三十多人，只是咱县的一部分。老师想想，农村青年也希望能有一个前途，不想种一辈子地，打一辈子工，除了少数人能考上大学，毕了业留在城里当白领，大多数没有向上的途径，只能在写作这方面试乎试乎。我晓得欢喜说的是真实情况。欢喜又说可又很难很难，一是眼界低，写不好，再是写的差不多也难发表。我说不会吧，刊物也希望能得到好稿子。他说稿子看了以后才知道好不好啊，而人家根本不看，一看地址是某某乡某某村，连信封都不拆，直接丢进废纸篓。我不语，心想尽管他说的有点绝对，可也不离大谱，在自己初学写作时，刊物还退稿，不采用也给提几条意见，如今除了约稿，自然来稿是不退的，更谈不上提意见。当然刊物有刊物的难处，却给作者带来了不利，一篇稿子写完了也就完了，奈何？

欢喜又端杯再敬，干了后我说欢喜你说的情况确实存在，不是一直有个说法叫“千军万马过独木桥”么，很形象，很逼真。可谁也改变不了这个现状。也只能以“有志者事竟成”的心态坚持下去，或许……

“待到山花烂漫时，她在丛中笑“？欢喜笑问，笑中泛着无尽的苦涩……

我也不由自主苦笑笑，联想到自己被“鬼”缠身的“遭遇”，一种对写作的沮丧油然而生：这么种大环境，文学还值不值得搞？

头道热菜是葱爆海螺。欢喜又端杯敬第三杯酒，放下杯。我说欢喜上回你让我看的那篇小说我谈的意见不一定对，供你参考。能不能改改再发给我，推荐给刊物看看。

欢喜说好的，我改改，不过……

我等他说。

不过我今天来找老师是为另一部作品。欢喜说。

哪一部作品？我问。

就是上回你带我去寻访抗日老英雄，我说想写的那部作品，欢喜答。

我记得，《老母猪河阻击战》。你写完了？

写完了。

短篇还是中篇？

长篇。

唏，好快啊！

这个作品，我写得很顺，当然主要是老员外和他儿子们的事迹感人，我深深地被打动。一鼓作气写完，不怕老师笑话，我一边写一边流泪。

我点点头说：一部作品能感动自己也一定能感动读者。

他说我相信会感动读者。

我端起杯向欢喜举举，说祝贺祝贺。

谢谢老师。

干了。

我问下一步打算……是投给刊物还是直接投出版社？

不投。欢喜闷闷说，哪也不投。

怎么？

投也是白搭。

不一定吧？

一定。

我懂得他的意思，也清楚他的判断不差。却不知该说什么。因为廉价的安慰，既透着虚伪也无济于事。我说你看这样好不好，你回去就把稿子发我邮箱，我看看。

欢喜摇摇头，说老师我这次来找你，不是请你看稿提意见的。

那是？

合作。双赢。

合作？双赢？我吃了一惊，问你是说也署上我的名字？

欢喜仍然摇头。

那?

署老师一个人的名字。

你……

实话好说难听，我想把这部书稿卖给老师，由老师自行出版，现有的书稿质量，以老师的名义出版一点问题也没有。当然，老师分给我一份稿费作为酬劳，我就很知足了。

我一时有些蒙，无语。尽管也知道当下确有这么一种所谓“双赢”的“合作”方式，可对此一向不屑，而今天轮到自己头上，颇感突兀，有种被污的感觉。

欢喜又端起杯：希望老师能够接受……

我正色说：我不接受！王欢喜你不可以这样的啊，写作再艰难也不能走这种歪门邪道，这样是既不尊重自己也不尊重别人呀。

杯一直擎在欢喜手里，脸上的神情兀地僵住了。整个身体也如同遭了霜打。

我意识到自己把话说得有些重，忙缓和说：欢喜我的意见是写作者要善待自己的作品。

欢喜亦渐渐复苏，独自把酒饮下，用衣袖擦擦嘴，嗫嚅说：老师对不起，对不起，可我不是有意冒犯你，怎么说呢？也晓得这样不对，不正道，可心着实被触痛了一下。就觉得点灯熬油弄出的东西，能印出来总比在抽屉里招虫子咬强呵。

我不知道该怎么接他的话。

又觉得这种事反正也是前有车后有辙……

前有车后有辙？我问。

嗯，老师可能不知，这种事已不稀罕。我认识一个作者就把一部书稿卖给一大伽。欢喜说。

什么书稿？我问。

小说，长篇小说。

出版了？

出版了啊！

我说于是就双赢了。

王欢喜说各得其所就是双赢嘛。

我说但这种双赢是不正道的，属于欺诈行为。起码对于我是不能接受的。

王欢喜无语。

我还想说几句“政治正确”的话，想想又止住。

欢喜低沉说对不起韦老师，刚才的话算我没说。

我说没关系我理解。

再往下喝的就是闷酒了，相对无语，最后一道“春和楼”经典菜香酥鸡也未吃出味道。分手时我对欢喜举杯说回去还是把书稿发我吧，看看能为你做点什么。或许是鼓励或许是泼冷水。

都需要啊。王欢喜举杯：谢谢老师。

七

吃饭、吃饭、吃饭。国人最认可的真理是“民以食为天”。这不，牟平的饭局刚结束，陈旭旭一干人还在返龙泉路上，红卫便打电话告知，晚上吕书记在“春和楼”宴请，让我不要另作安排。

我无端地笑起来，因为我想到吕一定会在开宴前讲那个脍炙人口的“公公点活人脑”的春和楼典故。

陈旭旭是个靠谱的人，回到旅馆便开始给县委书记画画，书记的秘书跟着来了，带来宣纸和文房四宝。只是旅馆没有长会议桌，而房间的书桌又太小，铺不开纸，无法，只能将纸固定在墙上，于是大家便一起做“壁上观”。陈旭旭一搭笔，大家便看出是要画山水，而国画家画山水是轻车熟路。不一会儿工夫，一幅题款为“山高水长”的画作便告成。大家鼓掌称赞。陈旭旭善解人意，又专为秘书写了几个字：前程似锦。秘书千谢万谢，带着离去。紧接陈旭旭又另画了一幅，自是给晚上请客的吕书记所备。随后又分别给红卫和老安写了两幅字。到此天色已晚。

晚上镇领导的宴请阵势壮观，主方除吕书记、吴主任还有秦镇长、许副镇长以及分管文化工作的镇人大王主任。都是慕名而来，想一睹大画家风采。宾方主宾陈旭旭，还有我、老安、村支书红卫，以及来找我的老侄宜选。十个人一桌济济一堂。吴主任特别禀告，派人专程从上庄码头弄来刚离水的海鲜。

我还真佩服自己的料事如神，，在开宴前吕书记果然讲了那个“公公点活人脑子”的春和楼典故。相信在座没人没听过，却也像头一回听那般哈哈地笑，我也跟着笑。

老一套的开场锣之后，吕书记端杯先敬陈旭旭，陈旭旭谦让说无论从年龄还是资历应该先敬韦主席。我笑说前不久吕书记在县城请过我，这回先敬你是应当的。理由站得住脚，陈旭旭就和吕碰了杯。

下面自然轮到我，吕端杯旧话重提，说上回虽然请了韦主席，但韦主席不给面子。陈旭旭问怎么不给面子？吕说那时兴竖名人碑，镇里面通盘考虑决定竖韦主席，韦主席坚辞不受，建议竖抗日老英雄，可费了好大周折也没找到。我问后来竖了谁？吕说谁也没竖，那阵风也刮过去了，就作罢了。倒是歪打正着，上面发话不赞成乱竖碑，竖了的倒被动了。看来不跟风不行，跟得太紧也不行，得不紧不慢，适中。还是韦主席有先见之明，你这一谦虚，让我们少走了弯路，干！

宜选说叔，咱韦家泊竖了，我问竖的谁？红卫插言说竖的宜选大哥的爷爷。宜选说爷爷是康有为的好朋友，跟他走江湖多年，应该也算名人，所以村里决定竖他。我“哦”了声，没说别的。

接着秦镇长站起身敬陈旭旭，说今天在山下与开发道教旅游地的云开公司的赵总洽谈，赵总听我讲陈大师回来了，让我给搭个桥，请陈大师去公司做客，顺便为旅游区大厅画一幅丘处机道尊画像。当然不是白画，给润笔。

不待陈旭旭回答，老安问付费？他知道陈师的一幅画价目多少？

秦镇长说：人家这个旅游项目总投资两亿多，一幅画应该买得起的。

陈旭旭笑说：我的不值什么，可有的画赵总就是把两个亿全拿去了买，也未见买得到的。

秦镇长惊讶：这么贵的画？

陈旭旭说：且不说国宝级非卖品，什么《清明上河图》啦，《千里江山图》啦等等，卖品中过亿的亦数不胜数。

老安说网上有数字，徐悲鸿的《九州无事乐耕耘》，2011年拍了2.6亿多；像张大千那幅《桃园图》拍了2.7亿；潘天寿的《鹰石山花图》拍了2.8亿，王蒙的《稚川移居图》拍了4个亿，而齐白石的《松柏高立图·篆书四言联》拍了4.2亿……

秦镇长问：这幅画……

陈旭旭说：这幅画是1946年齐白石为蒋委员长庆六十大寿及抗战胜利所作。

秦镇长说：这么说齐白石历史上是有污点的。

陈旭旭说：解放后齐白石也给毛泽东画过。

秦镇长说：原来这样，那就功过相抵了。

老安笑说：秦镇这功过说很奇葩呀。陈旭旭说傅的那几幅画同样拍了两亿多。

老安说李可染的啥个《万山红遍》，董爷爷的啥个《开国大典》这些所谓经典更是卖天价啊！

陈旭旭说：虚高，虚高得离谱，有一个十分奇怪的现象，当代画家的作品卖价竟然把古代画家作品甩十条街。比方2014年北京拍卖会拍卖的唐寅的《风雨归帆》拍得十万，文徵明的《空江罢钓图》拍得三十万，沈周的《桃花坞》拍八万，石涛的《梅竹双清图》拍八万，这到哪里去说理去？更有意思的是徐悲鸿的马要比赵孟頫的马贵几百倍。

老安笑说：只能说赵子昂的马是一匹拉车的老马，徐悲鸿的马是一匹汗血宝马。除此又能怎么理解？

都笑了。

敬过陈旭旭，秦镇长又敬我，说韦主席我在吕书记办公桌上见过你的大作，也希望韦主席能一视同仁，赠咱一本学习学习。

我先干了，放下杯说：小说都是胡编的，学习谈不上。连曹雪芹都说他的《红楼梦》是满纸荒唐言，一把辛酸泪。何况咱呢。

秦镇长说：红楼梦咱没读过，四大名著只读过一本《水浒传》。

老安问：喜欢不喜欢？

秦镇长说：不喜欢。

这倒出乎我意外，问：为什么不喜欢？

秦镇长说：里面没一个好人，除了贪官污吏，就是一伙杀人犯。寨主宋江杀老婆，好汉武松杀嫂子，李逵杀人为乐，一天不杀手痒痒，连女人都卖人肉包子。后来受了招安，又杀同为造反兄弟的方腊。到最后宋江临死还杀了好跟班李逵，为了防止他犯上作乱。总而言之，没好人。

我没想到秦会发出这么一通惊世骇俗言论。在中华大地都津津乐道高唱“该出手时就出手，风风火火闯九州”的好汉歌时，秦却唱了反调。

吕书记笑说：秦镇咱都是老粗，可不能在文艺大师面前班门弄斧啊。

秦镇长也笑笑，说书记提醒得是，随口说说而已，反正现在也不搞运动了，瞎说几句也无所谓。

都笑了。

吕书记说：没准以后还会来场什么运动呢，到那时先抓你秦。

秦端起杯向吕举举，说书记的意思是应该给他敬酒了，这不吓唬我了。投降投降。

秦一饮而尽。

吕道句：不杀降兵。饮下。

又引起一阵笑。

头一道热菜是蒸梭子蟹，摆在盘子里的一圈红蟹像一朵朵大红花，每只足有一斤沉，让人垂涎欲滴。

吕端杯颂：牟平烧梭子蟹，酒不醉人人自醉，一起干！

干，干，干！众人一齐响应。饮下，开始吃蟹。

还没等我动手，手机振铃，一边啊啊着一边走到门外，是老伴。问我在干啥？我说吃螃蟹。她说难怪每回往老家跑找不着鞋，原因找到了。我笑说羡慕一块来嘛，她说我倒想去，可闺女咋办？我无语反驳，问她打电话有什么事？她说有麻烦了，我问什么麻烦事？她说：昨天闺女和班长同位闹意见，抓了脸。我问谁抓了谁？她说都抓了。我问破了吗？她说倒没有，有抓痕。我说不要紧。她说咱不要紧可人家要紧，去告了班主任老师。我说那又怎样？她说班主任当全班同学面把咱闺女好批一顿，还把她的英语课代表撸了。我说怎么能这样，都有错，各打五十大板，下保证以后不再犯了不就得了？这老师工作方法有问题。她说不是工作方法问题是袒护她同位。我问为什么要袒护？她说班主任和那学生家长关系不一般，初一刚开学就叫他当班长。听人家说，这种照顾要么两家原来是好亲友，要么砸了钱。我说可不，两样有一样她就会偏向他。她说孩子回家就哭，主要是舍不得那个英语课代表。我说已经撸了又能怎样？她说怎样？挽回。我问咋挽回？咱也拿钱砸她。我说……还没等我表态，她打断说你不用说了，我已经砸了。把一张价值三千元的海参票，夹在你刚出的那一本书里给了她。我问收了？她说收了。我说你把事都办完了再告诉我……后来呢？她说有效果，我问什么效果，她说第二天在班上见到闺女露了笑脸，我哼了声，说句真是一笑值千金呵。

回到房间，老安问嫂子来的电话？我发牢骚说如今真是邪门了。老安问怎么？我就把刚才的事一五一十讲了一遍。老安笑说这码事也看出作家的卑微了，一本新书，只配给礼品当包装。

我说还是你看得透，所以就改行当画家了嘛。

吕书记接话茬说：从经济效益上说还是当画家上算，当作家……他打个哏，可能一时找不到合适的话语，又随机应变用手指指孤零零卧在盘子里的螃蟹：吃啊，吃啊，一凉就腥了。

吃螃蟹并未隔开话题，一直未开言的许副镇长举杯对陈旭旭说咱晓得陈大师的画金贵，所以不敢张嘴，敬一杯，给写一个字吧，裱了挂在客厅，怎样？

陈旭旭说没问题，散了席就写，写哪个字呢？

正。许副镇长说。

什么？陈旭旭没听清。

正。正大光明的正，正人君子的正，堂堂正正的正。许副镇长十分认真地递进说。

正确的正啊。陈旭旭明白了，却又不完全明白，问为什么要单单写一正字啊。

吴主任笑说：许镇长一直干副职，也应该升任正职了。不过，有言人间正道是沧桑，这得等吕书记上调县里干副职，秦镇接任镇书记，那时许镇才可以接秦镇的班任正镇长了。

许副镇长大光其火，瞪圆眼指着吴主任鼻子吼：胡说八道，以小人之心度君子之腹。本人心里门清，已过了年龄杠杠，船到码头车到站，不想了，啥也不想了。只想堂堂正正做个人。

一时场面有些尴尬。陈旭旭见状赶紧打圆场，说完全理解许副镇长的心情，十分钦佩，我给许镇写四个字：堂堂正正！

许镇闻听满脸激动，端起酒杯与陈旭旭碰，说谢谢大师，有你这四个字做在下今后人生座右铭，足矣足矣。

二人对饮时大家一齐鼓起掌来，气氛缓和下来。

服务员端上来蒲扇般大的清蒸牙片，都清楚这是最后一道压轴菜。于是一齐端杯，一饮而尽。

散席前达成共识，陈旭旭再留住一天，由秦镇长和老安陪同去拜谒道尊丘处机曾主持过的昆嵛山道观。顺便参观一下正开建的旅游园区，至于画不画丘处机画像另说着，看陈旭旭当时的心情。而我则打道回府，由红卫送我到烟台搭乘高铁。不管怎么说陈旭旭的事情得以解决，我也放松了心情。

八

吃过早饭，秦镇长和红卫一前一后赶到温泉旅馆，红卫神情有些异样，嘴上嘟囔着奶奶的计划没有变化快。我问怎么？他说在路上接到长青婆婆儿子韦强的电话，说坐头班航班已在烟台机场落地，很快打车到龙泉来。我问他来干啥？红卫说来找陈旭旭说事。叮嘱让陈在旅馆等他，别离开。

我似乎猜到韦强匆匆赶来的用意，一时无语。红卫问怎么办？我说问问陈旭旭吧。此时陈正在秦镇的车前整装待发。我和红卫过去把情况讲了讲，他微微一怔，还是同意等等这位不速来客。红卫说你们回房间吧，我在外面等他。

从机场上高速头一个下口便是龙泉，一刻钟左右车程，刚让服务员冲了茶，红卫便领着韦强进到房间，他还带着一位比他略显年轻的眼镜客。韦强介绍说是律师，张召唤律师。红卫把在座的秦镇长、陈旭旭、老安介绍给了韦强。给我留下印象的韦强是他的少年时期，在北砚村完小读书。偶尔回村多能碰上。后来他外出读高中、大学就再没见过。眼下的韦强还能看出些少年模样，可神情淡然冷峻。看似经了些风雨见了些世面，红卫给他让座、倒茶，也不置可否，仍站立着，目光一直盯着陈旭旭看。陈旭旭问小韦你还记得我吗？韦强摇摇头。陈旭旭说难怪，我离开韦家泊时你刚出生，一晃四十年过去，你现在做什么工作呢？韦强淡淡说中学教物理。陈旭旭问孩子多大了？男孩女孩？韦强：读高中，男孩。陈旭旭问成绩好吗？韦强皱了皱眉头，岔开说到正题，说昨天村子里有人打电话告诉说你回村拿走了我母亲的画像，有这回事吧？陈旭旭说有这回事，但我只是借用，会归还的。韦强说把画像拿出来给我看看好吗？陈旭旭说当然可以。边说边起身从提包抽出一个纸袋，递给韦强。

韦强并未从袋里取出画像看，而是递给了同来的张召唤律师，说请保管好，不经我的同意不许给任何人。律师答应着接过放进自己的提包里。这一过程让在场的人面面相觑，谁也没想到韦强会采取如此不由分说的方式解决问题。连陈旭旭一时也不知所措。倒是支书红卫看不过眼，望着韦强说：韦强哥，画是陈画家早年给长青婆婆画的，人家要到美国展出借用一下，答应归还，怎么就不可以呢？韦强说画是属于我的，借用也应征得我的同意。红卫说画属于你母亲她同意了难道还不行？韦强说我母亲的就是我的，她百年之后就成了遗产，自然应由我来继承。红卫正色说她现在还活着，让不让你继承还两说着。韦强说这要靠法律说话，所以我带来了律师……红卫问你要打官司？和你母亲打官司？韦强说我也不想打，可她要不经过我的同意自行处置画像，那我也没办法。红卫摇头说韦强你真好样的，你为人师表，怎么变得六亲不认了呢？韦强问我怎么六亲不认了？红卫说明摆着的嘛，房子拆迁你让长青婆婆去城里跟你一起过，等把拆迁款诓到手，又把她撵回来，以后是死是活就不管了。再说这画像的事，你是听说陈画家如今是大画家，画值钱，就盯上了。韦强翻眼问不可以吗？你问问张律师。张律师扶扶眼镜说从法律角度上说，韦老师母亲的画像应该是属于子女的，子女有权处置。红卫一时无语，包括我在内，弄不清是不是有张说的这条劳什子法律条文。

但韦强这副德行实在让我难以接受，我是韦强的长辈，得告诉他该怎么做人。我问韦强从你母亲回村你见过她没有？韦强摇摇头。我说从人之常情讲，你现在不应该在这里。他警惕地望着我：我应该在哪里？我说应该在韦家泊在你母亲身边。他不吱声。我又说而你却在这里，下了飞机就赶到这里，只为得到她的画像。在你心里这画像比你母亲重要得多啊，说起来咱韦家泊能把儿女供到上大学的也就是那么几家。而你家最困难，你爸妈省吃俭用也要供你念书，你想想从小学到大学这二十多年你把书念到哪里去了？韦强反诘：你说我把书念到哪里去了？我说还用我说？其实在座的人包括韦强在内都晓得胶东有句叫“把书念到驴肚子里去了”的话。是老人们对念了大书却违背人伦常理的不肖子孙的谴责与哀叹。出于某种考虑，我还是将“念到驴肚子里去了”的话省略了，用“念到哪里”来代替，相信韦强会意会到。而韦强也确实意会到了，愤怒让他的脸都变了形，朝我嚷嚷：你，你想教训我吗？你有什么资格？不错，你是个作家，作家又怎么样？写些狗屁文章，纯扯淡。嗬，我还顾忌他的面子，他倒一点不顾忌，开骂了。火气在胸中膨胀，我问你说到底是谁在扯淡？只为了一张画像你千里征讨，还带着律师，有备而来啊，要想怎样？韦强说怎样？解决了便罢，解决不了便诉诸法律，我问向谁诉诸法律？你母亲？韦强说谁阻挡我维权就向谁诉诸法律。我说你本末倒置了，原本是应该你母亲对你诉诸法律。韦强说她凭什么？我说按照法律你对母亲应该有赡养义务，你尽到了吗？他说我尽到了啊。我问你尽到了什么？他说什么都尽到了啊。我问你照顾她生活了吗？你给她赡养费了吗？他说她现在还能照顾自己，也有低保，够花够用，这还不行？我说眼下是能吃上饭，可你知道她住在哪儿吗？他不吱声了。我说你把她赶回家，她无处安身，只能借住一间草棚，这个你知道不知道？他说有个地方住能遮风挡雨也就可以了嘛。我问你回来看了？确定能遮风挡雨了吗？他说只要是幢房子，就能遮风挡雨，不能遮风挡雨那还叫房子？我说你回去看看，看了才知道是咋个情况。他说这次没时间，学校要中考，得立马赶回去。我说回家一趟，连老娘的面都不见，死活都不管啊。他说谁说我不管了？再说我不管还有人管，我已经同意她跟相好的一起过了，这个事她梦寐以求，问题不就解决了？我说你的小算盘打得可精，先前坚决不同意，等将拆迁款弄到手又同意了。你没想想房子拆了她有地方住吗？他说可以住相好的那儿啊。如今不都是男方负责住房的吗？我问要是男方没房呢？他说这就是他们的问题了，与我没关系的了。我说我知道你与老娘已完全没关系了，有的只是一张能卖钱的画像。所以你匆匆忙忙赶回来，还带着个准备打官司的律师。我又转向律师，说律师我向你请问一个法律问题：依现有事实，你认为你的当事人可以打赢官司吗？律师不愧是律师：对不起，因为你不是我的当事人，无可奉告。我说那么我奉告你一句：不要把法律只当赚钱工具，法律之外还有道德人情……律师将眼转向韦强，说既然问题已经解决，我看就没必要再逗留了，时间就是金钱，中午赶回去，下午还要开庭。

也许是怕我们继续纠缠，韦强和律师匆匆离去，连个招呼都不打。

很快，门外响起汽车的发动声，原来他们提前将出租车留下了，以备随时返程。

愤怒占据了我的全身，心跳加速，头嗡嗡鸣响，本想跟出去把韦强拦住，将长青嫂的画像索回，可又想到这是不可能的，无论从哪方面说，我没有这个权力，只好作罢。不平却在心里翻滚，经久不息，想这个世道究竟是怎么了，一个“利”字驱使人变得像凶狠无情的野兽，人类好不容易从丛林中走出，难不成又要重回丛林之中，重过茹毛饮血的日子？这是我们当今最大的忧患啊，奈何？

良久，我才缓过一口气来，对同样神情茫然的陈旭旭歉意说：老陈，对不起，这回没有帮上你的忙。

陈旭旭也慢慢回过神来，淡淡一笑：没关系，没关系，有没有这幅画像一样展出，只是觉得对不起长青嫂，她亲手把画像交给了我，却从我手中被劫走，是我的过失，我应该负责。

听了陈旭旭的自责，我心里很不是滋味，安慰他说这不是你的过错，刚才大家都看到了，韦强是用欺骗手段将画像弄到手，用句影视剧里打了败仗的国军那句著名的台词“不是咱无能，是共军太狡猾呵”，谁能料到他能来这么一手？

陈旭旭沮丧摇头不止，又说：本想征得长青嫂同意，将她的画像回购，让她用这笔款买一处房安身，不料……

都无语，面面相觑。

陈旭旭渐渐沉静下来，转向秦镇长道：镇长我看你可以回复那公司老总了，我答应给他们画丘处机道尊画像，报酬么，就是在他们新村给一幢居房，让长青嫂住进去。

秦镇长闻听喜形于色，说好的，好的，一定没问题。

谁也没想到陈旭旭会以这种思路解决了一个大问题，俱面露喜色。

陈旭旭说咱们马上赶过去吧，争取赶在太阳收光前把画完成，否则还得留宿。

起身后陈又转向我，说老韦你只管放心回去，处理一下闺女的事，这里的事包在我身上，没问题的。

我想想，说我不急回去的，我跟你一起上山。

陈旭旭说这山你差不多年年爬，没必要为我耽误一天行程的。

我说就要去。

陈旭旭笑问去给我监工？

我说去看你画画，我已决定拜你为师，步老安后尘，不再写啥个扯淡小说，改学画画，要能学成，哪天要是遇上没房住的亲友，也可以提笔给他们弄一幢房子，岂不善哉？

大家一齐笑应：善哉，善哉。

出门去灿烂阳光当顶，昆嵛山身披青绿色长袍在召唤……

原载《江南》2018年第6期

蹼　足

留　待

1

大米失踪的那天早晨，比平时早醒了一个钟头。他梦到自己轻松地推开了仙女湖底那扇厚重的石门，一股阴森的气息猛扑到脸上。他手抚石门刚想往里看，身后的水流如骤风般裹挟着他冲进洞里。他在窒息中睁大了眼睛。轻淡的水汽透过窗棂漫进屋里，草木灰的气味沉重了许多。他张大嘴巴猛喘了几口气，肚子里仿佛有几只小老鼠在焦虑地跑动。他在土炕上打了个滚，黢黑中将身子探到灶台上。他的母亲谢文婷每天晚上都在锅里放上两块干粮，让他次日一早吃饱了再去仙女湖里游泳。他伸手朝锅里抓去，却抓了空。他忽然想起，那口八印的铁锅昨天傍晚被刘加油砸烂了。肚子叫得更响了。大米从土炕上跳下来，挠了挠被蚊子咬肿的屁股，提了一下肥大的短裤，躬腰在炕角摸到崭新的球鞋。他的双脚刚迈过西屋低矮的门槛，听到北屋里传来“啪”的一声响。

刘加油和谢文婷正在北屋的大床上进行着较量。刘加油想骑到谢文婷身上亲热。谢文婷怀孕了，不愿让他骑。刘加油在百里之外的一个煤矿上班，一个月回来一次，见了谢文婷就像饥饿的婴儿见到饱满的乳房。昨天晚上生了场闷气，他便放任谢文婷在床角蜷身睡了过去。他一直没睡着。脑子里总想着村西河畔上那座新坟。泥土的腥味笼罩了他的每个毛孔。没想到平常的泥土一旦堆成坟头，味道变得这么冲。他闭紧眼睛想让睡眠把坟头淹没，坟头却像在心里扎了根。那个戴深度近视眼镜的锔锅匠躺在坟里，断裂的右腿在膝盖处呈直角向外侧扭去。刘加油伸出铁锨想替他正过来，已经有人将土扔进了土坑。泥土砸到锔锅匠的眼镜上，刘加油看到他的头微微一翘。这时，身边有人长吐了一口气。刘加油的寒毛奓了起来。身下床板轻轻一动，原来是谢文婷还没睡着。刘加油急忙循着她的体味爬了过去。

谢文婷在他扑上来之前便曲起双腿护住肚子，双手用力推开他，小声说："不行。"她以为自己的口气足够坚决，刘加油却没当回事。她原来也经常说"不行"，他三磨两泡也就行了。她虽然怀了孕，肚子还没有明显凸起来。他像练蛤蟆功一样躬在她身上，双手与她的手纠缠着，噘起嘴寻找她的嘴巴。谢文婷气喘吁吁，身子渐渐有点发软。谢文婷有点急。她将脸扭到一边，右腿的膝盖用力往上一顶。刘加油裆里突然一缩，全身抽搐了好几下。

"妈的，还在想着那个锔锅匠。"

他抬手抽了她一个耳光。

刘加油疲软地滚到一边，从床头摸到香烟，想抽一根平复一下情绪。刚把烟叼到嘴上，忽然看到窗户上趴着一个人。刘加油以为是听房的。他平时并不避讳有人听房，甚至有点盼着他们听。村里人都说，他在煤矿上因为偷看女人洗澡，被人给骟了。这一说法纠缠了他许多年。谣言的最大特点就在于每个人都在说，却从来没人当着他的面说。他一直没找到自证清白的方式。面对他人异样的目光，他竟然有点抬不起头来。自从娶了谢文婷，他才扬了眉吐了气。他利用她的身体证明自己确实是个好端端的男人。谢文婷带给他的快乐远远超出想象，他恨不能跟人交流一下床笫间的细节。由于害怕别人对谢文婷产生兴趣，不得不将幸福感憋在肚子里。有人来听房，恰恰满足了他潜在的愿望。今天他却不愿让人听，不光因为求欢失败，还因为谢文婷变得特别陌生。这种变化只有他才能敏锐地觉察到。她今天并不是一次偶然拒绝，而是永远拒绝的一个开始。刘加油心里有些恐慌。所以，窗台上那个人让他尤其生气。他吐掉嘴里的香烟，欠身从床下拿起尿盆，在手上掂了掂，瞄准窗户扔了过去。

随着尿盆的碎裂声，窗户上的人影像黑夜中飞翔的蝙蝠一样飘走了。

谢文婷惊叫一声："大米。"

刘加油一听她说话，恐慌的心一下子平复了。

他说："不是大米，他还在睡觉呢。"

他从枕头底下摸出手表，划着火柴看了一下。三点半。

他说："再有一个小时他才会醒来。"

刘加油点上烟，抽了两口。想到大米今天将要干的那件大事，心里猛地涌上一股自豪。他情不自禁地朝谢文婷身边凑了凑，想将手搭在她身上。手伸出去，在空中顿了一下，又被他抽了回来。

他说："文婷，你真是生了个好儿子。"

2

大米如果还活着，现在已经步入中年。他大名叫刘建军。8月1号出生。他比我大一个半月。失踪前一天，他刚过了十一岁生日。在我们那个位于鲁西北平原上的偏僻村庄，有幸能让家长给过生日的小孩只有两个，一个是大米，再就是我。大米走出西屋时脚上穿的蓝色球鞋，是刘加油给他带回来的生日礼物。谢文婷一向重视大米的生日，提前两天便买了鸡蛋和白糖，准备做一道风格独特的点心。点心要在晚上八点零七分端到大米面前，他就是在那一刻出生的。刘加油一怒之下砸烂了锅，全家人连晚饭也没吃。

大米走出院门时，肚子忍受着双重饥饿。刚才他想跟谢文婷要块干粮，在窗台上还没站稳，迎面一声巨响。他仰身摔倒在地，左手正摁在一摊糖稀般的鸡屎上。他的手在地上胡乱抹了几下，急忙躬身看脚上的球鞋。天色有点黑，看不清楚，他脱下鞋凑到鼻子上闻了闻。新鲜的胶皮味让他放下心来。屋子里隐约传出说话声，他没心思听。他以为是昨天傍晚争吵的继续。

大米的脚步引起一串狗吠。他站在院门口，伸着脖子吸嗅着仙女湖飘过来的水汽，身上掠过一阵麻酥酥的感觉。他没像原来那样一出门便跑到村东头跳进湖水里，而是转身朝村西走去。走了没几步，觉得鞋有点紧。大米坐到一户人家房后的“石敢当”上，脱下鞋，用手捏着脚趾舒展了一下。他的脚趾间像鸭子一样长着蹼。脚趾全部张开时，整个脚掌好似一把样式古怪的折扇。他的脚蹼薄如蝉翼，鲜嫩得好像刚出壳的麻雀的皮肤。他将肉膜挨个揪着往上提了提，用脚趾夹紧，重新把鞋穿好。天蒙蒙亮了，街道上的坑洼和沟辙渐渐清晰起来，树上的枝叶间有了鸟儿的叽喳声。大米感觉到鞋里的脚趾在隐隐发痒，这种异常熟悉的痒让他有点心烦意乱。他用力在脚面上砸了一拳，抬腿朝村西头跑去。随着他的跑动，有的人家点起了灯。昏睡的村庄被他的脚步搅醒了。

3

大米是谢文婷改嫁带到我们村的。

我三叔开着大卡车碾死了谢文婷的丈夫。那次车祸使他放弃了钟爱的职业，回村当起了农民。县车队的领导叫了他好几回。我三叔对他们说，一坐进驾驶室，总觉得后车轮上缠着一具血肉模糊的男尸。三叔在家闷了三个多月。直到以为把那场惨烈的车祸忘记了，才叼着香烟走出家门。

刘加油是他遇上的第一个人。刘加油穿着矿工服正在大街上闲逛。他虽然在煤矿上班，却逮着时间就回来，他从来没打算融入煤矿的生活圈里。刘加油冲着街边土墙上的“要想富，少生孩子多种树”，用力吐了一口浓痰。正嘟哝着乱骂，转眼看到了我三叔。他凑过来递给三叔一根香烟。我三叔以为他要打听车祸的事，急忙冲他亮了亮指间的香烟，想转身离开。刘加油一把将他拽住：“三哥，你是明白人，好多人在造我的谣，你信吗？”我三叔愣了一下，没想到刚一出门便要探讨如此棘手的问题。三叔对他被骗的说法一直将信将疑，可是又不想让刘加油看出将信将疑。他从刘加油手里接过香烟，捏住一头轻轻揪出一些烟丝，跟自己刚才抽的那半根小心地接在一起。他两手端着形状怪异的香烟猛吸了两口，将面孔掩藏在一片烟雾里。他说：“你最好自己证明一下。”刘加油瞪大眼睛：“怎么证明？”三叔说：“娶个老婆。”刘加油有点泄气：“这话还用你说？要能娶上老婆我早娶了。”我三叔没有接茬。他鬼使神差地突然想到了谢文婷。他记得她看到车轮下的丈夫时，眼睛瞪得好大，仿佛把白纸一般的脸庞填满了。眼睛非常空洞，看不出是悲伤还是惊恐。那双大眼睛像钉子一样楔进我三叔的记忆里。他认真打量了一下刘加油。由于是有固定工资的人，刘加油的形象在乡村的一片土黄色里显得挺醒目。三叔沉吟了一下：“跟我说实话，你的家伙到底全不全？”刘加油打了个愣怔，情绪突然激动起来。他的手麻利地探到腰上，准备脱裤子。三叔急忙按住他的手：“好了，我知道了。”

三叔去了三百里外的那个小山村。

谢文婷的家在半山坡上。三叔坐在院子里一棵核桃树下，手端着谢文婷给他倒的一杯白开水，一时不知怎么开口。谢文婷站在对面，也不说话，眼睛专注着山脚下一个小巧的池塘。她家的院子以及屋里的摆设，肆无忌惮地袒露着贫穷。我三叔以为车队给她家的赔偿金没有到位。有了钱，她起码会换掉那幅早已辨不清颜色的窗帘。谢文婷身上的衣服很旧，光洁的脸庞和整齐的指甲说明她是个爱干净的女人。我三叔问：“他们没把钱送来？”谢文婷从池塘上收回目光：“什么钱？”三叔说：“赔偿金。”谢文婷苦笑：“全给他买墓地了。”我三叔有点气愤。车队里有专门负责处理事故的人，每次都会利用亡者家属对法律的无知，不惜欺骗地少赔钱。三叔觉得他们不该克扣这个苦命的女人。他准备回去找他们。谢文婷看出了他的心思，说：“该给的全给了。”三叔有点吃惊，这个山村的墓地也太贵了。谢文婷仰脸看了看对面光秃秃的山头，一股山风吹来，吹得头发把整张脸都包裹住了。她说：“他的命正好就值一块墓地钱。很贵，是吧？”说着，她在头发里哈哈大笑了两声，听上去好像是个疯子。我三叔的心有点发紧。他第一次见她时就发现她的普通话与这个鄙陋的山村格格不入。刚才进村打听谢文婷的家时，从村人口中得知她嫁到这个村子还不到三年。丈夫有点呆笨，对她却很好。谢文婷在山路上走崴了脚，丈夫便毫不犹豫地背着她。我三叔用那辆失控的大卡车碾碎了一份贫穷而稳定的日子，使无亲无故的谢文婷孤零零地留在这个陌生村庄里。我三叔踏进她的大门之前便深知她活得不容易，没想到她比他想象的还要惨得多。接下来，劝她改嫁似乎顺理成章，我三叔却打消了这个念头。他觉得刘加油根本配不上她。刘加油身上隐约散发着一股沼气的味道。她应该嫁个比刘加油强得多的男人。

谢文婷看到他的水杯空了，拿过暖瓶给他倒水。暖瓶空了，她想去烧。三叔拦住她，将杯子放在石凳上，站起身准备告辞。告辞也要说两句话，他却不知道怎么说。无论道歉还是同情，此刻都显得多余。他在谢文婷面前一时僵住了。谢文婷苦笑道："你的心思我明白，其实，你不该来。"三叔脸上写满尴尬。谢文婷又说："你也不必愧疚，回去安心过日子吧，都是命。"我三叔有点感动。他看了看她的破院子，说："命再苦，也得想办法改变。"谢文婷冷冷地说："行尸走肉罢了，有什么可变的。"我三叔说："一旦认了命，日子就没什么过头了。"谢文婷似乎受到了某种触动，撩了一下额前的碎发，认真看了他一眼。三叔说："我觉得，你应该往前走一步。"谢文婷的眼睛突然一亮，随即慌乱地避开了他的目光。三叔以为她误会了他的意思，有点手足无措。他像大冬天脱光衣服的人，顾不上被子凉不凉，只想拉过一条快点盖在身上。他说："我有个兄弟，在煤矿上班，条件还不错。"谢文婷自嘲地笑了。她的脸色恢复正常之后，显得异常端庄。她问："大哥，你们那儿有水吗？"三叔觉得这个问题有点怪。她解释说："湖，池塘，河，都行。"三叔笑了："村东头就是仙女湖，好大一片水。"谢文婷脸上闪过一丝好奇："名字真好听，为什么叫仙女湖？"三叔想到仙女湖的传说，那是个悲惨而恐怖的故事。他觉得不应该告诉她。他心里稍微酝酿了一下，随口编了个故事。他说七仙女和董永入洞房那天，董永送给她一面镜子。七仙女像宝贝一样收在梳妆匣里。天兵来抓她时，虽然走得匆忙，她还是把镜子装在了衣袖里。飞到半空，镜子被风吹得掉下来，恰巧落在我们村东头，变成了一片晶莹的湖水。

顺着她家门前的石径往下走，谢文婷又问了刘加油的情况。三叔觉得对刘加油并不是太了解。她问得那样郑重，他又不能不说。他给她说的只能是想象中的刘加油。谢文婷挺满意。三叔的心愈来愈虚。刘加油要是真没毛病，怎么年近四十岁还没娶上老婆？他很怕她再问下去，瞎编的传说已经让他不安，又臆造出一个刘加油，简直有点欺骗的味道了。他低头看着脚下的台阶，不敢再看她。被暴晒了大半天的石径有点烫，三叔感觉像是走在烧红的鏊子上。这时，一个穿裤衩的男孩顺着狭窄的石径跑上来。他腿上好像安了弹簧，蹦跳得特别轻盈。男孩的头破了，有片头发像膏药一样糊在左耳上方的头皮上。脸上的鲜血已经凝成痂，又被头上冒出的汗水浸湿，整张脸像是长满烂疮。谢文婷揪心地叫道：“大米，怎么了？”大米哭着扑到谢文婷怀里，回首指着山脚下的池塘：“他们不让我下水。”三叔发现大米两条小腿上的皮肤全部翘了起来，白乎乎一片。大米对脑袋上的伤口并不在乎，一边跟谢文婷说话，一边弯下腰狠狠挠着小腿，一块块白皮像刀刮的鱼鳞一样纷纷掉落到脚面上。三叔看到了大米的脚蹼，刚开始以为是趾缝里干结的泥巴。大米一见三叔看他的脚，慌乱地往后缩了一下。谢文婷埋头检查着大米脑袋上的伤，牙齿紧紧地咬着下唇。她抬起头时，脸上带着一股凛然。

她说：“大哥，谢谢你帮我，如果你那个兄弟没意见，就赶快吧。”

我三叔以为刘加油肯定没意见。他没把说亲的事提前告诉刘加油。怕谢文婷一旦不同意，再被刘加油缠上。现在谢文婷同意了，三叔想赶紧跟刘加油说一下，把婚事订下来。却找不到刘加油了。他原来每个月都回村，这次两个多月还没回来。我三叔跑到镇上，用一家副食店的公用电话打到煤矿。刘加油正住在煤矿医院里。酒后跟人打架，胳膊被揍折了。一听给他找老婆，右胳膊绑着夹板便跑了回来。他左手提着一包猪头肉和四个水果罐头进了三叔家的门。我三叔赶紧让三婶又炒了两个菜。喝起酒来，刘加油不停地说着打架的事。一对三，虽然他胳膊折了，那仨人更惨，煤矿医院已经治不了，连夜拉去了省城。刘加油的嗓门像吵架，不时猛拍一下胸脯，仿佛坐在对面的三叔是个新冒出来的对手。刘加油右胳膊吊着夹板，左手反而变得特别灵巧，放下酒杯抄起筷子，放下筷子端起酒杯，不一会儿便把一瓶白酒喝光了。

三叔犹豫了一下，问："加油，知道为什么叫你回来吗？"

刘加油直着眼睛："你不是问我胳膊怎么折的吗？"

我三叔想，嫁给这么个人，实在可惜了谢文婷。

刘加油弯腰捡起掉在地上的筷子时，碰到了右胳膊上的夹板，钻心的疼痛让他忽然想起了来此的目的。他将酒杯往外推了推，努力控制住不时冒上来的酒嗝，脸上带出一本正经的表情。

他问："她是哪个村的？谁家的闺女？"

"闺女？"三叔冷笑了一下。

刘加油的脸色稍微凝重了一些："离过婚？"

三叔把谢文婷的情况连同那场车祸都告诉了刘加油。他觉得应该替谢文婷说两句好话，忽然发现对谢文婷也不了解。所以，口气一点也不积极。他想，刘加油一门心思憋着娶黄花闺女，就让他再等下去吧。刘加油还没听我三叔说完便开始抓耳挠腮，好像脑袋上长满了虱子。我三叔以为他在寻找拒绝的借口。刘加油接下来的话，把三叔打蒙了。

刘加油说："她是你的相好吧？别以为我看不出来。千方百计弄到咱们村，还不是为了用起来更方便？还有那个小男孩，肯定是你的种。"

我三婶正将新炒的一盘鸡蛋端上来。她是个很有气质的女人，以说话得体赢得了全村好评，村里人家有喜事，常常请她去陪女客。此时，她的脸色非常难看。她转身将炒鸡蛋放到旁边桌子上，问："刘加油，你来我家之前是不是吃了巴豆？"刘加油满脸迷茫："什么巴豆？我什么都没吃。"三婶说："没吃巴豆怎么满嘴蹿稀？"

刘加油灰溜溜地走了。三叔面对着满桌狼藉陷入纠结。三婶出去闩好院门，回到屋里脸色依然很难看。

三叔说：“怎么对谢文婷说呢？”

“你就说煤矿塌方，把刘加油砸死了。”说着，三婶的怒气忽然更重了，“你还想去见她？”

4

大米在他十岁那年的六月一号来到我们村，第二年八月二号失踪。在一年零两个月的时间里，我是他唯一的朋友。还有一个叫小钢炮的男孩也想跟他交朋友，大米不愿搭理他。小钢炮交友目的不单纯，他只是想亲手摸一摸大米脚趾间的蹼。别说摸大米的脚，即使多看上两眼，大米也会满脸通红。他曾想让我帮他把蹼剪掉。当我拿着剪刀探向他的脚趾时，锋利的刀刃反射出一道光芒扎痛了我的眼睛。那是一个夏日的傍晚，在仙女湖南岸的芦苇从里。大米见我迟迟不肯动手，有点着急：“快点，我好不容易把剪刀偷出来。”他躺在地上，伸出右脚，将大脚趾和二脚趾努力张开，鲜嫩的肉膜被扯得特别薄。里面布满细弱的血管，鲜血像快速爬动的小虫子。我紧盯着肉膜，忽然觉得这根本不像大米所说“只是个小手术”。一剪子下去，小虫子似的鲜血将立马爬满我的全身。对鲜血的恐惧让我扔掉剪刀，起身跑出了芦苇丛。不一会儿，我听到了大米撕心裂肺的惨叫声。

我第一次见到他是在刘加油和谢文婷结婚的那天。我和一群小孩挤在刘加油家院子里，等着他和谢文婷“吃大饭”。“吃大饭”是乡村婚礼的最高潮。新郎官会将一个夹满肉片的馒头从屋里扔出来，小孩们像群小狗似的围上去争抢。一个馒头往往撕得四分五裂。据说只要吃上一口，将来一辈子不愁没饭吃。抢到馒头尖，长大了一定会当官。为了馒头承诺的模糊前程，“吃大饭”往往演变成小孩间的凶狠打斗。刘加油穿着崭新的矿工服喜气洋洋进了屋。“吃大饭”眼看就要开始，我又兴奋又紧张，盼着那个馒头正好砸在我头上，同时又怕被疯狂的脚丫子踩死。突然，一只手将我从人群里拽了出来。

小钢炮气喘吁吁，头上的汗水把满脸雀斑冲得更加凌乱。他把我拉到厕所旁边，神秘兮兮地说："不好了，有个小男孩钻进了你的屋里。"我的头皮麻嗖嗖的："他是谁？"

小钢炮长大后成了一名"娱记"，擅长跟踪和偷拍，隔三岔五便被保镖揍一顿，依然乐此不疲。有人说他为了钱，我觉得他是为了满足偷窥的癖好。这一特点在他还是小孩时便显现出来。他不分昼夜满村子乱转，有人以为他在偷东西，事实证明他对别人的财物确实没兴趣，他最想知道别人的隐私。这种癖好使他注定成为与众不同的孩子。我们都在等着争抢那个决定命运的馒头，不知何时他溜达到我三叔家去了。我三叔和三婶都在婚礼上，家里锁着门，他是怎么进去的？去干什么？

当时我没想太多。一听他说完，我抬腿朝家里跑去。小钢炮紧跟了上来。我已经在三叔家住了两年多。我父母离婚之后，各自忙着寻找新对象，都嫌我碍事。三叔的一对双胞胎儿子去当兵了，我的到来恰巧缓解了三婶的心灵空虚。她把我住的那间屋子收拾得一尘不染，还散发着淡淡的香味。床上的被子叠得像豆腐块，平时我都不忍心胡乱躺上去。跑到家门口，我从脖子上摘下钥匙，刚捅进锁眼，满心的气愤忽然变成了慌乱。怎么对付那个小孩？

小钢炮从腰里掏出一个弹弓："别进去，从窗户里射他。"

大米的眼睛使我将拉满的弹弓又放了下来。他是被锁在屋里的。他两只手紧握住防盗栏，脸颊贴在拇指粗的钢筋上。新剃的脑袋锃亮，脑瓜顶上有一道新鲜的刀疤。他的样子好像电影里刚关进监狱的囚犯。囚犯往往面如死水，他的脸却特别鲜活。他伸着鼻子正在急促地吸嗅，像一条寻找食物的狗。空气里可能弥漫着他急需的一种味道，他的鼻头不断耸动，鼻梁上不时叠起一堆皱纹。他的眼睛里交织着焦虑和狂躁，偶尔还会闪过一丝凶狠。我拉开弹弓对准他的脑袋，他的眼珠定住了，不但没害怕，反而带出一丝欣喜。他说："放我出去好吗？"他见我拿着弹弓的手垂下了，想冲我笑一下。他的笑比哭还难看。小钢炮催促道："快射呀。"大米又说："跟刘加油结婚的那个女人是我妈。"

我刚一打开房门，大米像影子一样飘了出来。他上身穿着白色背心，胸口印着鲜红的“好好学习”。下身穿了条西式短裤，小腿像沾满面粉一样白乎乎的。脚上的塑料包头凉鞋过于肥大，好像误穿了大人的。他站在院子里，回头看了我一眼，想表示一下感谢。随着鼻头又一阵快速耸动，他顾不上说话，扭头窜出了院子。我以为他急着去参加婚礼，借助他妈是新娘的便利让刘加油亲手递给他一个夹满肉片的馒头。等我和小钢炮走出院门，看到他正朝着村东头跑去。他把凉鞋脱了下来，一只手拎着一只。

小钢炮喊道：“看他的脚。”

大米赤脚奔跑得非常迅猛，绷紧的脚掌好像两把铁扇，在乡村土路上扇起一股股灰尘。灰尘像烟一样尾随着他，又好像他是被那股烟尘助推着，越跑越快。

小钢炮不安地说：“他可能是个妖精。”

大米不是妖精，可是用我们村的目光来看，跟妖精也差不多。

他竟然一头扎进了仙女湖里。

仙女湖的名字挺美，实际上是一座坟墓。一个古代国王的小女儿埋在水下。她和一个出身低微的青年将军偷偷恋爱，国王知道后，把将军派到了局势险恶的战场，想用死亡来阻止这桩即将瓜熟蒂落的婚事。将军没死，却被俘了。公主思念过甚，身子愈来愈虚弱。后来听说将军被对方砍了头，她在极度痛苦中一口气吞了六个金戒指，一时还没死，又拿金簪在脖子上猛捅了十几下。她的殉情之举差点要了她爹的命。国王有三十七个孩子，最疼爱她。国王召集全国的能工巧匠修了一座豪华坟墓，又将王宫的所有珠宝作为陪葬。为了防止盗墓，别出心裁地将坟墓建在了水底。如果到此为止，流传下来的将是一个凄美的故事。不幸的是事情到此只是另一个开始。公主的尸体平静地躺进水下坟墓，灵魂却更加思念心爱的人。她借着一阵阴风跑到了将军被俘的战场上。一些无家可归的游魂告诉她，将军没死。对方国王不但没砍他的头，还将自己的小女儿嫁给了他。公主的灵魂一听差点又死过去。晕眩过后，她按着阴间路标的指引，千转百绕找到将军的郡马府。将军正和新婚妻子坐在花园里的葡萄架下喝葡萄酒。他居然用嘴含着酒喂到妻子嘴里。公主的灵魂急忙闭上了眼睛。将军搂着微醉的妻子朝卧室走去，公主清楚地听到了他说的话。那些话，他曾经对她说过无数遍。公主本来是个善良多情的人，寻情之旅让她灵魂突变。她想附到将军新婚妻子的身上，利用交欢之机掐死他。将军早有防备，他在所住的每间屋子都悬挂着辟邪的桃木宝剑。公主鼓足勇气试了两回，差点让桃木剑开了膛。女人生起气来是件令人头痛的事情，公主的阴魂生气就更麻烦了。她无力惩罚那个另结新欢的恋人，却调头折磨起了我们的村庄。

在村子通往仙女湖的路口有一块古老的石碑，上书三个粗黑的宋体字：莫近水。乍一看像人名，实际上是先人留给后辈的祖训。即使有石碑提醒，还是经常有小孩淹死在仙女湖里。三百年来，仙女湖已经淹死我们村一千一百一十个孩子，最大的十三岁，最小的六岁。比村庄现有的人数还多。大米跳进仙女湖时，我们村已经有三十三年没人敢靠近湖边了。在被仙女湖吞噬的小孩名单里，我二叔是最后一个。那一年他十岁。我三叔对我说，那天傍晚他和我二叔正在村子里玩“打耳”，忽然听到我奶奶喊他们回家吃饭。二叔领着三叔往家走。家里锁着门。再一听，奶奶的声音是从村东头传来。他们循着声音到了仙女湖边。岸边长满一人多高的杂草。我奶奶在杂草中焦急地喊道：“快拉我一把。”我二叔急忙钻了进去。我三叔有点犹豫，因为他觉得那个声音比母亲年轻得多。突然，湖里蹿出一道两丈多高的浪头，一下子把岸边的杂草卷平了。我三叔呆呆地望着湖水，重新平静下来的水面在夕阳映照下像是洒满了鲜血。这时，村里传来我奶奶喊他们回家的声音。

在仙女湖里畅游的大米搅乱了他母亲的婚礼。婚礼上的人全部围到湖边，互相打听湖里的小孩是谁。确定不是我们村的，所有人的表情都兴奋起来。有人为了看得更仔细，居然把婚礼上吃饭的桌子抬来好几张。他们站在桌子上指指点点，好像正围在刑场边，期待着犯人脑浆迸裂的那一刻。

大米的脑袋浮在水面上，被正午的阳光照得闪闪发亮，看上去像一只锡纸做的气球。他偶尔也会扎进水里。每当他的脑袋消失，岸边便响起一片唏嘘。大米从水里再次冒上来，岸边又响起一片惊呼。大米一会儿手脚乱刨，将自己掩藏在浓烈的水花里，一会儿平静地躺在水面上，看上去像是一具婴儿的尸体。大米沉浸在湖水带来的快乐里，没看到湖边站了那么多人。当发现他们时，他立马停止玩耍，匆匆朝湖中央游去。浩渺的水面波光粼粼，亮晶晶的脑袋愈来愈小，渐渐融化在波光里。

刘加油是最后一个赶到湖边的人。吃完“大饭”，他正等着村里的男人们闹洞房。他自己是闹洞房的老手，无论谁家娶媳妇，他都会趁机在人家私处摸两把。轮到自己娶亲，他怕别人也跟他一样。刘加油挽好袖子，铆足劲，准备替谢文婷挡住那些占便宜的色手。不知是谁在院子里喊了一声，婚礼上的人突然跑光了。刚才还喧闹不堪的屋子只剩了他和谢文婷。刘加油有点蒙。婚礼太闹腾让人受不了，一个人没有更让人着急。刘加油听着大街上杂沓的脚步声，终于遏制不住好奇。他对低头坐在床边的谢文婷说：“我出去看看，一会儿就回来。”

他来到湖边时，大米已经与波光融在一起。刘加油挺纳闷：“看什么呢？”有人说湖里有个小男孩。刘加油瞪着眼睛找了一圈，什么也没看见。他却装作看见了，怪笑道：“不用看，必死无疑。”他想跟周围人搭讪几句，劝他们重新回到尚未完成的婚礼上。还想请他们帮着把他家对面墙上的“新婚夫妇入洞房，计划生育不能忘”抹掉，他总觉得这条标语在故意跟他作对。一见没人搭理他，他麻利地爬上旁边一张桌子，踮着脚朝仙女湖更远处望去。桌子上已经站了六个人，桌子腿发出不堪重负的“吱嘎”声，桌面上还粘着几块肥腻的肉片。这时，我三叔一把将他拽下来：“大米在湖里。”刘加油有点懵懂：“大米？不说是个小男孩吗？”我三叔来到湖边本来也是看热闹的心态，直到从我嘴里知道原委，他的心才提起来。正想去叫刘加油，却看到刘加油站在桌子上，脖子伸得像只鹅。

我三叔喊道：“大米就是谢文婷的儿子。”

刘加油朝家跑去时，脑袋里像塞进一个马蜂窝。其实他并不关心大米死活，他怕大米的死亡影响谢文婷的心情。一想到新婚之夜搂着个痛哭流涕的女人，他身上起满了鸡皮疙瘩。他没想过召集人把大米捞上来。急慌慌往家跑，只是觉得应该把大米死亡的消息尽快告诉谢文婷。

刘加油满头大汗跑进家门，看到谢文婷正在粘对联。左门框的对联贴得有点松，被风一吹呼啦啦乱抖。她揭起对联，在门框上抹了一层糨糊，拿着笤帚轻轻将对联扫平。刚才还凌乱不堪的院子变得井井有条。地上泼了一层水，压住了被踩踏得松泛起来的尘土。一堆垃圾堆在厕所旁边，正等着刘加油运出去。谢文婷看到他，微微一笑："你回来了。"她那沉静的样子让刘加油的心揪得更紧。他觉得大米肯定淹死了，并且会像传说中的一千一百一十个孩子一样，连尸首都找不到。

他抹了一把脸上的汗水，嗫嚅道："不好了。"

谢文婷的眉头轻轻一皱。

刘加油说："大米跳湖了。"

谢文婷抿着嘴笑了："好呀，他最喜欢玩水了。"

刘加油有点着急："湖里很危险。"

谢文婷说："不下水才危险。"

5

大米教会了我游泳。我下湖一直偷偷摸摸。三叔整天叮嘱我不要跟着大米下水。他说大米是跟我们完全不同的人。为了对付我私自下湖，他发明了一种方法，每天临睡前都用指甲在我腿上挠一下，如果下过水，挠过的地方会发白。大米似乎早就料到大人会有这一手，我第一次从湖里爬上岸，他让我先在岸边的土堆里打几个滚，搞得比不下水时还脏。这样一来，我一进家门就被三婶摁到大水盆里。洗完澡，在我身上即使挠出白色印痕，也无法判定是否下过湖。直到小钢炮也跟着大米学会游泳，我们下湖才成为公开行为。三叔站在岸边看过我们仨游泳的样子。我和小钢炮不敢朝远处游，只在没不了人的地方乱扑腾。三叔望着凌乱的水花，开始怀疑当初卷走我二叔的巨浪是个幻觉。

大米离开湖水的时间不能超过十个小时，养成了凌晨四点半下湖的习惯。若是超过十个小时，脚上的蹼先是微微发痒，随即像涂了“502”胶水一样发硬，脚趾痛得几乎要从肉皮里钻出来，小腿上翘起一层层白皮，奇痒难耐。冬天仙女湖结了冰，谢文婷便在水桶里灌上温水，把大米的双脚和小腿浸在里面。泡脚过程让大米很难熬，又蹬又踹，溅得屋子里都是水滴。他并不是练习游泳动作，而是谢文婷总是趁这时候让他背宋词。大米已经背过许多，都背烦了，谢文婷依然随口说出一首他没听过的。当时我陪在大米身边，对她的做法也挺厌烦。直到我上了大学才知道谢文婷的厉害。她随口而出的那些词，有好多在《宋词三百首》之类的常见书里根本找不到。

那个冬天我几乎天天晚上扎在大米家。大米对仙女湖的征服使全村对他刮目相看，有这么个朋友让我觉得很长面子。大米喜欢打听我父母生活的那个海滨城市：“大海是不是比仙女湖还大？”大海当然比仙女湖大，我却找不出准确词汇说明大海。我把双手极力张开比画了一下，连自己都觉得空洞，大米却在我的动作里想象到了。他脸上带出一丝神往：“我一定要去大海里游几圈。”随即，他又有点疑惑：“守着大海多好，你为什么回到村里？”这时，谢文婷拎着空水桶进了屋，对大米斥道：“不要打听人家的私事。”谢文婷把水桶放在角落，在脸盆里洗了洗手，拿毛巾擦干。踮着脚从房梁上吊着的一个篮子里拿出四块牛奶饼干，给了我和大米一人两块。

刘加油每次从煤矿回来都给大米带一堆好吃的东西。谁也没想到他会对大米这么好。大米不肯管他叫爹，刘加油一点不在乎。他在村里闲逛时总是领着大米，不时从衣兜里掏出一块糖果塞进大米的嘴巴。他还喜欢坐在湖边看大米游泳。他像去澡堂一样用塑料袋提着香皂和毛巾，大米刚爬上岸，他急忙拿毛巾替大米把全身擦干。他牵着大米的手往家走，遇上的人都打趣说他好福气，自己没费一点力气便得了个儿子。刘加油亲昵地抚摸着大米的头：“我家大米更有福气，过几年，我让他去煤矿接我的班，他就是‘吃国粮’的人了。”

我对大米摊上这么个继父有点羡慕。我虽然也不缺零食，可是我父母给三叔寄钱的频率有点混乱，导致三叔给我买零食的节奏也是一股子一股子的，总让我有种朝不保夕的危机感。大米的零食却持续而稳定。我由衷地对大米说：“你爸真好。”大米的嘴角轻轻抽搐了一下，冷笑道：“他有事求着我。”大米左右看了看，悄声对我说：“他嘴上说让我照顾好我妈，其实是让我看住她，只要有人来家里，及时向他报告。”没想到丰富的零食背后潜藏着诡异的安排，我的脑子一时拐不过弯来。大米说：“尤其是你三叔。”

我三叔从未想过去谢文婷家。刘加油复杂的眼神和我三婶的监督让他知道必须离谢文婷远一点。他当初带着刘加油去那个山村跟谢文婷相亲，谢文婷没发现刘加油满嘴跑火车的毛病。她拿着暖壶给刘加油的茶杯续水，甚至还冲他笑了一下。刘加油的目光自从一进门便粘在谢文婷身上，一见她笑，刘加油的脸涨得通红。我三叔坐在旁边有点着急，好像不忍心眼看着自己的妹妹嫁给一个傻瓜。若不是刘加油一再催促，我三叔根本不会带着他来。离开谢文婷家时，婚事算是基本敲定了。谢文婷没说同意，却也没说不同意。我三叔让刘加油在大门外等一会儿，他又匆匆跑回到谢文婷面前。谢文婷正在洗茶杯的手忽然一停，满眼诧异地看着他。我三叔略显焦急：“你可想好了，我觉得你俩不般配。”谢文婷苦笑：“哪顾得上般配不般配？我只想赶紧找个有水的地方，离开这儿。”三叔说：“你应该嫁个更好的男人。”谢文婷说：“我现在像个叫花子，没有挑拣的资格。要不是为了儿子，我早死了。”说着，她轻轻甩了甩手上的水滴，朝屋角的石炕看了一眼，素花床单上堆满了花花绿绿的食品，都是刘加油专门给大米买的。谢文婷说：“只要他对孩子好，我是无所谓了。”我三叔还想劝她几句，一看到她那双暗淡下去的眼睛，他把话又咽回到肚子里。同时他也为自己的言辞感到了尴尬。明明是他牵头保媒，却突然又要毁掉这门将成的婚事。他再次回到刘加油身边，首先从刘加油眼睛里看到一丝愤怒。刘加油问：“你去跟她说什么了？”我三叔气咻咻地说：“你小子，这回可赚大了。”

结婚日期是刘加油亲自告诉我三叔的。我三叔作为被甩出局的媒人，立时感到一阵绝望。一连两顿没吃饭。他在饿得头昏眼花中终于端起三婶为他煮的面条时，已经恢复了应有的理智。自己跟谢文婷，根本没关系。谢文婷自从嫁到我们村，我三叔没跟她说过一句话。即使在大街上偶然相遇，也只是轻轻点一下头，比对村子里的任何人都更冷淡。

他第一次踏进谢文婷的家门是在7月19号夜里。白天下了一场暴雨，仙女湖的水位上升了一尺多。村里的街道满是泥泞，天依然阴沉得很，仿佛酝酿着更大的一场雨。我三叔穿着胶鞋，趁着夜色深一脚浅一脚往她家走，路上摔了俩跟头。谢文婷打开房门，以为突然闯来一个无家可归的乞丐。我三叔抹了一把脸上的泥水：“大米呢？”说着，从怀里掏出一个样式古怪的小狮子。

这是大米送给我的礼物。昨天下午我收到母亲寄来的四盒巧克力，三婶让我一块一块慢慢吃，我趁她不注意偷出两盒。我和大米在仙女湖边的草丛里分着吃了。大米第一次吃巧克力，觉得比刘加油买的水果糖好吃得多。虽然我也经常吃他的东西，他却感到占了我的便宜。下湖时，他说带我去个好地方。那个好地方在湖中央。我平时都是在浅水里扑腾，一到深水区有点害怕。大米说，他曾带小钢炮去过，那儿的水特别温暖。我有点不高兴，怎么带小钢炮先去了？我原以为自己没有游到湖中央的力气，抱着不能输给小钢炮的心思才努力往前游。接近湖中央时，我忽然闻到一股淡淡的香味。这股香气若有若无，只有对照着刚刚游过的水里的腥味才能感觉到。看上去一样的湖水变得特别轻柔，就好像趴在崭新的绸缎上。水温果然比浅水处高一些，浮力也大，用脚轻轻一蹬，身子便漂出好远。大米平静地躺在水面上，像一只静止的蜻蜓。他忽然想起了什么，身子一拧，旋出一道漂亮的水花。他说：“我去给你拿件东西。”说着，一个猛子扎进水里。我浮在水里回头遥望着村庄，由于是第一次从这个角度看，熟悉的村庄变得特别陌生。不知谁家的小孩在哭，还有狗叫和驴叫，那些声音从空中落在水面上，又紧贴着水面滑到我的耳畔。湖边有两辆运砖的拖拉机缓缓驶过，车头上冒着浓烈的黑烟，爬坡时，黑烟变得更浓了。突然，我在水里打了个寒战。我听到小孩的哭声更加响亮，拖拉机却行驶在无声画面里。我这才感到大米已经扎进水里好久了。极度的恐惧让我身子有点发软，大声喊大米。我的声音和水面上漂浮的小孩哭声混在一起，仿佛我也在哭。我的手脚一阵乱刨，急忙朝岸边游去。游了好长时间，村庄仿佛是一道正在撤去的布景，离我愈来愈远。正在我绝望时，大米紧贴着我从水里冒了出来，手上托着一个十几厘米长的小狮子。

小狮子在水里拿着挺轻，上岸之后却有些坠手。我回到家随手扔到床角。夜里做了个梦，一群赤身裸体的小孩在水里哇哇哭着拽我的腿。我的惊叫吵醒了三婶。她拿着毛巾替我擦头上的冷汗时发现了乌黑的小狮子。小狮子的眼睛特别亮，被灯光一照好像在不停地眨动。三婶吓了一跳，急忙把我三叔叫了过来。三叔拿着小狮子看了一阵，它的重量让他有些吃惊。刚开始以为是石头雕刻的，用手敲了敲发现是木头。三叔拿着块干净的毛巾狠狠地擦了擦，又凑到鼻子前闻了闻。他的口气变得有些急迫："哪儿来的？"

第三天傍晚，大米在仙女湖南岸的芦苇丛里对我说起了与三叔的会面。

刘加油不在家，大米和母亲睡在北屋的大床上。三叔去时他已经睡着了。谢文婷拍了好几下才把他拍醒。大米惺忪着眼睛，看到椅子上坐着个脏兮兮的男人。他猛地精神起来。刘加油虽然不识几个字，却无师自通地掌握了洗脑能力，连篇累牍向大米灌输"我不在家你一定要照顾好妈妈"，大米刚开始听着有点烦，时间一长，依稀觉着每个男人都对他母亲怀有不良企图。他正想看一看那个男人是谁，屋子里突然一片漆黑。停电了。大米以为是那个男人故意拉灭了电灯。他不知道自己是被母亲拍醒的，以为是偶然醒来撞上一个坏男人。他憋足力气大声叫喊起来。

我三叔趁着夜色前来就是为了避开村里人的目光。他自认此次到谢文婷家没有什么见不得人的，但是也不愿小狮子的秘密扩散出去。就像一个人行事再光明磊落，也犯不着把自家存款数目公之于众。大米的叫喊让他陷入慌乱。从椅子上跳起来，想夺门而出。他的手一触到门把手，又停住了。这时候跑出去，真像冲着谢文婷来的了。

谢文婷在漆黑中冲大米斥道："瞎叫什么？"说着，她划亮火柴点着蜡烛。跳跃的烛光打断了大米的尖叫。他揉了揉眼睛，认真看着母亲。谢文婷身上的衣服很齐整，扎头发的皮筋依然紧绷绷的。谢文婷将蜡烛凑到床前的桌子上，倒过蜡烛滴了几滴蜡油，将蜡烛轻轻粘牢，回头冲他笑了一下："做噩梦了？"大米看到正站在门口的三叔，心里特别纠结。刘加油虽然没明确说过我三叔坏话，在大米心里我三叔却已经成了对母亲威胁最大的男人。由于和我是朋友，他又觉得应该对我三叔表示尊重。大米面对满身泥水一脸慌乱的三叔，一时不知是该生气还是该笑一笑。他犹豫了一下，赖声赖气地问："你怎么来了？"我三叔在大米的注视下，竟然一时忘了为什么来。谢文婷的一句话解救了他。她轻轻在大米脑袋上拍了一掌："没礼貌，怎能跟三伯这样说话？"我三叔瞟见了八仙桌上的小狮子，像看到救星一样急忙拿起来："大米，除了这个，旁边还有什么？"

大米对我说："我不愿告诉他。"

大米想带我去的"好地方"在水底。那里到处都是石马、石象、石牛，个头像真的一样。大米每次潜下去都要骑在马上玩一会儿。马的眼睛像鸡蛋那么大，用手摸上去冰凉，发着绿光，把漆黑的水底都照亮了。他那天想带着我潜到湖底一起骑马，游到湖中央我已经气喘吁吁。大米只身潜下去想抠一只马眼送给我，没抠动，便顺手从马蹄旁边摸起个小狮子。

大米没想到送给我的礼物勾得我三叔半夜里跑到他家。我三叔一再追问，大米躺在床上闭紧了眼睛。谢文婷对三叔围着小狮子追问不舍有点纳闷："这是什么东西？"她将小狮子接过去，手上的重量让她吃了一惊。我三叔说："肯定是个好东西，我有个搞文物的朋友，回头我去问问他。你闻一闻，它身上有一股沉沉的香气。"谢文婷的脸色立马严肃了许多。她将小狮子递给我三叔，把大米拽起来，用力晃着他的身子："快说，哪儿弄来的？"我三叔说：

“仙女湖里。”大米睁大了眼睛。他没想到我把小狮子的出处供了出来。大米怕他们再问，急忙说：“就这一个，再也没有了。”此地无银的说法让我三叔变得异常兴奋。他对谢文婷说：“明天一早给加油打电话吧。”

这时，忽然传来激烈的敲门声。谢文婷打开房门，门外站着十几个男人。正在下雨，他们都穿着湿淋淋的黑色雨衣，看上去像电影里的黑社会杀手。谢文婷惊讶地看着他们。有人嬉皮笑脸地说：“我们以为你遇上了危险。”又有人阴阳怪气地对我三叔说：“老三，你的兴致可真高，到处都是泥，居然溜达到这儿来了。”小钢炮忽然从人堆里冲出来，一把抱起桌上的小狮子，大声嚷道：“这不是小狮子，是个大宝贝。”

大米躺在踏倒的芦苇上，对我说着那个乱糟糟的夜晚。我以为他在埋怨我说出了小狮子的出处。大米的口气却很平常，嘴角带着一丝得意，好像保住了更大的秘密。说完，他轻轻闭上眼睛，拿了片苇叶含到嘴里。凄婉的哨声穿过密麻麻的芦苇飘向远方，引得芦苇深处的鸟儿跟着唱了起来。大米吹奏的苇哨声钻进我心里，勾起我的愧疚，觉得自己像个出卖秘密的叛徒。

哨声忽然一停，大米坐起身来。

他说：“水底的面积比湖面还要大。”

这当然是不可能的。我却没心思做出判断。

我说：“我再也不对三叔说了。”

大米忽然变得有些神秘：“有一道紧闭的石门。”

“石门？”他的口气挑起了我对水底世界的好奇。

大米脸上带出一丝神往：“它肯定通向大海。”

6

锅锅匠的到来差点摧毁了我们村湖底掏宝的计划。

在小狮子出水三天后的一个下午，他骑着一辆破旧的“大金鹿”自行车穿过了村西的小桥。自行车后货架上驮着一只蠢笨的木头箱子，里面盛着锔锅锔碗的工具和大大小小的锔钉，在坑洼不平的土路上颠簸得哗啦啦乱响。他身上出满汗水，湿透的衣服像绳子一样捆在身上。这使得他骑自行车的样子特别笨拙。

第一个看到他的人是小钢炮。他偷听乱看的毛病本来挺招人烦，自从通过跟踪我三叔，将小狮子的秘密公之于众，村里人对他投来赞赏的目光。全靠了他，仙女湖里的宝贝才没被刘加油和我三叔私吞。小钢炮想再接再厉挖掘更大的秘密。村子太小，放个屁全村都能闻到味，可挖的东西实在不多。确定了湖底掏宝计划之后，全村的目光集中到大米身上。这让小钢炮感到一丝失落。让他更失落的是大米再也不带他去湖里游泳了。没有大米陪着，他连在浅水里扑腾几下也不敢。

小钢炮委在一户人家房后的荫凉里，无聊地拿着草棍逗弄一队有序爬行的蚂蚁。自行车的响声让他抬起头来。村里几乎每天都会来个这样那样的工匠。锔锅的，剃头的，阉猪的，绑笤帚的，钉驴掌的。小钢炮跟工匠们都很熟，还经常帮着他们吆喝几句。眼前这个陌生的锔锅匠让小钢炮感到一丝好奇。他后来对我说："一看就不像锔锅的。"做出这样的判断是因为锔锅匠的眼镜。太厚，大圈套着小圈，像啤酒瓶子底。小钢炮的语文老师也戴着这样一副眼镜，经常让小钢炮罚站，还让他头顶着考了零分的试卷在教室里转圈。小钢炮非常恨他。这使得他对锔锅匠的印象也很差。小钢炮抖落草棍上的蚂蚁，大声喊道："去别的村吧，昨天刚来了一个，没什么可锔的了。"锔锅匠闻声下了自行车，用手背揩了一下额头上的汗水，扶了一下眼镜，慢慢朝着小钢炮走了过来。小钢炮发现他的眼镜没有右腿，用一根辨不清颜色的小绳子套在耳朵上，右耳朵根被绳子勒得有点发红。锔锅匠客气地说："小朋友，你好。"

这个锔锅匠在接下来的七天里来过我们村三次。第三次来了再也没能离开。没人知道他姓什么。他的死亡是我们村共同严守的一个秘密。

我没能亲眼看见他的死亡。在他死的前一天下午，我被母亲接回了城。我三婶不愿让我走。她认为一个离婚女人根本没资格带孩子。我妈对她说，这辈子再也不结婚，就守着儿子过。我三婶又觉得她有点可怜。给我收拾东西时，三婶将大米送给我的小狮子放进母亲的手提箱里，我三叔急忙又拿了出来。

他说："这个不能带，它是全村的公共财产。"

他已经找人给小狮子估过价。他有个姓李的朋友开着大卡车常年跑广东，不知通过什么渠道跟一群文物贩子混成了朋友，干脆辞职入了伙，曾经将两个佛头贩卖到荷兰。这本来是犯罪行为，却在倒卖文物的江湖里奠定了地位。我三叔用破人造革提包装着小狮子，在一个深夜敲响了老李的家门。老李一见我三叔把小狮子掏出来，眼睛有点发直。我三叔从他的目光里知道了小狮子的价值。他想知道得更具体一些。老李报了个价。数目大得让我三叔吃惊。他还是慢悠悠地将小狮子又装进提包里。老李急忙给他倒了杯红酒。我三叔轻轻呷着红酒，闲言碎语中聊起我父亲婚姻的种种坎坷。老李的注意力被引到那个海滨城市，我三叔放下了酒杯："这个小狮子，是我侄子从垃圾箱里捡的。"老李说："好东西不问出处，你卖不卖？"三叔说还要跟家里商量一下。告辞出门时，他用轻描淡写的口气道出了自己最大的疑惑："这到底是什么东西？"老李笑道："如果卖，价钱还可以商量。"

次日深夜，我三叔召集了一个秘密会议。全村每个家族都派出一个重要人物当代表。刘加油的休假时间是8月1号到8号，一听仙女湖出了宝贝，以老婆喝农药病危为由请假赶了回来。这是个属于刘加油的夜晚。所有人都对他毕恭毕敬。他刚掏出香烟，有人替他划着了火柴。刘加油坐在最醒目的位置上，居高临下看着一张张讨好的脸。他像主席台上的领导一样轻轻咳嗽了一下，都以为他要说话了，他却端起别人给他泡的一杯茶。他拿着茶杯盖轻轻抹着漂浮的茶叶，迟迟不肯将茶杯送到嘴边。直到众人期待的眼睛里冒了火，他才呷了一口茶。刚放下茶杯，有个人给他续上了水。刘加油皱了皱眉头，他觉得应该让两个漂亮娘们给他倒水。我三叔催促道："加油，你给大家说两句吧。"刘加油点了点头，将身子慢慢往前探了一下，像领导讲话时将嘴巴凑近麦克风。刘加油说："大米跟我说了，湖底的小狮子多的是。"有人问："没别的了？"

刘加油眼睛一瞪："光是小狮子就能让全村发起来，你还想要什么？"其他人急忙附和着笑了。刘加油又点上一根烟，吸了一口，直到吐出的烟雾在眼前散尽，又说："这次掏宝，全指望我家大米，最后应该给我多分两个。"大家都觉得他太贪心。刘加油一见没人吭声，将目光转向我三叔："三哥，我的要求过分吗？"我三叔说："不过分，大米要是不肯下湖，咱们一个也捞不上来。"满屋的旱鸭子面面相觑，心都提了起来。湖底掏宝时间定在8月2号早晨。刘加油还要赶回煤矿上几天班，8月1号再回来。大家都想快点动手。钱拿到手里才算钱，老是存在湖底总给人一种夜长梦多的感觉。散会时天已经蒙蒙亮了。有人担心地问刘加油："大米会去替咱们捞小狮子吗？"刘加油说："我说去他就会去，无非多扎几个猛子罢了。"

锔锅匠在掏宝计划制订好的当天下午来到我们村，显然有点不合时宜，更不幸的是他进村遇上的第一个人是小钢炮，这给他的死亡埋下了伏笔。小钢炮在村口跟他交谈了几句，看着他又跨上了自行车，急忙从另一条胡同朝我三叔家跑去。

我三叔正躺在家里睡觉。熬夜开会让他的身心非常疲惫。庆幸的是刘加油没有追问他为什么半夜去找谢文婷。他想在掏宝前的几天里养足精神。小狮子捞上来，他就拎着它们去广东。他决定不再让老李从中倒一把。他们当年一块出车去广东，三叔跟着老李去过两回地下文物市场。想到那些阴险狡诈的文物贩子，他有点憷。卖小狮子本身就犯法，那伙人再给来个"黑吃黑"怎么办？

三叔睡得一点也不实，一个小男孩突然俯在床前，还以为梦到了被湖水卷走的我二叔。

小钢炮气喘吁吁："三叔，不好了，来了个锔锅匠。"

三叔一看是他，有点生气："你怎么进来的？你三婶明明锁上了院门。"

小钢炮说："他问我咱村有没有一个脚上长蹼的小男孩。"

我三叔猛地从床上坐了起来："他去了哪里？"

小钢炮添油加醋地说："他肯定是个人贩子。"

小钢炮后来对我说，当时他真是这么想的。锔锅匠一向他打听长蹼的小男孩，他忽然想到年前在镇上看过的一个马戏团。帆布大棚的门口挂着个铁笼子，里面有个两条腿长在一起的小男孩，只有一只脚掌。小男孩赤身裸体斜躺在铁笼里，脚掌从铁笼的缝隙伸出来冲着人不停摇动。有人将硬币放在脚掌上，他灵巧地往里一收，扔在身旁一个红色小铁罐里。

我三叔从床头摸到香烟，点上，没几口便抽完一根。他怀疑有人泄露了秘密。另一伙人准备来湖底抢宝了。他们挺知道要害，先冲着大米下手。我三叔冷笑着将烟蒂扔在地上，狠狠地用脚碾了一下。

小钢炮终于又找到一个让全村刮目相看的机会，见我三叔迟迟不说话，有点着急。

他问："现在怎么办？"

我三叔说："你去盯住那个锔锅匠。"

锔锅匠在我记忆里是个干瘦的中年男人。他体内似乎有一股奇异的力量，正将全身皮肤吸进骨头缝隙里。背佝偻着，细脖子上的几道青筋像是在草丛里游走的小蛇。他看我的时候，眯着又细又长的眼睛，脑袋极力往前探。这是没戴眼镜的缘故。他的眼镜正被谢文婷拿在手里。

我跟着母亲离开村庄时，吉普车已经发动了，忽然想起还没跟大米告别。我跳下车朝着大米家跑去。我想把家里的地址留给他，等他去找我，我们一块去海里游泳。大米没在家。锔锅匠和谢文婷坐在西屋窗前的荫凉里。锔锅的工具零乱地散在地上，一只破裂的和面盆里放着一堆锔钉。锔锅匠正端着一只白色瓷杯喝水。茶杯上有一朵腊梅花。这是谢文婷专用的杯子。我们村只有谢文婷家才会每人都有专门的茶杯。

我问："大米呢？"

谢文婷有些慌乱。我跑进大门时，她正垂着头给锔锅匠的眼镜系绳子，原来那条辨不清颜色的小绳子扔在她的脚边。锔锅匠的眼镜像是在病人的尿液里泡过似的。谢文婷给它配了条颜色相近的线绳。系好之后，有一根线头在镜框前翘着，她将嘴凑上去，用白亮的牙齿咬了下来。她用手拽着绳子试一试强度，正想交给锔锅匠，我的脚步声让她的脸色变得煞白。她的右手腕轻轻一转，将眼镜握在手心里，又像是坐累了似的在马扎上舒展一下身子，握眼镜的手自然而快速地放到大腿下。

锔锅匠笑着问："是大米的朋友吧？"他看着我，口气却像问谢文婷。谢文婷僵硬地冲我笑了笑："他没跟你在一起？"我说没有。谢文婷说："如果没和你在一起，就一定在仙女湖里。"说话时，那根线头还挂在她的嘴角。我走出院门又往后看了一眼。锔锅匠已经把眼镜戴上了。他冲着我轻轻摆了一下手。谢文婷将那根线头用力吐在地上。

看来小钢炮说得对，锔锅匠跟谢文婷有一腿。他上午就来了，中午在谢文婷家吃的饭，好像她家有数不清的锅碗瓢盆让他锔。上午我和大米去仙女湖游泳，正碰上小钢炮在街上奔跑。原来他缠着大米带着他，大米不肯。小钢炮只能孤零零地坐在湖边看着我和大米在水里嬉戏。仙女湖已经成了大米的个人领地，他不同意，我和小钢炮谁也不敢下去。大米的点头对我们无异于生命的保障，即使沉下去，他也能把我们捞上来。小钢炮坐在湖边的可怜样让大米特别解气。近几天小钢炮好像挺忙，再也不到湖边了，大米有些纳闷，想问一问在忙什么。他主动给小钢炮打招呼。小钢炮停下脚步，没有因为大米主动示好而受宠若惊，反倒用一种蔑视的眼神看着大米。

大米说："咱们去下湖吧。"

小钢炮冷笑一下："自己的妈都被人操了，还有心思下湖？"

大米愣愣地看着他跑远的背影，脸突然羞得通红。

半个小时之后，大米让我帮着在村西小桥上扒掉了十七块砖头。桥面上现出一个长方形窟窿。透过窟窿可以看到桥下混浊细弱的水流。桥右侧的桥栏烂掉两根，像张开了怪异的嘴巴。菜农在河底挖了个坑，把水流凝聚成一个深潭，以便打水浇菜。大米伸着胳膊量了一下窟窿的长度，然后找来几根细小的木棍搭在窟窿上。在木棍上铺了层薄薄的麦秸，又在麦秸上撒了一层土。大米伸出脚轻轻踩出一串凌乱的脚印。完工之后，我们将扒掉的砖头扔进桥下的深潭里。看着水面不停冒上来的气泡，大米如释重负地笑了。

他说："锔锅匠的车前轮一定会栽进窟窿里。"

7

小钢炮认为锔锅匠是死在谢文婷手上："她明明知道刘加油8月1号傍晚回家，为什么还要留下他？"

说这话是在大米失踪多年后的一个夏夜，我和小钢炮都已接近了锔锅匠死去时的年龄。

我说："谢文婷也许以为刘加油不会回来。"

小钢炮说："她不该拿一个人的性命冒险。"

我说："要么就是她觉着刘加油见到他也不要紧。"

谢文婷和锔锅匠之间到底发生了什么，我以为谁也不可能知道。身为当事人的他们，一个死去了，另一个失踪了。这是我们村庄最希望看到的结果。谁也不必为一个陌生人的死亡负一点责任。

谢文婷的失踪与大米无关。她第一次失踪时，湖底掏宝的行动刚开始，大米正在全村期待的目光里朝湖中央游去。刘加油回家想叫谢文婷快点去湖边。大米下湖时眼神有点怪，刘加油生怕他玩什么花样。谢文婷不在家，刘加油并没有多想。院子里像每天早晨一样收拾得井井有条。他以为昨天的争吵已经平息了，日子还会照常过下去。直到看见床下一摞打上锔钉的碗，才觉得不妙。他从来不记得家里有这么多破碗。十三天之后，刘加油不知从什么地方把谢文婷扛了回来。她赤身裸体包裹在一条紫色土布床单里，静静地趴在刘加油肩膀上，像一具尚未僵硬的尸体。小钢炮对我说，村里的街道站满了人。吵嚷声使得谢文婷轻轻睁开眼睛，冲着一直尾随的小钢炮笑了。小钢炮吓得停住了脚步。他忽然觉得刘加油扛着的是另一个女人。

谢文婷从此再也不肯穿上衣服。刘加油想将衣服披到她身上，她像只凶猛的动物一样又撕又咬。刘加油趴在窗户上，伤心地看着她白亮的身躯在屋子里走来走去。她一见窗口有人，随手抄起件东西就砸。刘加油差点被飞溅的窗玻璃扎瞎了眼睛。怕她从窗户里钻出来，刘加油给她的脚腕拴上一条铁链，又用砖头把窗户封了起来。谢文婷就像住在一间粮仓里。她不知疲倦地走个不停，在院门口都可以听到哗啷哗啷的脚镣声。刘加油以为她是被一个疯狂的女鬼附了体。经人介绍花重金请来一个巫婆。该巫婆以会“过阴”的特长闻名百里，曾把许多刚踏上黄泉路的人拽回阳间。见多识广的巫婆根本没把谢文婷当回事，从刘加油的自行车上跳下来便迫不及待地进了屋。她想看一看谢文婷到底遭遇了哪一路鬼魂，以便对症施法。她的眼睛还没来得及适应屋里的光线，突然有一道白亮的影子像闪电一样扑了上来。鬼哭狼嚎的声音让站在门外的刘加油心惊肉跳。等他好不容易把巫婆拖出来，巫婆的右肋已经断了四根。

小钢炮逐渐摸准了观察谢文婷的时机。在刘加油给她送饭的时候。刘加油每天给她送三次饭，她三天才吃一回。她吃饭时喜欢趴在地上，像狗一样将嘴探进碗里。实在吃不到，便用手抓着食物往嘴里塞。刘加油以为她怀孕的肚子会一天天大起来，但她的腹部收缩得愈来愈凹，身手却愈来愈敏捷。小钢炮曾经看到她用一只手把自己吊在房梁上，另一只手狠狠挠着阴部，像一只正在发情的长臂母猿。刘加油对于有人来看谢文婷的裸体，总是大声叫骂。后来开始闷头叹气。再后来，他像个絮叨的女人一样，不停地冲着人说：“瞧她这样子，我该怎么办呢？”

在初冬的一个深夜，赤身裸体的谢文婷连同脚上的铁链永远失踪了。

刘加油找了她许多年，为此失去了煤矿的工作。直到现在，刘加油见到陌生人便会凑上去问：“你见过一个大眼睛白皮肤的女人吗？”刘加油保留了谢文婷帮他养成的卫生习惯，特别注意衣领和袖口的干净程度，每顿饭后都要刷牙。这使他看上去是个文质彬彬的老头。有的人听出他在说疯话，偶尔会逗他两句：“大爷，别在一棵树上吊死，再找个老伴吧。”刘加油一本正经地说：“那怎么行？我在等着文婷回来。”

刘加油的脑子里塞满谢文婷，丝毫没有锔锅匠的影子。多年前那个8月1号的傍晚，他却被锔锅匠搞得头昏脑涨。他兴冲冲地从煤矿赶回村，手里拎着两大塑料袋子零食，挎包里装着给大米买的球鞋。他准备好好地给大米过个生日，然后叮嘱大米，不要把小狮子都捞上来，多留一些，自己悄悄地慢慢捞。谁也不敢去湖底看一看，大米说什么是什么。手上有了足够的小狮子之后，他打算辞掉煤矿的工作，天天守着谢文婷。刘加油走过村西头的小桥，想象着谢文婷即将饱满起来的肚子，不自觉地笑出了声。刚一进村，便听到了锔锅匠与谢文婷亲密交往的消息。刘加油眼前立时一黑。

他先去了我三叔家。我三叔正在小桌上切西瓜。他把西瓜的一头切出一个平面，用切下的瓜皮擦拭着明晃晃的菜刀。刘加油冲过去把菜刀抢到手里。我三叔吓了一跳。刘加油转身朝外走，我三叔一把抱住了他。刘加油像疯子一样叫着："我宰了那小子。"我三叔说："你不想活了？"刘加油愣了一下。我三叔说："你杀了人你还活得成？"刘加油握着菜刀的手垂下了，脸上的表情像哭一样："三哥，他连着来我家三回了，你都不打电话告诉我一声。"我三叔说："他到你家只是锔盆子锔碗，没干别的。"刘加油有点不相信。我三叔说："我让小钢炮一直盯着他。"

一连抽了三根香烟，刘加油的情绪稍微稳定了一些，对那个未曾谋面的锔锅匠依然耿耿于怀。

我三叔说："重点在你老婆身上，她要是不叫他，他去锔个屁呀。"

我三叔确定锔锅匠不是为了拐走大米之后，对谢文婷隐约有了种恨意。那么多锔锅匠，偏偏叫这个戴眼镜的，能说他们之间没什么吗？刘加油夺菜刀的动作让我三叔感到些许欣慰，可是并不想让锔锅匠有个三长两短，即使把他打伤了，湖底掏宝计划也会被打乱。三叔已经对小狮子将要带来的财富做出了安排。他想在儿子复员之前，把他们结婚用的房子盖起来。

刘加油咬牙切齿地说："不能饶了这小子，我要狠狠地揍他一顿。"

我三叔说："俗话说，母狗不翘腚，公狗干着急。你应该做好你老婆的思想工作，少搭理不三不四的人。”

我三叔对刘加油强调了湖底掏宝对未来生活的重要，勾着刘加油的思绪回到谢文婷肚子里的孩子上。

刘加油叹了口气：“好吧，我先把那小子撵走，然后跟文婷好好谈一谈。”

他重新拎起买给大米的零食和球鞋往家走，没想到身后跟了那么多看热闹的人。每个人都知道锔锅匠给刘加油扣了顶绿帽子。阴阳怪气的话语钻进他的耳朵里，像碎玻璃渣子一样扎痛了他的心。刘加油都有点不会走路了，总觉得无论怎么走都像是在掩饰自己的无能和懦弱。

锔锅匠正拿着把铲子戗锅。大铁锅倒扣在地上，锅沿下垫了几块砖头。锔锅匠躬着腰，手中的铲子一下一下轻轻刮着锅底上凝结的草木灰。灰已经刮尽了，锔锅匠还嫌不够干净，又跟谢文婷要了块抹布，俯在锅底仔细擦拭。谢文婷站在旁边，看到他左脸颊沾了一点黑灰，将一块干净的毛巾递到他的手里。他正在擦脸，刘加油走进了院门。

刘加油一眼便看出他用的是谢文婷的专用毛巾。平时刘加油偶然用错一回她都会不高兴，现在竟然拿在一只沾满黑灰的手上。刘加油的脑袋像是被砖头拍了一下，手中的东西掉在地上。这时，身后的人群里传来一阵怪笑。正拿着笤帚扫地的谢文婷闻声抬起头来，冲着刘加油微笑道：“你回来了。”刘加油没有看她的笑容，目光直盯住锔锅匠。他左手拿着毛巾，右手的食指顺着鼻梁往上推了一下眼镜。他毫不惊慌的表情点燃了刘加油压抑的怒火。刘加油觉得应该做点什么。他抖了抖空荡荡的双手，看到装零食的塑料袋子旁边有一块砖头。刘加油弯腰抄了起来。身后响起一片兴奋的叫好声。谢文婷急忙扔掉手里的笤帚，冲过来抱住他：“加油，你别急，听我说。”在谢文婷的怀抱里，刘加油忽然想哭。她从来没有抱得这么紧。他也想紧紧抱住她，听一听她要说什么。事情好像并没有自己想象的那么糟。他要抱她时，手中的砖头阻碍了他的动作。他顺手一扔，砖头恰巧砸在倒扣的铁锅上。破裂的闷响让谢文婷的脸色变得特别苍白，她更紧地抱住刘加油，扭头冲锔锅匠喊道："先别说了，你快走。"

事情如果到此为止，死亡和失踪都不会出现。不幸的是锔锅匠走出院门时喊了一句话。这句话相当于在刘加油刚刚平息的怒火上猛浇了一瓢油。他从谢文婷的怀里猛地挣出来，重新捡起了砖头。

锔锅匠喊道："婷婷，快跟我走。"

刚开始刘加油追得并不快，锔锅匠走得也不快。小钢炮说，从他们步履上可以推断，锔锅匠没做亏心事，刘加油也无意置他于死地。俩人进行的是一场无声较量。这场较量将在锔锅匠走过村西头那座小桥时结束。身后不断拥上来的人群让锔锅匠有了一丝慌乱。他不时回头看一眼，好像人群是一场迅速蔓延的烈火。他的脚步加快了。他开始小跑时，正是刘加油放慢脚步的时候。锔锅匠不时回头看一眼的样子让刘加油很生气，以为他在人群里寻找谢文婷。锔锅匠加快了脚步，刘加油突然觉得他已经和谢文婷达成了默契，他自己吸引众人的目光，让谢文婷从另一个方向出走。刘加油觉得必须把他抓住，等确定谢文婷没走之后再放掉他。刘加油跟着他跑了起来。锔锅匠的脚步更快了。谁也没想到他的奔跑能力这么强，腿上像装了弹簧一样。村路的坑洼对他毫无影响，他的脚尖在地上轻轻一点，身子便飘出好几米。他将众人甩得愈来愈远。当接近村西头的小桥时，他的身影已经形同一道灰黑色的闪电。气喘吁吁的刘加油终于如释重负，游戏眼看就要结束了。他的腿虽然还在奔跑，脑子里却想着快点回家看一看谢文婷。

突然，锔锅匠一头栽倒了。撕心的惨叫声使刘加油和人群都定住了脚步。过了好一会儿，锔锅匠费劲地爬了起来，踮着左脚慢慢靠在右侧的破桥栏上。他的身体踮动时，右腿胡乱晃着，好像只剩一条空荡荡的裤管。他的脸上满是汗水，就像是刚从水里钻出来。

刘加油站在桥头，看着那根断裂的右腿，心里像被一只手紧紧地攥住了。刘加油手上一直握着那块从家里拿出来的砖头。他正想将砖头丢掉，忽然发现锔锅匠拧着身子朝逐渐靠近的人群看。汗水阻挡了视线，他用右手把眼镜推到额头上，用左手背揩了揩眼睛。他将眼镜重新戴好，锐利的目光再次探向陌生的人群。刘加油以为他又在寻找谢文婷，几近熄灭的火气再次冒了上来。他抬手把砖头扔了过去。这块抛出的砖头只能算刘加油的一种姿态，他觉得应该用砖头警告一下锔锅匠，同时，也让尾随的人群看一看，他并不是一个懦弱的人。他没想到砖头能砸到锔锅匠身上。刘加油拎着砖头已经跑得很累了，右臂酸麻得好像不是长在自己身上。砖头飞出去之后飘飘忽忽，像一片正在坠落的小风筝。

随着一声绝望的叫喊，锔锅匠的身子晃了晃，穿过烂掉的桥栏栽进了河底。

8

大米跑到村西的小桥时，天已经亮了。桥面上的长方形窟窿大敞着，好像比刚扒开时大了许多。他趴在地上，从窟窿里看了一下河底的深潭。水面上隐隐约约荡漾着一层细弱的波纹。大米的身子猛然一悚。他觉得波纹很像锔锅匠的眼镜，幽黑的水底像是锔锅匠的眼睛。他记得第一次见到锔锅匠时，锔锅匠的眼睛先是微微瞪了一下，一看到他的脚，眼睛突然变得特别红。锔锅匠问：“你叫建军吧？”大米当时刚从仙女湖里爬出来，想回家吃点东西，再回到湖里接着游。夏天是他最喜欢的季节，因为可以整天扎在湖水里。在水里泡的时间一长便会饿，让他特别苦恼，总觉着每次游得都不尽兴。他是在快跑到自家胡同口时与锔锅匠相遇的。一听锔锅匠叫出他的大名，他警惕地将双脚往后收了一下，十个脚趾紧扣着泥土，问：“你是谁？”锔锅匠朝前凑了两步，单手扶着自行车的车把，伸出左手想抚摸一下大米毛茸茸的脑袋。这时，一辆绿色吉普车从街上匆匆驶过。锔锅匠的眼神一乱，拧着身子用左手拍了拍自行车后货架上的木头箱子，说：“我是锔锅的。”

昨天中午，大米从湖里跑回家吃饭，一进院门便看到锔锅匠的自行车停在院子里，大米有点纳闷，它怎么没栽进窟窿里？车子旁边放着三只摔碎的破碗，其中一只碗上印着放光芒的红太阳。这是大米的碗，他早晨还用它喝过汤。什么时候摔破了？这时，锔锅匠站在门口叫他：“建军，快进来吃饭。”大米不由自主地问：“你没从村西的小桥上走？”锔锅匠笑道：“我是从村东进来的，你去村西小桥上等我了？”大米鼻子轻轻哼了一声。进了屋发现母亲正在擦桌子。锔锅匠坐到刘加油习惯坐的桌东边的椅子上，点上了香烟。他说：“我就说等孩子回来一块吃。”谢文婷笑着说：“他到水里就忘了时间。”锔锅匠说：“咱们可以遵从他的天性，可是也要养成按时吃饭的习惯，什么时候饿了什么时候吃，像是散养的。”大米看到谢文婷的脸色稍微一僵，将抹布叠了叠握在手里，转身去了厨房。锔锅匠说：“建军，要想在水里知道时间，一是看太阳，再就是记住岸边一棵树影子的位置。”大米对锔锅匠本来并无好感，听他这话忽然有了点兴趣。在茫茫湖水里的时间问题一直困扰着他，暑假期间还好，上学时就有点麻烦，他屡屡因为在水里逗留时间太长而迟到。他问：“要是没太阳呢？”锔锅匠笑了：“就知道你会这么问。没太阳也不要紧，按我说的办法训练，对时间会有一种准确的感觉。”大米觉得这话有点绕。锔锅匠又说：“回头我带着表陪你下湖去试试。”大米一时忘了饿，恨不能马上去尝试一下。锔锅匠说：“要是对时间没感觉，就没法对付数不清的痛苦。”大米觉得他的语调有点沉重，他望着锔锅匠头上花白的短发，好奇地问：“你会很苦？”他一直以为走乡串村的手艺人活得很潇洒。锔锅匠将烟蒂弹出去，笑道：“我现在一点都不苦了，很幸福。”这时，谢文婷端着俩馒头和一盘拌了蒜的茄泥进了屋，笑着问：“你们俩聊什么呢？”大米说：“在说‘感觉里的时间’。”谢文婷对锔锅匠说：“说这个他能听懂吗？”锔锅匠一笑：“别忘了他是你的儿子，冰雪聪明。”

在大米记忆里，锔锅匠是第一个夸他聪明的人。吃饭时，他不时抬头看一眼锔锅匠，每次都恰巧遇上满含笑意的目光。锔锅匠问：“建军，好好想一想，能记起我吗？”大米停止咀嚼，正要想，谢文婷在旁边咳嗽了一声，引得锔锅匠的眼睛转向她。她轻声说："先别说这个，等我慢慢告诉他。"谢文婷嘴里的"他"让大米心头一震。母亲和锔锅匠的眼睛正交流着许多内容，大米有些不安。大米梗着脖子咽下一口发干的馒头，低着头说："他要回来了。"锔锅匠和谢文婷同时一惊。锔锅匠略显茫然："谁？"谢文婷的脸色有点阴："还能有谁。"

大米委坐在窟窿旁边，回想着昨天午后守着锔锅匠吃饭的画面，将目光缓缓地投向河畔。他的眼神忽然一顿。坟头不知何时消失了。大米揉了揉眼睛，发现河畔上的杂草已被铲光，裸着一大片新鲜的泥土。他真的走了？

大米昨天傍晚跑到桥头，正遇上刘加油和另外六个男人扛着铁锨往回走。他们都沉着脸。一看到他，刘加油脸上立时涌上笑容。他将铁锨递给旁边一个人，躬身把大米抱起来。大米刚从仙女湖里出来，浑身湿淋淋的。刘加油问："看到我给你买的球鞋了？"大米没说话。大米身材挺小巧，在刘加油怀抱里却显得很长。大米的双脚一下一下敲打着刘加油的膝盖。大米问："他真的死了？"刘加油的身子颤抖了一下。他换了个姿势抱着大米，说："他是掉进河里淹死的，我们埋了他，是做了件好事。"大米趴在刘加油的肩头，眼睛直盯着那座沉浸在暮色里的新坟，有一大团雾气正萦绕在坟头上。他依稀看到有个瘦长的身影从雾里走出来，用手扶了一下眼镜，冲他笑着举起了左手。他知道那个人想要抚摸他的头。大米急忙朝前探了一下身子。刘加油将他抱得更紧了。大米看到坟头上的雾气慢慢凝在锔锅匠身上，包裹着他，沿着河堤朝东飘去。

刘加油扛着铁锨朝小桥走来，远远看到大米正蹲在河畔上。堆起坟头是因为多年埋死人养成的习惯，昨天则是个失误，好像故意提醒桥上的行人多看上两眼。刘加油一大早跑来想把坟头铲平，免得再在梦里折磨他。没想到已经有人替他做了，做得比他想的还要干净、彻底。刘加油望着一大片剥去绿色的泥土，感动得眼泪差一点掉下来。刘加油确信大米还没看到他，麻利地将铁锨顺着桥上的窟窿扔进河底，双手像洗脸一样在脸上揉搓了两下，深吸了一口气，大声喊道："大米，要开始了。"

此时的仙女湖边围着许多人。尽管我三叔严格限制了到场的人数，可是人们都想亲眼看见小狮子出水。仙女湖折磨了我们多年，终于轮到它补偿我们了。每户人家都对小狮子将要带来的财富做出了安排。有人想买电视，有人想买自行车，有人想带着孩子去城里吃炖肘子。我们村常年挣扎在贫困里，该买的东西太多，该吃的东西也太多。怕出水的小狮子多得用手拿不了，好多人家扛来了大笸箩。都想把自家的笸箩放在最前边，好像离湖水愈近，分得小狮子愈多。人群中出现了争吵和拥挤，有两个中年女人差点被挤到湖里。我三叔大声喊着在人群里穿来穿去维持秩序。人们的情绪在他的喊声里终于稳定下来，忽然发现少了最关键的人。

大米不想下湖了。

刘加油喊了两声，大米像是没听见。刘加油朝大米走了过去。随着走近，刘加油头皮有些发麻。从河边几棵柳树的位置上判断，大米正蹲在埋掉锔锅匠的地方。大米用双手挖着湿润的泥土，身旁已经集起一个小土堆。刘加油在一丈开外的地方停住脚步，心怦怦乱跳。

他说:"大米，快走，乡亲们都等着你呢。"

大米抬起头，茫然地问："去哪里？"

刘加油忽然意识到还没有跟大米说过捞小狮子的事。一群大人又是密谋又是策划，都把刘加油当成湖底掏宝的主要人物，好像大米只是刘加油手上的一只提线木偶。

刘加油说："去湖里，再去拿两个小狮子。"

他将数目说得这样准确，是想把更多的小狮子留在湖底。他觉得替全村捞出两个已经不少了。

大米的脸抽搐了一下："我早就说过，就那一个，再也没有了。"

刘加油愣了愣，目光锐利地盯在大米脸上，口气变得又冷又硬："你骗谁呢？"

大米在刘加油逼视下，眼神一虚。刘加油从他脸色上验证了自己的判断，小狮子肯定不止三个，湖底的宝贝也不只是小狮子。心念及此，刘加油的眼角不自觉地带出了笑纹。大米接下来的话，让他的笑纹又凝固了。

大米说："昨天下午那个姑姑对我说，我要是再拿东西，就把我扣住给她喂马。"

刘加油有点蒙："哪个姑姑？"

大米说："穿红袍的姑姑。"

大米坚定的语调把刘加油心底那个恐怖传说突然激活了。他目光呆滞地望着小河里绿色的水流，好长时间没说话。难道是真的？他的大脑因为恐怖变得异常活跃。公主的坟墓。数不清的宝贝。大米的自由来去。即使那个公主真的游荡在水底，难道她就不睡觉？当初娶谢文婷，他对她带来的儿子还有点嫌弃，没想到她带来的竟然是一只抓大财的手。

刘加油阴阳怪气地说："看来穿红袍的姑姑对你不错。"

话音未落，刘加油脑袋上猛地冒出一层白毛汗。他看到大米又在扒土。

大米跪在地上，双手急切地交替着在地上乱刨，一把把泥土飞起来落在他周围。他面前的坑在迅速变大。大米的脑袋探到坑里，那样子就像一只钻进洞里掏食的野狗。湿土往外飞的速度愈来愈快，飞起来的土块不时砸在大米身上和头上，他浑然不觉。

眼看大米的半个身子沉到坑里，刘加油冲过去抱住他："你想干吗？"

大米挣扎着："他没死，我看到他在动。"

刘加油将大米拎起来像扔垃圾一样甩出一丈多远。大米双手到处乱抓着朝河底滚去。在离水面一米多的地方终于紧紧抓住一丛草根。还没来得及抬头，刘加油扑过来狠狠掐住他的脖子。

刘加油叫道："狗杂种，我好好待你，你他娘的却想毁了我。"

围在仙女湖边的人们经过短暂的平静之后又重新吵嚷起来。我三叔看了看表，五点半。跟刘加油约好的让大米五点钟下水，这个时刻大米体力最好。刘加油变卦了？还是在跟谢文婷吵架？我三叔正想去看一看。这时，刘加油搂着大米的肩膀朝湖边走来。人群自觉地给他俩让出一条通道。我三叔发现大米脸色蜡黄，脑袋上全是土，右腿有些瘸。大米赤着脚，脚掌像是被木板绑住一样打不了弯，走起路好似拖着沉重的脚镣。我三叔想问一问大米是不是受了伤。突然，小钢炮从人群中窜出来跳在他面前："三叔，有个秘密还没向你汇报。"我三叔有点蒙。小钢炮见众人的目光集中在他身上，有些得意："那个锔锅匠，其实是大米的爹。"我三叔的脸立时黑了下来。他扭头冲着小钢炮的父亲说："还不管住他这张破嘴。"小钢炮的父亲在镇上一家宰坊打工，一只手能放翻二百斤的老母猪。他冲过来抽了小钢炮一个响亮的耳光。小钢炮像挨了棍子的小狗一样打了几个滚，惨叫着爬进人群。

我三叔走到大米身边，伸出手想亲昵地抚摸一下大米的脑袋。大米一扭头躲开了。

我三叔问："孩子，你的脚不要紧吧？"

刘加油在旁边急忙说："离开水的时间太长了，一下湖就好。"

我三叔低头看了看大米的脚，发现沾满泥土的小腿上正有一层白皮翘起来。

大米向三叔身前凑了半步，脸色像个心事重重的大人。

他说："三伯，我要小钢炮跟我一块下水。"

我三叔对小钢炮不太信任："他能行吗？"

大米说："他行。"

9

小钢炮对我说："他想淹死我。"

如今的仙女湖扩大了数倍，打造成了景区，号称江北最大的湖泊。我们的村庄连同村西头的小桥都变成了水面。村民们搬到了105国道边的一个小区里。当年想靠小狮子获取幸福生活的梦想，竟然通过土地置换实现了。景区建好是为了引诱外地人来花钱，可是外地人不知道仙女湖。谁也不会花钱去个没听说过的地方，本地人更犯不着花钱去看。景区里异常冷清。有关部门经过冷静思考，觉得是缺少了文化。于是，召集了一批写东西的和媒体从业人员来到湖边，想编撰一个仙女湖的传说。仙女湖本来有传说，有关部门觉得那个传说太吓人。我和小钢炮都在受邀之列。

站在湖边，已经分不清哪是原来的湖中心了。虽然已经过去了这么多年，小钢炮提到大米突然把他按进水里时依然满脸恐惧。

他说："没想到这小子这么坏。"

我说："他如果真想淹死你，你现在还能站在这儿？"

小钢炮沉默了。

他一辈子都不会忘记跟着大米下湖的经历。他俩下水时，每人推着一个大笸箩。捞出来的小狮子先放在笸箩里，装满了再往岸边送。小钢炮刚挨过一掌的左脸颊火辣辣的，左耳朵嗡嗡乱响。不过他还是挺高兴，终于和大米同样受人瞩目了。清晨的湖水有点凉，游了一会儿就感觉不到凉了。小钢炮双手抓着笸箩，就像抓着船舷，游起来特别省力。大米的身子静止着，脑袋周围看不到一点水花，只看到笸箩在他面前急速往前划，大米就像被笸箩牵引着。当他发现与小钢炮拉开了距离，便定在水里等一会儿。

他们游到了湖中心那片温暖的水域。小钢炮回头看着岸边，发现父亲正远远地冲他招手。刚才父亲在人群里找到他，让他跟大米一起下湖。小钢炮有点害怕："大米同意了吗？"父亲说是大米亲自点名让他去的。父亲又悄声说："咱家也能像刘加油一样多分两个小狮子了。"小钢炮觉得这次下湖很划算，既缓和了与大米的关系，还能给家里创造财富。小钢炮一只手抓着笸箩，另一只手想冲着父亲摇一下。手刚举起来，忽然看到一辆绿色吉普车停在了岸边。车上下来两个穿制服的警察。

小钢炮对大米说："快看，公安局的来了。"

大米突然紧贴到小钢炮身边："咱们开始吧。"

说着，大米按住小钢炮的脑袋，猛地沉到了水里。

我和小钢炮回到老家的第二天晚上，一起在我三叔家吃饭，席间说到了湖底掏宝的那个早晨。想起警察的突然到来，我三叔依然有点胆战。

三叔说："当时我的心都要从嗓子眼里蹦出来了，我以为他们来抓捕盗取文物的主谋。"

那两个警察来自西北一所著名监狱。来我们村是为了寻找一个叫谢文婷的女人。

三叔说："那个锔锅匠，其实是个逃犯。"

我问小钢炮："他真是大米的父亲？"

小钢炮苦笑着摇了摇头。我不知他是否定还是不想说。我和他小时候也不是太亲近，时间让我们变得更加疏远。这次见面我发现他其实是个挺深沉的人，关于他跟踪、偷拍、挨揍的一些说法，好像都是恶意的谣言。

我跟他碰了一下杯："你的变化很大。"

他说："自从差点死在大米手里，我开始知道好多事情不能说。"

晚上我俩住在酒店的同一个房间。窗口正对着仙女湖。眼前的仙女湖固然足够辽阔，却透着一览无余的平淡，完全失去了神秘感。我忽然想到大米说过的湖底世界。

我问："你那天在水里看到了什么？"

小钢炮说："什么也没看见，水里太黑了。"

小钢炮不会潜水。下湖之前已经说好，大米潜下去捞小狮子，他只负责帮着往岸边送。他被大米按下水之后，一下子陷入绝望和恐惧。一连喝了好几口水。他想挣扎着浮上来，大米紧紧攥住他的左胳膊，飞速朝着水底冲去。大米吐出的细碎气泡不时在他面前掠过。水里的压力愈来愈大，小钢炮的耳膜胀得几乎要在耳朵眼里炸出来，整个脑袋像是被挤扁了似的。他想再挣扎一下，已经没有了力气。他吐出最后一口气，耳旁咕嘟着闪过一大朵水花，然后便任由湖水朝着鼻子和嘴巴里乱灌了。在他失去意识之前，大米下潜的身体忽然甩开了他。他觉得大米宽大的脚掌像扇子一样猛拍了一下他的脸。

大米自从那天潜入湖底，永远失踪了。

小钢炮问："他会淹死吗？"

我说："他天生就该生活在水里，怎么会淹死？"

小钢炮皱紧眉头："那他去了哪里？"

我对他讲了大米的湖底世界。这本来是我答应大米终生保守的秘密。现在我觉得可以解密了。小钢炮听完之后躺在床上沉默了许久。直到我以为他已睡去，他才长长地舒了一口气。

他说："那个世界只属于他一个人。"

次日一早，我和小钢炮要分手了。离开酒店时，他手扶着行李箱的拉杆，向我透露了一个秘密。这个秘密曾经给他招来杀身之祸，他本打算将其烂在肚子里。

他说的是锔锅匠与谢文婷在1981年8月1号傍晚的对话。当时，刘加油在我三叔家刚被夺下手里的菜刀，血红着眼睛听我三叔分析杀人的利害。大米正孤独地躺在仙女湖中心温暖的水面上，远远看去像一具婴儿的尸体。小钢炮趴在刘加油家的东墙根，从砖头缝隙里看着他一连盯了十天的院子。他看到那口八印的铁锅倒扣在西屋门口，锔锅匠把戗锅的铲子握在了手里。

锔锅匠说："咱们带着建军去南方，那儿到处都是水塘，还有许多民办学校，咱俩可以继续当老师。"

谢文婷说："我怀孕了。"

锔锅匠说："打掉。"

谢文婷惊得后退了两步。

锔锅匠说："我知道你们娘俩这些年吃了不少苦，以后轮到我补偿你们了。你想留着也行，我对他会像对建军一样好。"

谢文婷说："我不能跟你走。"

锔锅匠说："不是跟你说了吗？那个女学生良心发现了，向公安局坦白了真正强奸她的人。我平反了。这几年我到处找你们娘俩。你不信？”

谢文婷说：“你陪儿子过完这个生日，以后不要再来了。”

原载《花城》2018年第5期

水击三千里

裴 蓓

开篇语

以水的绵密细腻，泽万物而不争，至善至柔。以水的霸性，可造万钧雷霆，撼天动地。这个城市，曾经没有城，只是水。

1

“请出示证件！”一个年轻男子的声音。

我在大巴上睡得很沉，猛一睁眼，看见的是一支枪，一支79式轻型冲锋枪。幸好，那枪是挎在男子的胸前，枪口不是对着我的。

我赶紧从帆布书包中掏出边防通行证。我没有看跟前的男子，而是看着那黑色冲锋枪的弹匣和扳机。

“这是你的证件么？”

我点点头。

“你的父母呢？”

“我一个人来的。”

“你跟我下车！”

我这才把视线移到男子脸上，看到一张被南方阳光晒得黑红的年轻的脸，武警军装给他的年轻添了一种威严。

我起身下车，我穿着白衬衫蓝裤子，像一个小学生。

我跟在全副武装的武警后面，有一种莫名的犯罪感，却不知道自己犯了什么罪。我茫然地回头，看到大巴停在很大的“特区欢迎您”的牌匾下。

原来我已经到了特区的边防检查站。

我蔫蔫地说：“特区就这么欢迎我的？”

小武警把我带进了一个房间，房间里有一个大武警，正拿着证件询问一个站着的男人。武警哥哥把我交给了武警叔叔。

武警叔叔看看我的证件，说：“这是你哥哥的证件？”

我蔫蔫地说：“是我的。”我说话从来都是蔫蔫的。

武警叔叔笑起来，说：“小鬼，说谎也要讲一些技术，你几岁？”

我掏出我的大学毕业证，还有我的大学教师证，我说：“我十七岁。”

武警叔叔止住笑，严厉地说：“我没时间跟你开玩笑，老实说，来特区干什么？！”

我愣愣地看着他说：“找人。”

武警叔叔说：“找什么人？”

我从包里拿出一张明信片，指指明信片上那个站在酒店前的漂亮女孩儿，说：“找她。”

随后我掏出纸和笔写下了我的单位电话。

我说：“叔叔，我真的是大学老师，您可以打电话确认一下。”

武警叔叔半信半疑地走了出去，留下我还有那个也被询问的人。我看了那人一眼，那人三十来岁，长得像王石，当然那时我们都不知道王石。“王石”身边放着几大包粮食，看着我笑。他的边防证过期了，在等人来接。

过了一小会儿，武警叔叔进来，边笑边摇头地看我，歉疚地说：“你这身高多少啦？”

我说：“根号2。”

武警叔叔不解地看着我。

我说：“1.414米。”

武警叔叔笑着拍我一下。

我松了一口气。我没犯罪，也没犯错，犯错的是我长不大的身高和模样，还有与我的经历不相符的年龄。

2

我的出生似乎就预示着一种令人惊骇的特殊。

我睁着一双与我的脸型和性别都有点儿不相称的大眼睛来到这个世上，我愣愣地看着为我接生的人，微笑，不哭。随后我所有的人生中，我的眼神都是这样愣愣的，说话蔫蔫的，大多时候，我只笑不语。

我出生时最关键的问题是，我先将一只脚撑出我母亲的身体，并将脐带缠满了脖颈，我应该是想给医生制造一些麻烦，让他不能轻易弄断脐带，那是我与母亲最亲密的勾连。然而，我这种对母亲的依恋方式使我的大脑在短暂的缺氧状态发生了诡谲的变异，使我对这个世界任何信息的感应都异于常人。于是，有人说我是傻仔，有人称我天赋异禀。

我两岁识字，五岁便把父亲满书斋的书啃掉了一半，过目不忘。我会撕下我不喜欢的书页，折成各种奇形怪状的东西，我还会随时把家里的电筒、火柴盒、药瓶等一应物品拆解拼装成令人费解的玩意儿。于是，又有人说我是毕加索的轮回再生。

最严重的问题是，我对母亲的依恋方式使我永远也不能亲昵地喊出“妈妈”这个词汇。医生剪断了我的脐带，也剪断了我与母亲最初也是最后的勾连。我的母亲产后感染去世。我出生在1966年这特殊年份的一个晚上，听说，年轻的护士因为白天的狂热未减，竟然递了一把未消毒的剪刀给医生。因此，母亲之于我，不曾是眼神可以触及的具象，而是可以容纳我无数臆想的无比浩大的迷乱的空间组合。我把各式各样形态万千的女性形象随心所欲地嫁接到母亲身上，比如被人用木板遮盖起来的观音，穿红色舞衣的娘子军，大街上游行队伍里对着高音喇叭呼喊的妇女，甚至是那个使劲用手捂着被风吹起的裙子的外国女人。

几十年围困在书斋里的父亲，被那些几千年岁月和战火淘洗下来的文字淘洗得身如弱柳、肤如白绸，眼镜片的厚度僭越了鼻梁的维度，眼镜片后面那细细的眼睛有着可以化解千年辉煌与苦难的温润和从容。父亲微笑着告诉我，母亲特别爱笑，她走之前搂着我，轻笑着说："这小子的大眼睛像我，以后你如果也给他戴上那比你身子骨还厚的玻璃片，我在那边也和你没完！"

我听了流泪，而父亲指着那些书说："几千年也就留下这些，笑与不笑都是几十年，你要像你妈妈一样笑着生活。"

于是我的脸上总带着似有若无的笑意，蔫蔫的，和我说话蔫蔫的一样。

把我父亲从书斋里解救出来的是那个热血的时代，像我父亲这样的知识分子都应该去和工人农民相结合，到人民大众中，到大自然的大风大浪里去搏击。

五岁时，我跟着父亲来到这里。现在我坐的大巴碾过的地方原本是大海，偶尔露出的滩涂和小岛被海水包围，那无拘无束柔软无骨的流性的水安然地盘踞在无边无际的天地之间。

父亲说："水看上去很软，却藏着血性。"

因此，父亲给我取名赵以水。"以"，甲骨文为，像连在婴儿脐眼上的脐带，以此纪念我的母亲。父亲还希望我像水一样，柔软却有血性。

3

我笑着和武警叔叔道别，坐着大巴进城，看着窗外，完全不知置身何处。我离开的这五年，人们填海开山，凭空筑就了一个已成规模的现代化城市，让人恍若隔世。

“景山酒店”，那是明信片上的酒店，酒店里有我要找的女孩儿。从玻璃门上到二楼，我停住了。我看到了鹊喜！分别两年，我终于见到了鹊喜。在这家酒店的中餐厅门口。

鹊喜背朝着我，我看到了她那身华贵的红色长裙和高高的发髻。我呆呆地站着，挪不动步子，全身触电一般地痉挛，血液发散式地往神经末梢涌动，随后是一阵疲惫，一种在水里游了很久的人看到远处是岸的疲惫，一种小舟归航的疲惫。我的眼睛有些迷蒙，我用迷蒙的眼睛看着窈窕而华贵的鹊喜，我轻轻地走过去，如果有笔，我会在她的后脑勺画一只船，我伸出手指想以手代笔。

我的手刚刚碰到鹊喜的后脑勺时，她受惊转过身来。我也受惊了，伸出的手停在空中，不是鹊喜！

但是，长得太像了！只是眼前的女孩儿瘦弱一些，眼神不像鹊喜那样灵动逼人，这个像鹊喜的女孩儿有着小兔一般的羞怯。

我所有的激动变成了尴尬，心像那个巨大餐厅的地毯那般灰色，就像那天我看着鹊喜上车离开，天也有些灰色。

女孩儿看着我，微笑地问我：“有什么可以帮到您？”

我说：“我找文鹊喜。”

女孩儿说：“你是谁？”

我说：“我是她大学同桌。”

女孩儿放松了很多，温柔地笑着说：“我是五喜，你是根号2？”

我觉得很丧气，说：“鹊喜都是怎么说我的啊。”

五喜说：“我姐说你是她最疼爱的弟弟。”

我说：“你姐呢？”

五喜说：“她早离开这里了，她想走的是巴黎时装周的T台或者戛纳的领奖台。”

我走到巨大的落地窗边，茫然地看着四周，说：“我怎样才能通往巴黎和戛纳？”

天色已经暗沉下来，远处的高楼和大海都在夕阳下逐渐成了剪影，我看到这个全新的城市到处在搞建设，却干净得连风都一尘不染。

在这繁华与静好相得益彰的独特城市，我感叹着鹊喜的胆识和勇气，她和这个城市一样清新明亮一派生机。

五喜轻轻地说：“我姐怎么会提前毕业？我姐在大学是怎么样的人？”

我说：“你姐走到哪里都是人们的焦点。”

我讲着远去的故事，时间倒退着，倒退到1979年我的大学时光。

4

校园里到处是些扛着各式各样大包小包的人，分不清家长和学生，老老少少身着粗布灰衣，脚穿布鞋解放鞋。那景象不像上学，更像知青返城，又像多年后南方火车站的春运。

我怯生生地看着四周，问：“爸，这怎么那么多孩子，他们都跟我一样上大学么？”

父亲笑了笑说：“是他们的爸爸妈妈上大学，你是班上最小的，不让你上少年班，是想让你过正常的生活。”

我和父亲进到男生宿舍，四张床八个床位，已经有几个舍友在整理东西。到处是灰尘，父亲领着我把整个宿舍通通打扫了一遍，然后给我选择了靠门的下铺，尽管靠窗还有床位，但父亲小声对我说，不能什么便宜都占了。

父亲走的时候，在宿舍门框上靠了好一会儿，而我拽着他的衣袖也好一会儿。

父亲终于走了，大家好奇地围上来打听我是何方神圣，可是门口突然传来清脆的女声：“谁是赵以水？”

还没等大家反应过来，门就被推开，鹊喜大大咧咧地走进来。那时的鹊喜穿戴整齐，两条长粗的辫子，军绿色的卡其布连衣裙，绿色的塑料凉鞋，一派青春模样。

光膀子露腚的舍友们慌了，赶紧找东西遮羞蔽体，有找不到衣裤的，手找不到衣袖的，两条腿插进同一个裤腿的，把裤子的前开口穿到屁股上的，只有本名叫尤优的奶油哥哥沉静得如同雕塑，姿势停留在跪着挂蚊帐的瞬间，他温柔的长相和身形还有细长的手指如同越剧旦角的定格，唯一不定的是他的眼珠，他那柔绵的眼珠温情地随着鹊喜移动。

鹊喜不屑地看看他们，走到我面前，用手量我的身高，我的头和她连衣裙的腰扣齐平。鹊喜吃惊道："天哪，我上辈子到底造了什么孽，好不容易上个大学，却和一个幼儿园大班生同桌。"

鹊喜一边叹息，一边麻利地帮我整理床铺。她把雪白的蚊帐四周平整地塞在床垫下面，把床单平整地铺在床垫上，然后把枕头放在叠得平整的被子上。又把我的拖鞋、球鞋整齐地摆放在床铺底下，把其他的零碎物品都整齐地放在纸箱里。

我想帮忙，却被她嫌弃地推到一旁，我站在一边，默默地看着鹊喜收拾。

鹊喜一边忙乎，一边说："你让我找不到上大学的感觉。"

我下意识地摸摸脖子上的项链，那项链的坠子是一个甲骨文，如同那个脐带。

这时，奶油哥哥缓过神来。奶油哥哥说："年龄小点好，我最不喜欢那些'年纪大的'，总是觉得自己是长辈。"

正说着，高大魁梧的曹正昌领着妻子和比我还高出一截的儿子扛着大包小包地进来。

曹正昌听到这话，笑说："我就是年纪大的，大点好啊，成熟，长兄如父嘛，可以照顾大家。你们好，我叫曹正昌。"

曹正昌笑着伸手和大家握手，奶油哥哥却爬上自己的床转过去看书，弄得伸出手的曹正昌有些尴尬。

奶油哥哥不屑地撇嘴说："什么长兄如父，一来就想让大家认你当爹。"

曹正昌四周看看，只有我的上铺空着，便问我：“你爸爸住这个铺？”

奶油哥哥斜眼瞟了一下曹正昌，说：“是他自己住的呀。”

曹正昌看看我，笑着拍拍我的头，说：“打个商量，你睡我上铺，到时给你床沿钉一块板子，省得你摔下来。”

说着便把我的铺盖卷起来。

鹊喜沉着脸说：“凭什么？！”

奶油哥哥唯恐天下不乱道：“就是，刚刚还要做大家的爹，现在就想占人家的便宜了，人家自己的爹和同桌才刚收拾好，有些人倚老卖老说换就要换，事情总有先来后到的。”

鹊喜听了脸色更加不好，我见势不好，赶紧抱起铺盖就往上铺扔，说：“上铺也不错，高一些空气好。”

鹊喜却伸手一把拽我，说：“岂有此理！”

可是，她的手没有拽住我，却拽住了一只脚斜着另一只脚准备踩到行李上扯绳子的曹正昌。曹正昌猝不及防，仰面倒下去，后脑勺重重地磕在对面的床沿上。血从曹正昌的后脑流下来，白衬衣领子一下子被染红，大家都惊呆了。曹正昌妻子赶紧跪在地上抱起曹正昌大哭。

奶油哥哥也害怕了，喊道：“送医院呀，赶紧送医院呀。”

鹊喜吓蒙了。

我赶紧跳下床，拉出床底的纸箱取出我爸给我准备的跌打损伤药粉，把药粉撒在曹正昌汩汩流血的地方。

可是这当口，曹正昌的儿子一边哭喊着，一边跳到鹊喜身上拼着命般地胡踢乱扯，鹊喜的连衣裙一下子被扯掉下来，等奶油哥哥和大家抱住那小孩儿，鹊喜身上只剩下白布文胸和小白内裤了。她两手慌乱地捂着胸口，又急忙分一只手捂住腹部，赶紧蹲下，惊觉不妥，又慌忙地站起来。

我盖紧药瓶，飞快地把蚊帐解下，披在鹊喜身上。

可是，我触到了鹊喜的胸部，我一下愣在那里。

在我无意间触到鹊喜柔软胸部的那一刹那，我的记忆复苏了。那是久远的蒙昧的记忆，带着医院的药水味，带着母亲的柔柔的体温。

曹正昌的血止住了。大家松了一口气，把眼光投向用蚊帐裹着的鹊喜。大家再次惊住了。

奶油哥哥尖声叫了起来："我不活了！我活不了了呀！"

他双手交叉抱着胸口，一边摇头叹息，一边直直地盯着鹊喜。其他人什么也说不出，只是看着鹊喜。

裹着蚊帐的鹊喜太美了！

那蚊帐已经不是蚊帐，而是围在美丽超模身上的时尚的披风，无意沾上的血迹在洁白的披风上似耀眼而不经意的点缀，披风外面露着鹊喜光滑的胳膊和修长的大腿，披风以上是鹊喜颀长的脖颈和婴儿肥的瓜子脸，辫子已经散乱，散乱的头发似掩未掩住笔挺的鼻梁和上翘的大眼，大眼里有着和之前截然不同的羞涩和慌乱。

曹正昌让妻子帮他擦了血迹换了衣服，正色对大家说："我只是不小心摔了一跤，此事到此为止！"

曹妻小声说："我家正昌是知青队长，前年发洪水，为救老乡伤了腰，住上铺不方便的。"

大家都理解地看着曹正昌。只有奶油哥哥不看曹正昌，只盯着鹊喜。

曹正昌拉着妻儿往外走，说："我们去医务室，大家把房间腾出来，让女同学把衣服换了。"

我按鹊喜说的飞跑去找到她的宿舍帮她拿了衣服，站在门口把守着，鹊喜开门出来，穿着另一条裙子。

鹊喜说："谢啦。"

鹊喜走时，我看着她的背影。舍友们回到了宿舍，好久都不言语。

就这样，我在绝不输于任何武侠剧的狗血剧情里开始了大学生活。

5

我们电子机械系几乎集中了全校考分最高的学生。开课第一天选班委，曹正昌举起手来说："辅导员，我有话想跟同学们说，能给我几分钟吗？"

随后，曹正昌走上讲台，发起血誓一般的号令："同学们，我们是祖国电子制造业的先锋！曾经，日本人带着枪炮来到中国，被我们赶了出去，现在，他们的产品卷土重来。而我，有一个梦想，我想要再次战胜他们，我想要创立中国自己的品牌，我想要超越松下，超越丰田，超越索尼！同学们，你们能不能跟我一起努力，不枉费我们大学四年，不辜负国家对我们的培养，不空耗我们的一腔热血！"

刹那间，我们胸中骤然升起了誓与专业共生死、与国产品牌共存亡的壮志豪情。特别是年纪稍大的同学个个激动万分，站在桌子椅子上跟着曹正昌大喊："超越松下，超越丰田，超越索尼！"

最后，大家一起喊着曹正昌的名字，班长的职位没有任何悬念地落在曹正昌的头上。

奶油哥哥歪着身子站在我前面的座位上，在大家狂呼"曹正昌"的时候，他先是不情不愿跟着大家喊了两声，最后他高喊出自己的名字："尤优！尤优！尤优！"可惜他势单力薄，他声嘶力竭的叫声淹没在大家疯狂的喊声里。

而我，根本就没有站起来，而是坐在那里摆弄着手里的东西。鹊喜一把把我拽起来，瞪了我一眼。

我一直和大家不大合拍，我觉得周围的人个个都矫情。我不明白好几个问题——

一、想赶超日本就赶超呗，犯不着跟打了鸡血一样在那里吼。人家阿基米德说，给我一根足够长的杠杆我能撬动地球。人家说得多轻松。

二、想赶超日本也不是一天两天的事，每天都这样鸡血满满的，血管总有一天要破裂。

三、大家按曹正昌的指引，每天晨起苦读，挑灯夜战，废寝忘食，像卧薪尝胆。不就是学那么几本课本么？我没几天就看完了，大家犯不着这样没日没夜要生要死的。

而且，我还觉得，坐在我前面的奶油哥哥怎么看怎么和专业无关，他应该去学越剧。我觉得鹊喜也和专业无关，她应该去当模特儿或演员，去创造和展示柔美温暖的东西，而不是与冰冷的电子机械为伍相伴。但没人理会我怎么想，那是一个“学好数理化走遍天下都不怕”的年代，大家似乎都在这种被选择中志得意满。

我也觉得志得意满，但原因和他们不同。我喜欢坐在鹊喜身边，虽然一高一矮的情形成了班上一道被嘲笑的风景，但我很受用，乐此不疲。

鹊喜对我却不以为然，总是俯视着我，不屑地比试我的身高，她用手掌按着我的头顶然后平移到她的身体，手掌只到她的胳膊上。她颓丧摇头说：“你真让我找不到上大学的感觉。”

我却很有感觉，那种在海上漂流很久、渔船归帆的感觉。我体味着她身上淡淡的、似有若无的味道，那种味道来自一刹那复苏的记忆，在我把蚊帐披在她身上无意间触到她柔软胸部的那一刹那。

鹊喜用脚把我的椅子推离她。

我把椅子移回去，仰视她。

我说：“你为什么叫鹊喜？‘闻鹊喜’是古词牌名，你的父亲是诗人？”

鹊喜斜了我一眼，说：“我父亲是铁匠，我也是。我们家打的剪刀远近闻名。”

我说：“哦，真正的诗人在民间。”

鹊喜劈了我一掌，说：“去！我的大姐叫大喜，二姐叫二喜，三姐叫三喜，我的妹妹叫五喜。我出生的时候，有一只喜鹊在树上叫，就叫鹊喜。”

这时坐在前面的奶油哥哥转身凑上来，说：“这名字俗了呀，你应该叫娇颜，慕雪，岚一，还有……有……”

鹊喜看也不看他，说：“有病。”

奶油哥哥趴在我耳边轻声说：“我们换个座位。”

我大声地对鹊喜说：“他说要和我换座位。”

鹊喜瞪了奶油哥哥一眼，奶油哥哥用手指狠狠地戳了我一下。

6

那天，我去教室比较早。一进教室，发现奶油哥哥在我们的座位上鬼鬼祟祟的。奶油哥哥看见我进来，后面紧跟着鹊喜，赶紧溜回了自己的位置。

我走到自己的座位上，发现鹊喜的抽屉里有好几张纸条，鹊喜走过来随意打开了两张，看了看，便胡乱扔进书包，书包没扣上，那团纸条露了出来。

趁课间鹊喜出去，我忍不住拿出纸条，共有四张，快速地看了一遍，很失望。

第一张是我们宿舍那天把裤子前开口穿到屁股上的张旺发写的：

啊，金凤凰，你落在我们班级里。啊！

第二张没有署名，写着：

你是仙女，如果能和你好，我死不足惜。

第三张是奶油哥哥写的：

这已经是我给你的第一百封信，一百年太久，只争朝夕。

第四张还是奶油哥哥的，写着：

你是炉火，我是灰烬里最后一粒灰。

我随手折起这些纸条。鹊喜进来，看我在弄她的纸条，伸手就夺，我敏捷地转身保护着我已经折好的模型。

我说：“你不是当废纸吗？”

鹊喜狠狠地说：“我可以，你不行。这是起码的尊重！念你是初犯，饶过你，下次再犯，一脚把你踢到西天去。”便不再理我。

我一边评价那些情书，一边快速地完成了我的折纸作品。

我说："他们说，和你好，死不足惜，还愿意变成灰烬，人都死了，都成灰烬了，还好什么呢？这不是害人么？我们是学制造产品的，又不是制造寡妇的。"

鹊喜有点儿想笑，但忍着，不理我。

我把折好的东西放在她面前。

我告诉她："这是一条隧道船，你可以坐着它穿越海底，让大海变通途，可以穿越时空，去看凡尘中看不到的东西。"

鹊喜转头看我，看着精致的折纸，劈了我一掌，问我："你想去看什么东西？"

我没回答，如果时光真能倒流，我最想去哪里？是去看恐龙和山顶洞人，还是去短兵相接的古战场？我还是最想去那家医院，那张病床躺着我和母亲。

7

曹正昌总在每天放学后神秘消失，半夜方归，行踪成谜。奶油哥哥睡眠很浅，常被吵醒，这让他更不感冒曹正昌。

曹正昌这天又是深夜方归，我起夜上厕所，他比了一个噤声的动作，指了指奶油哥哥。曹正昌蹑手蹑脚，悄悄点燃蜡烛，用一本书罩住射向奶油哥哥的光，开始看课本。

奶油哥哥已经醒了，怨愤地瞪着眼，随后使劲地把屁股一转，把被子一拽，裹住身子和头脸。

第二天早晨，我翻身下床，看见曹正昌已经坐在床沿，吃着隔夜的馒头。

我说："班长，不一起去吃早餐么？"

曹正昌扬了扬手里的馒头："我有这个就行，上午第一节没课，我看会儿书。"

奶油哥哥板着脸把我拉出门，恨恨地说："曹正昌有问题，他家属在农村，每天夜里鬼鬼祟祟地出去，外面肯定有女人。一个道貌岸然的伪君子。"

我愣愣地看着奶油哥哥，觉得他总是危言耸听，就像曹正昌总是夸张矫情。

我没心思管这些，我甚至没心思管大学的课程。用了不到一个月就看完了四年的课本后，我对上大学的感受，两个字：失望。

我只好做自己的事情。我先是泡图书馆，阅读完了有关我们专业的全部书籍。随后，我只好在课堂上、在宿舍里或夜里躲在卫生间里看小人书，要么捡一些垃圾废料做一些着三不着两的东西。有几次被宿管逮住，他拎着我的后衣领，把我从厕所提回了宿舍。

我总是利用一切可能的机会待在实验室里，甚至会翻墙溜进实验室，把实验器材拆得七零八落，实验老师愤怒异常，可我总能把这些实验器材拼装成另一种模样，有了另一种功能。又让他哭笑不得。

鹊喜对我上课的状态很反感，她总是把我低着的头提拉起来，说："听课。你发什么癫啊？"

我说："你不觉得，上课五十分钟，四十分钟老师都在说废话么？"

鹊喜懒得理我。

我便模仿老师讲微积分，跟老师几乎分毫不差。

鹊喜大惊："你根本不用上什么课了。"

于是，我真的经常不上课了，鹊喜只好用她的方式包庇我。她用硬纸壳和铁丝做了一个巨大的资料夹，老师点名时，她便把资料夹竖在我空着的座位上，遮挡住老师的视线。

老师喊："文鹊喜！"

鹊喜喊："到！"

老师喊："赵以水！"

鹊喜变一下声音："到！"

我还没发育，声音和女孩儿差不多，老师没察觉，鹊喜窃笑。

倒是曹正昌看不下去。那天夜里趁宿舍没人，伸手一把抓住我的衣服，像抓小鸡一样地把我从上铺拎下来，往地上一放，狠狠地指着我说：“我本来对你还抱了希望，指望你以后做我的搭档，现在不要说什么狗屁搭档了，你想毕业都难，你这样犯浑，对得起自己么？”

我愣愣地看着他，不回答。

曹正昌被我激怒了，举起拳头比画了几下，忍住了，说：“你要是我的儿子，我揍得你全身没一块好肉。”

但是鹊喜告诉我，曹正昌背地里经常护着我。

于是，大家相安无事，天下太平。一切都成了常态，比如大家的学习热情，曹正昌的夜归，我的不在状态，又比如，鹊喜的爱慕者。

8

作为一个非常尽责的班长，曹正昌每周四必定组织命名为“热血讲座”的班会，而且绝不流于形式，逢会必有主题，还分小主题和大主题。小主题是一周来班级各项工作的总结，大主题就是国际国内发生的大事。

大主题大多由曹正昌主讲。什么，非、加、太地区与欧共体签署洛美协定。什么，苏联武装入侵阿富汗，随后遭四国经济制裁，什么伦敦黄金市场价暴涨了，什么美国国会通过了向中国提供贸易最惠国待遇的决议案，什么国际货币基金组织决定恢复中国在该组织中的代表权。

曹正昌不仅讲国外的事，也讲国内的，什么“傻子瓜子”，什么衬衫大王。

曹正昌总是夸张矫情地做着热血演讲，奇怪的是，他每热血一次，同学们的血就升温几分。后来，周四的班会居然成了大家的期盼，期盼着沸腾。有时，鹊喜会在周三问：“今天不是班会吗？哦，今天才周三。”

终于一次，鹊喜真的沸腾了，曹正昌话音未落，她已经奔到台上为曹正昌摇旗呐喊，说他极富煽动性和渗透力的演讲让莘莘学子的心躁动翻腾。

我早已习惯了，鹊喜说得慷慨激昂的时候，我安静地在做自己的事。

可奶油哥哥不干了。曹正昌正想谦虚几句，奶油哥哥突然站起来说：“班长，我申请，下一周的热血讲座，我做主讲人。”

曹正昌迟疑了一下，答应了。

后来曹正昌肠子都悔青了，他真不该答应奶油哥哥的毛遂自荐。当然，这是后话。

9

又一个周四，班上黑板上写着：

本期热血讲座主讲人：尤优

主题：缠绵与喷血

班会前，我被奶油哥哥抓差，和他一起把几摞书搬进教室，堆在教室讲台的一边。

讲座一开始，奶油哥哥便拿起一本琼瑶的书，翻开其中的一页开始念，大家还没听清他念的是什么，他却未语泪先流。全班莫名其妙，随后哄堂大笑。

在起哄声中，奶油哥哥被赶下了台。他痛心疾首地喊：“这是琼瑶啊。这是现在华人世界最流行的书，我费了多大的劲才从出版社熟人那里弄来这几本。”

奶油哥哥流着泪，硬把书塞给正要散去的同学们。曹正昌主动拿了一本，还颇为同情地拍拍奶油哥哥的肩膀。

可到晚上就出状况了。吃过晚饭我去班上拿小人书，发现好多人没走。教室没开灯，这些人在暮色里低头看书，一个个表情夸张得无以形容，有苦大仇深的，有低声哀叹的，有悄悄抹泪的，还有哽咽失声的。

那些人都在看琼瑶。

鹊喜说：“这些人有病。”

这里面当然没有曹正昌，曹正昌一如既往地在这个时段失踪了。

曹正昌根本没想到，那位看似文弱的台湾阿姨后来用她的书和电视剧，如飓风狂澜般席卷了整整一代中国人的青春，那番情迷意乱荡气回肠、如泣如诉缱绻缠绵造就了一大批很长时间都无法与现实世界正常接轨的文艺青年。当然，奶油哥哥是陷得最深的一位。

又一个周四，曹正昌继续着他的热血讲座。可无论他如何卖力嘶吼，几乎都没有回应，奶油哥哥趴在桌子上偷笑。步鑫生的衬衫远没有秦汉的衬衫精致和诱惑，傻子瓜子更是不值一提。

曹正昌严肃地把几本琼瑶的书放到辅导员面前，说：“高压电流横扫学校，我们全军覆没。”

辅导员的表情变得严肃至极。

接下来的故事便是，辅导员领着曹正昌和几名教工走进每一个宿舍。从宿舍的床上、床底下、箱子上、枕头底下、被子里、床垫下搜出琼瑶阿姨的书，堆在宿舍楼门口。平日和蔼可亲的辅导员点燃了一本书，扔进书堆，烈焰滚滚。

辅导员疾恶如仇地说：“你们是祖国的未来啊，绝不可以被这个东西给精神污染了！今天，我们必须整顿纪律，肃清小资散漫的流毒。今后谁再犯病，绝不姑息。”

曹正昌的语气倒是温和很多：“我不古板，我不排斥人性，但这种靡靡之文字，会腐蚀掉我们拼搏的勇气和斗志，让我们颓废在虚无缥缈的世界里，那是有违于我们上大学的初衷，有违于我们的宏图大志的！那种萎靡不振意志消沉，不属于我们班，不属于我们电子机械系。”

曹正昌说的时候，那堆书在噼噼啪啪地燃烧。火光照在大家的脸上，有人把藏在裤腰里的书掏出来扔进火里，也有人围着火堆悄悄地哭。

这时，奶油哥哥从楼道里冲出来，直扑火堆，幸好被人一下子拦在外面。奶油哥哥如丧考妣痛哭流涕，不停地要扑进火里抢出他的书，大家拼命地拽住他，他两个手臂被往后拽着，身子往前冲着，撕心裂肺地哭喊：“你们能烧掉书，可能烧掉我心中的情么？”

看着火焰将尽，奶油哥哥几近绝望地哭喊："我唱啊，唱自己的歌，直到世界恢复了史前的寂寞。"

我站在火堆旁，弓着身子脸朝地，身体不停发抖。站在一旁的鹊喜把我拽起来，说："你哪儿不舒服？"

鹊喜看到了我的脸，我的脸笑得像一个开花馒头，嘴咧着，大眼睛几乎成了一条缝。鹊喜也笑起来说："你也有病。"

我笑，是因为我实在弄不懂奶油哥哥为何这般悲痛，也不懂辅导员为何如此激烈，不就是一些矫情的文字么？

第二天放学后，我走出教学楼，看见曹正昌往校门口走，我没在意，常态么！可是，这时，我看见一个黑衣人戴着帽子，把帽檐儿压得很低，鬼鬼祟祟地跟在曹正昌后面。

我有点紧张，赶紧跑上前。可跑了几步我便停住了，他那柔软的身形和姿态告诉我，那人是奶油哥哥。反正这两个人总是不对盘，我不以为然转身回了宿舍。

10

这天我又旷课，躲在宿舍睡懒觉。

上的是辅导员的政治辅导课。辅导员肯定要点名的，于是鹊喜早早就把资料夹竖起来。

鹊喜一如往常地帮我应卯着，突然，一个阳光斜射的阴影一下罩住了她，她抬头，发现辅导员站在面前，拿掉文件夹。

辅导员问："赵以水呢？"

鹊喜支支吾吾。

辅导员说："你去把他叫来。"

鹊喜只好跑到我宿舍，叫醒正在梦里与阿基米德交流的我，说："赶紧的，你有麻烦了。"

所幸，辅导员对我挺和蔼，只是对我进行了无休无止的教导。

在教室里，辅导员语重心长：“孩子啊，你要好好学习啊。你是祖国的花朵啊。”

在走廊里，辅导员跟着我，依然语重心长：“你是早晨八九点钟的太阳啊。虚心使人进步，骄傲使人落后啊。”

在系办公室，我坐在辅导员对面，辅导员还是语重心长：“你是学习委员，榜样的力量是无穷的啊，要做国家的栋梁啊……”

开始，我总是一个劲儿地点头，后来我一看到她便赶紧缩着头逃跑。照样除了实验课，其他一切都不上心。

那天有课，我又赖在床上不起来。曹正昌再次把我从上铺拎下来，说：“我真想揍死你！”

我说：“你还是多想想怎么去揍死小日本吧，你想战胜经济侵略军，告诉你，毕业后你去给人家当工匠，人家都不要。”

曹正昌狠狠地说：“你这个崇洋媚外的汉奸！”

我说：“你不觉得我们课程设置有问题吗？光是学那些东西就能把日本赶出去？”

曹正昌一把将我提回床上，说：“系里正在考虑将你劝退，你好自为之吧。”

我一下子坐起来：“要我退学？”

曹正昌说：“不是我一直在求情，你现在还想在这里？”

我跳下床，看着曹正昌。

曹正昌说：“看着我没用，靠你自己。”

我的脸上笑开了花，惊喜地说：“我真的可以退学？”

曹正昌呆了一下：“你还挺开心？”

我当然开心，我几乎是雀跃地去找鹊喜。鹊喜正和一群女生说着话往教学楼走，我窜到她身边，把她和其他女生吓一跳。

我兴奋地说："我可以退学了。"

鹊喜扔下同学就把我拽到路边。她拽得我胳膊好疼。这一疼，我的心突然灰暗起来。

当我在路边站定，我低着头，突然想哭。

鹊喜说："你还知道害怕？"

我眼圈红红地说："我不是害怕。"

鹊喜说："不是害怕，哭什么？"

我嘴巴动了动，但没说，我还是怕，因为以后我不能坐在鹊喜身边了，而我已经习惯了鹊喜在身边。

鹊喜说："哭什么哭，我们一起想想办法。"

11

鹊喜后来是怎么和曹正昌商量的，我不知道，反正——

又一个周四，黑板上写着：

本期热血讲座主讲人：赵以水

主题：旷课厚黑学

大家哗然。

曹正昌指着我的鼻子说："今天不好好表现，你死定了！"

我们的班会从来没有这么兴师动众过。辅导员来了，班主任来了，系主任来了，校长也来了。这些人都是曹正昌和鹊喜请来的，鹊喜为了请到校长，在他办公室门口蹲了两天，才把为我写的陈情书当面交给了校长。我明白，今天的演讲是有关我的去留问题的生死答辩，这是曹正昌和鹊喜在给我创造最后的机会。

看着这架势，我有些紧张。我抱着一大堆材料走上台去，鹊喜已经把一堆我的乱七八糟的作品放上去了，那是她从实验室、我的床上、抽屉里、书包里四处收集起来的。

我站在讲台后面，个子太小，只有小小的头露在外面。鹊喜给我搬来了椅子，让我站在上面。

鹊喜握握我的手，悄声说："一览众山小，加油！"

我眨巴着大眼睛看看鹊喜，点点头。

我拿出一张绿皮火车图片："这是我们的主要交通工具，你看这座椅，厕所，还有门上的插销。大家觉得舒服吗？"

辅导员说："有火车坐就不错了，我们村里坐过拖拉机的人都没几个。我就说了，你就是典型的资产阶级享乐主义。"

我没回答，又拿出两张图片，一张是直升机，一张是潜水艇，说："这两个东西，没什么奇怪。奇怪的是，这是几百年前的人画的，而且你看这里面每个部件设计都很精致。"

我又拿出一幅画，是名垂千古的《蒙娜丽莎》，说："这幅画的作者是达·芬奇，谁都知道。但如果我说，那两张设计图的作者也是达·芬奇，你们会怎么想？"

奶油哥哥说："我想，你应该去学美术。"

大家笑。

辅导员说："你到底想说什么？"

我提高声音说："我想说，国家要强大，不只是制造，更要创造。"

大家有些吃惊，有些人继续笑，有些人沉默。

我拿起我画的一大本小人书一样的东西展开，上面都是一些超现实的图片，而且连成故事。我又拿出一大堆实物模型。

我说："这些是我画的幻想连环画，这些是我做的模型。有一天，我们坐着这样的火车，穿山过海，到地球的任何一个地方，甚至可以到别的星球。我们整个宇宙都被一个磁场覆盖，我们随时用可以随身带的电话联络，那时的人不需要带钱，只要两个电子感应器碰一碰就可以了。那时的人可以离得十万八千里，却在一起聚会……"

辅导员："够了！你还要捣蛋到什么程度！"

鹊喜笑着说："你的童话故事挺有创意的，所有的现实都是从童话开始的。"

我说："这是一个需要好多年好多年才能实现的童话故事。"

鹊喜站起来说："这个童话的精髓是——如何真正战胜经济侵略军，也就是如何执行曹班长的战斗路线，贯彻曹班长弘扬国威的精神。"

曹正昌站起来笑着说："小家伙还挺贼，瞒得死死的。"

我给自己挂了一个牌子，上面写着："我不厚黑。"

大家哄然大笑。

辅导员还想反驳，但校长拍拍她的肩膀。

校长认真地看看我，轻轻点头。

我留了下来。我被允许经常待在实验室，在实验老师的监管下使用很多仪器。我不用再翻窗进实验室了。而且，我还可以带一些动手能力强的同学做实验，甚至指导实验老师使用某些进口仪器。就这样，在上大学期间我就已经成了半个老师。

我不再旷课了。我会把一些零件带到班上去做，因为有鹊喜在身边。我希望时时刻刻都在鹊喜身边，就像襁褓中的婴儿希望时时刻刻在母亲怀里。我终于明白了那些婴儿为什么一旦母亲离开就会伤心地哭喊，小时候我没有机会哭喊，现在我也不哭不喊，我只是闻着鹊喜身上的味道，那里有我项链上的味道。

12

一天夜里，我在实验室弄着奇奇怪怪的模型。这时，鹊喜从外面进来，喊道："根号2！快出来，班长说今天有大事件宣布，要举行一次特别的讲座活动。"

虽然我对讲座没什么兴趣，但是鹊喜喜欢的，我都会跟着。

我跟着鹊喜来到足球场，曹正昌提着一箱二锅头和几大包花生米，招呼了一群男女到足球场上。

曹正昌拿起酒杯，大声宣布：“今天，深圳、珠海、汕头和厦门这四个出口特区正式改称为经济特区，这是中国进一步改革开放的重要标志。我们这一代人赶上了一个即将辉煌的时代。我们要一醉方休！”

我举起酒杯。

鹊喜说：“你应该更高兴，你在那里不是生活了好多年么？”

我和鹊喜碰杯。

在空旷的足球场上，曹正昌高高举起酒杯，气宇轩昂地带头唱起了一首歌——

啊，年轻的朋友们，
创造这奇迹要靠谁，
要靠你，要靠我……
让我们自豪地举起杯，
挺胸膛，
笑扬眉，光荣属于八十年代的新一辈。

大家一杯一杯地喝着酒，一句一句地重复唱，一声比一声高亢：

“光荣属于八十年代的新一辈！光荣属于八十年代的新一辈！光荣属于八十年代的新一辈！光荣属于八十年代的新一辈！”

那天，大家唱着歌碰着杯饮着酒。那天，整个足球场都是二锅头带着烽火硝烟般冲击力的气味，足球场上空响彻着我们从洪亮到嘶哑的歌声和喊声。

大家醉意蒙眬时，鹊喜也醉了。

鹊喜说：“我不知道今后能做什么，如果是打铁，我的功夫或许用得上。”

坐在一旁的曹正昌下意识地摸摸后脑勺，那里留下一块疤。鹊喜意识到什么，和曹正昌碰了一下杯。

碰杯时，俩人的眼睛对视了好一会儿，随即，赶紧把眼睛移开了。

虽然只有那么一瞬间，但我看到了，我还看到鹊喜的眼睛因为醉意而迷蒙。那天月色也很迷蒙。在这迷蒙的月色里，突然，我有些心痛，就像我听父亲说起我母亲时的心痛。

那天，我第一次喝酒，我也醉了，我也迷蒙。我在迷蒙中感觉是曹正昌把我抱回宿舍的，我第一次痛恨自己的身高和体重。

更让我心痛的是，自此以后鹊喜的眼神便一直迷蒙着。我不知道是因为曹正昌还是琼瑶阿姨。

13

我不知道是琼瑶阿姨造就了鹊喜的迷蒙，还是鹊喜的迷蒙在琼瑶阿姨那里找到了源头和归宿。那个干脆利落的鹊喜不见了，坐在我身边的鹊喜和琼瑶的女主人公一样目光缱绻，一副随时要与男主人公同生共死的痴迷与执着。

鹊喜不再扎辫子，而是把头发披在肩上，脚步不再是过往那般爽利，而是漫步轻摇，说话轻声细语。

我问："你病了？"

鹊喜说："你才病了呢！"

鹊喜悄悄拿出琼瑶阿姨的书，放在课本下面，上课偷偷地看。

我说："现在这是禁书。"

鹊喜威胁我："你要是跟曹班长说这事，我劈你。"

鹊喜这次只说劈你，而不是以往说的劈死你，而且语调极其温柔。

我疑惑地说："干吗？怕他烧你的书？"

鹊喜小声地说："烧了可以再买，就是不许说。这书好好看哦，好好美哦。"

我顿时起了鸡皮疙瘩。她不耐烦地挥挥手，看着书。

我说：“你不是说琼瑶矫情吗？”

鹊喜不再劈我，眼神柔柔地说：“这个主角，真是情到深处人孤独。”

于是，课堂上，我抬头看着窗外，她低头看着《窗外》。

这时不知谁在楼上用吉他弹唱着一首歌：

隔壁班的那个女孩
怎么还没经过我的窗前
嘴里的零食
手里的漫画
心里初恋的童年

我用手捅了捅鹊喜，说：“这也是琼瑶阿姨写的歌？”

鹊喜不屑地瞟了我一眼，说：“这是罗医生写的。”

我觉得这位罗医生还有点儿意思。

这时，奶油哥哥回头讨好鹊喜说：“那条新开的秀水街，有卖琼瑶的旧书，很便宜，只要两毛钱一本。”

鹊喜转头对我说：“放学你陪我去逛逛。”

14

我和鹊喜来到了后来全国闻名而此时刚刚冒出来的秀水街，只有几家商铺。

鹊喜和我逛着，没有意识到后面有一个人躲躲闪闪地跟在后面，那是奶油哥哥。

我看到一些小商品，有些意思，便用极快的速度悄悄画下来。只是鹊喜很失望，没有琼瑶的书，倒是有几家服装摊。

鹊喜在一家服装摊上看到一件衣服，随手拿下披着，挺不错，却找不到摊位的主人。

鹊喜喊：“人呢？”

旁边摊位的摊主说：“刚刚都还在。老曹，有生意了。”

这时，摊位一排挂着的衣服后面有了动静。

鹊喜喊：“老板躲起来干吗，生意还做不做啊？”

稍后，一个男人没有头的上半身迟迟疑疑地从衣服后面露出来，随后更加迟疑地露出了。

一张尴尬的脸。曹正昌！我和鹊喜都呆了，半天没回过神来。

曹正昌尴尬羞惭的笑容和热血讲座时讲傻子瓜子的激动神情有着上天入地的区别。

稍一会儿，曹正昌恢复了镇定，说：“没办法，老婆在农村，身体不好，课余时间出来摆个摊补贴家用。”

鹊喜点点头。她把看上的衣服穿好，落落大方地走到摊子外面，站在过道上，像模特儿一样展示着衣服，大声叫卖：“大家瞧一瞧看一看哈，这衣服好看不好看哈？很便宜哈，大家看看哈。”

本来冷清的步行街热闹起来，不少人上来围观。围观的人大多不是在看衣服而是看鹊喜，这年头这样叫卖的人实在太稀罕了，最关键的是，鹊喜把那件普普通通的衣服硬是穿出了巴黎T台的风范。

“看我有什么用，看衣服啊，买回去穿才对啊。”鹊喜说着，把挂着的衣服一件一件地换着披在身上，嚷着，“大家看一看哈，这衣服又便宜又漂亮哈。”

人们醒悟过来，不情愿地把眼光转到那些衣服上，不少人也不管合适不合适，还真的掏钱买了。

我在一旁笑，笑得眼睛几乎没了缝。

曹正昌不知所措地站在那里，鹊喜说：“你愣着干吗，赶紧做生意收钱啊！”

曹正昌回过神来，赶紧忙着取衣服，收钱。

鹊喜的叫卖和曹正昌演讲时一样亢奋，我觉得那打的绝对不是一般的鸡血，应该是野鸡的血。直到嗓子都有些哑了，鹊喜依然兴致勃勃。

我说：“收摊了，都没人了。”鹊喜这才意犹未尽地停下来。

曹正昌数着一大堆的钱，兴奋地说：“是平日的十倍。”

鹊喜开心地笑说：“那我每个周末都来帮你做模特儿。”

曹正昌一边把钱分成三份，塞给我和鹊喜，一边说：“不用，不用，千万别耽误你们。这是给你们的。”

我拿着手上的钱看着鹊喜。鹊喜把我手里的钱一把拿过去，连同她自己的那份一起放进曹正昌的口袋，狠狠地说：“这样就没意思了哈！”

我看鹊喜又回到原来的样子，便说：“这可不是琼瑶的调调。”

我们三个人兴奋地收摊，却完全没有发现，远处，奶油哥哥一直悄悄地举着相机，记录了全部的过程。

夜里，我起来上厕所，看到曹正昌和奶油哥哥的床都空着。我走向厕所的时候，看到走廊里曹正昌和奶油哥哥推推搡搡抢来夺去地在小声争执着什么，奶油哥哥手里使劲攥着什么东西，曹正昌想拿过来，奶油哥哥不让。一看到我，他们赶紧各自散去。

早晨我第一个醒来，看见奶油哥哥还在睡觉，但怀里紧紧地抱着书包。听到我起床的动静，奶油哥哥一下子惊醒，抱着书包就下了床，飞奔了出去。

15

那天下午上完课已是黄昏，坐在我前面的奶油哥哥不见了。突然，后面传来罗医生的一首歌，后来我知道叫《爱的箴言》：

我将真心付给了你

将悲伤留给我自己
我将生命付给了你
将孤独留给我自己
我将你的背影留给我自己
却将自己给了你

我回头看，奶油哥哥一边唱一边看着鹊喜一边往我们座位上走，满眼都是泪水。

全班哗然。

我呆了，我第一次不觉得奶油哥哥矫情，因为我的眼里莫名地也有了泪水。

鹊喜也呆了，坐在那里不知所措。

奶油哥哥走到鹊喜身边，泣不成声。

鹊喜想站起来，又坐下。鹊喜低头一会儿，然后看着窗外，用空洞的声音念了两句歌词："诗情画意虽然美丽，我心中……"鹊喜突然停顿住。

这时，大家再次起哄："说下去，说下去！"

突然，鹊喜站起来，正对着奶油哥哥，一字一句地说："没有你！"

刹那间，教室寂静一片。鹊喜和奶油哥哥对峙着，随后奶油哥哥哭出了声，捂着脸往外跑。曹正昌快速冲过去，拽住了奶油哥哥，把他按到座位上。

曹正昌说，大家一起把这首歌唱出来吧。曹正昌发了音，大家唱起——

又见炊烟升起，
暮色照大地，
想问阵阵炊烟，
你要去哪里，
夕阳有诗情，

黄昏有画意，

诗情画意虽然美丽，

我心中只有你。

那天，已近黄昏。夕阳斜射进教室，一群年龄参差不齐、经历参差不齐的学生在为一缕炊烟动情。我回头，诧异地发现曹正昌也满眼都是泪水。

我想不通可以搜屋焚书、刚毅无比的曹正昌为什么也会唱这样的歌，为什么会哭。

大家渐渐离去。我慢慢地走出教室。奶油哥哥也在哭，他走在我的前面，一边走一边抬手抹泪水，轻轻地啜泣。路过的人都好奇地看他。

我赶上去拉住他，说："我们先回教室休息一会儿吧。"

奶油哥哥转身，和我一起慢慢走回教室。到教室门口时，我们停住了，因为教室里有两个人。

是曹正昌和鹊喜。

我们赶紧躲到走廊窗户下面，偷偷望着里面。

曹正昌坐着，鹊喜隔着桌子站着。夕阳朦胧，侧照在他们的身上，流溢出一种忧伤的光影，那光影辉映在我的大眼睛里。

鹊喜说："后天我们文学社想邀请你去做讲座。"

曹正昌说："后天是孩子他妈的生日，我明天去接她。"

鹊喜淡淡地说："嫂子人很好啊。"

曹正昌低着头点点头，说："是，这么好的女人不多。"

隔了好久，鹊喜笑了，若无其事地说："我好羡慕嫂子。唉，如果将来我要是那样有福气就好了。"

曹正昌说："什么福气？"

鹊喜笑着说："找个成熟有安全感的男人啊。"

曹正昌不再说话，半天才说："会的。"

鹊喜转身想往门外走，我们正想逃跑。

可鹊喜又走回去了，突然提高了声音，哽咽地说：“我不喜欢学这个专业！为什么我拥有的不是我喜欢的，我喜欢的却不是我的？”

曹正昌一下子站起来，伸出手，不知是想捂住鹊喜的嘴，还是想抱住鹊喜，但他的手很快缩了回来，说：“小声一点儿。人家会误会的。”

鹊喜安静下来，泪水无声地淌着。

曹正昌说：“鹊喜，我在乡下当知青的时候，以为我这辈子就只能这样面朝黄土背朝天了。你不知道，我心里有多珍惜现在。你也应该珍惜才是。”

鹊喜转身看着窗外，外面已是暮色沉沉。

“我很喜欢这个专业。”曹正昌低头半天，突然轻轻地说，“系我一生心，负你千行泪。”

鹊喜愣了一下，随后边擦眼泪边笑说：“懂了。”

曹正昌说：“这个话题到此为止。”

鹊喜点头说：“我们都好好的。”

门外，我看到奶油哥哥的脸在暮色中和纸一样煞白，可能我也是。

奶油哥哥转身走了，脚步急速而有力，完全没有平日的温暾，我甚至感到那脚步里有一种戾气，一种让我战栗的戾气。

这时，曹正昌没动，鹊喜走了出来，看到我愣了一下。

我走上去，踮起脚，用手抹去鹊喜脸上的泪。鹊喜轻轻地劈我一掌。

16

我和鹊喜往学生食堂走，这是我们回宿舍和吃饭的必经之路。我看到好多人往食堂对面的实验楼拥。随后，我们看到奶油哥哥站到了实验楼顶，在天台的边缘大声朗读着舒婷的《致橡树》——

> 我必须是你近旁的一株木棉，

作为树的形象和你站在一起。

根，紧握在地下；

叶，相触在云里。

……

我赶紧跑到公用电话旁报了警，回身看到鹊喜愣在那里，好多人从我们身边跑过去。

鹊喜呆呆地说：“他这种人死有余辜。”

随后，她猛地低头问我：“他真会跳楼？”

我说：“你别管了。”

我撒腿往实验楼的楼顶跑。我冲到楼顶，奶油哥哥正背对着我，声情并茂地喊着：

“我们分担寒潮、风雷、霹雳；

我们共享雾霭、流岚、虹霓。”

那背影在金色的夕阳里瑟瑟发抖，连带着声音也瑟瑟发抖。

我几乎窒息。随后，我稍稍松了一口气。因为我发现奶油哥哥站的地方其实离天台边缘至少有一米远，不像在楼下看到的那么近。

我慢慢走过去。我想走到奶油哥哥身边，和他一起背诗，或许他能缓过神来。

这首诗我应该能倒背如流，因为奶油哥哥前些日子一直在翻来覆去地背，我都听得想用我的小人书去塞他的嘴巴。

我轻轻地往前移，快要到奶油哥哥身边时，突然鹊喜从后边拽住我，她憋着气，满脸通红。我示意她走开，可鹊喜比比我的身高，又指指楼下，意思是怕我万一被奶油哥哥带下楼去。

这时奶油哥哥还在喊：

“这才是伟大的爱情，

坚贞就在这里：

爱——”

鹊喜走上去一下子拽住了奶油哥哥的衣服，然后用她打铁的力气一把将他提拉到天台中心。

鹊喜说：“你什么意思！”

奶油哥哥大声说：“你来了？你一定会来的，你是在乎我的呀，是吗？”

此时，楼下的人开始敲盆敲碗，一片沸腾。

这时，消防车呼呼地驶过来，消防员跳下车搬出气垫接好管子充气。

奶油哥哥这时又往边缘走，边走边哭，大声说：“告诉我呀，你是喜欢我的呀，告诉我呀。”

鹊喜说：“你给我站住！”

奶油哥哥说：“你说呀，我就站住。”

奶油哥哥一边说着，一边看着越来越高的气垫离自己越来越近。他一边往气垫的中间位置挪，一边说：“你是喜欢我的呀，是吗？”

这时气垫已经离四层高的楼顶很近了，奶油哥哥判断跳下去已无大碍，便停止了哭诉，正对着气垫跳了下去。我和鹊喜冲到楼顶边缘，看到奶油哥哥掉在气垫上。

奶油哥哥掉下去的时候，书包开了，里面飞出很多照片，刹那间，照片漫天飞舞，漫天飞舞的照片上是曹正昌摆摊，还有鹊喜做模特儿叫卖。

17

一时间，曹正昌和鹊喜还有奶油哥哥的桃色故事，成了全校最津津乐道的话题。除了桃色，还有惊悚之处就是，一个名牌在校大学生居然去做小商贩。

制造这泼天大案的奶油哥哥连自己也没想到，那么厚的气垫，那么一点点距离，他居然一条小腿骨折了，吊了几个月的石膏。

大家都说，三个人受处分是难免的了，问题是怎么样的处分。这个周四，本来的热血讲座便成了三个人未来出路的历史性会议。

那天，奶油哥哥绑着石膏，低头坐在讲台旁边。

辅导员说："尤优同学制造的这起事件，在全校造成极坏的影响，给予留校察看处分。"

辅导员说完转向曹正昌，说："曹正昌同学……"

曹正昌一下站起来，说："辅导员请等一等。"

曹正昌走到讲台上，说："我首先说一声对不起，为了养家糊口，我课余时间摆摊。我知道这不是学生应有的行为，但我没有违背改革开放的方向，我因为没有事先向学校请示而抱歉，我会主动辞去班长一职。"

说完，曹正昌鞠了一躬。

下面静悄悄，大家都有些不知所措却又不便挽留，因为在他们心中，一个小商贩的确无法再胜任班长一职了。

曹正昌继续说："我还要向文鹊喜同学道歉，我们是纯净的同学关系，你的热心我非常感激，但我连累了你。对不起！"

鹊喜在下面低着头，说："是我连累了你。"

奶油哥哥折了腿还留校察看，曹正昌的班长被免了，鹊喜似乎什么问题也没有，但问题最严重，她成了绯闻的中心，被孤立了。那段时间，在饭堂、教室、上学路上、宿舍等地方，人人都在谈论着鹊喜，关注着鹊喜。学校各处谣言丛生。

鹊喜开始躲着曹正昌，躲着我，甚至似乎想躲着全世界的人。现在经常旷课的人不是我，而是鹊喜。我是一节课也不敢落下了，不然我们的座位便完全空着，是我把巨大的资料夹竖在鹊喜的位置上，尽量让老师不注意鹊喜的缺席，点名时，我也帮着鹊喜应卯，我还没发育，声音尖细，老师不易察觉，就是察觉了，老师也不愿深究，视而不见。

18

鹊喜是在一个下午突然病倒的。当我得到消息跑到学校医院，我看到了我从未看过的鹊喜，脸色蜡黄，声音微弱，气若游丝。

我站在她旁边，不敢透气，我似乎也气若游丝。

我的心堵住了，血管栓塞了。我想哭，可我的泪腺凝固了，我的喉咙被卡住，发不出声音。

这一次，我没有摸我的项链，我此时的心绪和对母亲的依恋没有任何关系，此时的鹊喜是我的同桌，我的同伴，是需要我保护呵护的女孩儿。此时，她躺着，我站着，我比她高出一大截。

我跑到医生办公室，一改我以往蔫蔫的语调，狠狠地说："你一定要救活鹊喜！"

医生看看我，说："你是她弟弟？"

我再次狠狠地说："我是谁不重要，你一定要救活鹊喜！"

医生说："她只是急性肺炎，已脱离危险。"

这下，我全身所有的栓塞瞬间通了，我哭出声来。

随后的日子，我一直陪伴着病中的鹊喜。

我每天去学校医院照顾她，给她送饭送水，帮她洗脸漱口，她躺在病床上，我坐在一旁，陪着她。我觉得我的形象和曹正昌一样高大，顶天立地。人说天塌下来有高个子顶着，我似乎就是鹊喜身边的高个子。

在陪她的大部分日子里，我都在画画，画的都是鹊喜。

画上的鹊喜穿着各色各样的服装，穿紧身衣喇叭裤的，穿超短裙的，穿晚礼服的，也穿蚊帐一般的披风。鹊喜在画上神采飞扬。

鹊喜开始不屑一顾，后来不以为然地瞄几眼，再后来便和我争论服装的设计。

鹊喜说："这个纽扣应该放在这边。"

我说："不对称更好看。"

鹊喜说："那你穿，我不穿。"

鹊喜夺过我的纸和笔，在那件衣服上画上我的脸。我穿超短裙的样子非常可爱。

半个月后，我给鹊喜送盒饭，她的床位居然空了。地上有一张被揉皱的纸条，我捡起来，打开一看，撒腿就往外面跑。

我直奔系办公室。可此时，鹊喜已经穿着紧身衣喇叭裤在系办公室了。所有老师都很愕然地看着她的喇叭裤，辅导员非常不爽。

辅导员说："你这是穿的什么奇装异服？你刚刚惹的事还不够热闹吗？你这又是来的哪一出啊？你非得我们处分你你才消停么？"

鹊喜抢先说："我要退学！"

鹊喜把一张退学申请放在辅导员桌子上。所有人更加愕然。

我冲过去一把将那张纸条拿过来，跑出门，鹊喜追出来。

在走廊的尽头，我把纸条撕碎。

鹊喜走过来。停了半晌，鹊喜说："我不喜欢这个专业。"

我说："你可以选修其他的。"

鹊喜说："我不想在这个地方，我待不下去了。"

我说："有那么严重么？"

鹊喜拉我的手，伤感地说："你的手好软，赶快长成男人吧，这也算是我拉过男人的手，也不枉费了大家对我的评价。有人说我谈了几打恋爱。什么叫谈恋爱？！"

我突然想起父亲经常说的，便背着手老学究似的说："你若不动，风又奈何。"

鹊喜被逗笑了，说："还有下一句吗？"

我继续老学究："心若不伤，岁月无恙。"

鹊喜冲着窗外说："我心伤抱恙。"

鹊喜说着，流泪了。我站在她后面。

我说：“会好的，都会过去的。”

鹊喜低头往外走。

19

鹊喜是在一个热闹的夜里来男生宿舍找我的，那天中国女排正和日本队争夺世界杯排球赛冠军。我挤在宿舍一楼的公共休息室看着电视直播，大家一边看一边击掌狂呼，似乎这样才能为女排助力。

鹊喜挤到我旁边，用脚踢踢我的鞋子，我便跟着她挤到休息室门口。

鹊喜笑笑地递给我一张纸，说：“学校批准我退学了，还给我写了推荐书。”

我拿着那张纸的手有些定不下来，我的身体瑟瑟发抖，就像那天奶油哥哥在楼顶念诗般地发抖。

这时，曹正昌也从里面挤出来。一把夺过那张纸，狠狠地说：“我们能上大学有多么不容易，你自己不清楚吗？几千个考生里才出一个大学生啊，你就这样说不上就不上了？”

鹊喜淡淡地说：“千金难买我乐意。”

曹正昌语气更狠地说：“我去系领导反映，收回这个破东西。”

鹊喜的语气也狠起来，说：“你凭什么干涉我的生活？行啊，我知道你能！你本事通天！那我档案什么的都不要，行吗？！”

曹正昌的语气软下来，说：“你再考虑一下，这么大的一件事。”

鹊喜说：“不用了，我明天走，车票都买好了。”

曹正昌说：“去哪里？”

鹊喜说：“南方。那里现在火热着呢。”

曹正昌还想说什么。

鹊喜说：“别劝，没用的！”

曹正昌不再吭声，转身慢慢地走开。

我眼睛愣愣地看着鹊喜，说：“就为了那些流言，你真的就放弃学业？”

鹊喜突然笑起来，说：“我才不管别人嚼什么舌头！我说了，我不喜欢这个专业，早就想退学了，我知道自己应该做什么了，谢谢你，我的小弟！”

这时，里面传来狂热的鼓掌喝彩声。窗户里那影像模糊的电视上，郎平正飞身跳跃起来，举起右手对着球，解说员很激动地大喊：“郎平再次扣球！”

鹊喜也大喊：“扣球！”

郎平把球既准且狠地扣在对方的空当。

鹊喜笑着说：“郎平一定喜欢排球，她学排球的时候一定很开心。”

这时里面传来女排夺冠的声音，一片欢腾。我拉着鹊喜就往宿舍外面跑，我知道今夜会彻夜无眠，我知道这栋男生宿舍会是青春的沸腾、鸡血的宣泄地。果不其然，我拉着鹊喜才刚刚跑出宿舍几米远，几个热水瓶就从楼上砸下来，在地面发出巨大的爆炸声。随后是敲脸盆敲碗砸啤酒瓶的声音。

我们学校广播响起：今夜是真的彻夜无眠了。彻夜无眠的不仅是我们学校，而是整个中国，整个华人界，这是中国在世界篮、排、足三大球的比赛中取得的历史性的突破，第一次获得世界冠军，电视台、电台正在播送国务院给中国女排的祝贺电文。

我和鹊喜站在离宿舍稍远的草地上，笑着看着几乎疯狂的场面。

鹊喜说，这是为我送行的锣鼓声。

我突然想起小时候读过的一首诗：

亭亭山上松，瑟瑟谷中风。
风声一何盛，松枝一何劲！
冰霜正惨凄，终岁常端正。
岂不罹凝寒？松柏有本性。

后面两句是鹊喜和我一起念的，两人念完，鹊喜又膀了我一掌。这是最后一掌了，我想。

鹊喜笑着说：“松柏有本性不假！只是什么冰霜凝寒，没有的事，我觉得前途灿烂光明。”

20

我把鹊喜送到火车站。

在火车站那灰色的站台上，绿皮车厢旁，我把一早排很长的队用三角钱买的《读者文摘》放进她的书包里。

我说：“孤单了，就翻翻。”

鹊喜膀了我一下。

这已经是鹊喜第无数次膀我了，但这次，我突然触电了。

电流从鹊喜手掌膀过的地方瞬间辐射，把我所有的气血逼迫到每一根神经的末端，我的气血与热电流感应着、交织着，沸腾，接近熔点。以往每次鹊喜膀我，我都感到温暖和安全，而这次，我的心却像炙热的岩浆几近疯狂地寻找突破口欲迸发。

我呆呆地颤颤地说：“鹊喜，可能，我长大了。”

鹊喜笑，意识到什么，红着脸，拍拍我。

我突然抓住她的手，我好想把她的手放在我的嘴唇，我想把她抱在怀里拥在心口。我想哭。

我颤颤地说：“鹊喜，不要走，我求你。”

我的眼泪拼命地想往外挤，我使劲克制住。如果时光真的可以错位，我希望张学友来为我唱一首歌：

而你是一张无边无际的网
轻易就把我困在网中央

我越陷越深越迷惘

路越走越远越漫长

如何我才能锁住你眼光

鹊喜没有心伤，而是在火车的长鸣声中，笑靥如花地和我挥手告别远去。

我回到学校，奶油哥哥拄着拐杖靠在大门口旁边的树上，等我。他不停地用细长的手指抹眼泪，我不想理他，从他身边走过。

他用拐杖拦住我，说："我没想害她，只是想让她一心一意地和我好。"

我用手拨开拐杖，走，一边走一边哭。

我回到宿舍，看见曹正昌躺在床上发呆，我从未见过曹正昌睁着眼躺在床上，除非睡着。从那以后，除了演讲，曹正昌平日里话少了很多。

21

曹正昌的"热血讲座"越做越火，最后成为学校里的一个社团——"热血社团"，并成了学校的金字招牌。而在女主角走后，绯闻过去，曹正昌在大三成功当选学生会主席，成了一代学生真正的偶像，每次演讲完，人们总是蜂拥签名。

在阶梯教室，曹正昌在慷慨激昂地演讲着各种大话题，诸如，邓小平首次提出"一国两制"，《义勇军进行曲》被恢复为中华人民共和国国歌。长江葛洲坝截流工程合龙，IBM推出首部个人电脑，麦当劳创始人雷蒙德·克罗克逝世，中国第一条120路海底电缆通信工程竣工，张海迪荣获"优秀共青团员"称号，甚至艾滋病开始在全球蔓延，我们该如何自爱。

我成绩依然优异，连续四年第一，我有了自己专门的实验室。平日里，除了每周给同学和老师传授一下我的设计理念，我总是静静地在一堆奇形怪状的设计作品和奖状里摆弄着，我似乎更加独来独往，像一个独行侠。

四年很快过去了。我们毕业了。

我们拍集体毕业照。大家站在台阶上，前排坐着系领导、辅导员和老师们。

我站在第二排，前面坐着的人还是把我的脸挡住了。

摄影师指指我。

摄影师说："那个同学，别坐着，站起来。"

奶油哥哥说："他是站着的。"

十六岁，我毕业了。我的个子在1.414米处凝固了，那个数字对我的不舍和执着如同古远的爱情歌谣：冬雷震震，夏雨雪，天地合，乃敢与君绝。

曹正昌把我拉到前排台阶上，我坐在老师那一排。曹正昌想坐在我旁边，我把手里的一束带刺的玫瑰花放在地上。曹正昌赶紧站起来。打我一拳，坐到我的另一边。

拍照声：咔嚓，咔嚓。

我旁边的位置空着。

随后的毕业典礼上，曹正昌带头唱了一首穿透了几代人心的歌《我的中国心》：

长江长城黄山黄河
在我心中重千斤，
无论何时无论何地，
心中一样亲。
大家扯着嗓子唱着。

曹正昌慷慨激昂地说："四年来，所有的期盼、勤奋、压力、乏味、彷徨，以及积淀的学识和荒废的时光，都成了美好的回忆，都幻化为蓬勃的梦想，我们所有人的梦想都无法和这个生于斯长于斯的国家割裂开来，即使漂洋过海到地球任何一个地方。"

所有人都哭了。我也哭了。我不再觉得曹正昌矫情。

因为就像曹正昌说的，从此，我们将天各一方。从此，我们带着披甲挥矛伐鼓扬旗的征战之情，在时代赋予我们的战场浴血奋战搏命厮杀，我们的内心怀着“壮士一去兮不复还”的豪迈和悲壮。一批又一批新时代的学生会追随着我们走出这个校园，在未来的中国展示强大的生命力和创造力，为这个国家书写一系列神话。

大家相互在留言本上留言，奶油哥哥在我的留言本上写着：都是文学给害的。

我笑起来。我歪着头，看着大家背着行囊，各奔东西。奶油哥哥去国外了，曹正昌被分配到南方的一个政府单位，而我留校当了老师。

22

大家分别后，我在家里布置了一个简易的冲印室，毕业合照底片被浸在药水里，我把鹊喜的头像放在我旁边空着的位置上，天衣无缝，毕业照上鹊喜和大家一起笑着。

这时，居委会的大妈敲门，有些警惕地递给我一张明信片。

明信片中的鹊喜笑容灿烂地站在南方一家高档酒店大门前，那是中华人民共和国成立后第一家中外合资酒店，鹊喜穿着一件红色的拖地的晚礼服，头发高高地盘在头顶，美丽华贵至极。

但不知怎的，我还是最喜欢她披着蚊帐的样子。那种别致的时尚风潮后来人们把它定义为乞丐派，而把这种乞丐派发挥到极致的是一个穿破大衣的流浪汉，人们称他为“犀利哥”，一时红遍大江南北。当然，这是很多年以后的事。

我给鹊喜写了好几封回信，没有回音。

1984年春节，我和父亲看完《新闻联播》，然后我躲进自己的房间，拿出我加工过的毕业照和鹊喜寄来的明信片看着，我下了一个一直以来没有下的决心。

第二天一早，我给父亲写了一张纸条，放在桌子上，收拾了几件衣服，背着包，忐忑地出了门。

我来到火车站，我想着鹊喜在站台上那让我触电的掌劈，想着她挥手时如花的笑靥。我上了火车，一样的汽笛长鸣，火车开动了。我突然又心酸起来，我离父亲越来越远了，爸，对不起，古人说父母在不远游，我不孝，请您原谅我。

23

五喜听完了我的大学故事，用她那和鹊喜一样眼角微微上翘但比鹊喜温柔很多的眼睛看着我，眼神里全是羡慕。

五喜说："我姐姐厉害，是我们街道里唯一一个大学生，姐姐做什么决定，都是对的。"

我不觉得鹊喜做什么都对，在我眼里无所谓对错。我只是觉得鹊喜是一个疯子，就像好多人觉得我是一个傻子，她的疯和我的傻，让这个世界很新鲜。

我握握五喜的手，走出了酒店。

我站在酒店门口，一时间不知道去哪里。

我漫无目的地走着。夜色满城。这时，远处一个醒目的霓虹灯招牌吸引了我，那儿闪烁着四个字：人才市场。我兴奋地瞪着我的大眼睛。我赶紧走过去。

我想我应该在这个人才市场看看我是不是人才，有没有市场。如果我是人才，就可以落下脚来。

人才市场门口上拉着一个巨大的横幅："今日给我一口水，明日送你一壶奶——大型人才招聘会。"

我走进灯火辉煌的人才市场，我从来没见过那么拥挤的人群。在偌大的会场大厅，抬头看去，除了四周招聘台后面的工作人员，全都是应聘者重叠攒动的人头，人们拼命地往招聘桌台边挤，好多人高高地举着自己的简历，那些简历是未来人生的敲门砖……这些人中有史上最早的农民工，有各行各业的、体制内体制外的、怀才不遇的、成绩斐然的、不甘平庸的各等人士，他们是一群谋求改变、不惮于冒险、敢于为了理想把过往清零的人。

在这把汗挤成油的人才市场，我灵巧地穿行在人缝之间，我跨过那些相互挨着踩着的脚，挤到一个招聘台前，是招模具工的，我犹豫着要不要投简历，招聘台后面的那位漂亮小姐看着我摇头说："我们不招童工。"

我投了几份简历，便从人才市场挤了出来。

路上人来人往，灯光有些昏暗，看不真切人的表情和眼神，但我从大家那快速有力的动作和偶尔发出的音频和笑声感受到了一种蓬勃，一种与这昏暗的灯光和局促的空间完全不匹配并完全不被这昏暗和局促遮蔽和抵挡的蓬勃。

四周的建筑上挂着各种大小旅馆的招牌，有两百块一晚的，也有三块一晚的，有卖房间的，有卖床位的。我选了一个每天三十块钱的旅馆走了进去。

当我拿出户口本登记住宿的时候，旅店的老板看到我的名字，立马用警惕的眼神看看我，随后示意服务员，服务员随机把我带到旁边的房间，立即把我锁在里面。

这当口，旅馆老板打电话的声音从不隔音的门外传进来："喂，阿Sir，那个赵以水在我这里……"阿Sir，是当地人对警察的称呼。我莫名其妙，可我这时看到了床，我一倒下去便睡着了。

我睁开眼的一刹那又看到了一杆枪，这次是民警身上的手枪。

我几乎是被民警押送到飞机上回北京的，因为父亲为了找到我，报了警，并说我心智不全，有伤害人的倾向。

一回到北京的家，父亲便对我用了家法，他命我跪着，面壁，再将一摞书放在我的头顶上，书一掉下来，父亲又放回我的头顶。

父亲说："南方都是铜臭味，那是你去的地方吗？你给我记好了，除了学问，什么都是假的。书中自有黄金屋，书中自有颜如玉。"

我顶着书，书掉下来，我自己捡起来放上去。

父亲又说："我知道你喜欢那个鹊喜，可那是一个不着地的天上人，你得不到，也不合适。"

我扭头，头上的书全掉下来，说："就是因为不着地，才合适。"

父亲有些想笑，忍住，说："下次你再敢跑，就别认我这个父亲。"

我说："下次我跑，你是不是会说我是杀人犯？"

24

我又回到学校，我经常经过我们曾经的教室，经常想起鹊喜的样子，我有点儿颓丧地明白，那种和鹊喜相伴而坐的日子真的是一去不返了。

回到实验室，一群高出我一大截的学生谦恭地和我打招呼："老师好！"

我被学生围住，站在外围的人根本看不见我。

我继续设计我的毕加索般的东西，虽然好多人看不懂，但校长鼓励我坚持做下去。我的学生们也对我的设计充满了好奇，并因此尊敬我。为了不造成俯视的感觉，他们向我请教的时候总是蹲着。

如果不是曹正昌那个电话，可能我会一直在学校待下去，至少一直在京城待下去。

那天，一群学生围着我做模型。突然响起了"BBBB"的声音，我转过身，旁边人都往一个有钱的学生看去。这个学生也是有些慌乱，但很快反应过来，从书包里拿出一个方正的东西，按掉了它的声音。

我说："请不要带闹钟到学校。"

同学说："这是BP机，老师老土了。"

同学们都笑了。

有个同学说："老师，您原来设计的信号接收器，不就是这个吗？只是我们没有把它产品化。"

我找出我原来设计的几张图纸，有些出神。

这时，曹正昌的电话打进来，说他已经从政府单位辞职，正式下海了，要我和他合作。曹正昌在电话里还很“班长”地说：“现在我们绝大部分工厂都是外面企业的零件加工厂，都在为外商提供廉价的劳动力。根号2，别忘了我们热血社团，别忘了我们当初的誓言！”

不知怎么的，以前曹正昌说什么我都觉得矫情，而这次，我的心里突然也涌起了一腔热血，那种以前我说的鸡血。此时此刻，一股莫名的紧迫感冲击着我的内心，我再也按捺不住自己了。

25

我再次离开家的时候，没有偷跑。

父亲把藤椅放在大门中间，靠在藤椅上，无言地挡住我的去路，我把行李箱从椅子和门框之间挤出去。

我一边挤一边说：“爸，我可以经常回来看您。”

父亲说：“你的学校可是连青苔都是历史遗存，南方算什么？空白一片，怎么能和京城比？”

我说：“爸……既然书中自有黄金屋，我们就把书变成黄金吧。”

父亲说：“读书就为赚钱，那是国家的悲哀。”

我说：“经济发达了，国家就强大了。”

我把箱子挤出门，人再往外挤，我被椅子腿绊了一下，摔了一跤。

父亲下意识地起身伸手扶我，但立即缩回了手，在父亲别过脸的那一瞬间，我看到了他的眼里有泪水。

我爬起来，向父亲深深鞠了一躬，眼里也有泪水，我一步三回头地走，和父亲惜别。

我又坐上了去南方的火车。绿皮火车上坐满了形形色色的人，我和他们一样，被某种神秘而诱惑的力量支配着。这一切都因为这个时代，不能辜负了，这可能是唯一的解释。

我没想到我见到曹正昌是在一栋铁皮工房里。几个工人在铁皮房门口用水龙头冲凉。

“你怎么住在这里？”我说。

“那你觉得我应该住在哪里？”曹正昌笑笑地说。

“你就准备在这里赶走侵略军？”

“当年八路军不也是小米加步枪么？”曹正昌指指窗外，“我应该在那里，是吧？”

顺着他的手指，我抬眼望去，那横七竖八的木板钉成栅栏的破窗外面，刷地是另一个世界——灯光璀璨，高楼林立，豪车飞驰。

曹正昌拽着我走出铁皮屋，走到巴士站，坐在巴士站圆形的石凳上，看着这繁华的世界。

曹正昌指指屁股下的石凳，说：“两个月前，两块钱一晚的大通铺我都睡不起了，我在这里睡了两个晚上，被警察当流浪汉。”

我说：“你原来在政府单位工作，至于吗？”

曹正昌说：“下海后，折腾啊，折腾得一无所有。不过，大学时的誓言还留着。”

我说：“你要做自己的产品，做中国的松下。”

曹正昌：“你得帮我！我们得有自己的核心技术。”

“就在这儿？”我指指身后的铁皮屋，说，“行吧！”

曹正昌用手按我的头，拍拍：“一起努力。”

我把他的手撇开。

夜深了，车少了，灯光也不像刚才那么炫目，高楼窗户的灯大多灭了。

曹正昌说：“我那两晚睡在这里，看着这些高楼，很多有灯的，很多没灯的，我想，这些高楼总有一些属于我们，属于我们企业的员工吧？”

我说：“到时给我一层做实验室就行了。”

26

我迅速在这个铁皮屋里建了一个别致的实验室和磨具室。

我下火车给父亲打电话的时候，父亲什么也没说，只说："箱子的底层有两万块钱现金，想要把书打造成黄金，还是需要黄金的。"

我半天没说话。

现在这两万块钱派上了用场。

三个月后，正昌牌BP机在铁皮厂房里投产了。

当我们看到了第一台正昌BP机，我笑了，而曹正昌居然流泪了。

BP机出来了，可怎么卖出去是一个问题。有钱人用国外货，没钱人用山寨品。我们是中国原创产品，中国人瞧不上。

曹正昌愁煞了几日，问我："如果我想搞一个公益性质的活动，你最想做的是什么？"

我几乎是脱口而出："时装秀，或者，选美。"

曹正昌沉吟半天，说："选美，这可是资本主义的东西，会犯错误的。"

我继续看着外面说："你看这些人衣服的颜色，除了白的，就是灰的蓝的黑的，人不美，城市建得再美也没什么用。"

曹正昌一拍我的肩膀："就这么定了。"

我说："不怕犯错误？"

曹正昌说："看怎么做。"

于是，一场空前未有的选美比赛在曹正昌的策划下开始了。

首先，这场选美的名头是"中国美选拔赛"，宗旨是，心灵美加外在美。操作方式是，第一轮综合知识考试，第二轮形体展示，思想品德文化分占70%，形象分占30%。

我不得不承认班长就是班长，但还是说："这是选美还是选秀才啊？"

曹正昌说："德貌兼备啊。"

到最后的决赛，曹正昌通知我去参加。选美的舞台很简单，但舞台侧面立着的巨大的BP机模型倒很有些意思。人潮一波一波地拥进现场。这时，我才知道，曹正昌已经把这次选美搞出了很大的动静。

突然，我听到主持人报出了一个名字：“现在出场的是初赛成绩和文化考试全是第一的选手，文鹊喜。”

我呆了。

在我发呆的时候，鹊喜已经款款地从后台走出来，几年不见的鹊喜穿着黑色西装短裙，头发光洁绾在脑后，高挑而端庄。场上掌声骤然响起。我没有鼓掌，因为我整个人是傻的僵的。

随后，其他的选手我都无心关注。我只看到穿学生装的鹊喜，穿旗袍的鹊喜，穿晚礼服的鹊喜，穿巴黎时装的鹊喜。鹊喜是我唯一的期盼，也是观众最热切的期盼。

第二轮比赛是选手自选项目，鹊喜唱了齐秦的歌：

外面的世界很精彩，
外面的世界很无奈，
当你知道外面的世界很精彩，
我会在这里衷心地祝福你。

唱着唱着，下面的人一起跟着唱起来。当时的南方是众多国人眼里的外面世界。

主持人用英语问：“这是你对这个移民城市的真情告白吗？”

鹊喜用流利的英语回答：“在这块热土上，所有人都体味着它的精彩，所有人都在为这精彩付出艰辛和无奈。”

主持人翻译了鹊喜的话，掌声雷动。

主持人让大家安静下来，继续问：“听说你主动放弃名校的学业，你的勇气从哪里来的？”

鹊喜笑着回答：“我只是选择了自己想要的生活。”

主持人说：“如果你完成了学业，你可以做工程师，或者找到更安稳更体面的工作。”

鹊喜淡淡地说：“只要辛勤付出，任何职业都是体面的。”

又是掌声。

主持人问：“听说你刚来这里的时候，端过盘子，做过文员，你真的不后悔吗？”

鹊喜说：“不后悔。我在向我喜欢的生活靠近，比如我所有的服装都是我自己设计的，比如今天我能站在这里。”

大家再次鼓掌。我眼里含着泪水，想起那天，我送鹊喜上车，我偷偷地哭，她笑靥如花。

主持人说：“那你喜欢的生活是什么？”

鹊喜说：“展示和创造美呀。就像今天这个比赛，不就是要向全世界展示我们中国人的美和文化吗？”

主持人激动得声音高亢：“你有下一步具体行动计划吗？”

鹊喜笑着说：“当然！正在努力，暂时保密。”

全场人一边鼓掌一边欢呼。

在一片欢呼声中，比赛进入最后一个环节，泳装秀。泳装是上下连体的保守型，而且下面平角裤，外面还披着一件薄纱。

人们静静地看着一个个选手展示着优美的充满活力的形体，当鹊喜上场的时候，大家站起来欢呼。

这时，谁也没想到的事情发生了。

场上突然有些骚动，我回头，看见一个带着大帽子的男人正冲出座位，一直站在旁边的几个保安一下子把他围住，但他一下子就挣脱开保安的包围，拿起旁边的椅子挥舞。

男人在跟保安们的对峙中慢慢靠近舞台，依然看不清他的样子，我的位置是上舞台的必经之路，我本能地站起来，冲了上去，张开双手站在上舞台台阶前，可男人上来用手一扫就把我打倒在地。

男人冲上台，一把拽住鹊喜就往台下拖。

男人一边拽一边大喊："作孽啊！真是作孽啊！你穿成这样怎么敢出来见人，你还要不要脸啊，你祖宗的脸都给你丢尽了。伤风败俗！伤风败俗啊！"

我站起来，想再次阻止鹊喜离场。男人的帽子掉下来。

鹊喜喊："爸！"

男人喊："不要脸的东西，还记得我是你爸！你丢人的时候怎么不记得啊！你穿成这样是我教你的么！我不是你爸！"

听到原来是鹊喜的老爸，我瞬间愣在那里，而我眼前看到了一个比砂锅还大的拳头。

在我飞起来的时候，我似乎看到了很多，曹正昌惊讶与歉意的脸，愣住的鹊喜爸爸，还有——从舞台上坠落下来的鹊喜。但是，大家的目光都集中在我的身上，却没有人看到鹊喜的坠落，我想大声地呼喊，却无法发出任何声音，因为，我的意识已经开始渐渐模糊。

27

护士说："别动！你脑震荡，左眼受伤，幸运的是没伤到眼球。"

我这才从窗玻璃里发现自己头上缠着厚厚的绷带，眼睛一只包着，另一只看着玻璃里的自己。

这时，对面床的帘子拉开，是鹊喜爸爸。鹊喜爸爸的左胳膊吊着，打我的右手也包扎了绷带。

伯父说："打了二十多年铁的拳头，这小子这点伤已经是万幸了，没被打傻算你小子幸运。"

这时，鹊喜爸爸旁边的帘子也拉开了，是一只脚吊起来的鹊喜。这个四人病房除了一个空床位，其他三个被我们霸占了。

鹊喜笑笑说："根号2，你还好吧？"

我说："我没事，你好吗？"

她动了动手和头

鹊喜说："我就是扭伤了脚。"

伯父说："不扭伤脚，你还能退出那丢人的比赛？"

鹊喜听到退赛，笑容暗淡了下去。

这时，我看见一个人从门外探出一个头，想进不敢进，缩了回去。是五喜。

我喊："五喜，进来啊。"

五喜提着一个饭盒，低头慢慢地挪进来。

这时，啪的一声，伯父将一个搪瓷茶杯砸到五喜旁边的墙上，茶水溅得五喜雪白的真丝裙子黄白斑驳。那只用红漆写着字的搪瓷茶杯在地上晃着，外层的白漆掉了一地，露出几块黑色的内里。

伯父喊："你还有脸来见我？！"

伯父见没砸着五喜，又挣扎着把枕头扔过去，砸在五喜身上。

五喜站在那里不动，低着头，眼泪不停地滴到地上。

伯父牙齿咬得咯咯地响，声音从牙缝里冲出来："滚到你那老板那里去，让他把你当狗喂一辈子！"

五喜哭了："我不像姐姐有文化，除了打铁什么都不会。"

伯父说："打铁怎么了，我们祖宗八代都打铁，那是我们工人阶级的光荣。"

这时，鹊喜插话说："再光荣也得吃饭，你现在不也没活干了吗？"

伯父不理鹊喜，继续对着五喜说："我就是饿死也不吃别人的剩菜剩饭！我们劳动人民当家做主，你居然去给臭老板做小，要是前几年你就该挂着牌子去游街。"

五喜依然低着头说：“我没有做小，我们是真正的感情。”

伯父说：“感情？他有老婆孩子，感情？你好手好脚的，你不做点儿正经事，和畜生一样让别人养！”

五喜哭着说：“我没靠他，我还在做服务员。”

鹊喜又插话说：“我靠自己，你不也是一样反对？”

伯父转向鹊喜吼道：“你那是正经事么，人体美，你和五喜都靠人体美赚饭吃？我们文家八代清白，今天怎么就到了这个地步？”

说着，鹊喜爸爸居然呜呜地哭起来。

在那个崭新的雪白的病房，打了一辈子铁的伯父，在两个绝色容貌的女儿面前伤心地哭，他打造出了她们，也打造了很多铁刀和剪刀，却理不清剪不断眼前这些纷纷扰扰。

我瘸着晃着眨巴着独眼挪到医生房间，还没等医生和护士反应过来，我已经把墙上的人体结构图取下来，趺趺撞撞地回到病房，把图展示在伯父面前，说：“人体只是一个物体，就像你打的铁也是物体。”

伯父似懂非懂，他想抢过去撕了，但我早就料到，退后几步。伯父停止了哭泣。

28

第二天清晨。伯父的病床空了，他不见了。

我睁着一只眼睛，问躺着发呆的鹊喜，说：“你爸呢？”

鹊喜说：“不知道。”

我说：“赶紧让人去找。”

鹊喜摇头说：“没用的，我了解他。”

我挪着身体倒了一杯水，递给她。

鹊喜狠狠地说：“我也想揍五喜！软骨头一个！不靠男人就不能活吗？我不是活得好好的吗？”

我小心地问："你一直都自己一个人？"

鹊喜叹了一口气："我这辈子大概就这样了。"

我说："你才二十多岁。"

鹊喜沉默，不再说话。

我忽然有一些沮丧，我知道她心里只有一个男人，只要有他在，其他人都是她眼前的影子。

我正沮丧着，曹正昌提着大包小包走了进来，说："不好意思，本来是想给你爸爸一个惊喜，不想……"

曹正昌看了看坐在鹊喜床边的我。

曹正昌说："根号2，你去帮鹊喜打些热水吧。谢谢啊。"

我明白他的意思，我拿起热水壶准备挪着出门，这时，鹊喜却伸手拉住了我，说："不用了，我刚喝过水了。根号2，你就坐在这儿。"

我心中有点惊喜。

曹正昌说："你真的决定好了？不能再考虑考虑么？"

鹊喜看向窗外："嗯。"

曹正昌叹了口气，对我说："好好照顾鹊喜。"

曹正昌慢慢离开了房间。

这一夜，我上半夜毫无睡意，反复回味着鹊喜今天拦住我的那一幕，那仿佛成了我心中的定格。

第二天，我是傻笑着醒来的。

鹊喜说："你笑什么啊？像个傻瓜一样。"

我笑而不语，却发现鹊喜拄着拐在收拾东西。

我说："你要出院了？这么快？"

鹊喜幽幽地说："我想出国去。"

这一刻，我算是明白了四个字，晴天霹雳。

那一刻，我还明白了，什么是从天堂掉进地狱。上一刻我以为是我的机会，下一秒发现只是我一厢情愿，鹊喜出国的决定我依然是最后一个知道的。

怅然的不只是我，还有鹊喜。她没发现我的失神，自顾自地说着：“这几年，我一边打工，一边学英语，我通过了托福考试。我要出去看看，知己知彼么。”

我说：“你只是在逃跑。”

鹊喜说：“你不想也出去看看？以你的才华，在哪里都能发光发热！”

我说：“我就在这里发光发热吧。”

鹊喜笑着说：“我相信你。哦，对了，我下月去签证，你陪我去吧？”

看着她灿烂的笑容，我不自觉地点了点头。

我的心好痛，鹊喜总让我心痛。可是，再心痛，我总是默默地支持她，这似乎是一种习惯，我习惯支持她做一切她想做的事。我想她一定会回来的。

29

鹊喜签证的头一天，我通宵帮她排队。第二天早上鹊喜到现场看到我脸色发青地排在第五位，便问：“你通宵在这里？”

我说：“我插队的。”

鹊喜说：“就你这样敢插队，还不被人揍成肉饼。”

随后，鹊喜默默地看着我半天，没有用手掌劈我。

很快就轮到了我们。我看着鹊喜进了大使馆，便坐在旁边的台阶上等着。我希望她签成，又希望她签不成。

鹊喜出来的时候，脸色怪怪的，说不出是高兴还是失望。

我说：“没签成？”

鹊喜说：“什么成不成的。”

我疑惑地看着她。

鹊喜劈了我一掌，阴阴地说：“成了，签好了。”

我说：“那不是挺好？”

鹊喜说："好什么好？！到别人门口乞讨了一回。哪天也让他们求到我们门口就好！"

我送鹊喜到机场，鹊喜一边挥手一边说："谢谢你，根号2。就此别过。你也快长个子，不然，再过几年，人家会把我当作你的母亲。"

我站在机场大厅，透过玻璃看着鹊喜的航班起飞。飞机在我模糊的双眼中穿入云端，一如无羁无绊的鹊喜，我想起战国时的《神女赋》：

妾在巫山之阳，高丘之阻，旦为朝云，暮为行雨。

我泪如雨下，默默在心中下定决心："这是我最后一次为你送别，鹊喜。"

30

马路上，人来人往，我发现，原来人们一色的灰蓝黑，开始慢慢有了颜色，后来是五颜六色。

来自全国的产品订单一批接一批，什么叫供不应求，什么叫睡着都能笑醒，说的就是曹正昌现在的状态。

曹正昌在旁边的高档写字楼里租了几个大间做总经理办公室和对外销售部，办公室的人络绎不绝。我进去想和他说句话也插不上，只好看着他蔫蔫地笑。

曹正昌送走一拨人刚想上个厕所。可是，又一拨人进来，堵住他。

曹正昌憋着尿，把这拨人接待了，送走。刚想进厕所，又有人进来。

曹正昌忍着，在订单上签了字。

销售经理拿着一沓文件进来，说："这是这个月的订单。"

曹正昌说："这么少？"

销售经理说："这只是目录，那边才是订单。"

曹正昌顺着经理的手看去，旁边地上，堆积如山的订单。

曹正昌大笑："好好做，下个月，咱们增加十条生产线。"

曹正昌边说边往厕所跑。过了好久也不见出来，我纳闷地到厕所看看，看见曹正昌脸色煞白地从厕所挪出来，手扶着墙，随时要倒地的样子，我赶紧扶住他。他说："没事，尿憋的。"

曹正昌的肾病就是这时落下的病根。

接下来，搬工厂，进机器，加工人。我们的生产能力扩大了十倍，我们账上的资金越来越多，员工的待遇越来越好，可是曹正昌跑厕所也越来越勤。

终于有一天，曹正昌住进了医院。

曹正昌住进医院不久，鹊喜突然给我电话，说她已经从巴黎到香港，要我去码头接她。

鹊喜从里面走出来的时候，我没有看到她。我只看见那群人里有一个似乎只能在巴黎时装杂志上才能见到的时尚模特儿，实在是太出挑了，周围人的眼光都刷刷地转向她。等稍微近一些，我才发现，那是鹊喜。

在我笑着向鹊喜挥手的时候，突然发现，她走路的样子有点儿怪异，摇摇晃晃的。

我开始想笑，在这里也走猫步。

可是，鹊喜快到我跟前时，几乎挪不动步，晃晃地整个人便往下瘫，幸好，我扶住了她。就像上次我扶住曹正昌。

我说："你们怎么都用一个姿势吓我呀？"

这时我看见，鹊喜的脸煞白，汗水浸透了衣裳，她身体的重量全部在我身上。

我说："我扶你到边上坐坐，去打120。"

鹊喜轻轻地摇摇头，吃力地指指外面，吃力地轻轻地说："扶我出去。"

我一手拉着鹊喜的行李，一手搀扶着她。我心酸地发现原来结实健康的鹊喜单薄得似乎一折即断，白皙的皮肤下透着骨骼和青筋。我心酸地想，孤身一人在外，她一定经历了不少辛酸。

我扶鹊喜上的士，让鹊喜半躺在后座上。

我对司机说：“去医院。”

鹊喜摇头，指指车里的一瓶健力宝。

我说：“师傅，您这健力宝我可以买吗？”

司机说：“喝吧。”

我说：“谢谢！”便拧开盖子，递给鹊喜。鹊喜颤抖地接过，我扶着给她喝了两口。一会儿，她便缓过来一点儿。

鹊喜说：“没事，就是饿的。控制饮食。”

我说：“为什么？”

鹊喜说：“还有两个月就是世界模特儿大赛的复赛，年底决赛，我现在还超标两公斤。”

我说：“都这个样子了，不去参加那个比赛，行吗？”

鹊喜看着手里的健力宝，发现喝了一大半，急切地说：“不行，不行，我喝超量了，之前的努力就白费了。”

我还想劝，看这情形便收回了到嘴边的话。我知道，她在追求她的梦想。

鹊喜看着手里的健力宝，说：“不愧是奥运会指名运动饮料。”

我说：“你也知道？”

鹊喜说：“华人都知道。中国要多一些叫得响的产品，我们在外面的日子也好过一些。”

沉默了一会儿，我说：“怎么突然就回来了？”

鹊喜沉默。

我也沉默。曹正昌病了，我问多了。

鹊喜要司机把车开进一个别墅区里，那是她妹妹五喜的家。

我下车给鹊喜开门。鹊喜想像过去那样劈我一掌，但是这一次，我躲开了。

鹊喜呆愣在那里。

我说：“欢迎回家！”

鹊喜很快回过神，没有继续纠结我的变化。

这时，我们转头，远远看见五喜坐在杏花疏影的椅子上。长发瀑肩，裙裾垂膝，绝世凄美。

我说："她好像你，但又不一样。鹊喜，我怎么会想到一个词？"

鹊喜："什么词？"

我说："凄美。"

鹊喜笑说："你怎么也琼瑶起来。"

31

第二天清晨，我被鹊喜的电话吵醒。鹊喜用变调的声音要我立即去医院。我慌乱地穿上衣服，往医院奔。

我不敢想，曹正昌的肾病虽然严重，但不至于，怎么可能？怎么突然就……

我跑到鹊喜说的楼层，看见医生推着盖住床单的车走过来。

一时间，我的血直往上涌，四周是黑的，天是黑的。我在一片黑色里冲向那个推车。

不要，曹班长，不要和我开这样的玩笑，我受不起。

我冲到推车边，猛地掀开床单，我再次呆住了，不是曹正昌，是五喜。

五喜安详地躺在那里。

我疑惑地看鹊喜。我这才发现，伯父被鹊喜搀着，神情哀戚。

鹊喜木然地说："她吃安眠药，整整两瓶。"

我缓缓地盖好五喜，跟在他们后面走着。走廊很长，像冰窖一样，无声无息。

可是，突然，鹊喜放下伯父，往外面冲了出去，一边哭一边跑。我想追出去，又回头看伯父。伯父低着头说："我没事，麻烦你。"

我追出去，拉住鹊喜。

鹊喜说：“你陪我回五喜家。”

的士在五喜的别墅门口还没停稳，鹊喜便打开车门，跑上台阶，快速地掏出钥匙开门。鹊喜的手颤抖，开不了，我帮她打开。鹊喜冲进去，我赶紧跟在后面进去。

鹊喜在房子里胡乱地翻找着，把所有的柜子抽屉扒拉得一塌糊涂。

我问她：“你想找什么？”

鹊喜说：“我想找到那个男人，我要杀了那个男人。”

我说：“没有意义。”

鹊喜不理会我，继续疯狂地找着线索。

鹊喜说：“至少我要知道他是谁。”

我说：“知道了，又怎样？”

鹊喜说：“我要让他身败名裂！”

我说：“五喜一定不愿意，不然，她就不会把一切痕迹都抹得干干净净。”

鹊喜停住翻找。

我说：“让五喜安宁地走吧。”

鹊喜突然蹲在地上，痛哭。

我手足无措。

32

在秋风萧瑟、荒草萋萋的墓地上，竖满了各式各样的墓碑。五喜的照片刻在那块新的石碑上。

前天，五喜还在杏花疏影里，绝世凄美。

我们三人半蹲半跪在荒草上，为五喜烧纸钱。

一声凄厉的哭声，划破这凄惶的墓地。是一直没有出声的伯父突然发出的，随后是哀哀地啜泣。伯父的啜泣声低微而苍凉，完全没有了铁匠的铿锵孔武，而似残年风烛、炉火将尽。

伯父喃喃地说：“五喜，我不理你，你就缠我啊，像小时候那样缠我啊。你干吗要和我拧，是爸不好啊，宝宝！”

鹊喜流着泪拉起伯父，说：“爸，不是你的错，是那个男人害的，不是你。爸！”

伯父哀哀摇头，随后使劲捶自己。

鹊喜哭着拽住伯父的手，说：“五喜叫我回来，是要我留下来陪你。”

伯父用骨骼凸出的手背抹了眼泪，说：“你该干吗干吗去。”

鹊喜止住哭，只是掉眼泪，问：“那你呢？”

伯父哽咽地说：“我回家打我的剪刀。”

鹊喜哀哀地说：“现在都是工业化生产，谁用啊？爸，你也累了一辈子，休息吧。”

伯父说：“我就打我的剪刀。”

伯父说着，佝偻着腰，往墓地外走。

我想上去拉住他，鹊喜拉住我，摇头哭着说：“没用的。”

我和鹊喜在高高的墓地上，看着伯父苍老的身影逐渐消失，看着远处的车流，看着夕阳淡去，看着海边亮起的路灯蜿蜒迂回。

我说：“你知道我母亲是怎么走的吗？”

鹊喜看着我。

我说：“是我害的，我不该把脐带绕满了脖颈。不然，我的母亲就不会感染。”

鹊喜看着我，拉着我的手，流着泪。我擦去她的眼泪。

这是我第二次为鹊喜擦眼泪。鹊喜那次流泪是为曹正昌，这一次是为我的身世，为五喜。

我说：“这次留多久。”

鹊喜说：“父亲不要我照顾，我还是走吧。五喜想靠男人靠不住，我更不能停下脚步。”

这一次，我没有再挽留鹊喜，也没有去机场送她，只是在心中对她说了一声：“一路平安，祝福你。”

回到实验室，收音机里播放着费翔的《昨夜星辰》：

昨夜的昨夜的星辰已坠落
消失在遥远的银河
想记起偏又已忘记
那份爱换来的是寂寞
……

想得到却又怕失去，那份爱，深深埋在心窝

我抬头望着窗外的天空，一架飞机飞过，或许那是鹊喜的航班。

正是，念去去，千里烟波，暮霭沉沉楚天阔。

33

曹正昌住院的很长时间里，工厂里订单有增无减。出院后看到工厂这般景象，曹正昌苍白憔悴的脸有了血色。他把我拉靠在墙上，用手按住我头顶，用指甲画了一条线。

曹正昌说：“估计有1.58米，不再是根号2了。你总算是基因变异的正常人了。”

我说：“我以前不是正常人么？”

曹正昌说：“你什么时候正常过？”

这时门砰的一声被人推开了，进来一个光芒四射的男人，大背头雪亮地往后梳着，一袭白色西装，一双白色皮鞋，像上海滩上的小开。

我的大眼睛瞬间笑蔫成一条缝，说：“奶油哥哥！”

奶油哥哥摸摸雪亮的头发，说：“叫我金融大鳄。”

曹正昌把我和奶油哥哥带到了一家高级餐厅的包间。服务生托着各种名牌白酒、红酒和洋酒。

奶油哥哥选了洋酒XO，曹正昌把洋酒放回去，找二锅头，没找到。

曹正昌说：“二锅头呢？”

服务生说：“对不起，我们这里没有。”

曹正昌：“嫌便宜了不卖是吧，到外面去买。”

服务生点头出门。

奶油哥哥不屑地说：“土鸡再插几根凤毛，到底还是鸡。”

曹正昌嘲讽地说：“那就说说你这只鸡的毛是怎么全部换成凤毛的。”

奶油哥哥来了劲，兰花指乱晃地说：“炒股啊，你们炒股没有啦？那可是一本万利的呀，我上周买了一只股票，这周翻了五十倍。五十倍的呀。”

这时，墙上的电视突然爆出了文鹊喜的名字：“在巴黎举行的世界超模大赛上，中国模特儿文鹊喜夺得了冠军，从此，这个一直被西方脸蛋盘踞的颁奖台上有了一张亚洲面孔，文鹊喜成了一张优雅的东方女人的世界名片。”

电视画面上，鹊喜着一袭洁白的中国旗袍被世界各路媒体包围。

记者问：“除了父母以外，如果只感谢一个人，你感谢谁？”

鹊喜说：“我大学的同桌。”

记者问：“是男友还是闺密？”

鹊喜说：“我的小弟，蓝颜知己。”

我默默地看着鹊喜。过往的画面在我脑子里一幕幕地闪过，鹊喜披着蚊帐，鹊喜给我铺床，鹊喜踢我的椅子，鹊喜帮我应卯，鹊喜在火车上和我告别……

良久，曹正昌和奶油哥哥拿着酒杯走到我面前，和我碰杯。

曹正昌说：“谢谢你，一直照顾鹊喜。”

奶油哥哥说：“谢谢你。”

我呆呆的。

奶油哥哥用酒杯碰了一下曹正昌的酒杯，说："原谅我。"

曹正昌说："原谅什么？跳楼？你那次干吗要往气垫上跳？直接跳地上啊。"

奶油哥哥用空着的另一只手点了曹正昌一下。

曹正昌举起酒杯一饮而尽，说："青葱岁月的幼稚，谁都有。"随后打了奶油哥哥一拳，奶油哥哥哇哇哭了。

34

接下来的几年，曹正昌相中了一些生产国产冰箱、彩电、空调的企业，把它们收购或合并起来，成立了正昌集团。

我们的厂房从最初的铁皮房变成了一个工业园区，有了自己的写字楼，员工有了自己的宿舍。最关键的是，我有一整层自己的实验室。

正昌集团成了国家的明星企业。一切都朝着我们预想的走，甚至，比预想得还好。连中央领导都来视察了我们的生产线和实验室。

一天，曹正昌把一张报纸拍在我面前。

报纸上登着竞选标王的告示。

曹正昌说："一个广告集团联合多家大媒体要搞一场广告标王竞标。标底最低一个亿。"

我看了看报纸说："还是老老实实地把产品做好，广告要做，可也别这样博眼球，我们一年利润才一个亿。"

曹正昌兴致勃勃地说："第一个吃螃蟹的人，就是死，也扬名立万。"

我有些丧气："你原来在大学那满腔鸡血都是为了自己扬名立万啊？"

曹正昌说："我这也是在推广国产品牌啊。"

我问："你准备投标多少？"

曹正昌说："不惜一切代价！"

我歪着头，把报纸折起来，就像当年折鹊喜的情书，说：“我现在总算知道什么是暴发户，什么是赌徒。”

曹正昌兴奋地说：“豪赌是枭雄的本性。”

我把报纸折成一个金元宝，我往里面吹吹气，那金元宝像气球一样飞起来。

“人有病，天知否？”我对曹正昌说，“你不能去！”

啪！啪！两声。第一声是曹正昌把一张机票拍在我面前，第二声拍的是竞标的预付款的付款账单。

我一下跳到桌子上，俯身揪住曹正昌，我第一次俯视他。曹正昌抬头看我，我们鼻子对着鼻子。

我说：“这么大的事，你问过大家没有？”

曹正昌说：“你别忘了，我是董事长，有一票否决权。”

我颓丧地坐到桌子上。那个飞着的金元宝破了，摔在地上。

我说：“班长，我求你。我们走到今天不容易。”

曹正昌说：“正因为不容易，才不能放过这个绝佳机会。”

我说：“这么多钱，我们可以开发好多产品，我们甚至可以造一个火箭，这是我一直在琢磨的东西。”

曹正昌说：“这个想法好，回头我们就做。”

我说：“不要让我们正昌这面旗帜倒了。”

说完，我居然想哭。

曹正昌也莫名地眼睛湿了。

曹正昌含泪说：“我做这些就是要让正昌的旗帜高高飘扬。”

35

竞标大厅的四面玻璃在阳光照射下格外炫目，更炫目的是里面坐着的人，几乎每个人都是当年叱咤风云的商界精英，都是财经媒体的宠儿，他们的影像无处不在，名字振聋发聩。这是一个精英荟萃、群雄逐鹿的竞技场，所有人都带着“欲与天公试比高”的胆魄豪情，跃跃欲试地等待着一场数字游戏的肉搏擂鼓开战。

只有我，蔫蔫地坐在曹正昌旁边。

曹正昌说：“我们赶紧去上个洗手间，轻装上阵。”

我没动：“你去吧，我没尿意。”

曹正昌拽起我：“陪我去吧，说说话，我有点儿紧张。”

我看看曹正昌，见他额头冒汗，脸颊泛红，不会是肾病复发了吧。我赶紧起身跟他一起走出玻璃大厅。

我们俩一起往大门走，我边走边安慰他：“别紧张，反正上限就是一亿五千万，我们承受得起，我们齐心协力！”

这时，曹正昌的汗水突然如下雨一般往下流。

我说：“不舒服啊？”

曹正昌说：“紧张的。”

我说：“不至于吧，你怎么一下子那么㞞了？”

我拍了拍他的胸口，可那哪里是心跳啊，那就是一个你死我亡的战前擂鼓。

我突然意识到什么，骂了一声：“好阴险的曹操！”

我立马转身往回走。可这时我们已出了大厅，四个身强力壮的小伙子一下子拥上来，把我的四肢一人一个地架起来，迅速地抬出了大门。

我被抬进了一个有电视直播的休息厅。那四个彪形大汉并排在门边把守着。

电视里直播着竞标现场，人人都紧握着手里的牌子，准备随时举牌。

竞标开始了，这场竞标真的就是后来主持人说的，空前绝后，绝无仅有。

第一次举牌：彩电大佬举起了“1.2亿”。

主持人：“‘1.2亿’第一次，‘1.2亿’第二次。”

这时，曹正昌一下子把牌举起来。

全场哗然。因为牌上的数字是“5.73891亿”。

主持人有些结巴了，磕磕绊绊地说：“那个……那个数字，请您核对一下。”

曹正昌把牌举得更高：“没错，就这个数。”

刹那间，所有人都放下了手里的牌。

主持人喊：“‘5.73891亿’一次，‘5.73891亿’两次。”

场上寂然无声。

主持人一锤定音，说：“这是可以载入史册的竞标。统共只举了两次牌。前后两分钟。”

那个冬日的中午曹正昌的豪情迸发到了万丈之巅。

在园区中间巨大的空地上，突然间聚集了几万人，全着黑色制服，制服的左前胸和后部全有“正昌”字样。

这些人整齐地排列成方阵。阵列分东西南北中五大阵营，五大阵营前都竖着五大巨型标志，其为东路军、南路军、西路军、北路军、中路军。各路军最前面巨大的标牌下笔挺站着的一个人，身旁竖着一个标牌，军长。军长后面的整齐方队又分五个小阵列，每个小阵列前站着师长，小阵列再小阵列前站着团长，再就是连长和班长。每个大阵列最后排是正昌突击队。

太阳高高地悬在中空，冬日的骄阳直射这些阵列，一匹黑马上骑手举着一面巨大的红色的旗帜威严地过来，红色旗帜上醒目地写着五个白色的大字：集团军司令。随后，一匹白色的骏马奔驰而入，在红色巨旗的牵引下，通过坡道上到了广场最北端的高台上。骑在白色骏马上的是着一身红色中山装的曹正昌。

曹正昌御马收缰，从腰间豁然拔剑出鞘，剑影划出的弧线如闪电般耀眼。

旋即，阵列中的几万人同时举起了右手中的小旗，齐声高喊：“正昌！正昌！正气荣昌！”

曹正昌高举利剑，其动员令可谓气吞山河：“今时今刻，此时此地，我们正昌人以生命庄严宣誓，我们将以视死如归的大无畏精神联合所有国人向外来经济侵略者开战，我们将竭尽所有的力量和智慧为中国产品竖起屹立不倒的丰碑。我们将赴汤蹈火，洒血疆场，不胜不归！此刻，正昌在此，苍天在上，大地为证！”

曹正昌本来就浑厚有力的声音经麦克风的放大显得更加铿锵有力、磅礴入云。

万人阵列再次高举旗帜，齐声喊：“正昌繁荣，正昌必胜！”喊声震天裂地。

五路大军将怀着凌云壮志开赴全国各地，为正昌产品洒血商场，立誓不胜不归。

大风起兮云飞扬，
威加海内兮归故乡，
安得猛士兮守四方！

这是刘邦的《大风歌》，它抒发了刘邦的政治抱负，也表达了曹正昌对难得人才为他安国守城的忧虑。此时，我和曹正昌，惺惺相惜，却渐行渐远。

我看着窗外这震撼人心的场面，开始收拾东西，准备离开。

我要走了，我要离开这个我呕心沥血过的地方了，离开曾经浴血奋战过的同学和战友。

我背着大学时背的书包，往外走。走到大门口，我回头看看，然后，决绝地离开。

我希望曹正昌的总攻能继续赢，希望他永远保留那份赤子之心，就像在毕业典礼上唱的那样。

祝福班长！祝福那些曾经的岁月！

36

阔别多年，我终于回到京城，回到了家中。我走进大门时，想起当初父亲挡在门口我挤出去的情形。

我走进书房，看到父亲正在使用联想电脑。

父亲从电脑上抬起头来，淡淡地说："回来了，回来就好。"

我点头，说："连您也会用电脑了。"

父亲："当然。什么叫连我也会？"

旁边沙发上还坐着一个人，笑着，是我原来大学的校长。

校长说："在等你呢！我们学校这几年非常注重科研和企业结合，我们的好多课题都是和中关村一起研发的，我们需要人才，你还是回来吧。"

我看着校长，看看父亲，点点头。

我又回到大学研发室，又挂上了老师的牌子。我的学生不再比我高出半截，他们跟我说话的时候不用再蹲着了。

我的研发中心成果斐然，一张桌子上横七竖八地堆满了各种奖状奖杯，这些成果后来都成了许多国内外名牌产品，或者产品中的一分子。

我没有和曹正昌联系，但他的消息却无处不在地渗透给我，渗透给全国人民。

此刻，我们研发室墙上那个大型彩电便在播放着正昌集团铺天盖地的广告：

正昌彩电，精美无限。

正昌冰箱，活色生香。

正昌空调，知心冷暖。

正昌广告棒，不如正昌洗衣机棒。

这些广告词，似乎已成为标签语，人们出口成诵。

37

我没想到，我和曹正昌的再次相遇会是在全国优秀青年表彰会场。

十个青年站在台上，拿着奖杯，我旁边居然站着曹正昌。

我们惊奇地看着对方。曹正昌看着我笑，露出一张缺牙笑着的嘴，说：“真是冤家路窄。”

下了台，曹正昌说：“你那一拳打掉的牙，我永远不会补上，我要让你每次看到它都后悔得痛彻心扉。”

我说：“你那一脚把我踢成了内伤，这辈子怕是好不了了。”

这时，奶油哥哥走过来。我们惊奇地看着他。

奶油哥哥：“你们是领奖，我是列席。我被新列车研制中心录用了。惭愧，你们是精英，我现在只是一个小喽啰技术员。”

我们更加惊奇，奶油哥哥居然学会虚头巴脑的谦虚了。

奶油哥哥继续谦虚着：“根号2，有些技术问题，我要你帮我出出鬼点子。”

曹正昌说：“那看这情形，再过几年，中国的春运会大不一样了？”

奶油哥哥：“那是。”

奶油哥哥用手指点了我一下，说：“你怎么不早提醒我呢？”

我说：“你那么大的金融大鳄，还用我提醒啊。”

奶油哥哥害羞地掩嘴笑。

38

得知曹正昌出事是在校长和我谈一件大事时。

校长那天看着我的实验成果，说：“以水，南方经济那么发达，我们的研发中心要是在南方建一个基地，是不是更能资源共享？”

我看看校长，拿出一本方案：“校长，我也在想这个问题，这是我写的初步方案。您看看。”

正在这时，电视上，一个新闻记者突然报道：“作为国产品牌辉煌旗帜的正昌集团今天发生灾难性的一幕，众多经销商和客户聚集在集团周围，要求董事长曹正昌出面发表声明，但曹正昌迟迟不肯露面，造成他与客户和经销商之间更大的误会，目前，各路经销商和客户还在从四面八方向正昌集团涌来，事态正在恶化。”

我一下愣住了，校长也愣住了，都在看电视报道。

记者继续报道着：“正昌集团的产品在中国市场乃至国际市场曾耀眼地飘扬，但隐患一直在发酵。有限的生产能力在空前强势的广告效应前显得捉襟见肘，四面突击造成的战线过长使得总部指挥鞭长莫及，实战经验缺乏的管理团队在膨胀的市场需求前手足无措，后续跟踪服务与宣传上的完美承诺相形见绌。结果是，产品出货严重滞后，客户和经销商怨声载道，应急扩大生产线或委托生产造成质量上的瑕疵被客户质疑和放大，后续服务应接不暇而造成大面积的信任危机。最关键的问题是，一直忙于扩张的曹正昌因为掉以轻心而错过了公关的最佳时机。最严重的问题是，至今他依然把自己关在办公室里闭门谢客，造成公愤。”

我和校长好一会儿才回过神来。然后，我用眼神请示校长。

校长说：“去看看他吧。”

我冲出门去，回家简单收拾了几件衣服和行李。我一边收拾，一边和站在旁边的父亲说：“我去去就回。”

父亲也看到了新闻，说：“别慌，你从来都不知道慌的。”

我的动作立即慢下来，提着行李出门，父亲朝我点点头。

39

我从机场直奔正昌集团，还没到大门，便见到处是人，经销商、客户、媒体群情激愤。保安和警察在维持秩序。

我冲进重重包围，冲到集团大门前。一群保安拦住了我。其中一个老保安认识我，放我进去。

我奔到曹正昌办公室门口，敲门，没声音。

我轻声地说："班长，你出来，你从来没做过逃兵啊。"

没有声音。

我说："你还是原来那个热血社团的主讲人吗？有种你就出来。"

还是没有声音。

我的声音大了很多，说："班长，你从来都有办法，我们从来都患难与共啊。"

依然没有声音。

我开始踹门。

这时，曹正昌的声音传出来："十二亿的资金缺口，我却没有一分钱流动资金，该求的人我都求过了，你还要我在这些人面前被羞辱吗？"

我明白了，曹正昌无法面对的是信任危机，而不仅仅是资金危机。在他心里，他用大半生积攒的光辉全都坍塌了。他没有勇气直面这种坍塌，尤其是在这些曾经把他当宠儿的人们面前。

我用地上一个铁丝轻轻撬掉了猫眼，我踮起脚看到了里面的曹正昌，看到他在办公室里来回地走着，地毯被走得坑坑洼洼，电话线被他拔掉了，窗帘紧闭，一丝光线从窗帘一个缝隙里穿进，晃着曹正昌的身影。

那晃着的身影，似乎也晃着过往的辉煌：热血社团，偶像签名，耀眼标王，还有骑在高头大马上拔剑出鞘激起的惊天动地的万人誓言。这些辉煌顷刻之间化为楼外蜂拥声讨的人群，报纸电视广播的猛烈轰炸。

我心酸地说："你在里面好好待着啊。"

我跑到走廊尽头，拿着砖头一样大的大哥大和校长通话。

我说："校长，校长……"便说不下去了。

校长紧张地说："曹正昌他人……怎么了？"

“哦，他人没事。”我缓过来，说，“曹正昌曾经是我们学校出色的学生，是吗？”

校长说：“你想说什么？”

我说：“我们那个南方基地可不可以和正昌集团合并？正昌有很多核心技术，有固定资产，有产品，还有品牌。”

校长说：“他那个品牌现在是一个负资产。”

“有时一块钱也能难倒英雄的。”说完，我发现我满脸都是泪水。

40

我擦干了泪，跑回正昌集团大门口，我看到曹正昌曾经指挥千军万马的高台上，有两个保安正在对大家喊话，要大家安静。我挤过去，跳到台上，抢过保安队长手里的话筒。

可是，我拿着话筒，再次语塞了。我憋了半天没有说出一个字，就像最初脐带绕颈时我发不出声，就像当初我站在讲台上开讲我的旷课厚黑学。我想起了鹊喜，鹊喜那时拉拉我的手说：“一览众山小，加油！”

我的脸憋得通红，我终于发出的蔫蔫的声音在大喇叭里像蚊子叫，更麻烦的是，我说出的话突然也变得矫情。我说：“曹总不出面，不是逃避，是追求完美。他有理想洁癖，他的理想不只是做一个企业家，而是做一代民族企业家的偶像。”

下面有人喊：“你是谁？你胡说八道什么？你说人话行吗？”

我只好又抢过另一个保安的话筒，两个话筒同时对着我的嘴巴。这下，我的话正常了很多。

我说：“我是曹正昌的合伙人，我向大家保证，两个月之内一定解决所有问题。”

有人喊：“怎么解决？”

我说：“该退货的退货，该退款的退款，该维修的维修。”

这时，突然有人站到我身边夺过我的一个话筒，说："但是，欠我们的，该追回的我们一定追回。法律不仅保护你们，也保护我们！"

我转头看，那人是鹊喜，我吃惊地看着鹊喜。

有人高呼："你们看！文鹊喜！"

"真的是文鹊喜！"

于是，几乎所有人都围拥上来，拍照的，提问的，递话筒的，要签名的，争睹芳容的，嘶哑地喊着鹊喜名字的，为这意外之喜激动得流泪的，瞬间拥成一堆拼命往我们跟前挤，我这才想起，鹊喜早已是国际明星。

幸好保安们训练有素，及时冲上去把鹊喜团团围住，保护起来。

鹊喜大声地说："我是正昌集团下一个代言人。你们不是来要债的吗？围着我干吗？那边有好多张台，你们到那里把你们联系方式、欠款的金额都登记一下，我们尽快解决。"

这时，人们才想起自己来这里的真实目的，便纷纷往那边涌去。

我和鹊喜松了一口气，走下台。

鹊喜看看我，发现俯视的角度不一样了，惊奇地说："嗨，你终于长大了。"

我说："什么时候回来的？"

鹊喜说："刚刚。走，去看看班长。"

然而，当我们回到曹正昌的办公室时，办公室的门开着，里面没人。我和鹊喜紧张地跑到窗户边，往下看，什么也没看见，唯有草坪上繁花似锦。

我和鹊喜跑出去，看到大楼的后门在晃动着，却没见曹正昌的踪影。

曹正昌失踪了。

41

我和鹊喜在酒店住下来，我住标准房，鹊喜住套房。

在鹊喜的套房，我和鹊喜坐在客房的沙发上，不停地打曹正昌的手机，全是电子女声：对不起，您拨打的电话已关机。

我打电话到曹正昌家里，嫂子哭着说："哪里都找不到他。"

我和鹊喜都放下电话，看看对方，又把眼睛移开，随后便有一搭没一搭地聊着。

我说："什么时候走？"

鹊喜说："不走了，留下来办一个时装设计公司，专门生产中国风品牌，巴黎的时装很美，中国的时装也不差。"

我点头。

我说："那……你男朋友呢？"

鹊喜耸耸肩，说："缺位。"

我说："不可能吧？众星捧月的。"

鹊喜说："男朋友没有，男性朋友不少。我和男性朋友更有话题。你呢？"

我说："一人吃饱全家不饿。"

鹊喜说："从来没有女朋友？"

我说："连女性朋友都没有。"

鹊喜摇头笑笑，说："我们是世界上的两个怪物。"

我点头。

我们每天都生活在各色各样的精英群里，在五光十色的光环和追捧之中，却孤独地守着一份青春时留下的虚无缥缈的记忆止步不前。我们和周围热闹的世界是合拍的，又是错位的。

鹊喜说："陪我去看看五喜吧。"

42

天下着雨，我们打着伞，走向五喜的墓地。雨中的墓地，格外地萧瑟凄清。

远远地，我们看见五喜的墓碑前有一束花，花前有一个撑着伞的人坐在地上。我和鹊喜相觑了一下，狐疑地走过去，随后惊呆了，那人是曹正昌。

鹊喜先是茫然，问："你怎么在这里，你怎么认识五喜？"

曹正昌低下头。

过了一会儿，鹊喜一下子冲上去，抓住曹正昌的头发使劲晃着。

鹊喜说："你怎么可以这样？你怎么可以这样？你害死了五喜，你把我们姐妹俩全都害了！"

曹正昌不动又不回手，只是让鹊喜发疯一般地撕扯他。我拖开了鹊喜，鹊喜哭出声来，转身跌跌撞撞地往前走。

曹正昌蓬乱着头发和衣衫，站起来说："你等一下，听我说。"

鹊喜还在跌跌撞撞地走。我跑上前，轻轻地扶着鹊喜，让她停下来。

曹正昌说："我是在一家酒店遇到五喜的，那时她当咨客服务员，她长得太像你了，不知不觉我接近她，像对妹妹一样关心她，其实，我关心她，是因为这样做我心里很安慰，可她对我很感恩。

"她不是我包养的二奶，你们误解她了。反而是她帮助了我。我下海后，没再联系她。后来我把自己折腾得一无所有，那天夜里，我已经两天没吃东西了，睡在巴士站的圆凳上，被警察驱赶，她正好下夜班在那里倒公交车，看见了。她把我带到她租住的小房间里，去夜市上买了菜和酒，那天夜里……那天夜里……我作孽啊，我不是人！我是畜生！"

鹊喜狠狠地说："那后来呢？"

曹正昌低头说："我是真的喜欢她，那是我唯一的恋爱，一生中唯一的一次。但我知道我们不能这样下去，我那时好穷，补偿不了她什么，便不见她，可她会在我的宿舍附近，坐在远处的路边，等我整整一夜。等见到我，她就哭，我也哭。我有家，我老婆是乡下姑娘，可她是我的救命恩人。当知青那年，发洪水，我救了十多个落水的乡亲，而她把已经晕过去的我拴在唯一的木板上，让自己随水漂走，后来是一个渔网把她绊住。在那偏僻的山村，我们相依为命，我答应过她，我要对她对家庭负责一辈子。

“后来，我和根号2一起做成了，第一笔钱我给五喜买了一套房，让她安定下来，去读书，有自己的事业。记得那次选美你摔伤了我去看你，我本来想告诉你，我和五喜的事，我想让你劝五喜出国读书，可那天你把根号2留在里面，我没法开口。后来，她没出去，你出去了。

“后来，我住院了，突然收到她的信……”

曹正昌哽咽失声，他从内衣口袋里掏出一封信，那个被弄得皱巴巴的信上写着：既然今生无缘，那就下辈子见。

鹊喜看了，抚着胸口蹲在地上哭。

我明白了，为什么曹正昌在医院住了那么久。

曹正昌使劲捶着自己脑袋，说：“她那么年轻漂亮，有很多机会的呀……我没想到，她这么温柔，却这么决绝。这个罪孽，我这辈子是赎不完了。”

说完，曹正昌号啕大哭。

鹊喜恨恨地走近曹正昌，说：“如果我是五喜，我不会自杀，我会杀了你。”

曹正昌闭着眼睛，眼圈像熊猫一样乌黑，说：“杀吧，我累了，我罪该万死，死有余辜。”

鹊喜沉默好久，说：“也不过是酒色之徒，我却当圣人膜拜了这么多年。”

曹正昌轻轻地说：“我宁愿是一个酒色之徒，宁愿是。”

鹊喜耸耸肩，那一瞬间，她似乎把纠结了十多年的东西耸落了，放下了。

鹊喜脚步缓慢地往前走，我跟在后面。我回头看曹正昌。

突然，大雨如注。曹正昌站在如注的大雨中，脚下是五喜的墓碑。

鹊喜走到一个稍高处，看着远处的大海，悠悠地说：“我一直以为，一个可以为糟糠之妻守身如玉的人，是绝世孤品。”

我沉默了一会儿，小声说：“我就是绝世孤品啊，我为你守身如玉啊。”

鹊喜回头劈了我一下，笑着说：“你是我最疼爱的弟弟，我有心理障碍，你没有吗？”

我突然狠狠地回劈了她一下，她吃惊地看着我。

我说：“你劈了我十多年，这次劈回你，告诉你，我不是你弟弟，不是根号2，不是乒乓球，不是小变形金刚，小芭比娃娃，这一掌算是一个证明。”

鹊喜愣住了。

我继续说：“你一直没弄明白，我不是曹正昌的替代品，曹正昌才是我的替代品。”

我说完，往墓地外走。

雨停了。

老子说：希言自然，故飘风不终朝，骤雨不终日。世事无常。

43

曹正昌把办公室钥匙交给我后，再次消失了。

我坐在曹正昌的办公室，拉开抽屉，发现一张欠条：“今借到赵以水现金壹拾贰亿。（人民币12亿元）曹正昌。”

我瞅了瞅，把欠条撕了。

后人说，曹正昌在用一个日期数字举牌成标王的时候，看似一个偶像狂飙而起，其实是一个梦想沦陷崩塌的开端。因为无论是那时的生产条件和研发技术，以及与之配套的各项要素，这个偶像的树立都为时尚早。他是被拍死在沙滩上的前浪。

这时，门被用劲推开了，进来的是鹊喜。我有些愣，看了看她，然后继续低头整理曹正昌留下的账目。

“我也出一部分资金，把这里的事了了，我和你一起吧。”鹊喜一边从旁边搬椅子，一边说，“我们总得把正昌的国有专利保护下来，这是我们上学第一天就发的誓言。”

鹊喜把椅子和我的椅子并排放着，然后坐在我旁边。鹊喜按我的头，然后平移过去，我的头已经在她的耳朵下面。

鹊喜说：“我再踢不动你的椅子了。”

接下来的日子，我们把原来正昌集团单项产品的生产线逐一对外招商，引进有经验有资金的团队，把正昌的分支企业一个个盘出去，盘活。我们学校到了一笔资金，鹊喜出了一笔资金，我把曹正昌支付给我的专利费全部拿出来，加上银行贷款，替曹正昌还清了所有债务，债务里面还有两个多亿的标王欠款。但不管怎么样，正昌集团原有的知识产权和专利全部保护了下来，归我们学校设在南方的基地“环球设计中心”所有。

在那巨大的办公室，我和鹊喜并排坐着，签署着一份又一份协议。

签完最后一份协议，在大楼门口，鹊喜和我握手，说：“好了，我可以做自己的事了，环球研发中心主任赵以水先生。”

我们挥手道别。鹊喜没有甥我，我也没有看见鹊喜转头的一刹那，眼里有眼泪。

我看着鹊喜走，我已经习惯了鹊喜的离开。此时，我的头上是一块巨大的招牌：××大学南方基地——环球产品研发中心。

44

这一天是全世界对中国南方最瞩目的一天，1997年7月1日。

这一天香港这个百年游子归来，我们看到驻港军人气度非凡地进驻岛上，看到日不落帝国的国旗黯然落下，听到我们的国歌在那里奏响。

鹊喜模特团在剧院举行了首场表演，这场演出本是公益性的献礼，不想，开演时，票价被炒到两千元一张。

我收到了鹊喜模特队让花童送来的请柬，请柬要求出席者穿正装礼服。

我穿着黑色西服去看表演。在这两年的时间里，鹊喜经常就服装设计的问题说是请教，其实是想找一个人辩论，然后证明她自己是对的，我懒得和她吵，只是给她出了不少方案。

演出现场布置得特殊别样，圆形舞台设在中央，舞台的东南西北伸出四个T台，舞台和T台地板全是玻璃，玻璃下流水潺潺。观众席围着舞台而设，四周墙壁全是背景，湛蓝的大海被四面无死角地投影在整个现场的周围，海水微波涟漪，观众置身其中，顿生碧波泛舟般的烂漫与兴奋。

那些高挑的模特儿一开始是穿着被时尚化的渔女装出场的，我从没想过，渔女的斗笠肚兜宽脚裤以及裤腿下光着的脚，可以被时尚的设计和梦幻的光影诠释得如此高贵和别致。

随后背景不断变换，五十六个民族的服装特色在这些与之匹配的画面投影中把我们带到了中国的每一块土地，感同身受着模特儿和图画所展示出的风俗民情。模特儿的表演既遵循又颠覆着T台的规则，那是一种时尚与民俗的升华和完美诠释。

我不得不佩服鹊喜，她的模特儿远远颠覆了我对亚洲模特儿的认知，眼前的模特儿没有一点自恋和拘谨，而是一派国际超模的洒脱高傲奔放却又让你无法拒绝地感受东方女人特有的内秀庄重清雅，我不知道鹊喜是怎样把这些极其相悖的气质融合到一起的，而且融合得如浑然天成。

我庆幸的是，鹊喜采用了我的不少设计，尤其是服饰面料的运用。那些服装面料都是纯中国的，麻料、丝绸、扎染、皮毛，在鹊喜精致的加工和搭配下，返璞归真却又灼灼华贵。

全场最惊艳的是中国旗袍。鹊喜只选用十个身材相对不高、身形相对圆润的模特儿，让中国旗袍的婀娜曲线展示得玲珑剔透。

在悠悠古筝声中，这些旗袍合体地依附着模特儿的韵致，袅娜地飘逸着中国女人的妩媚和温柔。全场的背景在温柔地变幻着，时而是苏杭的小桥流水，时而是颐和园的秀美与恢宏，时而是上海滩百老汇的霓虹闪烁，时而是石板路上小巷幽幽。

而旗袍的颜色和款式也随着这些背景不断地变幻，时而清雅别致，时而大气脱俗，时而娇艳夺目，时而清纯质朴。

这些旗袍是在古筝的高山流水中款款飘出的，它将东方女性含蓄的性感欲隐又显地渗透出来，如水一般地侵蚀着每一位观众的心。

我从来没有如此透彻地理解过旗袍和中国文化的深刻勾连，是鹊喜用这种最感性最直接的形式给了几乎是一击致命的解读。

或许，鹊喜阐释的是，中国文化和水一样，温润、坚忍、百折不回。

45

我以为演出在这高潮中结束。我没想到后面还有让人刻骨铭心的不是剧终的剧终。

当古筝声消失，突然，四周的背景投影变成了我们那个男生宿舍，宿舍里有我、曹正昌和奶油哥哥的床以及床上的摆设。接着，下铺的蚊帐脱离了床的边沿，飘起来，在空中飞舞，所有的灯光暗下来，只有一个象征着蚊帐的洁白披风在画面上飞舞，洁白的披风上洒着几滴红色的血滴。披风飘着，最后落到一个女孩儿的身上，那个女孩儿是鹊喜。这时灯光亮起来，鹊喜披着那件带着血滴的洁白的披风轻柔曼妙地走出来。

所有人都在为这新奇创意而鼓掌欢呼，只有我默然无语。

背景音乐是一首如泣如诉的歌曲。

当花童拿着鲜花走到我面前，我有些惊讶，懵懂地接过鲜花，花童拉着我的手往台上走。

这时，后台响起张学友的《一路上有你》：

你知道吗
爱你并不容易
还需要很多勇气
是天意吧

好多话说不出去

就是怕你负担不起

你相信吗

这一生遇见你

是上辈子我欠你的

灯光迷离朦胧，我的眼前一片模糊，我拽住鹊喜的手，说不出一句话。

多年后

我正式迎娶了鹊喜。

我们的城市已经从最初的大海，变成了海上花园。那条蜿蜒的沿海路，每一寸都倚着花海，让人分不清是路边有园还是园中有路，海与花，花与路，路与鳞次栉比的高楼，高楼与倚着的青山，青山与蓝天，蓝天再与无垠的大海碧水，相即又离，相依又远，蜿蜒缠绵。而此刻，眼前的一切比幻想中的更为灵动通透又壮阔悠远。

婚礼上，鹊喜的父亲用一把特别的铁质剪刀剪掉了花烛上的烛花。

鹊喜告诉我，那把“文大泉”剪刀现在每把售价至少千元以上，她父亲是文大泉最后的传人。

奶油哥哥抱着一个混血儿进来，后面跟着一个金发碧眼的年轻女郎。鹊喜走过去抱过男孩儿，笑着小声说：“厉害！把人家娶进了国门。”

奶油哥哥白皙的脸微微泛红，掩着嘴笑。这时，一个中年妇女抱着一床红被子进来。她是曹正昌的妻子。她把被子放下，从口袋里掏出一个大红包塞给鹊喜。

鹊喜有些愣，随后说：“他呢？”

嫂子有些尴尬地笑笑，随后指指外面。

我和鹊喜走到外面，看见曹正昌站在远处，局促地来回走着。曹正昌重重地拍我，把我拍得好疼。他又拍拍鹊喜，说：“好好的。”

鹊喜沉吟了一会儿笑起来，说：“好好的。大家都好好的。”

回到婚礼现场，鹊喜把我拉到人群中间，笑靥如花，伸出她的左手，我把一枚戒指戴在她的无名指上。

鹊喜笑着笑着就哭了。

我小声说：“是不是我的手劲儿太重，弄疼你了。”

鹊喜哭着摇头说：“这戒指本来就是我的，你迟到了十年。”

我笑着，也哭了。

我们的儿子叫赵闻雨。赵闻，是我和鹊喜的合体，雨即水。这片柔软又坚韧的水，流淌在这块土地上，那是我们中华民族的特质，斩之不断，断其愈威，包容、温润、坚忍、百折不回。

原载《芒种》2018年第9期

玉龙湖

曾　剑

1

这是我第一次看见一个故去的人的面容。

以前，我不敢正视一个没有生命特征的人。几次朋友亲属的葬礼，我把慰问金带到，并不亲身前往。关系太近，不得不去的，我也只在殡仪馆外面等候，不往里去。原谅我的不敬，自小吓破了胆。我十二岁那年见过鬼，在我们那个乡村，他在黄昏昏黄的光线里向我走来。他没有头，我也看不见他的腿，他像在水面的竹筏上移动。我吓得转身就跑，撞在我父亲的怀里。我在父亲的怀里回过身，我们面前空茫一片。

父亲安慰我说，什么也没有，是你的幻觉。而村里一位九旬老人说，我看见的那个人，应该是我的曾祖父。他说，我曾祖父是清末的秀才，因为起事，被砍去了脑袋，身首异处，脑袋用辫子悬挂在村口一株千年古枫上。

我自此一个人不敢去村口，不敢看那株古枫。古枫还在，三人合抱，树干空如洞穴。我总怀疑，我的曾祖父就歇息在那个洞穴里。

我自此害怕黄昏，甚于黑夜。害怕任何一个故去的人。但现在，我不得不面对她，她是我的岳母，我没有理由不参加她的告别式。爱人知道我胆小，劝我说，你看妈最后一眼吧，她对你那么好，不会吓你的。

我走进殡仪馆，看了岳母一眼。我只是用眼睛的余光，不敢正视，不想看得那么真切。我只是象征性地扫一眼，是做给别人看的。但岳母的面容，将我的目光拘留。她面色红润，神态安详，比她病中饱受折磨的样子好看。她像是静静地睡着了。

岳母心眼好，活着时帮了不少人，故去时，真的如我受人说的，没吓唬我。她离去前一天，应该是有预感，她想我的女儿。我们在省城，与她们不在同一城市。可孩子在上课，还得两天才放假。我说，那就与孩子视频吧。岳母犹豫了一下，放弃了。她说，她病态的样子，怕吓着孩子。她选择了语音。那时，她语言还很连贯，表达也清晰，哪知第二天清晨，她就在睡梦中离去。

告别式后仅一个小时，岳母化作一丝青烟，驾鹤西去。除了那只深红色的骨灰盒，我们再也看不到她。

人故去了，不只是故去那么简单，活着的人，也不仅仅是悲伤，还有很多遗留的事情，比如房子，比如钱财。

2

岳母的墓地在“福地山庄”，那里青山绿水，但价格昂贵，人托人打了七折，还五万多，再加上骨灰盒，火化，还有请的殡葬师的费用，多达六万，都是我拿的。当然，是垫付，爱人说，等岳母的丧葬费下来，她就去领出来还我。

爱人有两个哥，照说，这个钱不应该由我来出，我只是个外姓人（媳妇的口头禅），但大舅哥说他近两年生意不好，没有余钱。二舅哥呢，是典型的啃老族。二十多年来，只有老人给他钱的，他给老人钱，那要等到太阳从西边出来。

岳父手中有其实有两万多块，加之岳母走后，在她床头的铁盒子里发现的八千多，岳父手中有小三万。岳父说那钱不能动，是他的“过河钱”。他把钱给了二舅哥，让二舅哥替他存起来。

二舅哥拿着钱出去了。存在哪个银行，以谁之名，二舅哥回来后，我想问问他，到底没张开嘴。我让爱人问，二舅哥说，在我那儿，我替爸攒着呢。

一个啃老族能攒下钱？把钱放在他手中，与把肉放在狼嘴边有何区别。我小声对爱人说，你问问呀，存在那个银行，以谁之名。爱人说，算了，别问了。现在他照顾老爸，把他惹生气了，走了，谁照顾。请保姆？与其让保姆把钱骗去，还不如让二哥用。

岳父岳母在那个年代自由恋爱，他们感情深。岳母是在医院走的，我们瞒了岳父一周多时间，但他似乎感觉到了，一再追问，我们才告诉他。岳父有脑血栓后遗症，大舅哥怕他受不了这个打击，出意外，在岳母离逝的当天，把他送了医院。岳父住院期间，我们一边张罗岳母的事，一边把这不好的消息向他慢慢渗透，说岳母的病已经很严重了，让他想开些。他说，我想得开，你妈吃中药三年，透析八年，太招罪了。你们一直照顾她，她也算有福人。

岳父还说，生老病死，自然规律，谁也违抗不了。岳父这么说，我们以为他真的想得开，有心理准备，当大舅哥就把岳母已去，且已安葬的消息告诉时，他到底还是悲伤了。他双手颤抖，眼泪在眼里打转。他声沙哑，哽咽道：到底还是没挺过来……

岳父一哽咽，我们的眼泪都忍不住外涌。岳父说，行了，都别哭了，你们做得很好，尽孝了。谢谢孩子们！岳父怕我们哭，强忍着没让眼泪流下来。

还好，岳父并无大碍，只是血压骤高，护士给他打了降压针，他神态慢慢平息，睡一觉后，除了略显孤独，似乎并无太多悲伤。

他要求出院。

岳父住院，是我和爱人带他去的。我们交了四千块钱。我去办出院手续的时候，财务结算处的人说，已经算过了，一个四十多岁的男人结算的。他说的应该是我的二舅哥。我说出我岳父的名字，我说，应该找回一些钱吧。那人说，应该会找，欠钱是办不了出院手续的。我问找回多少，她说，结算单上有，我让她在电脑上查，她说，她没这个义务。她还说，这需要保密，除非我拿老人的身份证来。

我赶往岳父家。

岳父家在玉龙新城，是动迁房。动迁房位置原不在这里，大舅哥想让岳父住得近，好照顾，找了人，花了钱，置换到这里，与他们前后楼。

一进小区大门，面前是一片水域，叫玉龙湖。许多年前，这里是一个露天矿，底下煤炭枯竭后，变成煤城最大的垃圾堆。煤城因煤而兴，也因煤而竭。现在，城市萧条得都快赶不上一个县级市的繁华，房地产便成为最后的救命稻草。几乎是一夜之间，偏僻荒芜的土地上，座座高楼拔地而起。

开发商把不远处的矸子山种上树，变成真正的青山。煤城缺水，开发商打起水的招牌，抽地下水灌满大坑，成一人工湖；煤城曾因发掘出猪首龙身的玉器，被专家称为“玉龙”。玉龙曾经是煤城的名片，但他没给煤城带来经济效应，煤城老百姓不认玉龙，但开发商认，他把这片水域叫玉龙湖，小区名曰玉龙新城。

二舅哥在客厅里，电脑和手机同时玩，双目在手机屏与电脑屏之间忙碌。他的心可真大，也硬，脸上看不出悲伤。我问二舅哥，老爸出院，应该找回一些钱吧？二舅哥说，嗯。我问找回多少？他说，没多少。我问，钱呢？他说，都给老爸了。我进屋问岳父，他说他不清楚。他说，可能都在他那个档案袋里。

岳父那个牛皮纸档案袋，就在他的床头柜里。我拉开抽屉，找到档案袋，找到岳父这次住院的结算单，结算栏显示，找回一千八百元，只见数字，不见现金。我心里不舒服，老人住院，二舅哥一分未掏，他没理由拿这个钱。

我怂恿爱人把这钱要回来。爱人说，二哥，住院是牛壮掏的钱，找回的钱，应该给他。牛壮是我的名字。

二舅哥说，你们找爸要吧，从爸的钱里扣。爱人说，爸的钱不在你那儿存着吗？他手中没钱。二舅哥说，对呀，等爸的钱取出来，再让爸还给牛壮。

这么说来，这钱他是想自己拿着用。按说，舅哥用妹妹妹夫这点钱，也说得过去，可他不用在正地方。他网上认识的那个女人，最近住到了煤城。他们混在一起，隔一两天，他会消失半天，说是去洗澡，或者见一个同学，其实是去见那个女人。我这么想，气就上来了。我说，二哥，把剩下的钱给我，我手中现在没钱用。二舅哥从他口袋里掏出一叠钱来，扔在饭桌上，我没有数，直接装进口袋。

我以为这事就过去了。晚上，大舅哥来了，他让岳父进到里屋，把我们召集在客厅，说是开个会。大舅哥一上来，就批评我，说，老妈尸骨未寒，老爸刚出院，我就要老人住院的钱，太让人心寒。他说我是国家公务，处级干部，工资不低，这么做，不孝，有失水准。我一听，心里窝火。老人住院，我和爱人掏的钱，医院找回的钱，自然还给我们，二舅哥拿走算怎么回事？老人住院，他不但不出钱，还想赚点？大舅哥说，别说得那么难听，他只是给老爸存起来。

我心里想，是的，替老人存，最后却揣进他自己兜里。岳父脑血栓，吃省城血栓病院的抗栓中成药，我承包了，一个月四百八。国庆节，我们一家三口回煤城，见岳父岳母的冰箱太旧，给他们换了一台新的，三千多。岳父说他眼睛不好，不能看电视，想看鱼。我带他买水族馆，一千八。照说这钱也不多，且是花在岳父大人身上。还是那个疙瘩解不开：我替岳父花钱，他把钱省下来给他儿子，他儿子把钱花在女人身上，我心里不舒服。我是直性子，我把我的想法说出来。二舅哥说，你给钱给老人花，那是你行善积德，消祛你自己的孽障，早晚有佛报（二舅哥最近信佛，喜欢用孽障、佛报等词），至于老人的钱怎么支配，你无权干涉。

二舅哥说得理直气壮。我不想与他理论，走出岳父的家门。

夜里的玉龙湖畔，灯火阑珊，光线五颜六色，给人一种不真实的感觉，像是在梦幻里。我围着玉龙湖散步，一圈近三公里，我一时半会走不完。我并没有刻意要走一圈。我只是散漫地行走。散步，是最能勾起人回忆的，人往前走，仿佛是逆着时光的隧道行过去，往事就近了。

3

多年以前，我对二舅哥的印象是模糊的，我几乎不知道爱人有这么一个哥。在我结婚前，他开车给我们送一套“家庭影院”。这礼应该说送得重，在那个年代，少说也得四五千。

当时二舅哥穿着西装，既年轻也帅气，像四大天王中的黎明。二舅嫂长得丑，但气质好，穿着貂皮大衣，高腰皮靴。在我眼里，他们是有钱人，婚礼上，给我和爱人长了脸。

婚后第二天，二舅哥二舅嫂来看我们。我们没有婚房，与岳父岳母住一起。我们围坐，吃饭。吃得好好的，不知二舅哥说句什么话，我们都没听太清，二舅嫂听清了，她举起手机，摔在地上，摔得稀碎。我和爱人那时都没有手机。后来听说那个手机一万多。二舅嫂当着岳父岳母亲的面，骂了句：我有钱，摔了再买，王八犊子！

他们争吵着离去。我婚后美好的心情，就这么被他们搅和了。两位老人黯然神伤。岳母长叹一口气，说，现在的年轻人，管不了。当时看这个马凤仙，就不是过日子的人，不同意他们搞对象，你二哥不同意，不回家，上人家住上了。后来怀孕了，没办法，就给他们操办了婚事。现在三天一吵，两天一吵。你二哥呀，不听老人言，自个受着吧。

岳父说，行了，不说他们，咱们吃咱们的，喝咱们的，咱们的日子还得过。

那以后，我们大半年没见到二舅哥二舅嫂。

之后的一天，晚上，大舅哥来了，给我们拿来一套钥匙。他说，这里不能住了，你们搬家。这是我给老人准备的房子，明天就搬。

老人当然高兴，但这么急，他们难免生疑。大舅哥说，你们年龄也大了，住到城中心去，离我的商店近一些，我也好照顾你们。

这房子不能住，最尴尬的是我和我爱人。大舅哥说，你们一起搬去，人多热闹，老人也需要你们照顾。

我们搬到市中心大舅哥的房子里。

大舅哥动用他的货车，我找了我手下的几个同事，像一个搬家公司，搬得还算利索。有些小东西，岳母亲说，等下次吧，却没了下次。我们后来才知道，二舅哥犯事了，两年前，他偷偷把岳父的房子抵押出去了，现在到期，无力偿还，房子被封。岳母留在那间屋里的小物件，一件也没拿出来。

我们进住的，是大舅哥做生意为自己准备的库房。

没了旧房，住进市中心，老人表面欣喜，但内心的悲凉，伴着黑夜而至，在他们的脸上显露出来。

二舅哥的商店也让人封了，债主不但要了他的商店，还要他的一条腿。二舅哥带着老婆孩子，连夜跑到广州，最后在广州混不下去，去了山东威海。但对外，我们的口径是，二舅哥在广州做生意，他们发展得很好。我们一家人的谎言，很快被爱人的小姨田七娴揭穿。那天，田七娴穿着银灰色貂皮，像一只狐狸。她气势汹汹而来，不入座，在屋子里朝着她的亲姐指手画脚，说二舅哥欠他一万块钱，不还，逃了，屁都不放一个。她骂二舅哥是王八犊子。她指着她的亲姐夫说子债父还。岳母答应攒钱还她。她说了句，那好，我等着。她再次用高跟鞋踏出一片铿锵之声，愤怒而去，留下我岳父岳母唉声叹气。我们这才知道，二舅哥不但欠公家的钱，还欠私人的钱

这天晚上，岳父接到电话，是赤城他的堂弟来的，他说二舅哥借了他两万块钱，他没再说别的。其实也无须更多的话，这就是要钱。岳父的这个堂兄，年少闯荡江湖，多年没与岳父联系，我们这才知道，二舅哥不但欠他小姨的钱，还欠着别的亲戚的钱。

这是叔伯叔叔，不是亲姨，关系远一些。关系越远，这钱越不能放。岳母开始张罗钱，还向我大舅哥下命令，让他最少出一万。

三天后，岳母凑齐了两万。正好赶上周末，岳母对我说，你帮我们送一趟吧，亲自交到人家手中。

我去了赤城，按岳父提供的地址，找到了岳父的堂弟，我叫他叔叔。他拿了钱，还算热情地招待了我。

这边钱刚还完，还没歇口气，田七娴又来了，她这次来势更凶猛，横眉竖眼。她问我岳母，钱准备好了没有？岳母说，没有，刚还了一笔，让牛壮送到赤城去的。田七娴当即炸开，说有钱还别人，不还我。

这次，她似乎是有备而来。她没穿貂，穿一件很旧的棉袄。她往地上一躺，说这钱不给，她不活了。她抓起茶几上的一只玻璃杯，摔在地上。大舅哥家的客厅是瓷砖，玻璃杯干不过它，摔得粉碎。我数月后清理卫生时，还在冰箱底下发现透明的玻璃碎片。

岳父冲她喊：你干啥？你姐有冠心病你不知道？田七娴指着岳父的鼻子，涂着红色指甲油的长指甲，像沾着鲜血的剑刃，直逼岳父的鼻尖。

我岳父老实，或者说是有涵养，他回了自个的卧室，没再搭理这个妇人。这个妇人拿起我家的笤帚，将那些玻璃碎片扫向墙角，她歪倒在她扫过的地方。她说，你有心脏病，哪个没有？

她在地上捶胸踹腿，像抽羊角风。

事实上，我的岳父并未撒谎，田七娴在我家作的时候，岳母冠心病发作，喘息急促，脸色苍白，是岳父用几粒速效救心丸救了岳母的命。岳母平稳下来后，对岳父说，把钱还给她，砸锅卖铁，也要把钱还给她！

那个晚上，很少说别人坏话的岳母，在饭桌上说着起她的亲妹妹。她在煤城做化妆品生意，创业之初，是我大舅哥帮他找关系，工商税务这两块，替她省了一万多；她的男人有外遇，不想要她，岳母几次去她家，动之以情，晓之以理，说服她的那个大个子男人回归家庭。

从小就自私，狼性。岳母说。

三个月时间，岳母攒够了一万块，给田七娴送去。田七娴说，两年啦，借了两年。田七娴硬是从岳父岳母手中，额外要去四千利息。

我劝岳母，这样的亲戚，没有也罢。没有亲情，冷血，不必要与她来往。可她们是亲姐妹，打断骨头连着筋，仅仅过了半年，她依然上我家，每次来，吃过饭再走，走时，从不空手。一只烧鸡，几根新灌的肉肠，三五斤鸡蛋。我说，同在一座城，她又不是买不着。岳母说，你二哥当年不是借她的钱了吗？欠着人情。我说，摔也摔了，闹也闹了，钱还了，利息要了，还欠她什么人情。她有人情吗？爱人说，行了，你一个外姓人，少说两句。

我便闭了嘴。

4

二舅哥以前是有工作的，他和二舅嫂都在市液压件厂上班。那个液压件厂是省企，虽然效益不是很好，但工资能保障，这对生活在煤城的人来说，是一件幸事。

二舅哥初中毕业后，弃学在家，被邻居一个叫马泰山的人相中，有意收为婿。二哥当时才十七岁，长得很帅。而马泰山的女儿，长着一张紧绷绷的小脸，一对小眼看人时不断睃动，像一只狐狸，一笑，眼睛就没了，脸随即由狐变鼠。论颜值，她配不上二舅哥，但她有个好爹。她的爹马泰山是液压件厂供销科科长，他以把二舅哥安排入厂当工人为诱饵，二舅哥杨二吉当时是无业游民。

我岳母不同意。我二舅嫂的样子让她惊悚，说二舅嫂不是善良之辈，说这样有附带条件的婚姻长不了。我岳父从不当家。岳母说不同意，他自然也就不同意，但二舅哥同意，二舅哥的同意，不是真同意，是假同意。他原本想等他进厂后，再不理那个长着一张狐狸脸的女孩。

二舅哥哪有狐狸狡猾？马泰山给了他三个月的试用期，在这三个月，他所守的机床，是一只一端粗一端细的轴承，按极快的频率在一个凹槽里伸缩。为了防止轴承磨坏，里面添加了润滑油。二舅哥每天看着这机床进行活塞运动，就像看一男一女在那里做着下流的事。而师傅也没个正型，拿小鲜肉开心，讲一些黄色小段子。这期间的某个晚上，二舅嫂不失时机，把二舅哥约到他家，将他拿下。

三个月后，二舅哥成为液压件厂一名正式职工，他想冷落二舅嫂，二舅嫂找到我岳父岳母，说她怀孕了，要与二舅哥结婚。二舅哥不同意，岳母这次却答应得痛快，并且给他们张罗婚事。岳母的意思是，开始可以不同意，现在既然住在一起了，就得对人家负责。

二舅哥不够结婚年龄，马泰山能量大，带他到派出把年龄往大了改。

二舅嫂比二舅哥大三岁，过了法定结婚年龄，不用改。

二舅哥本来就不喜欢这个女人，更让他愤怒的是，丑就丑罢，她与二舅哥同房之前，竟然还不是处女。这一切，二舅哥当时并没跟家里任何人说，只在二十年后，那个女人不要他，跟他闹离婚，他才老账新提，说出他的窝囊，和他女人的肮脏。

二舅哥和二舅嫂，仅仅在那个液压件厂工作了三年，二舅哥的岳父大人马泰山因为经济、作风问题被贬，早退在家，没被开除公职已是万幸。二舅哥二舅嫂失去靠山，加之父亲大人身败名裂，他们在工厂干得憋屈，见大舅哥音响商店生意风生水起，便双双停薪留职，把大舅哥的分店盘下来，做起音响生意。

小两口穿戴阔绰，出手大方，全家人以为他们的生意做起来了，哪知最后被人讨债，被人追杀。

二舅哥那次带着妻女逃离煤城后，开始了对家人长达二十年的折磨，时间都是在每年春节前后。他们抽身而去，追债的人找不到他们，就找我的岳父岳母，找大舅哥。大舅哥像一位坚定的共产党员，保护着他的父亲母亲，不告诉他们父母的住址，为此他还挨过一记重拳，两个响亮的耳光。有一次，来要钱的人过于猖狂，他开口让大舅哥给他十万块钱，说是二舅哥欠的。大嫂站出来说，谁欠你的找谁要去！那人就冲着大舅嫂而去，淫邪的目光和龌龊的手直奔大舅嫂胸部，大舅哥挺身而出，换来的代价是被他们抓住头发，狠揍了三下，最后还被他们抱起来，扔在地板上。他们扬长而去，说不给钱，明天还来。

大舅嫂盯着大舅哥，大舅哥鼻孔里的血像一条红色的蚯蚓顺着他的脖子往他衣领里钻。大舅嫂流着泪说，我再也不想见到杨二吉和马风仙，死也不见！

那个夜晚，大舅哥忍着剧痛，开车去另一个城市，接来他的朋友。第二天下午，在商店打人的那几位如期而至，手里拿着刀。他们推门而入时，大舅哥的那个朋友从里屋的库房走出来，一人从腰间拔出手枪，枪口朝着走在最前面的那位持刀者。他说，都他妈的老实点，我拿枪的还怕你拿刀的？把刀扔下！无论我大哥的兄弟欠你们多少钱，从今天起，一分不欠。要钱还是要命，我乔三尊重你的选择！

那四个人扔下刀，瘫软在地。被枪顶着的那位，居然朝着自称是乔三的那人跪下。据说，他们怕的不是乔三手中的枪，黑道乔三的威名让他们像秋风中的树叶瑟瑟发抖。

乔三还算讲究。大舅哥给他封了四万块钱，他只拿了两万。那几个要账的，果然再没来过。商店自此趋于平静。

那天，爱人碰巧去商店找大舅哥，目睹了这件事，她当时吓得差点晕死过去。她瞒了一段时间后，到底忍不住，在枕旁当作秘密告诉了我。我第二天就去找大舅哥。我说，我有哥们在公安局，你完全可以不走黑道。大舅哥说，白道上的人，今天要一对麦克风，明天要一套“家庭影院”，纠缠不起。黑道上的人讲究，一把一利索。

5

二舅哥一走就是三年，没敢回煤城。侥幸的是，银行贷款的那个负责人，出了事，判了刑，被抓进了监狱。二舅哥借他的钱，成了死账，没人再追讨，但抵押出去的房子，也拿不回来。

一个晴朗的日子，岳母逛街，到大舅哥的商店小坐，大舅嫂没与她打招呼，脸色冷如钢铁。岳母回家，对我们说起此事。她说，吃人嘴短，拿人手软，人还得有自己的房子。岳母是个要强的人，他把岳父岳母两人当月的工资都取出来，向她的老同事借点，向大舅哥偷偷索要点，凑了两万块钱，在郊区购了一处住所，三间，虽是平房，倒也接地气。

我处对象时，是一名公务员。公务员在我们这个贫穷的城市很吃香，不少公务员像我一样，是从农村考上来的，光杆一根，一穷二白。有被女方相中的，给女儿女婿买婚房，岳母是知道这一点的。我们结婚前，岳母对我说，我们家条件一般，给你买不起房子，但我保证，有我们老两口住的，就有你住的。我们就这样一直跟着他们。他们搬到哪儿，我们跟到哪儿。

这年买的这处新居，有院子，有水井，有葡萄架，很漂亮，我很喜欢，仿佛这是一片世外桃源。

那个平房我和爱人没掏钱，但岳父岳母把他们的钱都用进去了，那三个月的生活费，就都是我们出。

没人要帐了，并且有了自己的住所。二舅哥在公用电话里听说这个消息，没有言语。岳母说，你二哥学好了，不吱声了，也不管我们要钱了，知道踏实干。

我说未必。爱人说，你咋这么说，你不能瞧不起人，人是会变的。我说，但愿！

大年三十，二舅哥像空降兵一样，突然而至。

久别重逢，岳母放声哭，岳父无声落泪，爱人眼圈红肿。我没有哭，我有怨，有气。我不叫他二哥。爱人把我叫到里屋，说我不会来事。我说，他把这个家害成这个样，还有脸回来。爱人说，他看自己的爸妈，与你没关系。我说，与我没关系，我干吗要叫他二哥。爱人说，不叫拉倒，别拉个驴脸。

我懒得理他们。我有单位，有单位就等于兔子多了一个窝，有地方躲。我说，单位有个材料没写完，我去加班。

爱人知道我不愿在家待，但为了维护和谐局面，帮腔说我单位的确有急活。我其实没到单位去，单位值班同事又不傻，大过年的，跑到单位来，明摆着家庭不和么。我步行很远，到月亮河畔溜达。那其实不是什么河，就是一条臭水沟，略加改造，夏日雨水多的时候，有一丈宽的水域。现在只有冰，这不影响我无数次去月亮河畔溜达，这里是煤城少有的几处干净路面之一，走在干净的大理石面，总比走在裂纹密布煤尘飞扬的水泥路面舒坦。

但这个夜晚，刀子一样的风让我只坚持了两个小时。绽放的烟花提醒我，外面的世界像梦幻一样，不真实，我分明闻到了饺子的香味。

爱人曾经跟我说，二舅哥心眼好，他若是挣到了钱，会给老人的。爱人这个想法，在我看来，是天方夜谭。我从二舅哥脸上看不到善良、孝道，只有贪婪，享受，冷漠，甚至狡诈。他突然而至，一定是有所图，且已想好说辞。

果然，我回到家，就见二舅哥夸夸而谈，是说要给老人拿钱，要把抵押出去的房子赎回来，要给老人在煤城最好的小区换新房。一家人正兴奋地听他口若悬河，他突然像一个说书人一样，将话题一转，让我们从高空坠入深谷，一点缓冲都不给。他说：他现在只需要五万块钱，威海有一家韩国化妆品商行，要外兑。

老板是我王哥，他的孩子要去新加坡读高中，高中之后本硕博连读，他们一家人要到那里做事，陪读。二舅哥说，不是我的哥们，换了别人，最低得十万块。

一家人连春晚都不看，听二舅哥眉飞色舞谈论他的未来。

岳母问他这几年都在外干啥，他说，打工呢，打工到底不是滋味，他还是要当老板。我不想听他们的谈话，这个时候，再多的怨气，我也要努力将它熄灭。我提醒自己：你不姓杨，你姓牛，你是外人！

大年初一晚上，二舅哥坐出租车，直奔省城。他最终拿到了三万，外加我两口子攒助他的路费。他说他急着回去，剩下的两万，让岳父岳母给他张罗。

以后的日子，他要么不打电话，一打电话，就是要那两万块。岳母说，还没凑齐。他说，没凑齐，三千两千也行。老人当即表示，要过紧日子，老两口，一个人的工资不动，另一人的做生活费。到年底的时候，终于把两万块钱分期分批打入他所说的他王哥的账号。他说，他欠着债，怕银行对他有监视，不敢用自己的银行卡。每次电话，他都换着不同号码的公用电话。那段时间，我家好像有一个地下工作者，成天活在紧张、压抑的空气里。

我怀疑二舅哥的话是谎言，他说那个王哥急着到新加坡去，怎么还没去？爱人说，也许王哥就在新加坡。我说，就在新加坡？那怎么可能往他卡上打钱？爱人说，全球联网么。你这人啦，就这点不好，多疑。要相信二哥。

我不再吱声。我只是个外姓人。

随后十几年，二舅哥每到年底就回家，年初拿钱就走，走前一大堆理由。第一次是要买个面包车给各饭店送菜，几个月后，说送菜太辛苦，早三点就要到菜市场，晚十一点有人要菜还得送，不是人干的活，这样下去，身体坏掉了，挣点钱还不够看病的。他把面包车贱卖了，钱也没还回来。第二次说要盘下一个足疗馆，几个月后，说足疗馆不是好人待的地方，什么人都有，那种环境里，他老婆都得学坏。我自然不信，就他老婆那容颜，想学坏都难。可他就这么说，每次都有借口，每次都让老人对他充满希望。我心里是清楚的，这就是他的一种生活方式，他就是一个啃老族，只不过不在老人跟前，在遥远的异地。他们什么都不干，用亲人们凑的钱过日子。即便后来岳父脑血栓，岳母尿毒症，他依然如此，这是他们的一种“打法”。

在老人眼里，二舅哥老实，肯干。错，都是儿媳妇的错。

6

整个城市都在拆，整个城市都在建，整个城市都在动迁，可就是动不到我们这套平房。我望穿秋水，盼得眼里烧起了火，无济于事。东边的拆了，东面的邻居都进城了，住上新楼了。北边的也都拆了，北边是农业户，补偿更多。他们一夜之间，在城里有了房，有了车。房有两套三套，车有宝马奔驰。

我笑岳母没有眼光，买了块风水不好的地。岳母淡定地说，放心，早晚得动。她虽这么说，却是很沉重地叹了口气。

正当我们对动迁失去信心时，动迁消息来了，但与身后的农业户不同，我们没有太多的补偿，多出的面积，按市场价。

新楼盘的地址在城南，城南偏，大舅哥找人，花钱，交了差价，换到玉龙新城，就是岳父现在的居所。两居室，七十二平方米。除了改造后的小区美景，遥远的温泉被引进。温泉入户，二十四小时有热水。搬家时，我和爱人再次跟了过来。我们有些不好意思，岳父给了我们一个很好台阶下，岳父说，我们年龄一天天大了，也需要照顾。我们老人怕寂寞，有你们在一起热闹。

我们上楼第一年，二舅哥没有回煤城，家里过了一个清静的春节。哪知，正月十五这天，他回来了。他每次出现，都让人猝不及防，且一定是个特别的日子。他说，春节忙，没回来，但想老人想得太厉害，受不了，这不，十五赶回来与老人团圆。

我小声嘀咕：这不是想老人，想老人的钱哩。这是在外混不下，又回来整钱。爱人说，看他穿戴，应该是挣着钱了。你呀，总是老眼光看人。我说，别吱声，听吧。我们就听二舅哥说话。他说威海最大的蔬菜批发市场有十多个咸菜摊位，他说他要四万块钱投资，就能把那个市场上所有的咸菜摊垄断，年底少说能挣二十万。

这显然是个谎言。

四万块钱，能搞定十个咸菜摊位？再说了，你垄断了，别的摊主喝西北风？二舅哥知道我怀疑他，说，四万块钱是不够的，这只是定金。我呢，也不能让那些咸菜摊主失业，我承包下来，再转包给他们。

他接着给自己圆谎，所有的话，都是为前一句添油加醋，涂脂抹粉，力争让我们相信他。不可否认，他的口才很好，那意思，只要有这四万块钱投资，天上不但可以掉馅饼，简直就直接落钱。但岳母这次似乎下了决心不给他钱。岳母说，我与你爸，手中也就一万块钱，你爸明年六六大寿，二月初六，这才几天。这钱是要留着庆寿的。

二舅哥说，先把饭店订了，别人来吃饭，都得随礼，这礼金做饭钱，酒水钱，还用不了。

二舅哥脑子反应快，只可惜用错了地方，目标只盯着家人。

岳母从她床下抽出一只装过月饼的铁盒子，从里面拿出一沓钱，递给二舅哥。二舅哥拿了钱，说，妈，你再去给我大哥说说，让他给我拿点。岳母说，你大哥这两年生意不好，不能再向他张口。二舅哥说，瘦死的骆驼比马大，他和嫂子一人一辆车，他开奥迪A6呢。岳母说，车是他做生意用的，再说了，就算他有钱，那也是人家的，你得靠自个。

你得靠你自个！这话岳母说过无数次，每次，二舅哥的回答像按下了录音机的播放键，内容一样，语气一样，声调都是一样：我知道，我这不在努力吗？

这次，大舅哥只给他拿了三千。

二舅哥想到了我。他不敢同我借，绕了一大圈，让我岳母同我爱人说。

此前他也花过我们钱，三千两千，说是借，从来没有还过。我知道要不回来，也没提过还的事。这次数额于我巨大，我坚决不给。我的幼稚、不成熟害了我。我只说没有就完事，我偏要表明我的态度，我说有，但不借，因为他是在祸害钱，把我们的血汗钱不当回事。岳母在一旁抹眼泪，她的情绪感染着他的女儿，爱人的眼泪很快涌出来，她不去擦，化装遭破坏，那张脸红白相间，惨不忍睹。岳母说，你二哥可怜，在外要饭呢。

我说，这么舒坦地要饭，我也想去。

岳母开口是三万。我没有动摇，岳父的一句话，撬开了我的嘴。岳父说，先借他，也许他这次能成，成了就把钱还你，不成，我替他还。我说，你们的钱都给他了，拿什么还？岳父说，我与你妈攒工资。我说，没等攒够，他又来要，你们又都给他，拿什么还我？岳父说，我拿我二十个月的丧葬费还。

话说到这个份上，我再不借，恐怕就得妻离子散。

第二天中午，一家人吃团圆饭，除了我，他们都乐呵呵的。饭后，二舅哥穿着皮外套，头发油光锃亮，背着个皮包，包里有个LV的钱夹，夹着三万块钱的银行卡，走出家门。

我望着那个背影，极其惆怅。我是工薪阶层，三万块钱，除了吃喝，我得攒几年。几年省吃俭用，才有了这么个肉包子。这肉包子扔出去了，有去无回，我心里清楚。

我怀疑二舅哥在威海并未干事，只是拿亲人们的钱在那里过日子。每年几万块，也够他们吃喝了。我的猜测，遭到岳母他们的反驳，甚至是谴责。他们说我不相信人，最亲的人都怀疑。他们甚至把这件事上升到南北人性格的差异上，说我们南方人心眼小，不敞亮，生性多疑。

他一直在努力，只是天运不好，岳父说。

没摊上好媳妇，岳母说。

在他们眼中，他儿子没错，错的是别人，是老天。

几天后，二舅哥的岳父马泰山证实了我的猜测。他来到我家，像宣布一项重大决议。他说，不能再给他们钱了，咱们在这儿省吃俭用，他们该吃吃，该喝喝，租三室一厅的房子，两卫。半个月前，我去了。我本想在那儿住上一段时间，帮帮他们。我住不下去了，那不是消费，简直是浪费。他们请我吃饭，他那个王哥陪同。亲家呀，你儿子居然要了只烤全羊，一千多，加上酒水，配菜，一餐饭两千多，一个晚上，差不多吃掉我一个月的工资。他们也舍得！

岳母袒护他的儿子，说，那不是看你去了吗？

我说，他的那个王哥，不是去了新加坡吗？

还不兴回来看看？爱人说。

我不再多言，只安静地当一个听众。我是外姓人。

从二舅哥的岳父大人马泰山的表述中，我们知道，原来她的女儿马凤仙，这么多年也是向老人要钱，方式方法同二舅哥一样，要干这个干那个，最后这个不挣钱那个太辛苦。这么多年，她从老人手中拿走二十多万。老人爱面子，这个女婿又是他亲定的，他一直瞒着我们。我们这边怕二舅哥的泰山大人瞧不起他，也瞒着他们，现在才知道，两边的老人都遭了罪。

二舅哥的老丈人马泰山，觉得被女儿女婿耍了骗了。骗钱骗物，也许不是最主要的，最主要的是，二舅哥背叛了他，具体地说，是背叛了他女儿。二舅竟然在外面偷偷养女人，而且是高消费地养，养到青岛了，由网友发展成情人。

他的钱根本没花在我和孩子身上，二舅嫂在电话里，向岳父岳母告状。岳父岳母嘴里骂二舅哥不是东西，放下电话就说儿媳妇不行。说儿子有外遇，是因为在儿媳妇那儿得不到温暖。留不住男人，是女人没本事。这是岳母的话。说这话时，她颇为骄傲地看了岳父一眼，似乎在向我们证明，岳父这么一个虽老但风度气质依旧的男人，一直守在她身边，是她的本事。

二舅哥的电话很快就追了过来。她说，莫听凤仙瞎说，是她先在外面乱搞。他还跟王哥好。

岳父说了句，就她那样，王哥还跟他，你那个王哥是不是眼神不好？岳父不是幽默，他说话有时不过脑子，张嘴就来，但只要岳母瞪他一眼，他立刻沉默，像点了他的死穴。

我几乎要气炸了。二舅哥一次次向老人伸手，原来是在拿我们凑的钱养女人。我们省吃俭用，他却花天酒地。不是高官，不是巨富，却养起情人，不上班，比我们拼死拼活的上班族还潇洒。我随之对岳父岳母有意见。二舅哥从他们那儿拿钱，从来是给，我们一时急用，从岳母大人手里拿一百块钱，都是借。

7

我不主张岳父过六六大寿。人还是消停一些好。人一张扬，就会有事，这里得，那里就会失。大舅哥和爱人坚持要给岳父过，我一个外姓人，不便多说。退休好几年了，同事之间已不来往，只是很近的亲戚和朋友，那也有四五桌。岳父那天高兴，喝了不少红酒，在二舅哥的岳父马泰山的劝说下，还喝了半杯白酒。喝完酒已是天近黄昏。我们前呼后拥，岳父红光满面，脸像西天的云霞一般灿烂。回到家，他坐在客厅沙发上，不肯去卧房休息。他平时语言不多，那天，他夸夸其谈，回味着酒席，几乎把到场的人都点评一遍。这时候，电话响了，是二舅哥打来的，他说，天寒地冻路滑，他进咸菜，骑着电瓶车，摔了，骨折了，住院了，急需钱花。

岳父六六大寿收的礼金，就这样在他老人家手中还没捂热，就被我爱人通过ATM机，打到二舅哥的卡上了。

岳父脸上的表情凝固了，绯红的颜色陡地褪去，平时黑红的脸，突然那么苍白。我们说，洗洗，去休息吧。岳父没有洗手脸，也没洗脚，就去睡了。第二天清晨，他起床去卫生间，突然扑通一声倒在床前。我们听到一声轰响，以为是他被绊倒了，他却坐在地上起不来，去扶他，他怎么也站不稳。急忙把他送到医院。生命无大碍，只是自此，他的一条腿离不开地，只能在地上拖行，划圈。岳父脑部血栓。

我后来一直搞不清，岳父得脑血栓应该归罪于谁，是什么诱发了他的病。是二舅哥的岳父马泰山怂恿他喝下去的半杯白酒，还是为二舅哥的伤他急火攻心，还是二舅哥要去了他的礼金引他生气？我不敢探询，生怕引起他新的烦恼，加重病情。我能做的，只是默默地伺候。

还算幸运。岳父除了行走时，一条腿需要在地上划圈，他的手没事，嘴巴也没有歪，这使他不但能正常说话吃饭，还能自个上厕所，万幸。

大舅哥以老大的身份，给二舅哥去了个电话，告诉他，老爸病了，你不能再向家里要钱，他脑血栓，要长期吃药。

二舅哥说，知道。

大舅哥说，你得靠你自己了。

二舅哥说，知道！

祸不单行，秋天的时候，岳母检查出尿毒症。二舅哥果然没向家里要钱，家里还算平安无事。这年的年夜饭，大舅哥大舅嫂，还有他们的女儿都来了。

这个年，对于我们来说，过得很轻松，不像以前那么压抑。

饭吃完了，吃水果，喝茶。谈兴正浓，门外传来敲门声，接着听见二舅哥喊了一声妈，我们都吓了一跳，以为是过年想亲人，出现了幻觉。再听，二舅嫂的声音也传来，接着是他们的女儿喊爷爷。

爱人打开门，二舅哥一家三口，像三面彩色的墙堵在门口。二舅哥一身橄榄绿，二舅嫂浑身是白，白色羽绒服，脸上像刷了涂料似的白。大侄女一身红装。

爱人急着去厨房给他们煮饺子。两个嫂子有过节，无法同在一个屋檐下，大嫂起身走，大舅哥和大侄女跟着也就走了。

饺子端上来，并不吃，只说话，不是唠家常，是告状。二舅嫂重复着电话里说过的话。二舅嫂说二舅哥从不去商店帮她。不去帮也就算了，让他在家做饭，她和孩子守店。结果他饭菜做的，水裆尿裤，锅碗瓢盆埋里巴汰，也不好好洗一洗，就知道玩电脑，跟网上的野女人瞎扯。

二舅哥回嘴，你好？你还跟王哥玩失踪呢。二舅嫂说，放屁！她抓起一个饺子，像抓起来颗石头，重重地砸向二舅哥的那张脸。饱满的饺子碎了，成一张面片敷在二舅哥的脸上。二舅哥说，妈，这日子没法过了。

她们的女儿居然没哭，表情淡定。要么是这样的打斗，在她眼里习以为常，要么她心太硬，她连劝都没劝说父母一句。她只顾自己玩手机，仿佛这是两个与她毫无关联的人。

二舅嫂说，我正不想跟你过呢。离婚，明天就去离！

爱人说，明天大年初一，怎么离？没人办公。

那也得离，初七一上班，我们就去办手续。不挣钱，不干活，让女人养着，你是个老爷们不？

事实证明，他不是。此刻，他是老爷们的最好佐证，就是扇这个泼妇两耳光，但他没有，他低头不语，蜷缩地坐着，像一副灌满气的皮囊。

大过年的，他们在我家吵架，我真想让他们滚，可是，我有这个权力吗？

我，一个外姓人，这房子又不是我的，这不是我真正意义上的家，我只能逃避。每逢这个家庭出现尴尬局面，我唯一的办法就是逃避。我拉开门，一只脚还没迈出去，就听身后一声脆响，是肉拍打肉的声音。一股畅快直通胸腔，我在心里叹一声：有种，终于出手了。待我回头看，眼前的情景让我大跌眼镜，原来出手的不是二舅哥，是二舅嫂。挨打的不是二舅嫂，是二舅哥，整个的都反了。

我回望一眼二舅哥，目光鄙夷。我看不见我自己的表情，但我心里清楚，那一刻，的确是将内心的鄙视通过双眼传递了出去。我从骨子里瞧不起他，挣钱不会，打老婆还不会吗？这么该挨揍的老婆。

岳母面色凝重。她进了自己的屋，一会儿，她走出来。她拿着一沓钱，递给二舅哥，说，这是一万块钱，这钱你拿着，拿着干点啥，别老让人看不上。二舅哥伸手来接，二舅嫂一把抢去了。

岳母又说了句，为了孩子，莫谈离婚，穷过富过，和和气气……岳母的话还没说完，他们就踏出了家门。

岳母是坚强的，她没有落泪，没有叹息。岳父看了一眼岳母，想说什么，没有说。这是他在岳母面前常有的表情，他内心对岳母心存惧怕。

他们走了，我没有出去送，我不愿与他们同行。我感到压抑，透不过气。我走向阳台，打开窗，寒冷的空气袭来，我像是被吸进一个无边的黑洞。黑暗很快就被爆竹驱走，烟花闪烁的夜是朦胧的，五彩的。烟花点燃了夜，似乎也点燃了我的灵感。我悄然大悟：他们这是在演苦肉计。

我很想把这个发现告诉老人们。我回到客厅，他们都沉浸在春晚的节目里。尽管春晚质量越来越差，一年不如一年，可他们还是要看的。不看春晚，除夕夜干什么去？难道坐在那里生闷气？

大年初一，行人稀少，满世界空荡荡的。二舅哥一家三口，没打个招呼，就这么从煤城悄然消失了。

8

清明节，我们像是看见了鬼魂一样，看见灰头土脸的二舅哥推门而入。这太令我们意外了，往年，他只在年根才回家，这才两个多月。莫非他拿走的一万块钱，两个月就花完了？

二舅哥知道我们疑惑，不等我们问，他先开口。他说，他在外不顺，总也挣不到钱，趁着清明回来祭祖，求祖先保佑。他说，他学好了，开始信佛。他包里有一只红色喇叭状的匣子，他说那是太阳能音箱，遇见太阳，能唱佛音。他包里再无他物。

二舅哥竟然不走了，他说他与他的那个老婆，一天也过不下去。他说他这么多年，祸害了老人不少钱，造孽，现在，是他尽孝道求佛报的时候，他要尽心尽力孝敬老人。

二舅哥落座没多久，大舅哥就来了。大舅哥从来以老大的身份出现，他一来，总像是开家庭会议。果不其然，那语气是命令式的，他说，杨二吉不去威海，要在家照顾老人，难得他有这份孝心。杨二吉没有工作，没有收入，我们兄妹不能亏待他。老人每月出一千二百块钱，算是他照顾老人的护理费，我，杨三幸，每人出一千二。

我心里陡地一沉，这还不如拿点钱让他走，他这是回来啃老了。他不但啃老，还啃得光明磊落，啃得理直气壮；他不但啃老，还啃兄妹。我说，我没意见，但我有话要说，我们照顾老人的时候，谁给我护理费？我们从老人手里拿一百块钱，也是要还的……爱人打断我，说，大哥不是说了吗？二哥没工作没收入。

见我气未消，爱人说，要不，你伺候老人？

这是激我，没有实际意义。我要上班。而且，我入省城工作的调令来了，很快要走。老婆，孩子，都得跟过去。我可不想过牛郎织女的生活。

我透不过气。我走到阳台上。窗户是开着的，风中带着凉意，我冷静下来。二舅哥这个时候回来，似乎也是上天对两个老人的恩赐。要不，我带着爱人走了，谁来照顾老人呢？

岳母悄然落泪。我知道，不是因为二舅哥的回归，是我和爱人还有孩子即将离去。她对她的女儿特别依恋。那年她查出尿毒症，每周三次透析，需要人陪。大舅哥跟我们商量，让爱人辞去企业的工作，专心照顾老人。他说，就当他妹子在他那儿上班，每月给她开工资。工资开了不到半年，大舅嫂说，商店效益不好，不给她开了，只答应给她交医保，养老保险。交了八个月，大舅嫂让她们商店会计给杨三幸打电话，说商店生意一天不如一天，杨三幸的医保和养老得她自个交。我和爱人当时很来气，但老人还得管，已经辞职在家，成为无业的家庭妇女，老人透析不去陪，说不过去。

岳母特别害怕她的女儿离开。即便在家里休息，她的女儿也不能离开时间太长。女儿不在身边，她会慌乱、恐惧，没有主心骨。她会喊，会找。有一次，我到省城学习，允许带家属。爱人随同，岳母每晚一个电话，有时视频，有时语音。

时光就这么往前走，匆匆真如白驹过隙，我们很快搬到省城。我进驻新单位，孩子入新学校，爱人一时找不到合适的工作，不再上班，照顾我和孩子。于煤城，我们突然成了外乡人，每次回去，得先在网上订旅馆。旅馆尽量订在离岳父岳母家近处，白天在岳父家待着，晚上回旅馆，倒也很热闹，依然觉得煤城岳父岳母的家，才是我们的家。岳母故去后，这种家的感觉突然就没了。爱人也有这种感觉，她说，妈在，才是家。妈不在，太难受，太不习惯了。女儿也说，她不喜欢在姥爷家，二舅一天冷着个脸，不理我们，只低头玩电脑。

二舅没有给我传递正能量，女儿说。

我避开二舅哥，让岳父说说他的二儿子：这么大的人，怎么天天捧着个电脑？还电脑手机同时玩。岳父说，天天如此，说过几次，不听。

管不了，管了吗？岳父又说，行了，只要他一日三餐，把我伺候好就得了，他乐意咋的咋的。我说，那也叫伺候，他除了叫外卖，给你做过几次饭？

爱人打断我，说，行了，你就别瞎操心了，你不伺候，有什么权力说人家。我说，我是付了护理会的呀，怎么没权力？爱人说，说他管用吗？他又不是孩子。

爱人压低声音劝我，算了吧，由着他，将就着往前走吧。说重了，他撂挑子，不干了，走了，谁伺候？请保姆？保姆更不放心，保姆贪的更多，骗的更狠。

我想起网上关于保姆虐待老人，骗老人钱财的报道，还有保姆纵火案，我不再言语。

9

一个双休日，爱人说，老爸想我们了，给她打电话。她说她也想老爸了。老妈走后，老爸一个人，挺孤单的。我说，怎么是一个人，不是有二哥吗？爱人说，二哥成天玩电脑，也不与他交流。我说，你终于醒悟了，说了真话。

爱人没接我的话茬儿，她说，咱们回去看看老爸吧。我同意了。有二舅哥在，我本不想进那个家，可想到岳父的处境，我说，回去吧。

一路上，我情绪并不高，总觉得像是有什么事。回到家，果然不愉快。岳父向我们借钱，说是二舅哥想买车，开顺风快车，挣点外快。

我说，他手中不是有几万块钱，买个便宜的，或者二手的。二舅哥说，二手车质量无保证，新车吧，少了八万的，不办顺风车手续。我说，那行，买吧，自己挣钱，买宝马我都乐意。

我坚决拒绝他，他坚持借，我突然愤怒了，我说，你借我们的钱还没还呢。别说没有钱，有钱也不借。二舅哥比我更愤怒，他说，我不欠你的钱。你们两口子，后来还有孩子，一家三口赖在我家。吃饭不掏饭钱，住房不掏房租，算一算，得多少钱？

他这话不但戳痛了我，也直奔我爱人的心脏而去。爱人气得不喊他哥，直呼其名：杨二吉，你说啥呢？我们怎么赖在你家？我们没伺候老人吗？再说了，要说赖，也是赖在老妈家，怎么就赖在你家了？

二舅哥不理他的妹妹，矛头依然指向我，就差用手指着我的鼻子。他说：你当时从农村来，一个穷当蛋，是我家收留你，现在你出息了，瞧不起人了。告诉你，我不欠你的钱！

我只当他生气说气话。欠不欠钱，不是他说了算。

我不想同他理论。我虽然来自农村，可我是一个大学本科，一个市政府公务员，我是有身价的，怎么就是穷当蛋。我想问他：什么叫收留？你妹妹嫁我亏了吗？但那样，势必伤到我的爱人，这是吵架之大忌。

晚上，大舅哥来了，说是开会，有些事要谈。我说，我一个外姓人，就不参加吧。大舅哥说，要参加，涉及你的事不少。

这个会，使得二舅哥所言“不欠你的”话，变成现实。原来他说的不是气话，他是经过深层思考，并且与大舅哥是通过气的。大舅哥平时话少，那天却娓娓而谈。他首先说我这些年，为这个大家庭做了贡献，对老爸老妈也孝顺，之后说，这个家也对得起我。我们刚结婚时，在老人那儿吃，在老人那儿住，没交房钱，没给伙食费。这些年，少说也不止三万块钱。现在，就当你们把这钱交给了老人，老人把钱给了杨二吉。也就是说，从今天开始，杨二吉不欠你两口子的钱。

我以为我听到这话自己会跳起来，但没有，那天的我特别平静。我说，行。那一刻，我回想二舅哥拿着我三万块钱离去的情形，其时，我望着那个远去的背影，就像望着远处飘走的一片黑色的云，根本没打算那钱能要回来，我所以偶尔提起那三万块，是想让他有压力，让他觉得欠我们的。

我说，好吧，这钱我不要。大舅哥说，不是不要，是不欠。他这么较真，引起我心中不快。我说，这么说的话，那我有话要说。

爱人阻止我，她用眼神告诫我，老杨家的事，我最好啥也别说。

第二天上午，我们说好的带孩子上卧凤山玩，走出屋，发现车没了。爱人说，坐公交车去吧，车二哥开走了。

他开到哪里去了？我问。爱人没应我。我昨夜听二舅哥说，他在网上认识的那个青岛女人来了，在宾馆住了几天，今天要走，到省城坐飞机。现在回想他的话，我警觉起来：他莫不是开我们的车，送他那个野女人去机场？我本来就不喜欢他，懒、虚荣。总叫没钱，总向老人伸手，竟然还养小女人。有能力养也行，别拿我的车装门面。我说，一定是二哥开车送他的那个野女人了。爱人说，别说得那么难听，什么野女人，那里他的小媳妇。我说，恶心，他有什么资格养小媳妇？穷光蛋一个。再说，他没离婚，这算什么事？爱人说，行了，你就别管了。我说，好，他的事我管不着，我的车我总可以管吧。

我拿起电话打过去，那边接了。我说，二哥，你赶紧把车开回来，我要用。我话还没说完，那边电话挂了。

我生闷气，爱人说，算了，已经开出去了，一时回不来，我们玩自己的。我不理，女儿发话了。女儿说，爸，咱们去爬山。我们坐公交车，坐公交车人多，好玩。

山上紫丁香开得正艳，一片片紫色云朵吐着一团团的芳香。我们陶醉在这青山绿水间，忘却一时的不快。玩兴正浓，爱人的电话响了。电话里，二舅哥训斥他的妹妹：牛壮什么意思，我小媳妇来了，一点面子都不给，当着我小媳妇的面，直让我把车开回来，弄得我一点面子都没有。

山顶有风，爱人将手机处于外放，她想听得更清楚。她听清楚了，我也听得清楚。我简直气得要炸开，我说，要面子，买个“大奔”，买个“宝马”，没人管，开别人的车算什么本事。

爱人说，行了，就借你这点光。我说，借这点光，干点正事还行，用我的车拉老人上医院，我说过吗？拉一个不三不四的女人，不以为耻，反以为荣。

爱人想反驳我几句，被孩子拦住了，孩子说，爸，妈，你们别吵了，放松心情，尽情玩耍。

孩子发话了，我们便不再吱声。

晚上回到岳父家，按爱人的叮嘱，我没有同二舅哥说车的事。二舅哥冷着脸。几乎是在我们进屋的同时，他出屋。他说他要出去洗澡。他没同任何人打招呼，只是敞口而言，自言自语式的。他洗澡从不拿洗漱用具。他洗桑拿，什么都是一次性的。

我觉得二舅哥浑身是毛病，可我这身份，不便指责，我就想从岳父着手。我说，老爸，你也不教育二哥。他自己过成那样，还养小媳妇。你的那点钱，都让她那个叫小莉的女人骗去了。

岳父说，玩去吧，他没个女人，也挺可怜的。我说，他有媳妇啊。岳父说，他那个媳妇，早就同他分居了。我说，分居并没有离婚啊，与这个女人混，这算什么事。岳父说，那也是他的本事。我只觉一股怒火骤然上窜，岳父并没感觉到我的不满情绪，他用一种息事宁人的语气劝我：哪个男人不吃点野食？那是他的本事。岳父再次说那是二舅哥的本事，我难以理解。我说，这么说来，你也吃过野食？岳父脸色微红，似乎被酒精刺激。他急忙否认：没有，我没有！我说，如果我像他那样，在外面去瞎扯，你是不是觉得你女婿挺有本事？岳父尴尬一笑，说，你跟他不一样，你们小两口感情好。我说，如果呢？岳父的脸由红变紫。

10

真正让我与二舅哥决裂的，是三个丑橘。

晚饭后，我们准备回宾馆。此前，大舅哥拿来一箱丑橘。岳父糖尿病，吃一瓣橘子都会使他血糖飙升。二舅哥从不吃水果。走前，我说，给孩子拿一个丑橘。

我说是拿一个，寻思三个人，没法吃，就又拿了二个，反正有一箱呢。我拿到第三个时，二舅哥说，那丑橘，老爸爱吃，给老爸留着。

我什么也没说，把手中的丑橘放回水果箱，把已装进方便袋里的两个丑橘也拿出来。我没往箱子里放，就把丑橘放在饭桌上，二舅哥就在饭桌边玩手机。他一直盯着手机屏的双眼余光，其实一直扫射着我们。

我什么也没说。那两个被我放回去的硕大的，皱着皮的丑橘，已替我说明了一切。

二舅哥说，咋还多心了呢？

我没理会他。从那一刻起，我决定不再与这个人交往。三个丑橘，比三万块钱更令我心寒。这三个丑橘，他不是指向我，而是指向孩子，这是我的底线。他可以排斥我，但不能冷落孩子，他触犯了我的底线。

回宾馆的路上，爱人一直默默落泪。她说，老妈在与不在，就是不一样。不就三个丑橘吗？二哥何至于这样。他这是在当这个家，他这是往外赶我们。

同我一样，三万块钱，她没在意，她早就告诉过我，二舅哥也没钱，算了，而三只丑橘，她却伤心成这样。这或许不只是丑橘的问题，她还是想老妈了。当然，也是橘子的问题，老妈在时，哪次我们离开，不是大包小裹，往我们手里塞。

妈在，家就在，妈走了，这家就散了一半。爱人说。

爱人一直在我面前护着他二哥，现在，她终于护不下去了。她伤透了心。

我说，咱们回家吧，老爸也见着了，我们每天住旅馆，消费也大，而且没有家的感觉。爱人说，行，走吧。待着也是没啥意思。我们原本想再待两天，于是决定第二天就走。

我们告别时，二舅哥冷着一张脸，他待独了，习惯一个人。我们的离去，他一句送别的话都没有，依然低着头，左手手机，右手电脑键盘。难得他这份天真，像一位十六七岁的小青年。

岳父拄着拐杖在门口送我们。爱人说，爸，你要照顾好自己……说话间，眼泪就流了来，声音也变了调，接着是抽泣。受她感染，孩子落泪。老岳父说，去吧。声音也像被水洗过，湿淋淋的。

你们走了，我跟谁过呢？他像是问我们，更像是自言自语，我心里突然一阵酸楚。看来，他对现在与二舅哥生活在一起，是不满意的。

车一路前行，我们的话题不断。我说，二哥一脸烦躁，他不是一个安分的人。他没这份孝心。他一定心怀鬼胎。他莫不是惦记老爸那套房子。

爱人没吱声，看来她也这么想过。

11

同我的猜测一样，岳父在玉龙新城的那套房子给了二舅哥。岳父说是岳母离世前的意思，说我们都有房，只二舅哥没房。为了逝去的岳母在地下安息，为了活着的岳父活得开心，这个结果我们只能接受，但话还是要说两句的。我说，二哥不是没房，老爸的上一套，不是让他拿去抵押贷款了吗？他自己祸害掉了。我说，老爸这套房给他我没意见，但得老爸离开以后，现在不能过户。他别再把房子卖了。

爱人说，你也别把他想得那么坏，有大哥呢，产权不是他的，他不敢。你一个外姓人，少管他们的事。嫁出去的人，泼出去的水，我都不管。

爱人又说，你一个国家公务员，也盼人一个好。二哥现在信佛，不像以前。

二舅哥信佛，他清明从威海回来就说过，我以为他只是说说，近两个月，他付诸行动了。他每个周末都去寺庙，每去一次，花费一百五十块，一百块功德钱，二十块钱买香火，来去车费三十。

我始终不相信他是信佛人，但这话我没说出来。

五一前，岳父住到了大舅哥家，二舅哥说他们的卫生间漏水，都漏到楼下人家了，楼下来找过好几回，他要重新装修卫生间。一个脑血栓后遗症患者，一个腿脚不方便的老人，满大街去找公厕，肯定是不行的。二舅哥就把岳父送到大舅哥家，说是临时住几天。

岳父住到大舅哥处，就再也没有回到自己的家。二舅哥把他的房子卖了，他根本没办过户，直接用岳父的身份证和户口本。新的主人，拿着房证，理直气壮地住进了岳父的房子。岳父蒙在鼓里，天天盼着回自己的家。知道他的房子被卖后，他给我们打电话，说，你二哥走了，同她小媳妇走了，到蓬莱岛浪去了。他的语气里，第一次对二舅哥有了不满。

一切都在我的预料之中。

出了这么大的事，我们自然要回去看一眼，安抚一下老人。孩子课程紧，周六有课，回不去。孩子不回去，我俩就得留一个人在家。爱人说，你去吧，你做的饭，孩子不爱吃。我一出门，孩子就瘦了。马上中考，营养可不能少。

爱人的理由充足。现在，孩子是大事，其他的都是小事，家家如此。

我给岳父的礼物，是水果和营养品，还有品牌烧鸡。这其实是给大舅哥大舅嫂看的，岳父多种疾病在身，吃不得肉，也吃不得含糖多的水果；岳父给我的见面礼，是一道难题。那时，大舅哥大舅嫂和他们的女儿都到商店去了，是岳父拄着拐杖给我开的门。岳父见我的第一句话是：你把我带走吧，我要跟你们过。他说，在这儿，我一天也待不下去。你嫂子，那张脸，像铁铸的，从早到晚，见不到笑。我说你要她笑干什么？有你吃的喝的，有电视看，有床睡，有自个的房间，你满足吧。

他满脸失落，像一个小孩那样，几乎哭了。他说，你妈临走前说了，说她要走了，让我跟着你们过，谁也不行。二儿子指不上，大儿子行，大儿媳容不下。

这句话暗含对我和爱人的褒扬，但我并不买账，反而很生气，明知你二儿子是个混蛋，在你面前挖了一个又一个的坑，你偏要往下跳。我们的话不听，到头来，还是要靠我们。

大舅哥的房子，也在玉龙新城。当时他换新房，就是为了照顾老人，离老人近。

我特地敲去敲了敲岳父以前房屋的门。我好奇，想看看到底是怎样的一家人住在我那么熟悉的房子里。我听见屋里的动静。我感到有人影在门镜那边闪动，但并未给我开门。我走了，新的主人，与我没有任何关系，何必去打搅。

12

岳父张罗洗澡。他说，晚上大舅嫂在家，不方便，白天洗。我说，那就洗吧。

岳父十五年脑血栓。他脑血栓后，拄着拐杖，所有的澡堂拒绝他进入，怕摔了担责任。他把周围几个澡堂都骂了一遍，就不再去了。他只在家洗。我们住在一起时，也给他洗过澡，也给他搓过背。但每次，他都不愿在我面前脱去短裤，任它与水一起淋湿。等我给他搓完背出来，他才换上干净短裤，走出卫生间。

这次，他进到卫生间，就把自己剥了个精光，似乎要把他的整个身体，乃至内心所有，全呈现给我。事实果真如此。他一边享受我给他搓澡，一边讲着他的过去。

他说到他的婚外情，他说，那是他人生最痛快最有激情时刻。

尴尬了，身为岳父，他居然同我说这个。我归罪于他脑血栓后遗症，小脑萎缩。

我说着二舅哥的不是。他说，你二哥并不是我们亲生的。因为是养子，身份特殊，打不得，骂不得，所以就宠坏了。

养子？我无比惊诧。我说，爸，您老就别编故事为自己解脱了，惯坏了就是惯坏了，没人责备你。他自个的路，自个走。岳父说，我说的是真话。你没看，你二哥不像你大哥，也不像三幸，他比你大哥和三杏都好看。

岳父说的是事实，二舅哥长得像黎明，而大舅哥和我的爱人，与那个明星的模样不沾边。我说，你从未同我们说过呀。岳父说，没说过，你大哥都不知道。他同你大哥相差不到两岁，他到我们家时，你大哥才三岁，没有记忆。

他说着二舅哥的母亲，那个叫琴的女人，也说着二舅哥的父亲，一个姓刘的小号手。他说，你刘叔和琴姨都是市歌舞团的，还有你妈，我们在一个团。岳父说，你琴姨先前是追过我的，但我觉得她养不住，就没跟她结婚，而是娶了你妈。后来你刘叔娶了你琴姨。不过，做媳妇是一回事，婚外情又是一回事。

岳父跟那个叫琴的女人，有过一个激情燃烧的夜晚，那个夜晚，他们下乡演出，远行到一片草原上。那里有个牧场。他们与牧场的工人载歌载舞。夜里，牧场工人们骑马，到遥远的蒙古包里歇息，把农场房子让给演出人员。

那个夜晚，我二十八岁的岳父被三杯马奶酒弄得浑身燥热。难以入眠，他起炕，披衣，走进夜色。他想让草原的风，吹凉他的身体，让他狂热的内心平静下来。

那时候，他与我的岳母已经结婚，并且有了我的大舅哥。

草原的夜风，还没来得及冷却岳父燥热的身体，一个女人走出她们的宿舍。这个女人就是琴。

因为我是他的女婿，身份特殊，岳父对那个夜晚的细节没有过多述说，只告诉我，他就那么把琴睡了。岳父说他把琴睡了时，他说得轻描淡写，在我，却如雷贯耳。

岳父说，那个夜晚，更让他震惊的，是一只狼。当他不能自已，在一个草垛旁，与那个叫琴的女人疯狂过后，发现有一只狼正睁着双眼，静静地凝望着他们。岳父压制着内心的恐惧，扶起那个叫琴的女人，平心静气地，慢慢往回走。

事后，岳父无数次回想那个激情燃烧的夜晚，他后怕，但似乎并无悔意。他说，他竟然忘记草原是有狼的，只是他弄不明白，那只狼为何没攻击他们?

那个叫琴的女人，自那次后，多次还想与我岳父重温旧梦，无奈我岳母眼光如锥，岳父近不了身，也怕出事，最后干脆意避开她。琴很快就找个人嫁了，就是姓刘的那个小号手。

小号手长得白净，帅气，用现在的话说，是“小鲜肉”，但无岳父的沉稳。他是岳父的好兄弟。岳父为此还很内疚，如果早知琴要嫁他，岳父说，他那个晚上，一定会控制自己，绝不做淫友人之妻之事。

琴和小号手婚后不久，岳父他们再次下乡演出，这次去的是山地，一个叫卧凤沟的乡镇。那时没有车，有车山路也走不了，都是马车。马车中间是木头箱子，装着演员们的演出服装，导具，乐器。两边坐人。

山路颠簸，让人昏昏欲睡。岳父在马车上睡着了，掉了下来。因是下坡，后面的马车急驰而来。岳父刚从睡梦中惊醒，不知咋回事，翘起头茫然四顾。与岳父同坐一马车的小号手腾地跳下车去，奔向岳父。在那命悬一线的瞬间，小号手拽起岳父，并尽全身之力，将岳父往旁边的坡地一推，他自己却没逃过马车的碾压。几千斤重的马车从他身上驶过，一个帅气的新郎官，瞬间变成了另一个人。他口吐鲜血，送到医院，医生说他的脾已破裂，肝胆肾都遭到了损伤。他卧病三天后，离开了人世。

那次演出自然是取消了。歌舞团很长一段时间，笼罩在死人的阴影里，下乡演出打不起精神，慢慢地，就不再下乡。

一个人死去，并不只是死去那么简单，会遗留很多问题。小号手留下了一颗种子，在琴的肚子里。

有人劝琴打掉这个孩子。孩子父亲没了，将来谁养？琴年轻又漂亮，还得嫁人吧。带个孩子，不好嫁。

琴在一个大姐的陪同下，走在歌舞团的大院里，步子缓慢而沉重。她们向医院走去，岳父听说，冲出宿舍。他朝着她们的背影喊：等一下。

众目睽睽之下，我的岳父走向琴。他对琴说，孩子留下。小号子（岳父对小号手的爱称）是为我死的，他的儿子我替他养。

琴在她与小号手婚后七个月产下一儿，琴给他起名小吉。琴生下小吉没多久，离开煤城歌舞团，同上海一名商人走了，几年后，去了美国。岳父没有食言，把小吉接到了家。为了不动摇他抚养小吉的决心，他瞒着岳母，到医院把自己的输精管给扎断了。

岳父说到这儿时，转过身，面朝我。他感叹说，人活在世上，总会与某些人，或某个人纠缠不清，剪不断，理还乱。

我望着岳父那如同深秋瓜果般枯萎的身体，很难想象它当年还能制造一段风流韵事。

岳母对岳父向来严厉，岳父对岳母亲言听计从。我们曾打抱不平，说岳父太老实。岳母说，他老实，他欺负过我。他欺负我的时候，你们都不知道。

现在想来，岳母说的岳父欺负他，莫不就是指他的那次出轨。

我问岳父，你养情人的孩子，岳母就轻易就同意？岳父说，你妈心眼好，小号手又是为救我死的。再说，我同琴好过，她只是猜测，并没实据。

我不知道岳父为何跟我说这些，他想表达什么？他是想说，因为别人家的孩子，他不便严加管叫，打不得，骂不得，就惯成今天这样？他是在为自己开脱吗？

岳父闭了眼，任我给他擦拭身上的水滴。他像是在沉默，也像是在追忆过去。

我也在追忆，我突然从二舅哥的脸上，发现岳父的影子，他莫不就是父亲的亲生？这个想法，让我在闷热的卫生间里，感到浑身发冷。我把我的想法说出来，岳父说，怎么可能，莫瞎猜测。他说完，微直起身，望着镜子里自己的脸。镜子沾满水珠，那张脸成无数碎片，看不清表情。

我说，要不，你和二哥做个DNA。岳父说，他都走了。我说，他枕头上留有头发。岳父想了一下，说，算了，不做了。有些事，搞得太清楚未必好。再说，这么多年，不是亲生的，也是亲生的了。

一个多钟头，洗个澡的时间，二舅哥就从岳父的儿子变成养子，甚至可能是私生子。岳父脑血栓后，小脑萎缩，我怀疑他说的是胡话。可他的讲述，却那么清晰，那么有条理，不像是随性杜撰。

难道他说的都是真的？这么大的秘密，他竟然埋得这么久，藏得如此之深。多少年来，我们可是在一个饭桌吃饭。

人心何止隔肚皮！

13

大舅哥家房子大，房间也多，能住下我，但我不习惯大舅嫂那张冷脸，自己住旅馆去了。我离开前，上岳父房间向他告别，岳父让我把门关上。他放低声音说，我还是想跟你们过。

我愣了一下，装作没听懂。岳父接着说，你们两心细。这次你们要不是搬到省里，你妈也不会走，至少能挺到过完年。你妈夜里烧，就把窗口打开了，睡着了，那么冷的天，开了一夜的窗。我也睡得死。你二哥在他屋里玩电脑，一夜没过来看看。第二天你妈病重了，他外出办事，拖了两天才送医院。你妈不是死在尿素上，是死于肺炎，一口气没上来，憋死的。

我愤怒了。岳父见我生气，把话往回收。他说，其实也不能全怪你二哥，病人抵抗力低，没挺过。岳父说，你妈愣走前同我说过，说谁也不行，就三幸和牛壮不错，我死后，你就跟他们过吧。牛壮，你让我去吗？

他的语气已有哀求的成分。我没有立刻回答他。但是，他对他的那个说不上是亲儿子还是养子的态度，让我心里不快，只是碍于他泰山大人的身份，我一个外姓人，敢怒不敢言。更主要的是，他脱离不了杨二吉的纠缠。我若把岳父带到省城的家，不是引狼入室吗？

但内心里，我还是能接受他，毕竟我们刚结婚时，没有房子，两位老人容纳了我们，但我不能答应得太爽快，轻易得到的东西，他会认为是应该的。我得端着点态度，让他知道他自身难保，别再没完没了去顾他那个不争气的杨二吉。我说，爸，这个事我说了不算，你得跟三幸说。岳父说，三幸说了，她没意见，只要你同意。

我说，我大哥不同意，他说你有两个儿子，让女婿养，让人笑话。这话大舅哥并未说过，是我内心所想，现在竟然脱口而出。岳父说，我不是让你们养，我只是去串门，去住，每年住几个月。

看来，他是早就打算好了的。

岳母去后，他孤苦伶仃，也挺可怜的。我气不过的，还是我的二舅哥。我脑子转还过弯的，还是他对二舅哥的态度。

岳父望着我，眼神里分明是乞求。我的心软了。岳父七十八岁，浑身是病，还能活几年，就算拖累，也不会长久。我心里同意了，但我嘴上不答应，我想憋他几天，让他长点记忆，不要再惦记那个说不清是他的养子还是私生子的杨二吉。

我说，我作为机关后备人才，被选送到省委党校学习，很快开学，时间半年，三幸要上班，要照顾孩子上学，一时怕没太多的时间照顾你。这其实是我的借口，去党校学习，是我的白日期梦，根本没这回事。人，有时要假想一些美事，来让自己强大，渡过精神上的难关。

岳父眼睛一亮，说，啊，是好事，去吧。他喝了一口水，好像是突然想起什么，放下茶杯，说，爸告诉你，在外学习，男男女女的，要小心，莫瞎搞，控制一点自己的。我说，没事，那是党校，讲党性。岳父说，有时候，人性一上来，就把党性忘了。我当时要不与你琴姨有那档子事，也就不会管你二哥，没人管，你琴姨没招，不就把他带走了吗？我把他留在身边，窝在煤城，操了这老多的心，说是帮他，疼他，爱他，到头来，是害了他。你看他现在，没文化，没技能，眼高手低，一个大男人，自个都养活不了自个。唉，爸有过呀。

我说，爸，你别这么说。

我突然有点可怜他，觉得自己不该编造去党校学习的谎言来骗他。我正要揭穿我自己，岳父发话了，他说，等你党校学习完事，你就回来接我。你在你书房里放一张单人床，你二哥去看我总得有个地方住吧。一听这话，我原本软下去的心又硬起来。我说，行。不过我老加班，半夜回凌晨起，有时还成宿加班写材料，噼里啪啦打电脑，只怕你老睡不好。

岳父的脸冷下来，也不是生气，就是没有表情。他说，回去后，你们忙你们的，我没事，我能照顾自己，不给子女添麻烦。我没接他的话，拎着电脑包准备去宾馆，岳父说，你先别去宾馆，你带我下去走一走，我要看看玉龙湖，我还没看过夜色中的玉龙湖。

玉龙湖夜色美，四周灯光变换着颜色，按一定频率打在水面。我和岳父走到湖边时，正值蓝光闪耀，水面微波荡漾，玉龙湖像夜色笼罩下的一片海。我搀扶着岳父，很缓慢地散步。岳父可有也觉得玉龙湖像一片海，他说，美其名曰玉龙湖，哪里有龙。我说，不都这样吗？城南的阳光海岸，你能看到海？他没接我的话，依然说他的龙。他说，我要跳进这湖里，会像一条龙吧，我正好属龙哩。我说，你这么胖，应该更像一只海豚。岳父一百九十多斤，胖得像是没有脖子，肚腹和大腿连接处被赘肉填满，没有弧线，没有过度。

我说岳父像海豚，他不但没有生气，还很天真地笑了。他说，像海豚好啊，海豚活得多快乐。他停下脚步，拄着拐杖，望着湖面。此时灯光变换成绿色，水波不兴，湖面像一片被风吹动的草原。

岳父轻声哼起那首《草原夜色美丽》。我见岳父耍过很多乐器，马头琴、二胡、长号、小号、钢琴，却从未听他唱歌。没想到岳父的男中音，竟然很好听。

岳父停止歌唱。玉龙湖畔又变换了灯光，水面不再像草原。霓虹灯闪烁，倒映在水中。水波微微荡漾，水面美轮美奂。岳父说得对，有些事，搞得太清楚，未必是好事，比如这片湖。如果一味地去想象她的前身是露天矿，是垃圾场，是污水区，那日子就没法往下过了。

我仰望四周高楼，其实整个新区，都如这玉龙湖，这是煤城的贵族小区，一家家看上去光鲜，但那或许只是表面的光鲜，光鲜的背后，掩埋着多少不为人知的故事？就像我岳父一家，都够写一本书了。

岳父说得对，有些东西，搞得太清楚未必是好事，我们更要关注的是现在。我们只有这样，再能往前走。

我带岳父回到大舅哥的家，大舅哥他们还未回，今天他们有应酬，让我先陪岳父。我帮岳父脱去外衣外套，让他躺下，我顾自离去。我不想碰见他们，我不愿看见大舅嫂的那张冷脸，尽管无数事实证明，她心眼并不坏，但我还是不愿面对这位在玉龙新城小有名气的“冷美人”。

回宾馆完洗澡，躺下，电话响起，是大舅哥打来的，他说岳父不见了。我说，怎么可能，我亲手伺候他睡下的呀。我飞速穿衣，冲出宾馆。

我们在玉龙湖里看到了岳父，他面朝水底，脊背露着，像一只若隐若现的海豚。

大舅哥在那里一边忙乎，一边说，爸呀，知道你跟我妈感情深，可也不用这么急着去找他呀。他像是同逝去的老人说，但我心里清楚，他其实是说给邻居和亲戚们听的，他害怕老人自杀，给他扣上不孝的帽子。

大舅嫂说，我恨死杨二吉了，他把老人害了，老人却死在我家，好像我们虐待老人似的。

灯光暗，我看不清她脸上的表情，但那张冷脸，分明已呈现在眼前。

岳父其实是个非常好的人。脾气好，人善良，大气，舍得让人吃。如果没有我二舅哥在中间这么做，他会待我更好，不亚于亲生，也不会走上这条绝路。

我这么想时，悲哀便袭击了我。我两腿发软，几乎在坐在地上。

如果我没有拒绝他要跟我们过的要求，他会自溺于玉龙湖吗？我这么想，悲哀迅速膨胀，掺杂着恐惧。巨大的恐惧和自责裹挟着我，皮鞭一样抽打着我，我难受得哭起来。我听见大舅哥的邻居说，看这姑爷子多孝顺，哭得多伤心，比亲儿子还亲。

爱人驱车在路上。她把孩子留在她的同学家。我问爱人，二哥回来吗？她说，他知道了，但没说回不回，电话就断了，再打，无法接通，可能是没电了。

我认为他是关机了。如果他因为愧疚，不敢面对，那他还算有一点人性。如果他纯粹是躲避，怕我们责怪他，怕我们向他要房钱，那他就太不是人了。

他是怎么想的，我不知道，知道了，我也不能评说，毕竟，我是个外姓人。